創元日本SF叢書24

感傷ファンタスマゴリィ

FANTASMAGORIE : Travail de deuil raté

空木春宵

Shunshow Utsugi

東京創元社

目次

FANTASMAGORIE : Travail de deuil raté

by

Shunshow Utsugi

2024

感傷ファンタスマゴリィ

感傷ファンタスマゴリィ

1

〈尖塔《せんとう》の窓の幽霊〉が、俄《にわか》に弱って死にかけている。

報《しら》せを受けて急ぎ工房から飛び出したノアを乗せ、馬車は現在《いま》、鬱蒼《うっそう》と茂った樹々《きぎ》の掲げる穹窿《ヴート》天井の下をひた走りに駆けている。恰度《ちょうど》、山の尾の彼方《かなた》へと沈みつつある太陽が一日《いちじつ》の最後の陽光《ひ》を投げて寄越す頃合《ころあい》であるから、遠方《とおく》から眺めたならば、先刻《せん》までの雨の名残《なごり》を帯びた森は波打つ美神《ヴェニュス》の髪の如《ごと》く黄金《きん》色に照り輝いてもいようが、身をくねらせた蛇の如く森の底を這《は》う小径《こみち》は早くも夜闇を孕《はら》み始めて仄暗《ほのぐら》く、其処此処《そこここ》の陰影《かげ》に蟠《わだかま》った暗闇《やみ》が、昏《くら》く、懶《ものう》く、車窓を掠《かす》めるばかりである。地を蹴る馬の蹄鉄《ひづめ》も、後に轍《わだち》を引いて回る車輪も、水気を含んだ泥土《ぬかるみ》は滑らかに受け止めるが、と云《い》って、些《すこ》しも快適とは思われず、むしろ、何か柔らかな生き物を踏みつけにでもしているかの如き感触を臀《しり》に伝えてくるのが気色悪い。

斯様《かよう》な調子で、何につけ陰鬱《いんうつ》にしかノアには感じられぬが、それとて、所用に係《かか》る気の重さばかりが原因ではない。傍《かたわ》らに坐《ざ》した陰気で瘦せぎすな男が間断《ひっきり》なしに吐《つ》いている溜め息の所為《せい》でもあるはずだ。顧客《クリヤン》たるマダム・カプシーヌが寄越した使者《つかい》である。目尻や口許《くちもと》に深い皺の刻まれた膚《はだ》は、見ている此方《こちら》が気の毒になるほどに蒼褪《あおざ》めている。幽霊が死にかけていると報せに来ておきながら、これでは、当人の方が先に彼世《あのよ》へ逝ってしまいそうな風情《ふぜい》。元来《もとより》、ノアは饒舌《おしゃべり》を好かぬが、こうも鬱々《うつうつ》とされるよりかは幾《いく》らかましだ。

「何とか。何とか良くなりますでしょうか」片一方の手で銀縁の眼鏡を持ち上げ、今一方で蟀谷《こめかみ》を押さえつつ、もう幾度めかも判《わか》らぬ問いを、男はまたも繰り返した。執拗《しつこ》く訊《たず》ね続けていれば、先までとは異なる、希望に充《み》ち満ちた返答《こたえ》が得られるとでも思っているのか。

「さあ、そればかりは実際に診てみませぬと、何とも」と、ノアもノアで同じ言葉を返す。

さながら、疫病患者の親類《みうち》と医師のあいだで交《か》わされる気の重い遣《や》り取り。問われた側とて敢《あ》えて残酷な返答《こたえ》はできぬところまで、よく似ている。実際には、現物を目にするまでもなく、どうにも手の施しようがないことくらい、若き職人《アルチザン》には判っている。死の徴候《ちょうこう》を見せ始めた幽霊を生き存《なが》えさせるなど、仮令《たとい》、熟練の手業《わざ》をもってしても不可能だと知っている。否、此処数年ばかりのあいだに、厭《いや》というほど思い知らされてきた。何をしたとて、効《かい》はない、と。

だから、急ぎ駆けつけるのにしても、どうか疾《はや》く、一刻も速くと急《せ》き立ててくる相手に合わせた、一種の擬態《ポーズ》に過ぎない。先方を訪《おとな》いもせず、どうにもならぬと口でばかり伝えたとて、顧客たるマダムは納得せぬのみならず、大いに悲嘆に暮れ、その後には、必ずや激昂《げきこう》するであろう。畢竟《ひっきょう》、主人と職人とのあいだで板挟みとなった使者が気の毒な目に遭《あ》うばかりで、誰も幸福《しあわせ》にならない。容易に想像がつく斯様な成り行きを、知ったことかと看過《かんか》できるほどには、ノアのこころも凝り固まってはいない。

一方ではまた、決して共感はすまいという自戒《いましめ》も忘れはしない。己《おの》が能力《ちから》は然《しか》るべき仕事に際してのみ揮《ふる》うべきである。何も、爪を隠す云々《うんぬん》という話ではなく、「さもなくば、忽《たちま》ちに己自身を見失うことになるぞ」という、かつて師から授けられた教えに従えばこそだ。

故に、傍らの男への慰めや労《ねぎら》いの言葉でもなければ、彼を寄越した女主人を如何《いか》に納得させるかというあれこれの方便でもなく、工房で自身の帰還《かえり》を待つ新作へと、ノアは努《つと》めて思念《おもい》を向けた。つい先刻《せん》まで絵筆片手に向き合っていた、作業台に架けられた硝子板《がらす》へと。

半《なか》ばまで画《え》の描かれたそれは、近頃ではとんと珍しくなった旅回りの一座からの依頼品である。尋常の幽霊に飽いた観客《けんぶつ》の心胆《しんたん》をも寒からしめる死者を——というのが、先方の要望《のぞみ》であった。それに応えんが為《ため》、この数週間、日中《ひる》は作業場に閉じ籠もって画に向き合い、夜更けとなればひと気の絶えた革命広場へと通う日々をノアは送っている。

かつてはルイ十五世広場と呼ばれ、かの〝ちび伍長《ごちょう》〟の戴冠《たいかん》以来、親和《コンコルド》広場とも呼ばれるようになった広場の中央《ただなか》には、数多《あまた》の首を刎《は》ねた断頭台《ギヨツチーヌ》に代わって例の伍長が遠征先のエジプトから持ち帰った奇妙な装飾のオベリスクが我が物顔で居座り、サン・ピエトロ大聖堂のそれを模した噴水を左右に従えている。汚らしいセーヌの川面《かわも》に立ち籠めた夜霧と悪臭とが風に運ばれてくる所為で、広場の石畳は革命期に散々っぱら啜《すす》った断頭台からの血を未だ呑《の》み込みきれずに吐き出し続けてでもいるかの如く、じっとりと濡れている。斯様な広場の内を、舗石の表面《おもて》に鼻頭《はなさき》を擂《なす》りつけるようにして引き下ろしつつ、東の空が白み始めて、点燈夫《てんとうふ》が街燈の灯《ひ》を落として廻《まわ》るような時分まで、檻の中を右往左往する獣じみた足取りでノアは彷徨《さまよ》い続ける。何故《なぜ》と云うに、

〝観照《かんしょう》〟の技能《ちから》をもってして、揺らめきながら地より顕《あらわ》れる幽霊達の姿を見定め、確《しか》と眼《まなこ》に焼きつけては、作業台に架けた硝子《がらす》板に絵筆を走らせ、その様を描く——それが、ノアの仕事であるからには。

　師の許《もと》にて一方《ひとかた》ならぬ妙技を修めしノアにしても、今回ばかりは、いつにもまして難儀《なんぎ》な依頼であった。人ならざる者という意味合いにおいてであれば、洽《あまね》く幽霊は抑々《そもそも》からして〝尋常《じんじょう》ならざる〟ものであるし、斯様な者の中でも特段にという話であるなら、何をもってそうと見做《みな》すべきかが判然としない。ノアにとって、死者は等しく死者であり、幽霊は均《ひと》しく幽霊である。

　其処まで考えかけたところで、車輪から伝わる感触が柔らかな土のそれから、ごつごつとした石畳のものへと俄に変わった。窓外に現れた建物の車寄せへと馭者《ぎょしゃ》が馬車を廻すや、建物正面《ファサード》に彫り込まれた玄妙《げんみょう》な浮彫《ルリエフ》に見蕩《みと》れる暇もなく、ノアは使者の男に臀を叩かれるようにして車外に飛び降り、玄関へと駆け寄った。男が真鍮製の敲子《エルトウワール》を敲《たた》くや、細く開かれた扉の隙から顔を覗かせたのは、〈尖塔の窓の幽霊〉の所有者《プロプリエテー》たるマダム・カプシーヌであった。尤《もっと》も、ノアがそうと判じられたのは、従者らに案内《あない》を任せることなく、手ずから此方を迎え入れた彼女に、「ようこそおいでくださいました」と声を掛けられてからであった。そうでなければ、小間使《こまづか》いとでも思い做《な》していたかもしれない。それほどまでに、屋敷の女主人たるマダムの立ち居振る舞いは平生《へいぜい》の鷹揚《おうよう》な落ち着き振りを欠いていた。

　パリ東部に広がるヴァンセンヌの森を抜けた郊外に鎮座《ちんざ》する壮大な屋敷に住まう五十絡みのこの御婦人を、寡婦《ひとりみ》と呼んで良いものか否か、ノアにはよく判らない。夫とすべき男と婚姻を取り結んだことこそ一度としてないが、愛する伴侶に先死《さきだ》たれた御婦人という点においては、慥《たし》かにそれに該当する。すなわち、彼女の愛した相手もまた、女性だったのである。ふたりはいずれも、他人《ひと》からマダムと呼ばれることを好んだ。

屋敷の東の翼《よく》にあたる通廊の突き当たりから垂直に伸び上がった小塔の螺旋《らせん》階段を上りきったところに、マダム・カプシーヌが「追憶の間」と呼ぶ小部屋は在る。先を往《ゆ》くマダムに付き従って、ノアがその内部《うち》へと足を踏み入れた時、燭台《しょくだい》の火はことごとく落とされ、四方の窓には分厚い黒色の窓帷《リドウ》が引かれていた。そうして室内に充たされた闇を一条《ひとすじ》の光が切り裂き、壁の一面に垂らされた紗の映写幕《エクラン》に映像《かげ》を映し出している。光源は、部屋の中央《まんなか》に据えられた小箱――〝幽霊幻燈機《ファンタスコープ》〟の中に据えられた瓦斯《ガス》燈だ。

映写幕に投じられた青白い映像《かげ》の中では、尖塔の頂上《いただき》に位置する小部屋の窓から、ひとりの御婦人が顔を覗かせている。マダム・カプシーヌよりも一回り大きな、肉《しし》付きの良い身体《からだ》つき。波打った豊かな黒髪は窓枠を越えて垂れ下がるほどに長く、風に揺れた前髪が幽《かそ》けく顔にかかっている。その髪を透かして真っ直ぐ此方に向けられた稍々《やや》つり目がちな双眸《そうぼう》は、何処《どこ》までも虚《うつ》ろだ。マダム・カプシーヌの伴侶にして、生前はこの屋敷のもうひとりの女主人でもあったが、性悪《しょうわる》な風邪に死《と》られて世を去った御婦人。その幽霊が、この部屋の窓帷《リドウ》を開けば恰度真正面に見える西側の小塔の窓辺に佇《たたず》んでいる様であるが、しかし、かつては映写幕の中で活き活きと動き、莞爾《にこ》莞爾《にこ》と笑い、さめざめと泣いてみせていたもうひとりのマダムは、今やぴたりと静止していた。風に吹かれた前髪さえもが、戦《そよ》いだ形象《かたち》もそのままに凝固している。

固《もと》より延命なぞ望むべくもなかったが、それ以前の問題だとノアは心中で嘆息《たんそく》した。検《しら》べるまでもなく、もう死んでいる。だが、そうと聞かせたとて、傍らで不安げに己が肩を掻き抱いているマダム・カプシーヌは納得せぬであろう。この場面において大切《だいじ》なのは、葬儀屋が葬送の諸手順にもまして骨を折るのと同様《おんなじ》に、遺された者を納得させることであった。仕方なく、鞄から取り出した種々の道具でファンタスコープを分解し、硝子製のタネ板を矯《た》めつ眇《すが》めつして仔細《しさい》に検討したような振りをしてみせてから、ノアは神妙な貌《かお》と声とを繕《つくろ》って顧客に告げた。

「お気の毒ですが、既にお亡くなりになっています」

嗚呼《ああ》、と魂切《たまぎ》るような声を漏らし、マダム・カプシーヌは顔を押さえて頽《くずお》れた。

幽霊の死亡宣告。

それが、いつの頃からか装置を手掛けることより益《ま》した、ノアの仕事のひとつであった。

2

革命百年を記念する花火が空を焼き、万博に合わせて建てられた不恰好《ぶかっこう》なエッフェル塔がその頭頂《かしら》に戴《いただ》いた巨大なアーク燈の光で夜闇を裂いた晩から早数年、年老いた十九世紀も愈々《いよいよ》終わりに近づくにつれ、さしたる理由《わけ》もない模糊《もこ》たる終末感に人々が囚われ、それでいて、街は来《きた》るべき新世紀と、それに先立つ次回万博の開催に向けて浮き足立っているという、奇妙な時節。

夕暮れも間近に迫った頃、ひとりの遊歩者《フラヌール》がモンマルトル大通りに口を開いたパサージュ・ジュフロワの石畳を軽快に踏んでいた。苦心した〝尋常の幽霊に飽いた観客の心胆をも寒からしめる死者〟を依頼元の一座に納品して肩を軽くし、帰途へと就いたノアである。

小径《パサージュ》——建物の間に鉄の骨組みからなる硝子屋根を被せた、大通りと大通りを繋ぐ小さな商店街——は硝子を透過した西日に照らされ、何もかもが燦々《さんさん》たる黄金色に照り映《は》えている。鉄の支柱から張り出した看板の浮彫《ルリエフ》、種々《くさぐさ》の品物が並べられた陳列窓《ヴィトリヌ》、夢見る足取りの遊歩者《フラヌール》達。一《いっ》切合切《さいがっさい》が元の色彩《いろ》も判らぬほどに煌《きら》めいて、さながら、黄金の歩廊《ギャルリ》とでも云った風情。

　小径《こみち》の方々《ほうぼう》へと首《こうべ》を向けながら、仕事と関係ない遊歩《フラヌリ》は好い、とノアは思う。己の内に誰かを招き入れることなく、誰かの眼差《まなざ》しを追体験するのでもなく、唯々《ただただ》、行く先も目的も決めずにそぞろ歩くのは心地好い。分けても、パリの方々に巡らされたパサージュを見て廻るのは——否、通廊《パサージュ》という本来的な語義通りに其処を通り抜けるのは——好い。別段、詩人や哲学者の如く、通りを行き交う人々の様や立ち並んだ店から店への移ろいのうちに何らかの霊感を得るというような、高尚な話ではなく、目が捉えた風物を、目が捉えたままに感ずるのが愉しい。

　仕事となればこうはいかない。目も、耳も、果てはこころも、誰かのものにせねばならない。

　納品した〈断頭台へと歩むハプスブルクの娘の幽霊〉に、依頼主たる男は大いに満足した容子《ようす》であった。旅回りで〝魔術幻燈劇《ファンタスマゴリィ》〟の興行を続けている一座の座長だ。

「紳士淑女の皆々様、どうか、どうか、お静かに。けっして悲鳴は上げられぬよう、しっかと心のご準備を——」と、大体において大仰な前口上から始まるファンタスマゴリィなる演目《だしもの》の特徴を端的に云い表すとすれば、光学的幻影《イリュージョン》を用いた幽霊劇と云ったところになろう。闇中《あんちゅう》に垂れた映写幕や香木《こうぼく》を焚《た》いた煙の表面《おもて》に、幽霊幻燈機《ファンタスコープ》と呼ばれる一種の幻燈機《ラテルナ・マギカ》を中心とした種々の舞台装置から投射された光を当てることで、幽霊《ファントム》や死者《ルヴナン》や魔縁《モンストル》らの姿を浮かび上がらせるのである。興行の開祖《かいそ》たるエティエンヌ＝ガスパール・ロベール——当人は英国趣味からロベルトソンと自称したが——は、コンコルド広場からほど近くに在るヴァンドーム広場に棄《す》て置かれていたカプチン会の修道院を舞台として得るや、骸骨達の死の舞踏《ダンス・マカブル》や宙を飛び回る生首、魔宴《サバト》に際して踊り狂う魔女達や悪魔、更には、ルソーやヴォルテール、ロベスピエールにマラー等々、血塗られた革命期の人物らの幽霊を地下納骨堂《カタコンブ》の闇に召喚してみせた。彼の舞台を目の当《ま》たりにした者が書き残したところによれば、東洋銅鑼《タムタム》の音《ね》が鬱々と響く中、墓石に囲まれて固唾《かたず》を呑《の》む観客《けんぶつ》達の背後で納骨堂の扉が軋《きし》り音《ね》を立てて鎖《とざ》されるや方々《ほうぼう》の壁面や陰影《かげ》の内に突如として顕れた化生らは、観客の眼前まで迫り来るように前進したかと思えば、後退し、とりどりの形姿《かたち》に変身《メタモルフォーズ》した後にふっつり姿を消しては、また現れたと云う。光と闇からなる悽愴《せいそう》な光景は観客のことごとくを瞠目《どうもく》させ、絶叫させ、時には、気を失わせさえした、と。

　十九世紀も末期《すえ》の話だ。斯《か》くなるロベルトソンの興行が大当たりをとるや、その絡繰《からく》りを真似《まね》た数多の模倣者が後に続いた。幽霊《スペクトル》による公演《スペクタクル》はパリに住まう物好きどもの心を摑んで忽《たちま》ち流行し、後年のロベルトソン自身の述懐によれば——稀代《きたい》の手妻《てづま》師たる人物の云うことであるから眉唾物《まゆつばもの》とは云え——セーヌ河岸にはファンタスマゴリィを演《だ》す一座の舞台が乱立し、暗い廊下の端や曲がりくねった階段の天辺などに幽霊の出ぬ夜はないほどであったと云う。

　ロベルトソン自身が憧憬《あこがれ》の英国へと渡ってそれを披露《ひろう》したこともあり、ファンタスマゴリィの人気は瞬く間にフランス国外にまで波及《はきゅう》し、世に遍《あまね》く居る猟奇の徒《ともがら》とでも呼ぶべき人々の心に昏《くら》い昂奮《こうふん》を喚起したが、それでいて、誕生から半世紀と経たぬ十九世紀中葉には早くも廃《すた》れた。

　凋落《ちょうらく》の理由は幾らでも考えられるが、何より大きかった点としては、光学に関する知識が大衆に広く啓蒙《けいもう》されたことと、その操作に関する技術が急速に進歩したことが挙げられよう。誕生当初は奇跡としか思われぬほどの「迫真性《レアリテ》」をもって世人を驚嘆《きょうたん》せしめた幽霊劇も、その絡繰りが露呈《ろてい》するや、畢竟《ひっきょう》、光と音とによって拵《こしら》えられたまやかしに過ぎぬと見做されるようになっていったのだ。

端的に云えば、古びたのである。近頃シャプタル街で俄に人気を得つつあるというグラン＝ギニョル劇場の恐怖残酷劇なぞにおいて舞台演出の一環として取り入れられたりこそしているものの、それ単独での興行となると、救い難《がた》いまでに旧《ふる》い。

パサージュと同じだ——と、ノアは思う。パリの其方此方《そちこち》に蜘蛛の巣の如く走ったパサージュは、いずれも、かつては人々が夢を見る為の空間であった。硝子屋根と大理石からなる歩廊を舞台に、商品という名の物神が映し出してみせる夢の数々を。目にも鮮やかなゴブラン織の装飾布《タピスリー》やカシミアのショール、陽光に煌めく宝石や有名人の風刺人形《カリカチュール》が陳列窓《ヴィトリヌ》に犇《ひし》めき、香水や帽子を扱うブティックをはじめ、靴屋、仕立屋、菓子店、種々の特選品を揃《そろ》えた店などが肩を並べ、競い合うようにして、凝った浮彫や宝石を模した硝子で店の入り口を飾り立てていた。雨風から守られ、馬車に脅《おびや》かされることもないそれらの小径を往く者らは、客であると同時に、彼ら自身、パサージュの一部でもあった。人々は店々を眺めて歩くばかりでなく、流行の商品に身を包んで行き交う他者の姿をも絶えず観察し、自らもまた能《あた》う限り最新の品物を身に纏《まと》っては、地下に在るカフェや小径を抜けた先に在る劇場へと足を運んだ。物から物へ、人から人へと彷徨う視線は、有限の要素の順列組み合わせと並び替えとのあいだに、無限とも思える万華鏡《カレイドスコープ》の如き形象《フィジーク》を見出《みいだ》し、流行《モード》という幻影《イリュージョン》を浮かび上がらせた。そうしてまた、遊歩者《フラヌール》達は彼らの夢想を自在に拡大縮小し、変形させ、重ね合わせては、泡沫《うたかた》の夢の夢を見た。

それが、現在《いま》ではどうだ。黄金色に煌めいてこそいながら、その実、落日《らくじつ》に灼《や》かれているに過ぎぬ小径を、ノアは見渡す。途中に二度の突き当たりが存在するという、数あるパサージュの中でも珍しい特徴を具《そな》えたパサージュ・ジュフロワのひとつめの角を折れてみても、次の角を曲がってみても、人通りはひどく疎《まば》らで、歩廊を往く者と云えば、何を買うでもなくふらふらと徘徊《はいかい》する遊歩者ばかり。「流行品店《マガザン・ド・ヌヴオテ》」という、幽霊劇の前口上に引けを取らぬほど芝居《ク・ド・テアートル》がかった看板が彼方此方《あちこち》に掲げられているのも、空虚《むなし》さを煽《あお》る一方だ。斯かる衰退は、半世紀前までパサージュを庇護していた物神たる商品が、人目を惹きつけ慾望を掻き立てる力を減じたが故のことか。否々《いやいや》、決して、そうではない。かつて、通りに面した陳列窓を神座《みくら》としていた物神達は、些《いささ》かもその力を損なうことなく、彼らが為に新たに造り出された聖堂たる百貨店《グラン・マガザン》へと居を移したのである。信奉者たる客達も挙《こぞ》ってこれに追従《ついじゅう》し、己らの崇《あが》める商品が山と積まれたオリュンポスへと去って行った。後に残されたのは、流行に乗り遅れて零落《れいらく》した僅かな神々と、物好きな遊歩者ばかり。軒《のき》を連ねるのも安物のみを扱う小間物《こまもの》屋や、時の流れにはむしろ逆行する古書店や古物商、或《ある》いは、売れもせぬ画家のアトリエくらいのものとくる。

飽くまで小径という体《てい》裁を取っていたパサージュに引き替え、百貨店なる建物の内部《うち》に遊歩者達の居場所はない。自然、パサージュに取り残された彼らの見る夢もまた変質し、最先端のモードではなく、「かつて在ったもの」と「来なかった未来」との狭間《はざま》を揺蕩《たゆた》うようになった。それこそは、時代遅れのファンタスマゴリィを未だ求める者達のそれと少しも変わらぬ心性——すなわち、「感傷」と呼ばれるものに外《ほか》ならぬであろう。

ノアの手から最新型のファンタスコープと、それに据える〈断頭台へと歩むハプスブルクの娘の幽霊〉とを受け取った座長は、これからセーヌ河岸の小屋にて二週間ばかり舞台を打《ぶ》ち、その後は国内巡業に出ると云う。一年後には再びパリに帰るとも云っていたが、その時、彼らは新たな仕事をノアに齎《もたら》すであろうか。

そうはなるまい――通りの突き当たりに掲げられた大時計を仰いだノアは、半ば確信している。問題はもはや、装置に注がれた技術やタネ板の精緻さでもなければ、演出に凝らされた技巧なぞでもないのだから。

幾らノアの手になる装置が活き活きと動く幽霊を現出させようとも、世の趨勢《すうせい》は変わらない。時の流れを止めることも、加速する一方の消費の渦を止めることも、能いはしないのだ。

3

莫迦《ばか》に鏡ばかり多い屋敷である。

居室として宛《あて》がわれた部屋で独りになるなり、ノアは嘆息した。帝政様式《アンピール》の紅《あか》い天鵞絨《ベルベット》と鍍金《めっき》とで彩られた長椅子に、長旅ですっかり固くなった臀《しり》を下ろしつつ首を回してみれば、四方の壁それぞれに一枚ずつ姿見が張り付けられている。加うるに、マホガニーの化粧台が据えられ、紫檀《したん》の小箪笥《コンモード》と暖炉《シュミネ》の上にも、めいめい鏡が掲げられている。

この先二、三週ばかり寝起きすることとなるこの部屋に限った話ではない。先《せん》立って、今回の仕事の依頼人である屋敷の女主人によって邸内を一通り案内されたが、何処も彼処《かしこ》もこの調子であった。玄関の大広間に掲げられた大鏡に始まって、あれこれの部屋は疎《おろ》か、階段の踊り場や廊下の突き当たり、果ては何と云うこともない柱にまで、いちいち鏡が据えられていた。常の屋敷であれば絵画だのタピスリーだのが飾られているであろう箇所のすべてが鏡に置き換えられているると云って過言でない。調度品として掲げられていることもあれば、何の飾り気もない代物《しろもの》を無理矢理壁に嵌《は》め込んだと思《おぼ》しきものも在った。

大きさも意匠もてんでばらばらな鏡の一群ときたら、唯《ただ》でさえ来客者の胸に奇妙な漣《さざなみ》を立てずにおかぬであろうが、ノアにしてみれば、殆《ほとん》ど苦行とさえ云えた。と云うのも、元来《もとより》ノアは鏡を好かぬ。一点の曇りもなく磨き上げられたものにせよ、塵埃《じんあい》を被って薄朦朧《うすぼんやり》としか鏡像《かげ》を結ばぬようなものにせよ、此方の姿を映すという性質を具えたものは均《ひと》しなみに気に障《さわ》る。何も、己が面貌《めんぼう》に過剰なまでの嫌悪を抱いているだとか、卑屈さを覚えるに足る瑕疵《かし》があるだとかいう理由《わけ》があっての話ではない。我がことながら確たる由《よし》の判らぬ、もだもだとした生理的不快をも伴う厭《いと》わしさを、敢えて尤《もっと》もらしい言葉に押し込めるなら、自身の領分を侵されているかのような感覚とでも云ったところか。〝映す〟のも〝写す〟のも「此方の仕事」であって、相手の役目ではないという、一種の敵愾心《てきがいしん》にも似た思いだ。無機物相手に抱いたところで詮無《せんな》い感情だとは理解しているが、そう感じてしまうものは仕方がない。

これだけの数の鏡が集められていることに、何か意味はあるのであろうか。胸の内に湧いた疑問に、ノアは自ら返す。当然、あるであろう。ひとつ屋根の下に斯くも無数に据えられていながら、何も理由がないとなれば、その方が怪訝《おか》しい。だが、何かとは、何か。まさか、身嗜《みだしな》みの為というわけではあるまいが、と云って、蒐集物《コレクション》ということもありそうにない。骨董品《アンティーク》には疎《うと》いノアの目からしても鏡の出来や質は一定しておらぬし、扱いにしても、ひどくぞんざいだ。となれば、もしや、屋敷の女主人が――或いは、五年前に亡くなったという妹の方が、一種の神経症でも思っていたのであろうか。

〃妹を蘇《よみがえ》らせてほしい〃――という依頼状が遙《はる》か西方のラ・ロッシュ＝シュル＝ヨンの郵便局からパリへと届き、郵便気送管《プネウマティーク》を介してそれを受け取った共同住宅《アパルトマン》の大家である強突《ごうつ》く張りの婆さまによって屋根裏部屋《マンサルド》に住まうノアへと手渡されたのは、〈断頭台へと歩むハプスブルクの娘の幽霊〉を納品した翌日のことであった。昨夜までの徹宵《よっぴて》の仕事に疲れ果てて、種々の道具も乱雑に散らかったままの住居兼工房で麻酔《ねむり》にでもかかったかの如く眠りこけていたノアは、婆さまの金切り声によって叩き起こされると、重い眼瞼《まぶた》を擦《こす》り擦りしつつ、斜面を成した天井の窓を押し開け、手紙の封を切った。久方《ひさかた》ぶりに浴びる陽光のもとで内容を一読するや、一も二もなく諒《りょう》解《かい》の返事を認《したた》め、夜半《よなか》に階段を昇り降りする音が頻繁《うるさ》いだの、年齢《とし》を老《と》ると耳が敏《さと》感くなっていけないだのと、叱責《しっせき》とも愚痴《ぐち》ともつかぬ話を呶鳴《がな》り続けている相手の鼻頭《はなさき》に突きつけた。因業《いんごう》婆さまもこれにはさすがに閉口し、何を云うたところで効《かい》もないとばかりに封書を引っ奪《たく》り、階下へ去っていった。

四肢に鉛が詰まったような疲労《つかれ》も押して、ノアは返信を携《たずさ》えた婆さまが嶮《けわ》しい階段を下りきらぬうちから種々の仕事道具を旅行鞄に詰め込んだ。如何《いか》に疲れていようが、背に腹は代えられぬ。むしろ、間を措《お》かずして次の依頼が舞い込んだのは勿怪《もっけ》の幸いと云うべきであろう。天井も梁《はり》もない剝き出しの屋根板の下、作業台と寝床とが隣り合っているような貧乏暮らしである。立ち止まってなぞいられない。

初期の幻燈機《ラテルナ・マギカ》を用いた「科学見世物」とでも呼ぶべき一群の興行が辿った末路と、今ではファンタスマゴリィも軌《き》を一《いつ》にしている。演目《だしもの》として飽きられた後、その基本的技術がすっかり世に知れ渡り、安価なレンズの普及も相俟《あいま》って家庭用幻燈機なるものが大衆の手の届く嗜好《しこう》品となったのと同じく、近頃では、小さな車輪の付いた簡易型ファンタスコープが売り出されている。加うるに、「おばけを喚び出す法」を記した指南書なぞも流布《るふ》している始末。かつては観客《けんぶつ》を震え上がらせた舞台装置も、一家の団欒《だんらん》を彩る玩具のひとつに堕《だ》したわけだ。

斯様な終末期ともなると、それまで装置の製作を職業《しごと》としていた者が採ることのできる道も限られる。新たに人気を博した他の光学装置へと鞍替《くらが》えするか、大量生産された粗造《そぞう》な代物とは一線を画す、職人の手業《わざ》を凝らした特注品を手掛けるかのいずれかだ。

後者を選んだノアの顧客は専《もっぱ》ら家族や恋人と死に別れた個人であり、先の一座のように興行用のものをと今更《いまさら》に依頼してくる方が珍しい。疾病《やまい》や事故、或いは老衰《とし》で死《と》られた故人の姿を今一度見たいと希《ねが》う者達の為に、専用の装置と、硝子に絵を描いたタネ板とを拵《こしら》えるのが主な仕事だ。

とは云え、それとて今では注文が絶えがちだ。ひとつにはファンタスマゴリィ自体が時代遅れの遺物と捉えられるようになった為であり、今ひとつには、神経病理学や心理学という若い学問の発展に伴い、抑々《そもそも》幽霊なるもの自体、光学的乃至《ないし》心理学的な残像に過ぎぬという見方が広まりつつある為でもあろう。但《ただ》し、何より大きかったのは、家庭用として安価で出回ったファンタスコープを購《あがな》った者らの「ファンタスマゴリィという奴も、結局はこんな子供騙《だま》しに過ぎぬのか」という落胆が広く人口に膾炙《かいしゃ》したことであろう。

ノアのような製作者からすれば不当な評価だ。勿論、濫造《らんぞう》された投影装置の性能が低いことは確かだが、それ以前に、抑々《そもそも》としてファンタスマゴリィとは緻密《ちみつ》に計算された舞台設計と演出とが相俟《あいま》ってこそ成り立つ見世物なのである。おどろおどろの音楽《がくのね》もなければ、恐ろしげな気《アウラ》に充ち満ちた場の設定も抜きに、幽霊や髑髏《どくろ》の姿を幾ら映写幕に投影したとて、「迫真性《レアリテ》」なぞ生じるはずもない。単に装置の操作を覚えただけでは、不足《だめ》なのだ。

尤も、ノアの手掛けるファンタスコープは斯様な演出を必要としない。詐術めいた手妻やまやかしを弄《ろう》さずとも、十分な迫真性を具えている。まして、哀悼の思念《おもい》故にこそ愛しい相手の再来を望む者にとっては、冥府の音楽も地下納骨堂の暗がりも、却《かえ》って余計な夾雑物《きょうざつぶつ》となるばかりであろう。

しかしながら、幾ら優れた技術をノアが具えていたとて、ひとたび余処へと向いてしまった人人の視線を引き戻すことは難しい。現に、製作の依頼は年々減じる一方で、今では幽霊を生み出すことよりも、先のマダム・カプシーヌの伴侶――〈尖塔の窓の幽霊〉――のように、その死亡宣告を下すことの方が仕事の中心となっているくらいだ。故にこそ、仮令《たとい》パリから遠く離れた片田舎であるラ・ロッシュ＝シュル＝ヨンからの依頼であろうと、断るという選択肢は最初《はな》からない。先方からの返事《かえり》も待たず、次回万博に向けて彼方此方《あちこち》改築中のオステルリッツ駅を発《た》つ列車へとその日のうちに飛び乗ると、ナントを経由してラ・ロッシュ＝シュル＝ヨンまで一昼夜、其処から更に馬車に揺られること数時間。陽差しも疎《まば》らにしか届かぬ人里離れた淋《さび》しい森の奥へ奥へと分け入るにつれ、よもや馭者《ぎょしゃ》が道を誤ったのではないかと愈々《いよいよ》疑い始めた頃――それまで頭上に蔽《お》っ被《かぶ》さっていた樹々の枝葉が成す穹窿《ヴォールト》天井が出し抜けに途切れた。代わりに姿を現したのは、冥雲《くらくも》の垂れ込めた空を背後《うしろ》に負い、ゴシック様式風の小塔を具えた、壮大かつ陰気な屋敷であった。

幽霊劇には如何にもお似合いな外観だと思いつつ招じ入れられてみれば、内部《うち》は内部でそんな威容に似つかわしからぬ帝政様式《アンピール》の調度に彩られ、加うるに、鏡の群《むれ》とくる。あの横柄《おうへい》な女主人に訊ねれば、斯様な造形《つくり》の意図も少しは見えるであろうか。そう思いつつ、ノアは腰を上げた。

そうして部屋を後にしようとした時、偶《ふ》と、誰かの視線を感じた。

首を回してみれば、何のことはない。壁際に据えられた姿見の中から、艶《つや》めく黒髪を短く刈り込んだ青年が、冥《くら》い双眸《そうぼう》で此方をじっと凝視《みつ》めているばかりであった。

4

疫病《えやみ》に死《と》られた父親から莫大な財産と土地屋敷を相続した後、僅かばかり手元に残した召使《めしつかい》らを除けば、この広茫《こうばく》たる屋敷に、姉妹はたったふたりで暮らしてきたのだと云う。母親は疾《と》うの昔に――遅くとも姉妹が物心つく頃までには――理由も告げずに出奔《しゅつぽん》し、後の行方《ゆくえ》は杳《よう》として知れぬそうだ。話だけ聞けば如何《いか》にも憐れな境遇と思える一方、若くして金と自由を手に入れ、人里離れた地に蟄居《ちっきょ》しているというのは幾分羨《うらや》ましいような気もしたが、そうと語る当人の口振りが何処か冷々《れいれい》と冴《さ》え返った抜き身のだんびらめいていることもあって、ノアには何とも返しようがなかった。「妹は五年前に事故で死んだんだよ」と口にした時でさえ、此方に斬りかかってくるかのような鋭さが抑揚の内に含まれていた。

今回の仕事の依頼人たる御婦人――マルグリットの話だ。

年齢《とし》は二十七。未婚。幼少期から身体が弱く病気がちで、生まれてこの方、屋敷の在るヴァンデ県――革命期には革命政府軍と反政府派農民のあいだで繰り広げられた血腥《ちなまぐさ》い戦いと虐殺の舞台となった地だ――から外へは一度も出たことがないと云う。但《ただ》し、父や妹の死、母の出奔という過去を思えば、箱入り娘というより、棺桶《かんおけ》の方が似合うような翳《かげ》が強い。

他人《ひと》の容貌《きりよう》だの美醜だのには疎い――と云うよりも、殆《ほとん》ど理解の及ばぬノアには、美しいともそうでないとも判じ難いが、とまれ、世間からすれば整った顔立ちと表されるかんばせの持ち主なのであろうとは推し測れる。金色の癖っ毛がはらりと掛かった頰は異様なまでに白く、この下に赤い血が流れているとは到底思えない。唇もひどく蒼褪めている。双眸《そうぼう》を縁取る眼瞼《まぶた》や眦《まなじり》、目頭や眉間《みけん》には、険とも翳ともつかぬものがあるが、生来そういう顔立ちであるのか、相対しているのがノアであるからなのかは、判らない。仕事を依頼してきておきながら、猜疑《さいぎ》や怪訝《かいが》の眼差しを向けられるというのは何とも理不尽に感じられる一方、仕事の為に二、三週も屋敷に身を置かせてほしいと申し入れた此方の振る舞いを思えば、それとて無理からぬことであろう。

黄金《きん》の装飾と深紅《あか》い天鵞絨《ベルベット》の敷布に彩られた寝台に横たわり、何をするでもなく正午《ひる》過ぎまでだらだらと過ごす。それから食堂へ向かい、召使によって供《きよう》される、もはや朝餉《あさげ》なのやら昼食なのやらも判らぬ食事を独りで、或いは、マルグリットとふたりで摂《と》る。腹が膨れたところで、早くも午睡《ひるね》。客なぞ訪ねて来ようはずもない応接室にて、ふかふかの長椅子に身を沈め、思う存分微睡《まどろ》む。窓から差し込む陽光に鼻を撫でられて目を覚ましたなら、麵麭《パン》と短剣を抛《ほう》り込んだ籐籠《とうかご》片手に屋敷の庭や森を散策しても良いし、広大な図書室の棚から抜き出した本を持って小塔の螺旋階段をぐるぐるぐる廻り、頂《いただき》上に在る小部屋で読書に耽《ふけ》っても良いし、未だ眠たいようなら、そのまま寝ていても良い。夕食の後には葡萄《ぶどう》酒をちびりちびりと飲《や》りながら――時には盛大に喇叭《らつぱ》飲みしながら――マルグリットとあれこれの饒舌《おしやべり》をしたり、広間で出鱈目《でたらめ》な歌を唄いながら踊ったりして、疲れたなら何処で寝ても構わない。翌朝になって目を覚ました時には、勝手に自室の寝台まで運ばれている。

　屋敷に逗留《とうりゅう》し始めてから五日間、ノアはそんな風にして過ごしていた。居候《いそうろう》の癖に随分な御身分だとも思われようが、当人にしてみれば、これも立派な仕事の一部であるから、斯様な謗《そし》りを受ける謂《いわ》れはない。これも偏《ひとえ》に、今は亡きマルグリットの妹――シャルレーヌ嬢の生活《くらし》振りを可能な限り忠実になぞる為なのである。

　活き活きと動く幽霊の姿を硝子板へと定着させるに際して、当の死者が周囲からどう〝見えていたか〟、どう〝見られていたか〟を正確に把握するのは欠かせぬ作業だが、それだけでは未だ足りず、死者当人が生前に何を〝見ていたか〟を識るのもまた、欠くべからざる要素である。主観と客観、その両輪が正しく駆動しなければ、成果物について依頼主の納得を得ることは難しい。

　後者を欠いた幽霊も動くことには動くものの、それを見せられた遺族なり恋人なりは、映写幕に投影されているのが己の愛した者の姿であるとは決して認めない。故人によく似た別の何か――つまりは、〝活き活きと〟という要素を持たぬ木偶《でく》のようにしか感じられぬと云う。ノアの師はこのことに関して、〝視点《ポワン・ド・ヴュ》〟が如何に肝要であるか、口酸っぱく説いていたものだ。

　師は奇矯《ききょう》な女性《ひと》であった。豊かな黒髪を戴《いただ》いた人物で、かんばせを成す部位のひとつひとつが大層整っていたが、年齢の見当はまるでつかなかった。奇矯だというのは専ら言動においての話であって、おかしなことに、彼女は自らを魔女と名告《なの》っていたのである。事実、死者を写して映す術《すべ》に限らず、古今東西のありとあらゆる幻影《まやかし》に精通していたから、その点では魔女を自称したとて分不相応ということのない偉大な人物であったが、時折、自分はかつて月の女神《ディアナ》であり、秘薬《キルケー》を使う者であり、復讐《メディア》の王女でもあったなぞとわけの判らぬことさえ云う。いずれ神話上の存在だ。此処まで来ると大言壮語というより、荒唐無稽なばかりだが、当人は至って真面目な容子で、冗談なのやら一時的な狂気の発露なのやらも判じ難く、結局、放擲《うっちゃ》っておくという手をノアは採った。奇態なところこそあれ、幻燈機、分けてもファンタスコープの製作に関する腕は慥《たし》かであるから、師と仰ぐには十分であった。ノアの手になる動く幽霊にしても、元はと云えば彼女が発明したものであり、ノアは徒弟としてその技術《わざ》を継承したに過ぎぬ。謂《い》わば、独創《オリジナル》ではなく引き写しだ。

とは云え、適切な知識を学び、手業《わざ》を磨けば誰であろうと同じものが造れるようになるわけではない。鋭敏な観察眼と他者に対する深い共感《エンパシィ》。それらを持ち合わせていなければ、幾ら研鑽《けんさん》を重ねたとて頭打ちだ。その点、ノアには所与の才があったと云える。尤《もっと》も、師と出会うより以前の当人にしてみれば、それは決して才能や異能なぞと思い做せる類の代物ではなく、むしろ、呪いと呼ぶべきものであったのだが、とまれ、ノアは斯様な能力を用いつつ、故人が過ごした日日を自ら再現することにより、自身は一度も見《まみ》えたことのないシャルレーヌなる女性の視点を得るという離れ業《わざ》を成し遂げようとしているのである。

現に今、長椅子にだらしなく寝そべりながら屋敷の女夫人と相対しているのも、決して、惰気《だき》からのことではない。卓を挟んで向かい合ったマルグリットに、ノアは問う。「妹君《いもうとぎみ》も、ヴァンデから出られたことはなかったのですか?」

享年《きょうねん》十九。亡くなったのは五年前であると云うから、姉とは三歳違いになるはずだ。

マルグリットは浅く頷《うなず》き、「それどころか、ラ・ロッシュ゠シュル゠ヨンの街まで行ったのが一番の遠出というくらいだよ。外の世界のことなんか、わたし以上に知らなかったはずだ」

屋敷と森、それから都会とは云い難い街だけが世界のすべてであったと云うのは、憐れと云えば哀れなことだが、それ以上にノアが気になったのは、妙齢の姉妹が両人《ふたり》揃って狭い世界に閉じ籠もっていた理由《わけ》である。娘らを目の届くところに舫《もや》っておこうとする両親《おや》も居らねば、有り余るほどの資産だってあるのだから、その気になれば何処へなりとも自由に羽を伸ばせる身分であろうに。家屋敷から離れた土地に転居《うつ》るとまでは云わずとも、旅行なり何なりして――そう、例えばパリの石畳を踏んでみたいというような憧憬《あこがれ》を抱いたことはなかったのか。

「わたしは生まれつき身体が弱いからね」と、別段憂《うれ》うような素振りも見せずにマルグリットは云った。「そうでなくとも、都会に行ってみたいなんて思ったこともない。この屋敷と森さえあれば、わたしにはそれで十分だよ」

燦然《さんぜん》たる電燈の光を放つ百貨店に羽虫の如く集《たか》っているパリっ子どもが聞いたら、目を丸くしそうな発言だ。何しろ、十分だとか充足だとかいう言葉ほど、資本主義なる狂騒劇《エクストラヴァガンツァ》と相容《あいい》れぬものも外《ほか》にない。かつての神への信心がそうであったように、物神という奴もまた、幾ら崇めようと信奉しようと、十分ということは決してないのだから。

ただ、ノアの職業《しごと》上、それにもまして聞き逃してはならぬ点があった。

〝わたしは〟、〝わたしには〟と云うからには――「妹君は違った、と？」

マルグリットは虚を衝《つ》かれたとばかりに束の間黙り込んだ後、努めて拵《こしら》えたと判る赫然《きつぱり》した声音で、「いいや、あの子だってそうだったに決まってる」

5

屋敷で過ごす日々の中で、ノアにも段々と判ってきたことがある。

ひとつ、マルグリットの口振りが偉くぶっきら棒なのは、此方を疑っているのでもなければ、嫌悪の情に根差したことでもなく、単に、それ以外に口の利き方を知らぬが故らしいということ。十三歳にして父親を亡くして家督《かとく》を継ぎ、教育係も早々に馘首《くび》にしてしまったと云うから、姉妹ともども礼儀だの作法だのという事柄とは縁遠く、加うるに辺鄙《へんぴ》な土地に蟄居《ちっきょ》している所為で他者と触れ合う機会も滅多にないとなれば、仕方のないことであろう。

ひとつ、先に挙げたことの遠因とも云えようが、この屋敷において、姉妹はふたりの女王として振る舞ってきたということ。屋敷で働く使用人らの中には姉妹が生まれる以前から勤めている者もちらほら居るが、畢竟《ひっきょう》、雇われの身である。女王達の気に入らぬ点があれば、件《くだん》の教育係同様、あっさりと暇《いとま》を出されるのは明白であったし、事実、姉妹はそうしてきた。結果、己が主らが如何《いか》に奇矯な振る舞いをしようとも、窘《たしな》めんとする者は居ない。

ひとつ、姉妹はいずれも生き物を蹂躙《なぶ》ることに愉悦《ゆえつ》を覚えるという偏奇《へんき》な嗜好《しこう》を具えていたということ。森へと散歩に出るノアが——シャルレーヌが——決まって麵麭《パン》と短剣《クトー》を携えるのも、千切った麵麭を餌に誘《おび》き出した野兎だの野鼠だのを狩る為であった。勿論、如何にか弱き小獣とは云え野性の獣が相手であるから、斯様な手段《て》では逃げられることの方が多いのだが、猟銃で撃つとか罠に掛けるとかではいけないというのが彼女の信条《ポリティーク》であった。手ずから肉を穿《うが》った感触を掌中に得ねば、生命《いのち》を殺《と》る愉しみも減じてしまうから。

　生来の虚弱な体質故、マルグリットはシャルレーヌほどに活動的ではないものの、気質自体は同じくしているので、妹が生け捕りにしてきた獲物を可能な限り生かしたままに捌《さば》くだとか、庭先で捕らえた蝶や蛾の翅《はね》を毟《むし》るだとか、屋敷の内で見つけた蜘蛛の肢《あし》を捥《も》ぐだとかいうことに昏い悦びを覚えているようである。そう、現在形《プレゼント》だ。

　はじめのうちこそ、仕事として厭々ながらに生き物を殺めていたノアであったが、直《じき》に慣れてしまった――と云うよりも、真実、愉しくさえ感じるようになった。小獣に刃を突き立てるのも、姉と一緒になって虫を蹂躙《なぶ》るのも、面白い。そしてそれは、とても良い徴候であると云えた。ノアの内にシャルレーヌが呼吸《いき》づき始めたことの証拠であるからには。

　一方のマルグリットも随分と心易《こころやす》くなったが、それは妹が居た頃のように〝遊び〟を愉しめるからということに加え、製作に係《かか》る腕前を認めてもらえたが故であろうとノアは思う。事実、お覚えがめでたくなったのは、ファンタスコープを上映してみせてからのことだ。

「君の技倆《ぎりょう》を疑うわけではないけどさ、一度、実物を見せてくれないか」という依頼主の要望に従って、ある夕餉の後に実演してみせたのだ。言葉とは裏腹に、マルグリットの声音のうちには怪訝《かいが》の念が滲《にじ》んでいたが、〝死者の視点を得る為〟という俄には信じ難い理由から二、三週ものあいだ屋敷の内で好き勝手に動くことを許す上、相応の対価とて払うのだから、職人の腕を事前に確かめておきたいと考えるのは自然であろう。むしろ、初日にそうと所望されなかったのが不思議なほどだと思いつつ、ノアは準備万端携えてきたファンタスコープを応接室の卓に据えた。この数日のうちに幽霊が死んではいないかという懸念《けねん》はなくもなかったが、それも結局、杞憂《きゆう》に終わった。その死を嘆き悲しむ者が多ければ多いほど、幽霊の寿命も長く保《も》つ。その点、〈モンマルトルの舞姫の幽霊〉を持参してきた効《かい》もあったというものだ。

瓦斯《ガス》を使えぬ代わりに携行用の油燈《ランプ》を光源とした上、映写幕もないから些か鮮明さは欠いたものの、装置のレンズから放たれた光線が室内の埃《ほこり》を綺羅《きら》々《きら》と輝かせながら闇を切り裂き、舞台上で舞うひとりの女性の姿を壁の表面《おもて》に映し出すや、マルグリットが息を呑むのが見て取れた。かつて数多の観客《けんぶつ》を虜《とりこ》にしながら、馬車に轢《ひ》かれて敢えなく路傍の露と散った〈モンマルトルの舞姫の幽霊〉は、嫋《たお》やかに腰を撓《しな》らせ、白蛇の如く腕をくねらせては、爪先にて軽やかに床を蹴る。他の職人らの手になるそれと違い、ノアのファンタスコープは光源に灯を投じる以外には何らの操作も段取りも必要としない。

にもかかわらず、映し出された幽霊は活き活きと動く。

但し、人々が悲しみに囚われている限りにおいてのみ。

そう、幽霊が死ぬのは、現世《あと》に遺された者達が喪失を受け容れ、悲しみから立ち直った時だ。こう云い換えても良い。望むと望まざるとにかかわらず生き延びてしまった者らのこころの傷が癒え、なお再び生き存えようと決めた時だ、と。それはすなわち、〝喪の作業〟の終わりとでも呼ぶべきものだ。故にこそ、幽霊の死というのは別段悪いことでもないとノアは思う。痛みを乗り越えることと、故人を忘れ去ることは、まったくもって別の話だ。死者を悼《いた》みながらも、悲嘆に暮れはしないというのは、両立する態度《ポーズ》である。だから、〈尖塔の窓の幽霊〉が死んでから後のマダム・カプシーヌのことも、心配する必要はない。彼女は、もう、大丈夫だ。幽霊が死んだことこそが、逆説的にそれを証立《あかしだ》てている。

音楽も演出もなく、片田舎の屋敷に籠もっているマルグリットは、かの舞姫のことも知らぬであろうから、それが幽霊であると判じることとて能わぬであろうが、光学装置に慣れぬ者を圧倒するくらいはわけのない話であった。

光学の発展の速さは、目覚ましいという言葉に収まらず、目まぐるしいほどである。

十六世紀に発明された、微細《ちい》さな穴や隙間《スリット》を使って装置の外部にある景色を暗室内に投影する装置や、カメラ・オブスクーラ、或いは東方から伝わった影絵芝居《オンブル・シノワーズ》からすれば、考えられぬほどに投影術——すなわち、〝映す〟技術は進歩した。発展の立役者は主としてふたつ。ひとつは高精度なレンズ。もうひとつは自然光から油燈の灯へ、更には瓦斯燈を経て電燈へと光量を増し続けた光源である。レンズは光を収束、拡散することによって投射対象との距離に応じた大きさの像を生じさせ、光源が強力であればあるほど、結ばれる像は鮮明になる。

加うるに、飽くまで現にその時その場にあるものしか映せなかった影絵やカメラ・オブスクーラと異なり、タネ板さえ用意すれば、その場に存在せぬものを幾度でも映し出せるという再現性こそ幻燈機の最大の特徴だが、これにはタネ板の素材となる硝子の加工技術の向上も多分に寄与している。

他方、同じくカメラ・オブスクーラという共通の祖《みおや》を持ちながら、〝映す〟のではなく〝写す〟ことを指向した寫眞術《しやしん》もまた、銀板写真《ダゲレオタイプ》の発明以来急速な進歩を遂げ、人の目が捉えた景色を剰《あま》すことなく写し取るのみならず、肉眼では認識し得ぬ物体の一瞬の動きや天に閃く稲光を時間から切り出して固着したり、更には天体望遠鏡を用いた精細な月面寫眞や顕微鏡寫眞といった、人間の目には映らぬものを写し取ったりということさえ能うようになった。後者の方面では、万物が放つ生気を写すというオド寫眞をはじめとする流体寫眞なる怪しげなものを経た後、X線撮影によるレントゲン寫眞が発表されて世を賑わせたばかりだ。

斯くてめいめいに進化を遂げた〝映す〟技術と〝写す〟技術とのあいだに生まれた申し子こそが、つい近頃、リュミエール兄弟が世に問うた「映画装置《シネマトグラフ》」である。活き活きと動く寫眞とでも呼ぶべきものを映写幕に投影するそれは、オペラ座からほど近くに在るグラン・カフェにて上映されるや世の評判を攫《さら》い、来《きた》る万博においても世界に向けて喧伝《けんでん》されるという。

「慥《たし》かに素晴らしいね。凄い出来だ」ノアが油燈の火を落とし、寂寞《じゃくまく》たる闇が再び室内を充たすや、マルグリットは溜め息交じりに云った。それから、ごくさり気なく、「大昔に目にしたものより、余っ程優れてる」とも付け加えた。

過去に幻燈の類を目にした経験があるとは意外であったが、大方、地方廻りの一座を金に飽かせて屋敷に招きでもしたのであろう。屋敷と森があれば他は要らぬというのがマルグリットの価値観であるらしいから、未だ父親が生きていた頃か。或いは、シャルレーヌが望んだか。十分にあり得そうなことだとは思いつつ、深追いはしなかった。無理に相手に訊ねずとも、このままシャルレーヌの〝観照〟を続けていけば、いずれ判ることであろう。

6

一秒間に十六コマ。それが、映画に動きを齎《もたら》す機構の駆動速度だという。

シネマトグラフは、装置に据えられたフィルムを一コマずつ映写幕に投射しては次のコマを送り込むという間欠機構で成り立っている。つまり、連続寫眞と大差ない仕組みだ。コマとコマの間には間隙《かんげき》が存在するが、意識の上では認識し得ない一コマ前の〝過去〟と、〝現在〟投影されているコマとの差分を、観る側が補完することによって、其処に〝動き〟が見出される。

精度と速度こそ比にはならぬとは云え、旧来のファンタスマゴリィにおいて暗闇に映し出された「動く幽霊」の大半も同様の仕組みによるものだった。ファンタスコープの内部で素速くタネ板を切り替えたり、複数の像を重ねたりといった操作によって差分を生むのだ。

いずれも観客に〝動き〟を錯覚させることこそあれど、真に運動と呼び得る〝連続性〟を具えているわけではない。幾ら映写幕の表面《おもて》で人が歩こうとも、馬が跳ねようとも、列車が迫って来ようとも、コマとコマ、タネ板とタネ板との間には断絶がある。連続寫眞の一片《ひとひら》一片が、煎《せん》じ詰めれば、同一被写体の異なる状態を捉えた画の集合であるのと同様《おんなじ》に。

だが、ノアの手掛けるそれは違う。その手になるファンタスコープが投影する幽霊は映写幕の中で——奇妙な云いようだが——生者の如く活き活きと動き、笑い、泣き、躍《おど》っては踊る。それでいて、その動きのうちには切れ目がない。師からノアへと受け継がれた技術が近いのはむしろ、従来のファンタスコープにおけるもうひとつの——それこそがロベルトソンが既存の幻燈機に加えた何よりも大きな改良点でもあった——〝動き〟の表現方法、すなわち、装置本体を車輪によって前後させるという処理の方がまだしも近い。極めて原始的な手法ではあるが、遠近法《パースペクティヴ》に即した拡大と縮小を繰り返す様は、それを見慣れぬ観客には、幽霊や魔縁が迫り来ては遠離《とおざか》るようにしか見えない。事実、初期の興行においては、近づいてくる化生を払い除けようと拳や杖を振り回す客が多く見られたという。

後者の〝動き〟には間欠性が存在せず、真に連続している。

　要するに、ノアが描き出した幽霊は、物質界における万物がそうであるように、同一性と連続性を保ったままに運動している。或いは、流動している。装置に据えられた硝子のタネ板には、唯ひとつの画が描かれているに過ぎぬにもかかわらず。

　蓋《けだ》し特異な技術である。熟練と研鑽、そして、観察力と共感《エンパシィ》という能力抜きには決して能わぬ手業《わざ》に違いないが、しかし——否、だからこそ、と云うべきか——今後、爆発的に普及していくことが容易に想像できるシネマトグラフとは反対に、世人に顧みられることなく消えていく運命《さだめ》にある技術だとノアは確信している。誰でも再現と複製が可能であることこそ、未来《さき》の世が求めているものであるからには。

　遠からぬうちに、世界中の至る処で、複製された同じ映画がシネマトグラフによって上映されるようになるであろうが、それはもはや、工業と商業、乃至《ないし》は流通の領域に属す話であって、徒弟制による技術の継承や一座による興行という形態とは本質的に相容れない。

　そのことにノアは別段、特別な感慨を抱きはしない。唯、飯の種に困るなと思うだけだ。

　屋敷に来てから早二週間。頭の一方で斯様なことを考えながら、もう一方ではシャルレーヌとして振る舞うことが能うまでに、ノアのこころには彼女の存在が馴染んできている。いちいち思考を切り替えたりせずとも、ノアの中のシャルレーヌは絶えず動き続けている。

「ねぇ、お姉様」ノアは——シャルレーヌは——嫋やかに小首を傾げて云う。「次は此処の腱を切ってみるのはどうかな?」

　そう、恰度《ちょうど》、こんな具合だ。茫々《ぼうぼう》と草の生い茂った庭先で彼は今、仰向けにした食用蛙の後ろ肢《あし》を押さえつけている。蛙は先《せん》から必死に身を捩《よじ》り、前肢をばたつかせている。幾ら藻掻いたとて、切り開かれた腹から腸《わた》が零《こぼ》れ落ちるばかりで何の効《かい》もないと云うに。

「うん、そうだな。そうしてみよう」視線で指し示された蛙の右脇へと短刀の切っ先を宛がい、マルグリットは刃を辷《すべ》らせた。直後、蛙の前肢はびくびくと痙攣《けいれん》してから、だらりと垂れ下がった。さながら一条《ひとすじ》だけ糸の絶えた糸操り人形《マリオネット》の如く。暴れる総身と無関係に。「面白いな」

「面白いね」姉の言葉に、ノアも――シャルレーヌも――応じる。

両人《ふたり》は顔を見合わせ、にんまりした酷薄な笑みを鏡写しの如く浮かべる。

亡き者の振る舞いをなぞり、死者の視点を得る。その行為を、師は〝観照《かんしょう》〟と呼んでいた。それ自体は、特別なことではない。親しかった者を念《おも》い、「あの人だったらどう感じただろう」と考えるというのは、誰しも覚えのあることであろう。

その瞬間《とき》、真に考えているのは、誰か？

当然、一義的には〈わたし〉である。現に肉体を持って其処に居るのは、〈わたし〉自身に外《ほか》ならぬのだから。

しかし、一方で正にその瞬間、意識の形姿《かたち》は故人のそれに近い形状を写し取っているとは考えられないか。タネ板を瞬時に切り替えたとしても、幻燈装置自体は何らの変化もせず、投射される映像《かげ》のみが姿を変えるように。

そして、ノアの持つ過剰なまでの共感《エンパシィ》の力は、限りなく死者のそれに近い思考形態を呼び起こす。その為の手続《プロセッシュイス》として何より有効な行為こそ、現に身をもって死者の行動をなぞることなのである。

斯様なノアの姿を目にしたとて、「唯の演技ではないか」と考える者も居ようが、ある意味では、それも正鵠《せいこく》を射ている。古来、演技とは憑依と同一視されてきたものなのだから。

無論、幾ら所与の才をもってしても、会ったことも話したこともなく、既にこの世にさえ居ない人物に共感を働かせるというのは難儀なことだ。

其処で必要とされるのが、先の〝観照〟と並ぶもうひとつの技術――〝観傷《かんしょう》〟である。

遺された者にとって死者が如何《いか》なる存在であったかは、依頼主に仔細に訊ねれば自ずと見えてくるが、大抵の場合、そうして聞き出せるのは多分に美化を含んだ過去への感慨だ。故人を念《おも》い、死者を偲《しの》ぶことが目的ならば、それでも構わぬであろうが、共感の力を遺憾《いかん》なく発揮する為の材としてはまるで足らない。故にこそ、ノアは訊くことに加えて、よく視《み》る。遺された者が、喪失によって負った、傷を。

〝ちび伍長〟の甥《おい》たる新帝の命を受けたセーヌ県知事オースマンの手になる大規模な都市改造計画を経てもなお、パリ市街には未だ多くの旧遺物がモザイク状に残っている。その両者――旧きものと新しきもの――の境界《あわい》にある断絶こそが一種の傷としてかつての街の姿を遊歩者《フラヌール》に幻視させるように、死者の如く振る舞うノアとの遣り取りの中で相手がそうと意識せぬままに覗かせる傷は、死者がどう見られていたのかを言葉以上に顕《あら》わにする。それこそが、共感を抱く為の鍵だ。

これら〝観照〟と〝観傷〟が踏む手順は、それを通じて出来上がる幽霊の姿とはあべこべに、むしろ、シネマトグラフの仕組みに近い。断片的な傷と傷とのあいだ。死者を模したひとつひとつの行動の間隙――斯様な差分のあいだに横たわる断絶を補完せんとする意識のありよう。それらを獲得した時、何が起こるか？

〝幽霊とは過去、現在、未来に跨《また》がって属すものだ〟――と師は常々語っていた。未だ忘れ得ぬ過去、来ることのなかった未来、そして、生々しく蘇る現在の傷。その代謝とでも呼ぶべきものこそが幽霊の依《よ》り代《しろ》だ、と。それから〝時の流れは一条《ひとすじ》でなく、交叉《こうさ》と分岐を繰り返す、無量に連なる辻の如きものである〟とも。依り代が成れば、我々の生きる世界とは僅かに異なる分岐した世から、その時の流れの中では未だ生きている者のこころを依り代へと写し取ることが能うのである。其処まで至れば、後は筆先にそれを宿らせてやるだけで良い。

その為にノアは〝観照〟と〝観傷〟を繰り返し、観たものの順列を絶えず並び替え、配列を変換することによって、徐々に徐々に、死者を己《おの》が内へと招じ入れる。

今回もその作業は極めて順調に進んでいたが、唯一、常と勝手が異なるのは、邸内の方々《ほうぼう》に据えられた鏡の存在であった。それら一枚一枚に映る――或いは、偶《たま》さかに生じた合わせ鏡の中で無限に増殖する――短い黒髪と漆黒の双眸とに、ノアは妙に落ち着かぬ気分にさせられる。

「ねぇ、君、硫酸を取ってきておくれよ」と、マルグリットが出し抜けに云った。

蛙は今やぐったりとして、抵抗を諦めている容子であったが、未だ生きている。その身が、生きたままに溶けてゆくところを見てみたいのだと姉は云うが、斯様な毒物が屋敷の何処に在るのか、ノアには判らない。

「ほら、東の翼《よく》の階段下。あそこの物置にしまってある奴だよ」首を傾げるノアに、知っているだろうとばかりにマルグリットは云った。彼女にはもうすっかり、ノアが妹に見えているようだ。

ああ、そうだ。そうだった、とノアは――シャルレーヌは――頷く。初めて知った事柄であるにもかかわらず、〝知った〟というのではなく、〝忘れていたことを思い出した〟という実感が慥《たし》かにあった。シャルレーヌは、すぐ其処まで降りてきている。

云われるがままに、ノアは――シャルレーヌは――東の翼廊に向かい、階段の下に設《しつら》えられた小さな扉を開いた。狭い物置の闇の内で埃が舞い上がる。上衣の袖で口と鼻を覆いつつ、雑多に押し込まれた種々の道具や、壁際に据えられた棚を検《あらた》めた。そうして、「acide sulfurique」という書き付けの貼られた壜を見つけて手を伸ばしかけた時、怪訝《おか》しな物が目についた。

レンズの嵌《は》められた鏡筒が突き出した方形の木箱だ。一見するなり、ノアにはその正体が判った。車輪付きの台座こそ取り外されているものの、紛《まご》う方なきファンタスコープである。それも、己が手になる物とよく似た形態《かたち》をしている。マルグリットから頼まれた硫酸のことなぞすっかり忘れて、ノアはそれを手に取った。埃を拭って間近に見てみれば、似ているどころの話ではなく、油燈の熱や煙を逃がす煙突の造りから、内部機構を弄《いじ》る際に開ける扉の付き方まで、そっくりそのままであった。一体、誰の作かと気になって、持ち上げた装置の底面を覗き込んでみれば、やはり、ノアのそれと同じ真鍮製の板が貼り付けられていた。

其処に刻み込まれていた銘は、

――ノア・カルパンティエ――

ノアは当惑した。慥かに、内部構造にも、それを成す部品のひとつひとつにも見覚えがある。否、身に覚えがあると云った方が良いであろう。目に見える形姿ばかりでなく、各部位を弄ってみた際の感触までもが、異様なほど指先に馴染む。そして、刻み込まれた己の銘。「N」の字の両端を湾曲させた特徴的な意匠は、間違いなく自身が日頃から使っているものだ。しかし――

どうして、そんなものが此処にある?

所有者間での売買や古物市場での取引を介して、マルグリットの手許まで流れてきたのであろうか。それ自体は取り立てて珍しいことでもないが、それならば、どうして彼女はノアの手になるファンタスコープを有していることを黙っていたのか。彼女自身、此処にこれが収められていることを知らなかったとは考え難い。長姉たるマルグリットが家督を継いだのは十四年も前の話だ。自身がいつから師の徒弟となったか、不思議と記憶が曖昧《あいまい》で確《しか》とは思い出せぬが、少なくとも、そんな昔には製作術など身につけていなかったはずだ。或いは、シャルレーヌが姉に知られることなく購《あがな》ったのであろうか。可能性はあれこれと考えられるが、気になるのは入手経路ばかりではない。

一体、このファンタスコープの中に居るのは誰の幽霊か？

装置にはタネ板が据えられたままになっている。となれば、この疑問の答えは容易に得られるであろう。

実際に灯を入れ、投影してみれば良い。

7

閨《ねや》の内で、姉妹は身を絡ませ合っている。

純白のシュミーズやキュロットが蕚《うてな》から落ちた花瓣《はなびら》の如く散った寝台の上、下着や寝具よりもなお皓《しろ》い裸体を剝き出しにしたマルグリットは、シャルレーヌの――ノアの――身体にのし掛かり、その身を包む夜着を乱暴に引き剝がしてゆく。男と女では抑々《そもそも》体型が違い過ぎるのだから着られるはずがないと思っていたのに、不思議とノアの膚《はだえ》にぴったりと沿うた亡きシャルレーヌのシュミーズを。

血が通っているとは信じられぬまでに冷たい皓さを放つマルグリットの手は、その見た目に反して、火に溶けた鉛のように熱かった。指先に身体の其方此方《そちこち》を愛撫されるたび――と云うよりも、方々を抓《つね》られるたび、ノアの口からは己のものとはとても思えぬ甲高い嬌声《きょうせい》が漏れ出した。触ってほしいと感じる箇所《ところ》を的確に探り当てる姉の手つきは、お前の身体はこういう形姿《かたち》をしているのだよと諭《さと》してくるかのようであった。

人の世の禁を破った、姉妹のまぐわいだ。

生前のシャルレーヌのありようが胸の内に染むにつれ、マルグリットの負った傷が顕わになるにつれ、いつかこのような局面が訪れることを、ノアは予《あらかじ》め理解していたはずであった。にもかかわらず、己が寝所に引き込まんと肩に回された姉の手を振り払うことは、できなかった。

考えなければならぬことは、幾つもあった。

ひとつには、あのファンタスコープの件がある。何故か、その存在を知ったことを気取られたら姉に咎められるように思え、シャルレーヌは――ノアは――屋敷の内が森閑《しん》と静まり返った夜更けを待ち、自室へと装置を運び込んだ。油燈を灯してみれば、壁に映し出されたのは、口髭を蓄えた壮年の男の映像《かげ》であった。幽霊としても既に死んでいるそれが誰であるのか、人の顔貌《かお》を覚えることを極端に苦手とするノアには判らなかったが、ふとした思いつきから、応接室に飾られていた肖像画をこっそりと運び出して、壁に映った幽霊の亡骸と並べ、目、鼻、口と順繰りに引き較べてみた結果、姉妹の父親であると諒解した。何故《なにゆえ》に斯様な代物が――それも、自身の銘なものを手掛けた覚えすらない。

それから今ひとつには、屋敷に長く勤めている女中から聞きつけた話があった。曰く、マルグリットの嗜虐《しぎやく》趣味は幼時から変わらぬものだが、シャルレーヌのそれが発露したのは父親の死後であり、以前《もと》は、未だ正常であった頃の父に似て、柔和《にゆうわ》で思い遣りのある性格であったと云う。仕事があるからと云って当の女中は話を其処で切り上げてしまったので、折を見てもっと仔細に訊かねばと思ってはいたが、その話を聞かせてくれたのがどの女中であったか、屋敷で立ち働く彼女らの顔を眺めてみたところで、ノアには判らなかった。結局、気にはなったものの、それぎり、詳《つまび》らかな話を聞くことはできていない。

これらふたつの事柄は何を意味するのか。其処には何か重大な事実が秘されているのではないかと感ずるのに、それ以上、調べることも熟慮《じゆくりよ》することも、今のノアには能わなかった。一日のあいだにシャルレーヌとして過ごす時間が、著《いちじ》しく増していた所為である。

まずいな——という危機感はあった。己《おの》が内に招き入れたシャルレーヌの存在が、余りにも大きくなり過ぎている。際限を知らぬ共感の力は、使い方を誤れば、窮《きゆう》極《きよく》において対象との〝同化〟を引き起こす。すなわち、死者に憑依《オント》されているとでも云うべき事態を。その危険性を、ノアは十全に承知している——はずであった。

此処半世紀のあいだに急速な発展を遂げた心理学や神経病理学に携わる学者達は、幽霊の目撃や憑依といった古来数多く見られる現象を、強烈な観念《イデー》、或いは当人も認識し得ぬ無意識なるものの所産に過ぎぬと説いている。換言《かんげん》すれば、幽霊や魔縁とは、飽くまで人間の思考の中に生じるものであり、実体を具えてはいないのだ、と。

それは、そうであるのかもしれぬ。だが、ノアや師に云わせれば、それはこれまで人間の外部《そと》にあったものの居場所を、内部《うち》へと転移《うつ》したに過ぎない。幽霊とは思考の産物である。よろしい、だが、そう定義した上でも、当人が望むと望まざるとにかかわらず幽霊が見えてしまう、憑依されてしまうということが事実としてある以上、その論法は、思考というもの自体が根本的に人間の支配下にないことを逆説的に表明しているのではないか。もっと云えば、「思考と幽霊とが地続きにある」とは、「思考こそが幽霊の一形態である」と云うのと、どれほど違うのであろうか。つまり、「思考」とは、抑々誰が考えることを指しているのかが問題だ。過去や未来の諸要素から成る〝己〟という幽霊が灰色の脳髄に取り憑《オントし》いているのだと捉えれば、その御座《みくら》はまた別の〝己〟たる幽霊によって容易く奪われ得る、至極《しごく》不安定なものと云える。

何故と云うに、ノアのように生来の力を具えておらずとも、世人が他者に対して抱く共感《エンパシイ》とは、己の脳髄という装置を使って他者の思考を模擬計算《シミュラスィヨン》することで生じるものに外《ほか》ならず、それ自体、憑依《オント》と呼ぶべき作用を先験的《アプリオリ》に帯びているものであるのだから。

師から戒《いまし》められ、自らもその点についてよくよく注意を払っていたからこそ、ノアの内で死者の存在が肥大化してしまうことも、共感の力が抑えようもなく暴走してしまうことも、かつて一度としてなかった。それが今回に限ってどうして——と考えてみるに、原因として思い浮かぶのは、屋敷の内に数限りなく掲げられた鏡の存在であった。何処に首を向けようと必ずや一枚乃至《ないし》二枚は視界に飛び込んでくるあれらが、絶えず己の姿を目にし続けているという特殊な環境が、常とは異なる作用を此方の頭に及ぼしているに違いない。

これ以上は、まずい。引き返すべきだ。彼女に――シャルレーヌに共感しきってしまう前に。そう理解していながら、ノアはなお彼女への〝観照〟を止めることも、仕事を抛擲《ほうてき》して屋敷から去ることもできずにいる。自身の中のシャルレーヌが、それを許してくれないからだ。

此方の顔に金色の髪を糸雨《しう》の如く降り注がせながら、マルグリットが口許を寄せてくる。口唇《くちびる》を割って口中に這入り込んでくる姉の舌を、ノアは――シャルレーヌは――拒むことなく受け容れた。そうして、朦朧《ぼんやり》と思う。

もう、僕は――わたしは――戻ることの能わぬ一線を越えてしまったのかしら。

8

「これ以上は可《い》けないのです。どうか、どうか――お暇《いとま》を」もう幾夜になるかも判らぬほど、マルグリットの寝所に夜ごと引っ張り込まれていたノアでもありシャルレーヌでもある存在は、ある夜、到頭《とうとう》、叫ぶようにして訴えた。ともすればふたつに裂けてしまうのではないかというほどに痛む頭を振り、幼児《おさなご》の如く床を踏み鳴らし、「このままでは僕は彼女に取り込まれてしまうんだよ、お姉様。そう、もうすぐ、もうすぐ」

咄嗟《とっさ》に己が口を手で押さえ、次には頭を抱えつつ膝を折って苦悶《くもん》の呻《うめ》きを漏らすノア＝シャルレーヌの姿を前にしながら、寝台に腰掛けたマルグリットは唇《くち》の端《は》を静かに持ち上げ、冷艶《れいえん》たる笑みを浮かべるばかりであった。さかしまに眦《まなじり》はこれが人間のそれかと疑われるほど、下へ下へと厭らしく引き伸ばされていく。

「何が可笑《おか》しいと仰《おつしや》るのです。些《ちつ》とも笑いごとなんかじゃあない。もうすぐ、もうすぐ——わたしは蘇ることができるんだね。嗚呼、嬉しい——黙れ、出ていけ！」ノア＝シャルレーヌはもはや羞恥《はじ》も外聞もなく、翅《はね》を捥《も》がれた羽虫の如き様で床の上を這いずり廻りながら、両の拳を振り回している。さながら、最初期のファンタスマゴリィの客席で幽霊を払い除けようとしたという観客《けんぶつ》だ。唯でさえ、映写幕に映し出された幽霊や魔縁を幾ら撲《なぐ》りつけようとて効《かい》なぞないというに、今それが映し出されているのは外部《そと》ではなく、眼《まなこ》よりももっと奥にある、脳髄の内部《うち》になのだから尚更《なおさら》だ。シャルレーヌ＝ノアは額に浮いた血管をひくつかせながら叫ぶ。「出ていったりなんかするもんか。君の方こそ消えるがいいさ！」

悲哀《ひあい》や憂愁《ゆうしゆう》といった情動とはおよそ関わりのない生理的な涙が止め処なく溢《あふ》れては、ノア＝シャルレーヌの頬を濡らす。

「もう、いいんだよ」姉は不意に、冷たい笑みとは不釣り合いな、労《いたわ》るような声音で云った。「もう、楽になっておしまいよ。ひとりの中にふたりのこころがあるなんて状態は堪え難いだろう。苦しくて堪らないだろう？」

「ええ、ええ、そうなのです。もう仕事を止《よ》さなきゃあ、この娘にすべてを乗っ取られちまう」激しく頷きながらそう云い縋るノア＝シャルレーヌに、マルグリットは緩々《ゆるゆる》と首を横に振ってみせ、先までとはまるで異なる冷然たる口振りで、「それは違う。乗っ取ったのは、君の方だ」

何を——と訊き返すよりも早く、相手が発した言葉の意味が身体に浸潤《しんじゆん》していく。

マルグリットは椅子から立ち上がり、愕然として床に跪《ひざまず》いたままの姿勢で凍りついたシャルレーヌ＝ノアの傍らに膝を衝いた。異様なまでに皓い手が伸び、シャルレーヌの頬に触れる。優しい手つきで涙を拭い、顎を軽く持ち上げて首を回させ、妹の顔を部屋中に据えられた鏡の一枚へと向き直らせる。

嗚呼――と、娘の嘆息が室内に響く。

差し向けられた鏡に映っていたのは、黒い髪と瞳とを具えた青年などとは似ても似つかぬ、金色の癖っ毛を戴《いただ》き、姉のそれと同じ碧《あお》い双眸を涙に濡らした、ひとりの女のかんばせであった。

9

切欠《きっかけ》は五年前、屋敷に仕える女中の口から、パリに住まうというふたりの幻燈機職人の存在をシャルレーヌが聞き知ったことであったと云う。難色を示す姉に対し、彼女は父親の幽霊を映してもらおうと云って聞かず、了《しま》いにはマルグリットも折れた。尤《もっと》も、彼女は勿論のこと、抑々《そもそも》話を切り出した当の妹からして、父を恋うる気持ちなぞ寸毫《すんごう》も持ち合わせてはいなかった。姉がそれを許したのも、一度くらい、そんな遊び事をしてみても良かろうという思い故のことであったらしい。鳥獣を蹂躙《なぶ》ったり、召し抱えの女中らに悪戯《いたずら》と呼ぶには過ぎる手酷い仕打ちをしたり、葡萄酒を飲んで唄い踊るのと些《ちっ》とも変わらぬ戯《たわむ》れのひとつとして、件の職人らを屋敷まで呼びつけてみようというに過ぎなかった、と。

恰度《ちょうど》、今回と同じように、依頼に応じて屋敷の門を叩いたのは、ふたりの職人のうち弟子にあたるという年若い男の方であった。青年は特別誂《あつら》えのファンタスコープを手掛ける為――〝観照〟と〝観傷〟の作業の為――ひと月ばかり屋敷に逗留することとなった。姉は外部《そと》の者を屋敷の内で起き臥《ふ》しさせることを厭ったが、妹は存外にも青年との交流を愉しんでいる容子《ようす》で、ファンタスマゴリィや幻燈機に関する基本的な知識は疎《おろ》か、〝観照〟と〝観傷〟に共感《エンパシイ》といった事柄まで、青年にあれこれとせがんでは話を聞いていた。

雲行きが怪訝しくなり始めたのは、二週間ばかりも経った頃のことだ。

それまでも〝観照〟を通じて亡き父の言動をなぞっていた青年が、俄に父そのものとして振る舞うようになったのである。さながら、死者に取り憑《オントさ》かれでもしたかのような容子で、終日《ひねもす》、妻の――出奔した姉妹の母の――名を喚《よ》びながら、赤児《あかご》の如く屋敷中を這いずり回るようになった。

異変はそれに留まらず、時期《とき》を同じくして、シャルレーヌも奇行を見せ始めた。彼女の方はあべこべに、正常であった頃の青年の立ち居振る舞いを真似るようになったのである。マルグリットはじめ、何かの悪ふざけかとも思ったが、妹の成り切り方ときたら演技や悪戯という言葉には到底収まらぬ、青年の生霊が憑依したとしか捉えられぬ様であった。

妹と違って〝観照〟だの〝観傷〟だのについて何も知らぬ当時の姉には、何が起きているのか、皆目《かいもく》見当がつかなかったと云う。

「その果てに、彼は死んだ」と、現在《いま》のマルグリットは語る。「あの莫迦《ばか》な父《おとこ》と同様《おんなじ》にね。譫言《うわごと》みたいに母《おんな》の名を繰り返すばかりの惨めな痴《し》れ者に成り果てて、最後には毒を嚥《の》んで死んだ」

正に、姉妹の父親がそうして最期を迎えたように。

何故に斯様な沙汰が引き起こされたのか。

その後、妹の方はどうなったのか。

現在のシャルレーヌには、明瞭《はっきり》と判る。

父の幽霊を描き出さんとしたノアという名の青年は、間違いなく、製作者として高い資質の持ち主であった。分けても、死者への共感《シンパシィ》については、過剰なまでの力を具えていた。

だからこそ——死んだ。「取り憑《オントさ》かれでもしたかのような」と姉は語ったが、「したかのよう」ではなく、事実、取り憑かれていたのだ。己という器の内に招じ入れたものと自身とを分かつ彼《ひ》我《が》の境を見失い、完全に呑み込まれたのだ。

そう考えると、死んだのは若者であるとも、再現前《ルプレザンタシオン》した父であるとも云えた。尤も、その原因がノアという青年自身の失策にあったか、それとも、もうひとりの過剰共感者と呼ぶべき存在と偶《たま》さかに出会ってしまったという不運によるものかは、何とも云えぬところだ。

一方、〝もうひとり〟たるシャルレーヌが——すなわち、己が——斯かる沙汰の後に如何《いか》なる道を辿ったかは明白だ。若き幻燈機職人に成り変わった彼女は、すべての元《もと》凶であり、既に青年の手で殆ど出来上がっていた依頼品、〈姉妹の父親の幽霊〉を完成させた後、屋敷から出奔した。

物置で眠っていたファンタスコープの幽霊が死んでいたのは、専門的な光学の知識を具えているでもない素人が最後の仕上げを務めた為か、或いは、最初から姉妹の中に父の死に対する悲しみなぞなかったが故の死産であったかのいずれかであろう。その存在をノア＝シャルレーヌが忘れてしまっていたのは、恐らく、未だ彼女が完全にはノアに変じ果てておらぬ、謂《い》わば、生成《なまなり》りとでも呼ぶべき状態であったが為のことだ。

そうして、シャルレーヌは——否、ノアは、独りパリへと向かった。

「見つけ出すのに、随分苦労したよ」マルグリットは遠い目をしつつ苦笑した。わけの判らぬ事態にみまわれて混乱した屋敷から姿を消した妹が、よもや、その後数年に亙《わた》ってあの若き職人として生きいるなぞとは思いもよらなかった、と。そればかりかパリに居るということさえ知らぬから、金に糸目《いとめ》を付けず方々《ほうぼう》の探偵社に使者《つかい》を遣《や》って捜させたが、愛らしい金色の巻き毛を戴《いただ》いた妹の消息は杳《よう》として知れなかった。

斯くて年月を経るにつれ、愈々諦念《いよいよていねん》が身に染み始めていたが、つい先頃、怪訝《おか》しな報せが届いた。妹の在所は未だ知れぬが、〝生ける幽霊〟の作り手なるノアという名の若者がパリに在所を構えているという情報だ。まさかと思いつつ身元を探らせ、探偵からの報告で仔細《ようす》を知れば知るほど、妹に相違ないと確信したと云う。

「で、こうしてわたしを呼び戻したってわけだ」立ち上がって、鏡に映った自身の姿を眺めたシャルレーヌは、呆《あき》れたように肩を竦《すく》めた。「わざわざ、仕事の依頼だなんて嘘まで吐《つ》いて」

「そうでもしなければ、君は――いや、ノ、ノア・カ、カルパ、パンティ、ティエは来てくれなかっただろう。君がほんとうはヴァンデの森に住んでいた娘だなんて云ったところで、信じるわけがない。それに、妹の――いや、君自身の幽霊を描き出そうと努めてもらうことも、真実、必要だった」

五年前と違って、随分理解が進んでいるなとシャルレーヌは感心した。マルグリットが画策したのは、仕事という体裁《てい》でノア＝シャルレーヌにかつての己自身を〝観照〟させることにより、再憑依とでも呼ぶべき作用を生じさせることだったのであろう。その計画は見事に図に当たり、文字通りに、妹を「喚《よ》び戻した」というわけだ。

其処まで考えて、シャルレーヌは得心した。屋敷中に掲げられた鏡も、本来の己の姿を此方に認識させる為の仕掛けであったのだ、と。首を回して方々の鏡に目を遣ってみても、其処に映る鏡像《かげ》が青年のそれであるとは、もはや認識し得ない。一度見方が理解《わか》ってしまうなり、それ以前に見えていたはずの形象《かたち》を思い起こせなくなる騙し絵のようだ。姉と同じ金色の巻き毛。姉と同じ碧い瞳。むしろ、どうして先刻《せん》まではこれを男の姿と見做すことができたのかと不思議に感じる。

「ああ、慥《たし》かに、こんな顔をしていたな」一頻《ひとしき》り鏡を眺めた末、姉のかんばせへと視線を遣って、シャルレーヌは呟いた。

マルグリットはその言葉を妹自身の面貌《かお》についてのものと解したようで殊更《ことさら》に何も応えはしなかったが、実のところ、シャルレーヌが云っているのは姉の顔のことであった。

成る程、姉妹だけあってよく似ている。先程までと違い、目や口、鼻や頬という部品単位ではなく、それらの総体として相手の顔を認識できるようになっていた。

人の顔を顔として認識できないという失調もまた、恐らくは、ノアであった頃の自身が真実から目を背《そむ》ける為に引き起こしていた、一種の防御反応だったのであろう。そうまでして彼が覆い隠したかったのは偏《ひとえ》にシャルレーヌその人の顔であって、他者の相貌をも失認してしまっていたのは、謂《い》わば、その副作用に過ぎなかったのだ。

シャルレーヌは出し抜けに項垂《うなだ》れた。次には、がっくりと落ちた肩が熱病者のそれの如く小刻みに顫《ふる》えだす。ノアとして生きた五年間、マルグリットの妹として生きた歳月、そして、それ以前の時間——それらを思い起こすにつれ、顫えは愈々振幅を増していく。

「嗚呼、泣かないでくれよ、シャルレーヌ。随分と遠回りはしたけれど、君はこうして還《かえ》ってきてくれたんだからさ」マルグリットは立ち上がり、妹の肩に両手を載せた。「これからまた一緒に暮らそう。もう、何処にも行かないで、愉しく遊びながらさ」

幼児《おさなご》を宥《なだ》めるような甘ったるい声音で姉が幾ら掻き口説こうとも、シャルレーヌの顫えは止まらない。それどころか、ますます大きく、激しくなっていく。

暫くの後、彼女は漸く顔を持ち上げた。

眼前に顔を寄せていたマルグリットは愕然たる面持ちで目を瞠《みは》り、そうして、力なく呟いた。

「君は――誰だ？」

10

室内に哄笑《こうしょう》が響き渡った。

若きファンタスコープ製作者でもなければ、深窓の令嬢でもない、生《き》のままのシャルレーヌの口から発された笑い声が。或いは、こう云い換えても良かろう。パリの屋根裏部屋《マンサルド》に住まう職人であり、ヴァンデの森の奥深くに住まう姉妹の片割れであり、尖塔の窓から顔を覗かせる女であり、モンマルトルの大衆舞踏場で唄い踊る舞姫であり、断頭台《ギヨッチーヌ》に向けて緩《ゆっ》くりと歩み続ける娘であり、同時に、そのいずれでもない何者かの口から、と。

眦《まなじり》に涙を滲ませて笑い続けていた彼女は、長い永い時間を経てそれが幾らか収まるや、ごしごしと無造作に両手で目許を拭い、未だ尾を引く笑いの残滓《ざんし》の合間から切れ切れに、如何にも可笑しげに云った。「おいおい、〝誰だ〟はないだろう。十四年振りの再会だってのにさ」

「じゅう……よねん？」何を云っているのかまるで理解できぬとばかりに、マルグリットは投げ掛けられた言葉を音でばかりそのままになぞった。「どういうことだ」

判らぬはずだ。理解《わか》るわけがない。シャルレーヌは頷いた。判りようがないのだ。何しろ、姉には自覚がない。彼女がその帰還を切望していた妹もまた、過剰な共感によって〝姉が憑依してしまった〟状態のシャルレーヌに過ぎず、その再現前を望むということは、妹そのものを恋うる気持ちとは程遠い、殆ど自己愛に近い欲望なのだという自覚が。

「無理もないか。ある意味では〝はじめまして〟だ」

シャルレーヌは今、かつてなく爽快な気分だった。すべてが、鮮やかに見える。何もかもが、輪郭《くま》を瞭然《はっきり》と際立たせている。これまで己の内に招じ入れてきた、あらゆる死者達が。

その様は何処か、パリの山の手から見下ろしたペール・ラシェーズ墓地の、数限りない墓標が無辺に立ち並んだ景色に似ている。彼女は丘の上からその様を見霽《みは》るかす観察者であると同時に、自身、大理石で出来た墓標のひとつでもあった。

墓標から立ち昇った死者達は今、ひとりの娘の肉体を投影装置として駆動しているのではなく、皆一斉《いちどき》に活き活きと動いている。継ぎ目も断絶も間欠性もなく繋がったそれら運動の総体こそが、シャルレーヌというひとつのこころを形作っている。

これが——僕——あたし——俺——妾《わらわ》——〈わたし〉、か。

そんな限りなく強固で堅牢な実感を覚えながらも、一方で、屹度《きっと》これもほんの束の間のことに過ぎず、幾らも経たぬうちに、また別の形姿《かたち》へと〈わたし〉は移ろってしまうのだという確信をもシャルレーヌは抱く。パサージュを往く人々の姿のうちに遊歩者《フラヌール》が見出す夢幻《イリュージョン》のように。

或いは、部分こそが全体であり、総体こそが局処であり、新しきものと旧きものとが混在しつつ絶えず姿を変えていくパリの街並みのように。

順列の並び替え。配列変換。拡大縮小と変形。差分を補完する運動体としての自分。

師が口にしていた言葉の意味が、今ならば、少しは判るような気がした。

――自分はかつて月の女神《ディアナ》であり、秘薬《キルケー》を使う者であり、復讐の王女《メディア》でもあった。

確たる同一性を具えた〈わたし〉などというものは、何処にも存在しないのだ。

噎《むせ》び泣く女の声が、不意に室内の空気を揺らした。マルグリットは床に蹲《うずくま》り、唯々《ただただ》、その身を顫わせている。此方の言葉の意味も、自身が何を喚び起こしてしまったのかも呑み込めておらぬであろうが、それでいて、己が何かを決定的に喪《うしな》ったということは直観的に理解しているのであろう。己自身は疎《おろ》か、他者の変化さえも拒んだ、哀れな者の姿。

この人は今、初めて、真に愛した者を亡くしたのだ。

嗚呼――そんな相手の様を見つめているうちに、シャルレーヌは長年に亙《わた》る己が誤りを悟った。

幽霊とは、後に遺された者が悲しむことを止めた時に死ぬものだと、ずっと思っていた。

だが、違う。

屹度、幽霊がほんとうに死ぬのは、〝あの人だったらどう考えるか〟ということを、誰ひとり考えてくれなくなった時なのだ。過剰な共感の力なぞなくとも、そうして誰かが己自身に憑依させようとする限り、幽霊は――死なない。

未だ悲嘆に暮れているマルグリットを独り後に残して、シャルレーヌは部屋から出ていく。

望むと望まざるとにかかわらず、これからも絶えず変化しながら、喪の作業に失敗しながら、誰かを憑依させながら、すべての死者と共に〈わたし〉は生きていくのであろう。

そう、目眩《めくるめ》く変幻する幽霊劇《ファンタスマゴリーク》のように。

背後で、音を立てて扉が鎖《とざ》された。

さよならも言えない

○

ミドリ・ジィアンが〈天羽槌《アメノハヅチ》〉に映る自身の髪の内に煌《きら》めく銀白色の一条《ひとすじ》を認めたのは、生憎《あいにく》にも、ワックスで逆立てた髪に仕上げのヘアスプレーを振りかけた直後のことだった。つい三日前に染めたばかりだというのに、もう色が抜けている。知らず、口からは溜め息がひとつ。

以前の彼女なら、白髪《しらが》なんかいちいち気にはしなかった。いや、むしろ、誇らしくさえ感じただろう。〝年齢相応〟という概念もスコア算出における重要な要素のひとつであって、髪に交じる白いものも、年々深くなっていく目尻の皺《しわ》も、マイナス評価に繋《つな》がることはあり得ない。五十二歳という彼女の年齢《とし》を鑑《かん》みれば、スコアの低下を招くのはむしろ、過度な染髪《せんぱつ》や表皮細胞増殖因子受容体《KGFレセプタ》活性化施術など、加齢による変化を拒み、歳月に逆行する行為の方だ。

そうと知りながら、ミドリは月に二度の染髪をやめはしない。〈天羽槌〉に顔を寄せて指先を器用に動かし、生い茂ったヴィヴィッドオレンジの草むらの中から色素を欠いた一本を選《よ》り分け、軽く力を込めるや、頭皮は情けないほどにあっさりと毛根を手放した。指の間に残った髪に、もう昔のコシはない。

同時に、視界の片隅に浮かんだ数値が、僅かばかり減少した。眼球を覆《おお》う薄膜に表示された〈拡張現実《モンシャ》〉内の数値――スコアだ。

彼女はそれを少しも気に留めることなく、指に張り付いた髪の亡骸《なきがら》をふっと吹き払う。それから、つるつるした〈天羽槌〉の表面《おもて》を指で弾き、鏡像《ミラー》モードから第三者《ゲイズ》モードへと表示を切り替えた。モードの変更が余りに滑らか《シームレス》なせいで、筐体《きょうたい》に映し出されたミドリの姿には何の変化も認められないが、実際にいま、そこに顕《あらわ》れているのは彼女の鏡影《かげ》ではない。体内を駆け巡るナノマシン群によって恒常的にモニタリングされている身体組成データをもとに、〈天羽槌〉がリアルタイムで描出した精緻《せいち》な写し身だ。

〔ルークルー〕系の血が濃いミドリは首が長く、背も高い。その全身をそのまま実寸で表示できるよう、〈天羽槌〉もまた、優に二メートルを超す高さを具《そな》えている。上部に穿《うが》たれた投入孔《こう》から、昨晩着ていた――更に言えば、昨晩生成されたばかりでもあった――長羽織をミドリが抛《ほう》り込むや、黒光りする巨大な羊羹《ようかん》めいた筐体は、ぶるりと身を震わせる。

直後、操作用のコンソールが写し身に重ね合わされて《レイヤード》浮かび上がり、無数のサムネイル画像が展開される。ユーザー、つまりは、ミドリの身体組成データと、既に身に着けている各種のトークン――淡い黄色のブラウスに同色のスカート、爪先の尖《とが》ったピンヒールにネックレスやイヤーカフ等々――をもとに提示《サジエスト》された、スコアの向上が見込まれる推奨アイテムの数々だ。

画面をスクロールし、アイテムをタップするたび、〈天羽槌〉に表示された写し身が纏《まと》うものも、ノーカラーコートからロングガウンへ、ブルゾンからカーディガンへと次々に変化する。さながら、己の身体モデルを使った実寸大の着せ替え遊びと言ったところだが、そうして提示されたアイテムを一通り順繰りに眺めた後、ミドリは結局、いつも通りサジェスト機能を無効化した。

《警告：自由選択モード利用時の生成物はスコアの保証ができません》

耳障《みみざわ》りな警告音とともにアラートが飛び出す《ポップアップする》が、それが展開されきらぬうちから、ミドリの指先は「了承」ボタンが表示されるべき領域を忙《せわ》しなく叩いていた。サムネイルに代わって検索メニューが表示されるや、彼女は真っ先に、規定値《デフォルト》として設定されている「レディース」の絞り込み《フィルタ》を解除する。続けて、うじゃうじゃと羅列された検索タグの中から、「アウター」、「コート」と選択し、意匠やサイズ感等、各種のパラメータを指定する。そうして新たに表示された条件に合致するアイテム群を前に、暫《しば》し宙に指を彷徨《さまよ》わせた後、彼女は〈フォンイー〉風の質感《テクスチャ》を具えたトレンチコートをタップした。推奨色はグレーだったが、構うことなく色相環《カラーサークル》を弄《いじ》り回し、鮮やかな水縹《アクアブルー》を指定する。久々の再会にはまずぴったりな色だと彼女は思う。

拡大《ピンチイン》、縮小《ピンチアウト》、上下左右の回転や位置調整。〈天羽槌〉に載せた手の動きに合わせて、注文通り《オーダー》のコートを纏った写し身は自由自在に動かせる。細部まで存分に矯《た》めつ眇《すが》めつした後、ミドリは満足げに頷《うなず》いた。細く、長く、かつ、ふた回り捻れた彼女の首に、頭の動きに付随した複雑な陰影が浮かんでは消える。

《警告：選択された生成物はスコアを著しく低下させる恐れがあります》

「再生成」ボタンを押すや、またも警告音とともに先よりも強い調子のアラートが表示される。

要は「似合っていない」ということだが、知ったことかとミドリは「了承」ボタンを叩いた。

アイテムデータの購入に伴う決済処理が完了すると同時に、〈天羽槌〉はぶるぶると振動し始める。筐体を塒《ねぐら》としたおびただしい数の蜘蛛《くも》型ナノマシン達が、早速、仕事に取り掛かったのだ。

彼らの役目は、解きほぐし、紡《つむ》ぎ直し、織り上げること。すなわち、投入孔から入ってきた長羽織を人工構造タンパク質由来の生態資源《バイオマテリアル》へと分解し、それを材料として、指定されたアイテムデータに基づくトークンを再生成することだ。その仕事振りときたら、どこまでも精密で、どこまでも速い。いくらも待たぬうちに筐体側面の排出孔が開き、一本のポールが水平に飛び出す。写し身が纏っているものとそっくりそのままのコートが吊されている。

選択した通りの意匠、色、テクスチャを具えたトレンチコートにミドリはさらりと袖を通し、首を回した。〔ルークルー〕系の螺旋《らせん》を描いて捻《ねじ》れた首は横方向への回転につれて自然と上下に伸縮する。右巻きの彼女で言えば、顔を右に向ければ伸び上がり、左に振れば縮むといった具合。その点が考慮されていないコートの襟《えり》は筋肉の動きに干渉して肌に擦《こす》れたが、彼女はそれを気にしない。むしろ、好ましいとさえ思う。加えて、きちんと実用的な深さを具えたポケットが付いているのも気に入った。視界の片隅では先にもまして大幅にスコアが低下していたが、これで良しとばかりに彼女は頷き、〈天羽槌〉を休眠《スリープ》モードに切り替える。

すっかり身支度を調《ととの》え、蛍光色《ネオンカラー》のトートバッグを肩に掛けて家を出ようとしたところで、彼女はふと足を止めた。暫し逡《しゅんじゅん》巡した後にリビングまで取って返すと、ガラス張りのキャビネットの扉を開け、コレクションの中からひとつの黒い物体《オブジェクト》を摘《つ》まみ上げる。

無脊椎猫《リキッド・キャット》を象《かたど》った小さなブローチだ。

あの子だったら喜んでくれるだろう。そう思って、ミドリはその小さな黒猫をコートのポケットへと滑り込ませた。大袈裟に包装《ラッピング》するほどのものでもなければ、お互い、礼儀だの流儀だのを気にする気質《たち》でもない。

〝会いたい〟という連絡があったのは数日前。ミドリが個人的に細々《ほそぼそ》と運営しているECサイトの代表アドレス宛てにメッセージが届いたのだ。

「久し振りに、おば様と会ってお話がしたい」と。

開封するたびに文面が変わるわけでもないのに、ミドリはもう何度も、それを読み返していた。最後に言葉を交わした日から、早六年。会うことに些《いささ》かの不安もないと言えば嘘になる。何しろ、急な別れ方をして以来、一度も連絡を取り合っていなかった。

それでも、再会の場面をあれこれと想像するたび、心は弾んだ。背伸びして合成カクテルを呷《あお》ってては泥酔してばかりいた少女も、いまでは合法的にアルコールを愉《たの》しめる歳になっているはずだ。とはいえ、あの娘のことだから、相変わらず無茶な飲み方をしているだろう。会ったら、今度こそ適度な愉しみ方を一緒に探ろう。近頃よく通っているクラブの話もしよう。何なら、そのまま連れて行こう——話したいことは山ほどあったが、何より楽しみなのは、現在《いま》の自分を見たときのあの子の反応だ。さぞ驚くに違いない。

そう思い思い自宅から一歩足を踏み出すや、耳障りな警告音が鼓膜《こまく》を介すことなく頭の中で鳴り響いた。視界に表示されたスコアはいまや赤色となり、拍動して自らの存在を主張《アピール》している。

ミドリは宙に手を閃《ひらめ》かせて、それを振り払った。

余計なお世話だと独《ひと》りごちながら。

ミドリ・ジィアンには嫌いなもの——いや、それらについて考えるだけで憤《いきどお》りすら覚えるのだから、もはや「許しがたいもの」と言うべきだ——が、三つある。

ひとつには、過剰包装された加工食品。バイオマテリアル製のパッケージにくるまれた再生紙の箱に炭酸カルシウムでできたケースが入れ籠となって収まり、個包装された焼菓子が詰まっている——そんな代物《しろもの》には苛々《いらいら》する。別段、エコロジストというわけではない。たかが焼菓子ごときに幾度《いくど》も手を動かすのが面倒で嫌なのだ。それは、そう、無駄なことだから。

次には、尻尾を上げて歩く昆犬達《ドッグス》。肛門や秘部を丸出しにしながら、ふわふわした毛に覆われた八本脚を動かし、爪の先でチャカチャカと足音を立てて飼い主の傍《かたわ》らを行くあれらの姿を目にすると、何とも落ち着かない気持ちにさせられる。視界に入れないようにしようにも、厄介《やっかい》なことに、連中はいつだってむやみにご機嫌で、やたらと臀部《でんぶ》を左右に振る。すると、どうにもその動きに視線を引き寄せられてしまう。昆犬相手に言ったところでどうしようもないが、恥を知れという思いが胸の内を満たす。

最後に、低いスコアをぶら下げながら、臆面《おくめん》もなく局内を闊歩《かっぽ》している連中。

これこそは、何にもまして許しがたい。

「秋期以降のスコア算出ロジックについて、例年であれば新規デザインの増加率に比例して既存アイテムの数値を全般的に下方修正するところですが、今期は新規デザインのバリエーションが乏《とぼ》しく、ユーザー毎《ごと》に、より繊細な調整を施す必要があると思われます。特に、やや年配の――」
そこまで言いかけたところで、ほんの一瞬、タマキ・スクナが気遣《きづか》わしげな視線をこちらに寄越《よこ》したことに、ミドリは気づいた。確かに、四十六というミドリの年齢は「年配」の範疇《はんちゅう》に入るだろう。だが、そんな気遣いは不要だ。一対《いっつい》の主腕と二対《につい》の副腕からなる六つの手を忙しなく動かし、宙に展開された資料のあちこちを指し示しつつプレゼンを続ける部下の姿を凝視しながら、もっと他に、気にかけるべきことがあるだろうと彼女は思わずにいられない。

タマキの胸元からポップしているスコアは――六十八。一般人のちょっとした外出であれば及第点と言えなくもない値だが、当人の職場と職掌《しょくしょう》とを鑑みれば、とても十分とは言えない。実際、会議室《ミーティング・ルーム》内に居並んだ他のメンバーのスコアはいずれも九十を超えている。

〈拡張現実《モンシャ》〉の分析モードを使って各パラメータを参照するまでもなく、ロースコアの理由はいくらでも思いつく。まず、ブラウスの袖《そで》が長過ぎる。六本ある腕それぞれの長さを考えたら、あと二センチは短くなければ動作のたびにうるさい。肌は地黒だが、パーソナルカラーはブルー寄りなのだから、オレンジ系のファンデーションはミスチョイスだ。何より髪型が良くない。折角《せっかく》、純然たる〔ツチグモ〕に特有の漆黒《しっこく》の髪を具えているのに、それを伸ばさず、ショートボブにしてしまっている。

スコアを規定し、その向上を人々に啓蒙《けいもう》すべき〈服飾局《メゾン》〉の局員がこれでは……ミドリは心中で嘆息《たんそく》した。いくら見栄えの良い資料を用意し、副腕を巧《たく》みに操って提示しようとも説得力を欠く。そればかりか、上司たるミドリまで教育力不足だと他の役職者から揶揄《やゆ》されかねない。スコアは当人の社会的信用値を示す秤《はかり》だ。平等かつ公平で、本人の心懸《が》け次第でいくらでも向上させることが可能なもの――つまりは、誰もが等しく磨けるもの。それを磨かないのは、怠慢《たいまん》としか言いようがない。

「特に〔フォンイー〕系の間では――」

「もういいわ。座って」タマキの発表を遮《さえぎ》り、ミドリは命じた。えっ、と当惑する相手に冷たい目を向け、もう一度、「もういいと言ったの」

「でも――」当然、タマキは暫《しばら》く躊躇《ためら》いを見せたが、自身に向けられた視線の鋭さに圧《お》されたものか、やがては展開していた資料を閉じ、すごすごと椅子に腰を下ろした。

静寂に包まれたミーティングルームで、他のメンバーは皆、居心地悪そうに顔を伏せていた。

皆の前で辱《はずかし》めを受けた――タマキはそう感じているかもしれない。だが、それも必要なことだとミドリは思う。何しろ、彼女のスコアの低さはいまに始まったことではない。むしろ、入局以来一度も高かった試しがないくらいだ。散々指摘もしてきた。口で言って伝わらないなら、多少のお灸《きゅう》も致し方ない。

気まずい沈黙の後、ミドリによる簡単な総括をもって発表の時間は終わった。参加メンバーは一様に押し黙ったまま席を立ち、めいめいのデスクに戻っていく。

命じられるまでもなく独り居残ったタマキに、ミドリは問う。「どうして止めたか、わかる？」

彼女は決まり悪げに宙に目を泳がせてから、「スコア、ですよね？」

「わかっているなら、どうして？」

近く開かれる局内コンペティション――来期以降のスコア算出ロジック調整方針とその舵《かじ》を取るチームが決定される、チームにとって最も重要なコンペだ――を前に、ミドリはチームメンバー各員による素案《そあん》発表の機会を設けた。

彼女は重ねて問う。「この大事な場に、どうしてそんな格好で臨《のぞ》んだの？」

コンペにはメンバーから上がってきた素案の中で最も優れたものをベースにブラッシュアップしたものをぶつける。チームを率いるミドリは予《あらかじ》めメンバー各員にそう伝えていた。つまり、先ほどまでの素案発表会はいわば予選であり、部下達にとっては実績を上げるまたとない機会だった。そんなチャンスを、タマキは自ら棒に振ったわけだ。

実際のところミドリが彼女に発表を中断させたのは、スコアの低さに苛立ちを覚えたことばかりが理由ではない。無為《むい》な発表に費《つい》やすリソースを省き、他の仕事に時間を割きたいという思いも大きかった。タマキの素案が取るに足らぬものだった――ということではない。むしろ、その反対だ。事前に各員の提案資料に目を通した時点で、勝敗は大方決まっていた。それほどまでに、彼女の案は優れていた。それでも予定通りに発表の場を設けたのは、当日までにより優れたアイディアをまとめ上げてくる者が居るかもしれないという僅《わず》かな期待を込めてのことだった。

結局、期待は期待のままに終わったのだが。

「その、資料の準備で忙しくて……」タマキは消え入るような声で言いかけた。上司に対する弁明としては、沈黙よりも更に下を行く悪手である。

――勿体《もったい》ない、というのが上長であるミドリの率直な思いだ。適性検査によって入局が決められた者である以上、チームメンバーはいずれも優れた資質を具えているが、わけても、タマキは周囲より頭ひとつ抜けていた。分析力、発想力、柔軟性。いずれも申し分ない。ゆくゆく自身が昇進し、部長という現在の地位《ポスト》を誰かに譲ることとなったとき、その相手は彼女をおいて他に居ないだろうとさえ考えている。

ただ、彼女には決定的に欠けているものがある。

自覚だ。

星系〈アマテラス〉の住人としての。〈服飾局〉の構成員としての。そして何より——ミドリ・ジィアンの部下としての。

「忙しくて、何？」ミドリは敢《あ》えて訊《たず》ねる。

〈天羽槌《アメノハヅチ》〉と向き合う時間もない？　入局してから今日までの数年間、一度も？　他の皆は暇そうに見える？　それなら、業務量を減らす？　それとも——チームから外れる？

ミドリにしてみれば、それらは詰問《きつもん》にも当たらない、ただの〝確認〟だ。真実、過重労働が原因で他のことに手が回らないならば、上司には改善に努《つと》める義務がある。スコアが持つ意味はそれほどまでに重い。だからこそ、己の問いは正しいという自負もある。

現実にそれらを口にせずに済んだのは、相手がそれぎり黙り込んだからだった。賢明な判断だとミドリは頷く。そう、互いにとって最善だ。実際問題、タマキに抜けられるのは、困る。

これ以上、多くを語る必要はない。ただひと言伝えれば十分だとミドリは判断した。

「〝人は何よりもまず服によって作られる〟」

本来ならば、大の大人相手に今更《いまさら》言う必要もない台詞《せりふ》である。〈アマテラス〉で生きる者なら、誰であろうと幼いうちから教え込まれ、身に染まされているはずの言葉なのだから。

〝服装の良し悪しを規定するのは、定義のあやふやな「センス」などではない〟というのが、スコア制度の根幹をなす理念だ。大事なのは、遺伝子《ジーン》、場《シーン》、系《ルーツ》の三要素である。あるいは、身体、状況、文脈と言い換えても良い。スコアはそれらを基点として算出される。

まず何よりも先に参照されるのは、当然、身体だ。身長、体重、胸囲や胴囲は勿論《もちろん》のこと、腕の数や筋肉の付き方、身長に対する脚の長さ、頭身の割合、それから――ミドリのように〔ルークルー〕の特徴を強く具えた者にはとりわけ重要な――首の太さや捻れ具合。体毛の濃さ、目鼻の有無等々の質量的数値に加えて、髪、瞳、肌等の色味《カラー》と質感《テクスチャ》まで。身体のあらゆる部位の情報は、体内に注入されたナノマシン群によって出生時から絶えず計測され、数値に置き換えられる。

次に重要なのは場だ。実際に身体が置かれる空間の様相というだけでなく、そこへ行く目的や、集《つど》う人々の属性、加えて、その中における自身の役割《ロール》や立場《ポジション》といった要素が複雑に加味される。一口にレストランで食事をすると言っても、店が供する料理のジャンルや客層によって適切な装いは異なるし、たとえ同じ店に幾度か足を運ぶにしても、親しい友人と会う場合と、仕事上の取引先との会食とは、やはり、別の場として捉《とら》えられる。

そして、最も繊細《センシティブ》に取り扱われるべき要素がルーツだ。星々を遍《あまね》く照らす恒星〈アマテラス〉の周囲を公転する七つの惑星のうち、人類が入植している星は三つ。〈アマテラス〉に最も近い二つの星はテラフォーミング不能な環境であり、その次から順に、〈紅衣《フォンイー》〉、〈轆轤《ルークルー》〉、〈土《ツチ》蜘蛛《グモ》〉と続く。残る外縁の星は人類の生息には適していない。入植が開始されたのはいずれも千二百年前頃だと、それぞれの星に残る記録から判明しているが、めいめい伝えられてきた星史は相互に矛盾する記録に満ちており、統合しようとすれば必ずや齟齬《そご》が生じる。各惑星に入植した人類が、元を辿《たど》れば同一の文化圏に属する人々であったという推定もされてはいるが、いまでは確認するすべもない。確かなのは、惑星間ではつい三百年ほど前まで紛争が絶えなかったことと、現在では互いに友好的な関係を取り結んでいるということだけだ。

紛争による長い断絶期間のうちに、各惑星に棲《す》み着いた人類は気候や環境に応じて独自の身体特性を獲得していたが、星間協定が結ばれ、経済的にもひとつの圏としてまとまった現在《いま》、出身惑星や人種を越えた交雑も進んでいる。

しかし――いや、だからこそと言うべきか、遺伝による身体的特徴と同様に、個人が負った文化的背景もまた尊重《リスペクト》される。他者へのまなざしにおいても、自身の内省としても。

他者への尊重《リスペクト》、祖先への尊敬《リスペクト》、それから何より、自尊心《リスペクト》の支持のために。

身体、状況、文脈。以上の三要素をもとに算出される基準値と、纏う装いとの親和性が高ければ高いほど、スコアは上昇する。そして、星府から各世帯に無償で配布されている〈天羽槌〉を利用すれば、誰もが自身にとっての最適解を知ることができる。センスなどと呼ばれる感覚的なものや、知識や経験という属人性を排した上で、自身にとって最も相応《ふさわ》しい、最も似合う服装《ファッション》に、誰もがアクセスできる。提示された装いの内に未保有のアイテムが含まれている場合にはデータの追加購入が必要となるが、その価格は意匠を問わず一律、かつ、些少《さしょう》なものだ。

つまり、こまめに〈天羽槌〉と向き合い、提示された装いに従ってさえいれば、誰であろうと、自身の個性を最大限に活かしながら、高いスコアを維持することができる。

〈服飾局〉こそは、そうしたスコアと〈天羽槌〉からなる社会システムを司《つかさど》る公的機関であり、ミドリやタマキが属しているのはその中でも特に重要な、スコアの算出ロジックを絶えず調整することを責務とした部署――衣紋部《えもん》である。

タマキは上司の言葉に反駁《はんばく》することなく肩を落とし、いかにも悄気《しょげ》返っているという姿勢《ポーズ》をとった。副腕の付け根が球根のように寄り集った〔ツチグモ〕が肩を落とすと、背までがずんぐりと丸く縮んで見える。

「いい？　あなたには期待しているの」とミドリは念を押した。相手の姿が見るに堪《た》えなかったわけでもなければ、慰めようというのでもない、本心からの言葉だ。少なくとも、彼女自身はそう信じている。「だからこそ、あなたのために言っているの。わかるわよね？」

余程落ち込んでいるのか、タマキは目を伏せたまま、「はい」と、か細く答えた。

これで良いのだとミドリは頷く。自ら嫌われ役を買って部下を育てることも、上司の務めだ。

彼女は〝この話はこれでおしまい〟とばかりに片手をひと振りして、予定管理《スケジューラ》アプリを展開した。以後の予定とそれらに関わる拘束時間とを示した色とりどりの帯が宙に垂れる。

次の予定は――《19：00～22：00　ハバキ・ソウヤ理事　会食＠クラブ・ザスーラ》

ミドリは、あぁ、と呻《うめ》いて首を仰け反らせ、額《ひたい》に手をあてた。首の伸び縮みに付随した螺旋状の回転運動によって、視界が独りでにぐるりと回る。

いまだ退席せずに縮こまっているタマキから、彼女の視線は既に離れていた。

結局、二時間も待ちぼうけを食わされた。

VIPスペースに設《しつら》えられた、むやみにゆとりのあるソファに独りちんまりと座して、ミドリは辛抱強く待ち続けた。スパークリング・サケの注がれた卓上のグラスに手が伸びることはなく、その底から浮かび上がった気泡は、ただただ、徒《あだ》に弾けて宙に溶けるばかりだった。

〝乗る予定だった惑星間航行船《シャトル》が飛ばなかったからリスケ〟というぞんざいなメッセージが届いたのは、すっかり炭酸も抜けきった頃になってだ。送信元は、常であれば〈紅衣《フォンイー》〉の支部局でふんぞり返っている理事のひとり。珍しく、本局のある〈轆轤《ルークルー》〉までやってくるというので、ミドリは予定を調整して会食の約束を取り付けていた。一ヶ月後のコンペで審査を務める理事会への根回し――というよりも、事前に何かしらでへそを曲げられるのを防ぐための、端《はな》から中身のない接待になるはずだった。嫌々ながらも、チームの為にと思っていた腹積もりまで、まとめて無意味になったわけである。とんでもない時間の浪費だ。

コンペではミドリが率いる第一衣紋部と、併設された第二衣紋部とが、理事会の面々を前にプレゼンをする。この重要な場に、ミドリはタマキの素案を中心として構築した案をぶつけようと腹を決めていた。起案からコンペ当日まで一貫して自身が主導し、メンバーはあくまで手足として使った方がより優れた提案ができるという確信はあったが、自分のように「年配の」上司はそろそろ後進にも実績を積む機会を設けるべきだろう。

二時間。それだけあれば、より詳細なフィードバックをタマキの提案資料に返すこともできたし、各種資料の収集を他のメンバーに命じることもできた。勿論、クラブの一隅《いちぐう》に居ながらでも各種アプリを〈拡張現実《モンシャ》〉上に展開すれば作業を進めることは十分に可能だが、場に相応しい振る舞いとは言えない。

若者達が、巨大なスピーカーから降り注ぐ音楽に身を浸し、びりびりと空気を震わすビートに身を揺すって束《つか》の間の享楽《きょうらく》に耽《ふけ》っている中、いくらメインフロアからやや離れたVIPスペースでとはいえ、業務用アプリを開いてしかつめらしい顔をしているというのは、いかにも無粋だ。

〝装い〟と同様に、〝振る舞い〟もまた、場と文脈とに合わせて律するべきだとミドリは日頃から考えている。スコアに直接影響こそせずとも、弁《わきま》えておくべき道義だ。例《たと》えば、廉価《れんか》なチェーン店ではない、純粋にコーヒーの味やその場の居心地を愉しむためのカフェで、さも忙しげに仕事に励《はげ》むなどというのも、彼女に言わせれば、周囲からのまなざしに対する意識が低すぎるがゆえの愚行そのものだ。そうした連中のスコアは高くて七十台がせいぜいで、周囲の目に配慮できない人間は社会性も低いという証拠にほかならない。

そう信じているからこそ、ミドリは何をなすでもなく理事の到着を待ち続けた。結果として空費されたのは、安っぽいソファに縛りつけられ、フロアから伝わってくる振動に蹠《あしうら》をくすぐられていた時間ばかりではない。局内に備《そな》え付けられた〈天羽槌《アメノハヅチ》〉にそれまで着ていた服を抛り込み、クラブでの会食に相応しいものとして再生成された装い——デコルテにレースがあしらわれた黒のトップスとスキニーパンツ——に着替えた時間も、わざわざ化粧を施《ほどこ》し直した時間も、残らず無駄になったのだ。交通機関が原因である以上、相手に責はないにしても、連絡くらいはもう少し早く寄越せただろうと思わずにいられない。

といって、相手との関係性を考えれば、ストレートに怒りをぶつけるわけにもいかず、「承知致しました」という味も素っ気もない返事をするのが、彼女の立場に許された精一杯であった。

彼女は燻《くすぶ》る憤りを抱えつつ席を立ち、VIPスペースを後にした。はじめはそのまま帰路に就くつもりでいたが、フロアの隅に設けられたバーカウンターの前で、ふと足を止めた。強めのヤツでも入れなければ、どうにも遣《や》り切れない気分だった。

カウンター内で忙しなく立ち働いている男は、タマキと同じ〔ツチグモ〕系で、六本の腕を巧みに駆使してジョッキやグラスに種々の酒を注ぐ手際《てぎわ》こそ見事だったが、愛想は酷く悪かった。真っ赤に染めた髪。剝《む》き出しの二の腕に貼り付けられたインスタントタトゥー。昼日中《ひるひなか》に外を歩いていたら顰蹙《ひんしゅく》もののなりだが、スコアは九十一と高い。クラブのカウンターボーイという役割には、それこそが相応《ふさわ》しい装いというわけだ。

「圧縮合成蒸留酒《シンセティック》のダブルを三杯」ミドリがそう告げると、男は了解したのかどうかも判然としない無表情のままに頷いた。まったく、これだから嫌なのだと彼女は改めて思う。こんな場所でのサービスなんて品質が高いはずもないことくらいは承知の上だから構わない。男の仕事においては愛想のなさもまた、適性検査で問われる要素なのだろう。彼女が心底うんざりしたのは、わざわざこの店を指定してきた理事の趣向に、だ。年甲斐《としがい》もなく若者ぶろうという魂胆が見え透いている。〈服飾局《メゾン》〉の理事ともあろう者が、年齢相応という美徳を具えていないことこそ、彼女にとっては何より許しがたい。

連れの分とまとめての注文とでも思ったのか、カウンターの男は三対の手で同時に酒を注いだ三杯のグラスを、わざわざ盆《プレート》に載せて差し出してきた。それが余計にミドリの気に障った。自分は使いっ走りなんかではないと証《あか》し立てるように、支払いが済むや、三杯ともその場で干した。立て続けにカツンカツンとグラスの底をカウンターに叩きつけてやると、男は〔ツチグモ〕特有の大きく裂けた口をあんぐりと開けた。

僅かばかり晴れた気分とともに盆を押し返した彼女がカウンターに背を向け、改めてクラブを後にしようとしたとき。奇妙なものが目についた。身体《からだ》の形も装いも種々とりどりな若者達が、絶えず変幻するけばけばしい色彩の照明を浴びながら肩を擦《す》り合わせ、油膜の張った水面《みなも》のように揺れている中、そこだけ円く抉《えぐ》り取られでもしたかのように、人の途絶えている空間があった。

その中心に、それは居た。

輝き、煌めき、揺れる、虹色海月《ジェリーフィッシュ》じみたそれが、音楽に合わせて踊り狂うひとりの少女の後ろ姿であると認識するまでには、やや時間がかかった。少女はいかにもご機嫌な様子で左右の手を上下させ、前後に首を揺すっている。その身からポップした数値に、ミドリは己《おの》が目を疑った。

スコア——三。

過去に目にしたことのない、異常なまでのロースコアだ。

「信じられない。何なの、あの子?」

「何なのかって言われてもなぁ……」思わず口から漏れた呟《つぶや》きに、カウンターの男が応じた。自身が詰《なじ》られているとでも思ったのか、どこか弁解めいた口調で、「このところ、よく来るんすよ。ほら、ウチってドレスコードもないんで、門前払いってわけにもいかなくて」

まったく、信じられない。ミドリは胸中で重ねて呟く。恐ろしく低いスコアで人前に出ている当の少女も、困ったものだとでも言いたげな男の口振りも。何しろ、一桁台《ひとけた》のスコアなんていうのは、ドレスコード云々《うんぬん》以前の問題だ。肛門を丸出しにした昆犬達《ドッグス》より酷い。

周囲の目などお構いなしに踊り続ける少女の姿を見つめているうちに、一度は鎮《しず》まりかけていた怒りの熾火《おきび》が再び火を噴いた。といってそれは、少女に向けられたものではない。どうして周囲が諫《いさ》めてやらないのか。諭《さと》してやらないのか。年長者として道を示すべき大人達がその責務を果たしていないことに対しての強い憤りだ。

我知らず、ミドリはフロアに向けて足を踏み出していた。カツンという自身の足音が、音楽と喧噪《けんそう》とを切り裂いて響くように感じられた。人波を掻《か》き分け掻き分け、少女の居る空間まで一直線に歩を進める。そうして人垣から躍《おど》り出し、いよいよ背後まで迫ったとき、しかし、当の少女は彼女の存在になどまるで気づく様子もなく、相変わらず一心不乱に腕を振っていた。短く刈り上げられた後頭部の毛先から、きらきらと光る雫《しずく》が散っている。

「ちょっと、あなた」

ミドリが肩を叩くと、少女は心底びっくりした様子で肩を跳ね上げ、そろそろと振り返った。

ほとんど、平面に近い顔だった。

鼻梁《びりょう》のない、二つの穴がちょんちょんと穿たれた鼻の下で、小さな口が開け放たれている。顎《あご》も頬も、内に在るはずの骨の存在がまるで見て取れぬほどつるりと滑《なめ》らかで、少しも張り出していない眉弓《びきゅう》の下方、微《かす》かに窪《くぼ》んだ楕円形の眼窩《がんか》ばかりが、顔の中で唯一と言える起伏だった。

典型的な〔フォンイー〕系の顔立ちだが、〔ツチグモ〕の血も高い割合で混ざっているらしく、眼窩に比して極端に小さな瞳が、まっすぐにこちらを見据えている。何より、先まで振り回されていた四本の腕が、少女のルーツを雄弁に語っていた。

「どういうつもりなの」と、ミドリはそう叱責《しっせき》したつもりだったが、言葉は相手の耳に届くよりも先に、頭上のスピーカーから降りしきる轟音《ごうおん》に叩き落とされた。少女もまた何やらぱくぱくと口を動かしているものの、その声はまるで聞き取れない。

これでは埒《らち》が明かない。焦《じ》れったくなったミドリは相手の袖――驚いたことに、四つの腕はいずれも長袖に被われていた――を引き、そのままフロアを横切った。ごった返した客達は海が割れるようにして道を空けた。

「――もう、何なの！」それが、初めて聞き取れた少女の言葉だった。染色された、黒色と桃色とが不規則《ランダム》に交じった前髪を掻き上げながら、「何だってのよ。ええと、その……オネエサン？」

虚《きょ》を衝《つ》かれつつも、ミドリはすぐに気を取り直し、「そんなところでの気遣いは要らない」

少女は、んんー、と呻《うな》り、「そう言われても、ろくろっ首の年齢なんて見た目じゃよくわかんないし。だからって、いきなりオバサンってのは、さすがに失礼でしょ？」

「あのね」と言いかけて、ミドリは溜め息をひとつ。口振りに悪意は感じられぬものの、だからこそ、余計に呆《あき》れてしまう。怒る気にもならないが、年長者としてひとつ窘《たしな》めておくべきだろう。

「その呼び方、差別的よ。そっちの方がよっぽど失礼」

「えっ、そうなの？」少女はつぶらな瞳を――もともと小さいせいで見る者によっては気づかぬほど微かに――見開いた。「く」の字形に引かれた目尻のアイラインと鮮やかなピンクのアイシャドウによって彩られた瞼《まぶた》をぱちくりさせつつ、「どうして？」

「どうしてって、それは――」問いかけてくる調子に邪気が無さ過ぎるがゆえに、返す言葉に詰まった。そうと決まっている物事をそれ以上分解して説明するすべなど、ない。そもそも〝ろくろ〟という言葉が何を指すのかも、いまではもう誰も知らない。ただ、〝ろくろっ首〟が〔ルークルー〕系の蔑称《べっしょう》だということだけは大昔から決まっている。「どうもこうもないの。あなただって〝のっぺら坊〟なんて呼ばれたら嫌な気持ちになるでしょう？」

マスカラで銀色に塗られた睫毛《まつげ》がばさばさと上下し、「うーん、どうだろ。なるのかな。何とも思わない気がするけど。意味、よくわかんないし」

「あなたにとってはそうでも、世間ではそうなのよ。それが常識っていうものなの」

少女は暫し首を傾げた後、こっくりと頷いてみせた。「じゃあ、とりあえずこうしよう。アナタのこと、オバ様って呼ぶことにするわ」

「は？」〝じゃあ〟という接続詞が何と何を繋いでいるのか、ミドリにはまるでわからない。

「オバサンやオバンっていうより、まだしも敬意ってやつが籠《こ》もってる感じがするでしょ？」

勿論、ミドリは呼び方などにこだわっているわけではない。〝さん〟だろうと〝様〟だろうと構わない。ただ、そう口にするのも何だか馬鹿らしくも思える。先までの気勢が俄《にわか》に削《そ》がれ、

「もう、それで良いわ。好きにしてちょうだい」

「あら、案外素直」少女は賢《さか》しらな台詞を挟み、「で、オバ様はアタシに何のご用ってわけ？」

いちいちペースを狂わされる相手だと思いつつ、ミドリは改めて問う。「あなた、そんな格好をして、一体どういうつもりなの？」

「そんな格好？」少女は目を眇《すが》め、顎を突き出した。〝心外〟を意味する〔フォンイー〕特有の仕草《しぐさ》だ。広げた左右の腕を上下に振ると、幾重《いくえ》もの襞《ひだ》をなして手首までを被った半透明《トランスルーセント》な袖

がゆらゆらと揺れる。「この格好が、何だって言うの？」

「何って、わかっているでしょう。その海月《くらげ》みたいな服装が非常識だってことくらい」

「ヒジョーシキ……ああ、スコアの話か」

さも何でもないことのように言う相手の口振りが、ミドリの内から余計に強い言葉を引き出す。

「そうよ。そんな異常な格好で、よく外に出られたものね」

「あっは。ヒジョーシキの次はイジョーかぁ。参ったね」少女は短く刈り込んだ後ろ髪を副腕の先で掻いた。「で、それがどうしたの。アタシのスコアが低いことで、誰かに迷惑かけた？」

やはり、この子はわかっていない。ミドリはゆるゆると首を振った。装いとは己自身のためのものである以前に、何よりもまず他者のためのものであることを。

容姿とはあらゆる言語に先行して他者に認識される第一の情報《インフォメーション》だ。わけても、肉体と違っていつでも取り替えの利《き》く装いは、それを纏う人物が何者であるかを――共同体の中でいかなる位置を占《し》め、いかなるルーツを持ち、いかなる考えを有する者かを――表明するためのコミュニケーションツールだ。人が社会的な動物であるための外皮と言っても良い。互いに互いが「誰なのか」を知ることによってこそ、人は警戒心を解いて他者と触れ合える。

スコアはそれを円滑にするための指針だ。となれば、極端に低いスコアは、他者からのまなざしを蔑《ないがし》ろにし、理解されるための努力を放棄していることの証拠にほかならない。

「あのね、人は自分が何者なのかを周囲に示さなければならないの。他の誰でもない、自分自身の立ち位置を。その前提になるのは――」

「待って」少女は右の主腕を持ち上げ、ミドリの言葉を遮った。「オバ様の次の台詞を当てるね。

〝人は何よりもまず装いによって作られる〟でしょ？」

眉を顰《ひそ》めるミドリとは対照的に、少女は口の端《は》を持ち上げた。感情を表現する手段に乏しい〔フォンイー〕ではあっても、それが得意満面な笑みだということは伝わってくる。

話の腰を折られたと思いこそすれど、ミドリは相手の〝予言《フレーズ》〟に驚いたりはしなかった。たとえ年端のいかぬ子供であろうと、知っていて当然の慣用句なのだから。ただ、理解しがたいのは、

「それがわかっていながら、どうしてそんな格好を？」

少女は言下《げんか》に答えた。「馬鹿みたいだから」

「えっ？」今度こそ、ミドリは心底驚いた。

「知ってることと、従うってことは、全然違う」つい先程の得意気な様子から打って変わって、少女の両目は真剣な色を浮かべていた。「ホント、馬ッ鹿みたい。服が人を作るって言うなら、どうして、あの四角い機械は毎日毎日違うものを着ろって言うの？　どうして、毎年毎年まるで違うコーデを奨《すす》めてくるの？　そんなにコロコロ変わるものが、人を作るわけなんてないでしょ」

確かに、〈天羽槌〉が推奨する装いは日々変わる。今日は適切な装いだったものが、翌日にはロースコアに転じてしまう。ただし、それは身体が日々成長し、周囲の環境が絶えず変化し、自身が果たすべき役割も流転《るてん》するからだ。その変化に身を馴染《なじ》ませていくことで、長期間にわたり、人格や社会性は徐々に形成されていく。

そんな反論や告諭《こくゆ》の言葉はいくらでも思いついた。しかし、実際にミドリの口がそれらを発することがなかったのは、いや、発せなかったのは、ただただ気圧《けお》されたからだ。

相手の声音に込められた、切実な何かによって。

ナノマシンによって恒常的に測定・収集される身体組成データと、服や装身具といったトークンが持つ各種パラメータとの兼ね合い、更には場やルーツに関する情報を加味した複雑な計算ロジックによって弾き出される「スコア」というシステムが確立されたことで、装いにおける〝美〟は、相対的なものとなった。

首が細長くて螺旋状に捻れている、腕や目の数が多い、顔に凹凸がない——といった種族間の差異ばかりでなく、もとより脚の長い者も居れば短い者もおり、顔の大きな人も居れば腹の出ている人も居る。スコアはそれら身体的特徴そのものには優劣を付けない。スコアはあくまで、ユーザー自身にとって、デザイン・サイズ・TPO・文化的ルーツがより適したものを纏った際にこそ向上する。股下が身長の半分以上を占めるような者でも、反対に座高が上背の三分の二に達するような者でも、めいめい適切なボトムスを穿《は》いたならば、両者のスコアは等しくなる。

そう、生まれながらの身体の差というものを無効化し、あらゆる個人のために異なる尺度を用いることで美の概念を相対的なものに落とし込んだことこそ、スコアが何より画期的だった点だ。

美の平等化。徹底した、身体肯定《ボディ・ポジティヴ》。

後に、バイオマテリアル利用技術の発展がスコアという概念に追いつき、両者が接合されたとき、その理念は真に達成された。菌糸《きんし》体、蜘蛛の糸、複数のバクテリア混合体から生成されるセルロース、微生物によって分解された有機体等々、再利用が可能な原材料と、それらによって形人はようやく解放された。

ファッションという、差別を生み出す体系から。

それ以前のファッションは、詰まるところ、あらゆる面における〝格差〟を可視化したものでしかなかった。第一に、望む服を得られる者と、そうでない者との貧富の差を。次には、美的センスや流行への感度などという抽象的で曖昧《あいまい》な能力の多寡《たか》を。それから何より、遺伝によって先天的に決まる身体そのものの違いを。遍《あまね》く人々は、差別構造の被害者であると同時に加害者でもあった。当人がそうと意識していなくとも、自ら選んだ服を着て人の目に触れるということ自体が、その構造の維持に加担することと同義だった。服を纏わずに社会と――ヒトと――関わることなど、不可能だからだ。

スコアと〈天羽槌〉が一掃したのは、そうした構造を生み出す根本的な要因だった、〝当人の意志だけではどうにもならぬこと〟の数々だ。

いまでは誰もが、無数のデザインデータを安価で購入できる。リアルタイムで計測される身体の状態《コンディション》と、その日の行動《アクティビティ》に最適な服や装身具を選ぶことができる。そして、自身の装いが他の誰が見ても恥ずかしくないものであることは、スコアが保証してくれる。

だからこそ、スコアが低いことには一切の言い訳が効かない。

向上、あるいは、改善とは見なせない。

出勤してきたタマキの姿を一瞥《いちべつ》するや、ミドリはそう断じた。今朝のスコアは七十五。確かに、数値だけを見れば昨日よりは上がっている。

しかし、〈天羽槌〉がその程度の装いを提示《サジエスト》することは考えがたい。星府から各世帯に提供されている筐体が示すのは、ユーザーのスコアが可能な限り高値となる装いだ。にもかかわらず、七十台というロースコアに留まっているとなれば、考え得る理由は二つに絞《しぼ》られる。推奨された装いを敢えて無視しているか、そもそも〈天羽槌〉と向き合っていないか、だ。

「ちょっと——」と詮議《せんぎ》のために相手を呼び止めようとした声は、けれども、うまく喉から出てこなかった。かえしのついた針のように、昨晩から胸に刺さったままでいる言葉のせいだ。

〝馬ッ鹿みたい〟——その言葉は眼前のミドリに対してというよりも、世界そのものを向こうに回して吐き出された嘲《あざけ》りのように感じられた。少女の論理は滅茶苦茶《めちゃくちゃ》で、現にそのひとつひとつを論破することもミドリにはできたはずであったし、少なくとも、実際にそうしなかったからといって翌日まで引き摺《ず》るようなことではない。

いまだにそれを忘れられずにいるのは、少女が口にした嘲罵《ちょうば》の台詞が、発した当人さえ思いもしない形で、ミドリの胸の奥底に在る記憶に触れてしまったせいだ。

「そんな格好で人前に出るのはやめなさい」あの場では、そう窘《たしな》めるのが精一杯だった。

「あー、はいはい、わかりました。明日からはマットーでフツーでテキセツな服を着ますよ」と、乱暴に吐き捨てた後、「何か、テンション下がった」と言って少女はフロアから去っていった。

その後ろ姿に、いまやミドリの記憶の中にしか存在しない、もうひとりの少女の俤《おもかげ》が重なって見えた。ほかでもない——

「調子はどうですか？」と、出し抜けに背後から声を掛けられて、ミドリの意識は急速に過去から現在へと引き戻された。振り返ると、長身痩軀《そうく》のソウジ・ヤタが慎《つつ》ましげな微笑を浮かべてこちらを見下ろしていた。彼と向かい合う際には、背の高いミドリであっても首を持ち上げなければならない。

〔ルークルー〕系らしい螺旋状の長い首——ミドリのそれよりも、更にもうひと捻りされている——が襟に隠れぬよう、濃紺の単衣《ひとえ》をさらりと纏っているが、腰帯には〔フォンイー〕の血も引くことを示す夜譚狢《やたんむじな》のシンボルが縫《ぬ》い込められている。上から重ねた羽織風の衣は、桔梗《ききょう》の花冠のように広がった長大な衿《えり》を具え、首の形を更に引き立てていた。サイズも色味も、ルーツとの兼ね合いも完璧だ。スコアは九十六。タマキにも見習ってほしいものだと思わずにいられない。

「何。敵の腹の内でも探っておこうってわけ？」

彼女のつっけんどんな物言いに、とんでもないとヤタは苦笑した。そんな表情すら清涼感を具えているのは、仄《ほの》かに顕現《けんげん》した〔フォンイー〕の特性である彫りの浅い顔立ちのせいだろうか。

敢えて〝敵〟などと呼びはしたが、別段、ミドリはヤタに悪感情を抱いているわけではない。ただ、目下《もっか》、二人がライバル関係にあることは事実だった。先から準備を進めているコンペでは、ヤタの率いる第二衣紋部と競い合うことになるのだから。

「どうだか」と、目を眇《すが》めてみせながらも、実際はミドリも承知している。姑息《こそく》な手を採るような手合いではない、と。実直、清廉《せいれん》、そして有能。そんなヤタの美点は彼女も認めている。自分より十歳も年下でありながら、局内で同じレイヤーに立っていることにも異存はない。

「ただ、部下に手を焼いていらっしゃるんじゃないかと心配になりまして」と変わらず快活な声で言う彼の視線の先では、デスクに就いたタマキが資料の精査を進めていた。「私は全力であなたのチームと——いや、あなたと競いたい。余計な夾雑物《きょうざつぶつ》が原因であなたが本領を発揮できないなんて事態は、私としても不本意なんですよ」

夾雑物。そんな言いようにさえ、彼は微塵《みじん》の悪意も滲《にじ》ませない。きっと、本心なのだ。

「スコアはともかく、あの子は優秀よ」別段、庇《かば》うつもりもなく、ミドリはそう返した。彼女に限らず、義務教育課程修了時の適性検査を経て入局してきた局内の者は皆、相応の資質を具えているが、スタートラインが平等であることこそ、逆説的に、周囲より高い彼女の業務遂行能力はひとえに当人の努力の賜物《たまもの》であると証明している。

「優秀。間違いなくそうでしょうね」ヤタは頷いた。捻れた首がやや縮み、顔は僅かばかり横を向く。「ですが、〝スコアはともかく〟では通用しない場面が多々あることは、あなたも先刻ご承知でしょう。何なら、私から注意しておきましょうか。直属でなくとも、上役ではありますから」

「いいえ、結構よ」とミドリは言下に撥《は》ね除《の》けた。確かに、他部署の人間に叱責される方が響くかもしれないが、あくまで彼女は自分の大切な部下だという思いがミドリにはある。他人に嘴《くちばし》を挟まれたら、良い気はしない。「レポートラインは守って」

「すみません、余計なお世話でしたね。さすが、誠意ある上司だ」これにも、嫌味や皮肉めいた響きはなかった。素で、こういうことを言う男なのだ。

自身のデスクに向かう彼の後ろ姿を見遣りながら、とはいえ、実際このままではこちらがコンペで勝つ見込みは限りなく低いだろうとミドリは思う。何もタマキのスコアばかりが原因ではない。当日まで残り一ヶ月を切っているというのに、プレゼン資料の精度がいまひとつ決め手を欠いたものに留《とど》まっているのだ。一方、第二衣紋部はヤタ主導のもとで完璧に近い準備をしてくるだろう。何かしら革新的なアイディアでも出てこない限り、勝敗は既に見えている。そして、己の指導力不足がその原因だとも彼女は自覚している。

〝観察が大事〟

〝常に一歩先を見据えなさい〟

部下には日頃からそう口酸っぱく言っている。スコアを司る〈服飾局《メゾン》〉で働く以上、現状を把握する力と先見性とは、他の何よりも重要な能力だからだ。

けれども、と彼女は自問する。実際に踏み出した一歩を受け止める路《みち》を、自分は示せているか。

〝馬ッ鹿みたい〟

何故か、またもあの少女の発した言葉が耳に蘇《よみがえ》った。

●

合成樹脂製のグラスになみなみと注がれた疑似葡萄酒《イミテーション・ワイン》を眺めながら、店選びを相手に任せたのは失敗だったなとミドリは後悔したが、それに引き替え、ところどころコーティングの剝《は》げたテーブルを挟んで向かいに座した少女は、北部〔フォンイー〕風海将風《ドリア》をさも美味しそうに頰張り、次から次へとグラスを干している。

郊外にある、広大な敷地を有したチェーン経営の家庭飯店《ファミレス》だ。若者達のグループがボックス席のあちこちを占め、やかましく騒いでいる。学生などが安価で手軽に食事を愉しむ——というよりも時間を潰す分には良い店だろうが、ミドリにとっては何とも居心地の悪い空間だった。何より、デコルテの開いた夜会用のドレスという装いが、明らかに場から浮いている。当然、スコアも急降下していた。自分のせいでなく、一時的なことでもあるとはいえ、己のスコアがこうも下がるのは落ち着かない。

「何でも好きなものをご馳走《ちそう》する」とミドリの方から提案したのは確かだが、まさか、終夜営業のファミレスを希望されるとは思いも寄らなかったのだ。折角《せっかく》、大人が食事をご馳走すると言っているのだから、ふだんなら手の届かないような高級店でも選べば良いものを。

「――で、オバ様は何を訊《き》きたいんだっけ?」

ドリアをぺろりとたいらげ、葡萄酒を追加で注文しながら少女は言った。

「ジェリー」ミドリは相手の目を真っ直ぐに見つめて口を開いた。それが、少女の名乗った名だった。「わたしはね、ジェリー。あなたがどうしてスコアを無視するのか。それが訊きたいのよ」


昨晩言って聞かせたことに、あの子は従っているだろうか。まっとうな服を着ると言っていたのはほんとうだろうか。そんな考えがふと頭に浮かんだのは、夜十一時過ぎオフィスに独り居残り、資料の精査を進めていたときのことだ。

――確かめに行ってみようか。

残業に倦《う》んでいたせいかもしれない。素直に聞き入れているわけがないことくらい、あのときの口振りからして明白だ。そうとわかっているのに、作業を切り上げて退局した彼女がタクシーの運転手に伝えた行き先は、「クラブ・ザスーラ」

馬鹿げた行為だ。万が一、少女が装いを改めていたとして、今夜もクラブに居るとは限らない。ただの徒労に終わる可能性は高い。

それでも、昨夜とはまるで気分が違った。どこか、心の弾むような感覚さえ抱いていた。ほんとうは、確かめたいなどというのも後付けで拵《こしら》えた理由に過ぎないのかもしれない。その証拠に、やはり滅茶苦茶な装いで踊っている少女の姿をクラブのフロアに認めたとき、呆れも驚きも胸の内には湧かず、ああ、やっぱりな、とだけ思った。

人波を掻き分けて眼前に現れた〝オバ様〟に、少女は警戒する素振《そぶ》りを見せた。当然だろう。またうるさい叱言《こごと》を聞かされると思うのは自然なことだし、自分はそうするだろうとミドリ自身も想像していた。それが大人として取るべきまっとうな態度であるからには。

半ば無理矢理に少女の片手を取ってフロアの片隅へと引っ張っていった彼女の口から実際に出てきたのは、しかし、自身でもまるで想定していなかった言葉だった。「あなたに訊きたいことがあるの。とりあえず、ここじゃうるさ過ぎるから、場所を変えない?」

「何だ、そんなことか」どうしてスコアを無視するのかという問いに、ジェリーは肩を竦《すく》め、「つまんない人。パパみたいなこと言うんだね。もっと面白い人かと思ったのに、ガッカリ」

「面白い?」ミドリは首を傾げた。「どうしてそう思ったの?」

意外な評言だった。相手が覚えたという落胆以前に、どこをどう見たら自分なぞが面白い人間として目に映るのか見当もつかない。馬鹿真面目と言われるのなら、わかる。実際、面と向かってそう嘲ってくる上司や同僚も過去には居た。役職と威厳とを、自身がまだ具えていなかった頃の話だが。

「わたし、何かおかしなことをしたかしら？」

ジェリーは、うわぁ、と小さく呻った。「自覚ないんだ。あのね、フツーの人はそもそもアタシみたいな奴に声なんて掛けないの。大抵は見なかったことにするか、さもなきゃ、ひそひそ声で馬鹿にしながら遠ざかる。どうしてだか、わかる？」

わかるとも、わからないとも、即座には答えられない。

スコアが低い者は社会性も低いというのは、社会的合意《コンセンサス》のとれた共通認識である。己のルーツや立場を明示せぬ相手、簡単な規則《コード》も共有できない相手との対話など、誰も望みはしないのだから、当然だ。その一方で、相手が分別もろくにつかぬ子供となれば話は別だとも彼女は思う。呼び止め、注意し、そんな装いで外に出るべきではないと諭す。それは別段、職業柄という話でもなく、大人として至極まっとうな振る舞いだろう。

返答がないことをどう捉えたのか、ジェリーはさも呆れたとばかりに口をとがらせ、「アタシがイカレ娘だからに決まってるじゃない。わざわざ野良の無脊椎猫《リキッド・キャット》に手を伸ばす奴なんか居ないのと同じ。噛《か》まれるか引っ掻かれるか知れたもんじゃないってのに。その上、話を訊きたいだなんて、かなり変」

相手の言う通り、変なのかもしれない。いまのミドリには相手を咎《とが》めようという気も、諭そうという考えもなく、興味だけがあった。誰もが絶えず自身や他者のスコアを気にかけているこの世界で、一桁台のそれをぶら下げて平気な顔をしているというのは、どういう自意識によるのだろうか。もしかすると、いくら窘《たしな》めても言うことを聞かない厄介な部下を理解する鍵もまた見いだせるかもしれないという、漠然とした欲目もあった。
しかし、少女にしてみれば、こちらの勝手な期待など知ったことではなかろう。どう応じたものかと暫し考え込んだ末、ミドリは思いつくままに、しかつめらしい顔で訊いた「あなたは、噛むの？」

「あっは」〔ツチグモ〕由来の四つ腕を持つ少女は給仕係《ウェイター》が運んできたグラスを主腕で受け取りつつ、副腕で両手を打ち鳴らした。「そ、アタシは猫ちゃんみたいに噛むし、引っ掻くよ」指先を鉤爪《かぎづめ》のように曲げて、がおー、と気怠《けだる》げに吠えてみせる相手に、無脊椎猫はそんな鳴き方はしないと思いつつも、ミドリは問いを重ねた。「お父様も無視したり馬鹿にしたりするの？」

「まさか。パパはパパだもん。他人《ひと》とは違う。でも、口を開けばつまんない話ばっかり」

「つまらないって、どんな？」

「昨日、オバ様がしてたような話よ。もう、ウンザリするようなやつ。スコアを上げろ。ジョーシキを知れ。ミットモナイ格好はするな」

「どれも至ってまともな忠告だと思うけれど」
子を持たぬミドリでも、親心というものを想像してみることくらいはできる。娘が奇矯《ききょう》な振舞いばかりしていたら、それを諭すのは親の役目だ。

「どこが」少女は目の上に引かれた曲線──眉のつもりで施した化粧なのであろう──を吊り上げた。眉のない〔フォンイー〕系でありながら、その部位を動かす筋肉を具えているのも、〔ツチグモ〕由来の遺伝形質ゆえのことか。「アタシは〝ミットモナイ格好〟なんてしてないし、そもそも、スコアなんてものに縛られながら生きるなんて、ほんと、馬ッ鹿みたい」

「だから、わざとスコアが低くなるような装いをしているの？」心理的反発《リアクタンス》が理由かと、ミドリは眉を顰めた。相手のそれと違って、こちらは本物の体毛だ。

わざとだなんてとんでもないとジェリーは声を上擦《うわず》らせた。「アタシは自分が着たいものを着てるだけ。アタシのなりたいアタシになるために、好きなものを好きに組み合わせて着てるだけなの。それに対して、センスのないどっかの誰かさんが勝手に点数をつけてるだけでしょ」

いま対面している相手が当の〝センスのないどっかの誰かさん〟のひとりだと知ったら、この子はどうするだろうか。もしかしたら、ほんとうに噛みついてくるかもしれないとも思うが、ミドリが己の素性を明かさないのは、何も少女の牙や爪が怖いからではなく、単に職業倫理に悖《もと》るためだ。スコアに関する公平性の維持という観点から、〈服飾局《メゾン》〉に勤務していることは親しい者にさえ秘匿《ひとく》すべき事項と取り決められている。

「じゃあ、お母様は？　もしくは、もうひとりのお父様はどう仰《おつしや》っているの？」

「居ないよ、そんなの」

少女の口振りは何ともあっけらかんとしたものだったが、ミドリは片手を額に押し当て、「ごめんなさい。嫌なことを訊いてしまったわね」

「あー、違う違う。死んじゃったとか別れちゃったとか、そういうんじゃないよ」ジェリーは右の主腕と左の副腕を互い違いに振り、「パパはそもそも結婚してないの。で、独りでアタシを施設から引き取った。ボーイフレンドは居るみたいだけど、結婚する気はないみたい」

己の迂闊《うかつ》さを呪いかけていたミドリは、ほっと胸を撫で下ろす。早合点《はやがてん》するのも無理はなかった。妊娠が望めない男女や同性婚をしたカップルが児童養護施設から子供を迎えるというのは別段珍しい話でもないが、はじめから独り親というのは希《まれ》なケースだ。

養子を迎えるに際しては、生活環境や職業に関してそれなりに厳しい審査がある。独身でそのラインを通過《パス》しているとなれば、余程、社会的信用度の高い人物なのであろう――と、そこまでは想像できるが、結婚も子育ても自身のライフプランに含まれていないミドリにとって、独身男性が養子縁組《えんぐみ》をしてまで子を欲しがる心境というのは、よくわからない。

とはいえ、当の娘にそれを問おうとはさすがに思わなかった。話の舵《かじ》を切り直そうと、彼女は相手が身に着けた蛍光オレンジのチューブトップや、作りかけの繭のようにふわふわした半透明《トランスルーセント》なボレロを指差し、「そういうデザインの服って、どうやって手に入れるの？」

いずれも、見覚えのないトークンだ。〈服飾局〉で働いているからといってあらゆるアイテムデータに目を通しているわけではない。彼女の属する衣紋部が調整しているのはあくまでスコアの算出ロジックであって、デザインそのものではないのだから。

ただ、ここまで奇抜なものがデータベースへの登録審査をパスしたとなれば、局内でも話題になっていて良いはずだ。すべてのデザインは他のアイテムと組み合わされることによって着用者のスコアを上げることにこそ意義がある。誰のスコアにも益《えき》することのない――つまりは誰にも似合うことのないデザインなんて、登録申請をしたところで即座に却下《リジエクト》されるはずだ。

「これ、カワイイでしょ。自分で創《つく》ったんだぁ」と言って、ジェリーは口の端を吊《つ》り上げた。

「創ったですって！」ミドリは思わず頓狂《とんきょう》な声を上げた。「自分の着る服を、自分で？」

「そ、いまアタシが着てるのは、どれも世界でひとつだけの、アタシ専用の服」相手の反応を賛《さん》嘆《たん》とでも解したものか、ジェリーは得意気に言って席から腰を上げた。隣のボックスとの間の通路に出て、くるりとターンを決めてみせる。白い斑点《ドット》の散らされた透明《トランスペアレント》なビニール風のスカートが、虹色海月《ジェリーフィッシュ》のかさのように開いては、また萎《しぼ》む。それから、自身の纏ったアイテムを順繰りに指し示しつつ、「このトップスも、スカートも、靴もソックスも、ぜぇんぶ」

俄には信じがたい話だった。件《くだん》のチューブトップやボレロに加えて、黒いエナメル風生地のショートパンツやその上から巻かれたスカート。これらがすべて、この子のお手製?

「あなた、もしかして〈天羽槌《アメノハヅチ》〉を改変《ハック》したの?」

真っ先に頭に浮かんだ考えはそれだった。投入された素材を分解し、再構築して新たなトークンを生成する〈天羽槌〉でも、デザインデータが存在しないものは生成し得ない。そして、オンラインで販売されているあらゆるデザインが〈服飾局〉による審査を経たものである以上、登録外のトークンを再生成するには、〈天羽槌〉のOSを守る防衛障壁《プロテクト》を解除し、ローカル環境でデータをインストールするより他に方法はない。

だが、いまや社会基盤《インフラ》ともなっている機構のセキュリティは堅固だ。たった独りの少女が破れるほど脆弱《ぜいじゃく》でないことくらいは、エンジニアではないミドリでも断言できる。

ジェリーは首を左右に振った。「そんな難しくて面倒臭そうなこと、しないよ」

「じゃあ、どうやって?」

少女はよくぞ訊いてくれたとばかりに胸を反らし、「〈天羽槌〉で生成したトークンを切ったり、ほどいたり、バラバラにしたりして用意した材料を、自分で繋ぎ合わせたの」

ミドリは思わず天を仰いだ。首が仰け反るに従って、知らず、くるりくるりと視界が回る。

「信じられない。服に鋏《はさみ》を入れるなんて……」

「ううん、服だけじゃないよ」ジェリーは八重歯を覗かせて悪戯《いたずら》っぽく笑い、「バッグとかお財布とかアクセサリーとか、〈天羽槌〉で生成できるものは何だって利用してる」

ほら、これなんかもそう――と少女は首に巻かれたチョーカーを指差した。虹色の縞模様《ストライプ》のそれは、いくつものバッグのストラップを細く裂《さ》き、縫い合わせたものだと言う。

本来の用途を完全に無視した分解と接合――それはもはや、再生成《リジェネレーション》ではなく、野性的な構成要素の配列変換《ブリコラージュ》とでも呼ぶべき行為だ。目の前に居る少女の小さなおつむの、一体どこからそんな発想が出てきたのか、ミドリには想像もつかない。

「ごめんなさい。さっき、つまんない人って言ったの、取り消すね」唖然《あぜん》とするミドリに構わず再び腰を下ろすや、ジェリーは両の主腕と副腕を交叉《こうさ》させ、それぞれの掌を合わせた。〔ツチグモ〕にとっての謝罪の姿勢だ。「やっぱり、オバ様って変わってる」

「どうして？」次から次に発される意外な台詞に、ミドリは振り落とされそうだった。大気圏へと再突入する惑星間航行船《シャトル》に、安全用ベルトも無しに乗せられているかのような気分だ。

「だって、初めてだもん。これを着ろ、あれは脱げ、〝どうして〟こんなことするんだ――そう言ってくる人はパパも含めてたくさん居たけど、〝どうやって〟って訊かれたのは、初めて」

ミドリにしてみれば、ごく自然に湧き出した疑問に過ぎなかったが、少女からそう言われると、何とはなしに気分が良かった。何だか自分が素晴らしいことを口にしたように思えてくる。

「ねぇ、オバ様？」ジェリーは小首を傾げつつ、無脊椎猫《リキッド・キャット》が甘えるような声を出した。「アタシ、思うんだけれど、これだけいろんな質問に答えたのに、報酬《ほうしゅう》がファミレスのご飯だけってのは、ちょっと安過ぎやしないかしら？」

自分が選んだ店だろうにとミドリは苦笑した。その瞬間、初めて、自分はこの少女に好感を抱き始めているのかもしれないと自覚した。「いいわよ。他に何が欲しいか、とりあえず言うだけ言ってみて」

しかし、相手は首を左右に振り、「ううん、そうじゃないの。ただ――」

――もう一度、クラブに戻らない？

●

「――部長。ジィアン部長！」

そう呼びかけられていることに遅まきながら気づいて、はっと顔を上げたとき、ミーティングルームに集ったメンバーの視線は一様にミドリに向けられていた。

逸早《いちはや》く状況を理解したのは、頭ではなく、肌だった。場所も時も忘れて追想に耽るなんて〝らしくない〟ぞ、ミドリ・ジィアン。お前はいま、タマキ・スクナの発表を聞いていたところだぞ、ミドリ・ジィアン。二度目のチーム内プレゼンという場に相応しいものとして〈天羽槌《アメノハヅチ》〉から吐き出されたスーツが、その質感《テクスチャ》と肌触りをもって訴えかけてくる。

「ごめんなさい」局内で謝罪の言葉を発するなんてあまりに久々のことで、口はぎごちなくしか動かなかった。「しっかり聞けていなかったわ。悪いけれど、もう一度説明してくれる？」

驚きの色こそ表情に滲ませつつも、タマキはことさら嫌な顔をするでも、不満を漏らすでもなく、再度、説明を始める。まったく、何て無駄な手間を取らせたものかとミドリは恥じ入った。

プレゼンが終わってメンバーが散会するや、六本の腕をそわそわと動かしながらタマキが声を掛けてきた。いかにも気遣わしげな声音で、「お疲れですか？」

「えぇ、少しね」とだけ短く答えて、ミドリは頷いた。

実際、疲れてはいた。ただしそれは、仕事に根を詰めすぎたとか、心労を重ねすぎたとかに起因する精神面《メンタル》での疲労ではなく、身体的《フィジカル》なそれだ。より端的に言えば、ただの筋肉痛。

足を動かすたび、太ももやふくらはぎに酷い痛みが走るけれども、その原因が朝になるまでクラブで踊り明かしたことだとは、部下に漏らすわけにいかない。口が裂けても、絶対に。

「ねぇ、踊りましょう」と、ジェリーは言った。

家庭飯店《ファミレス》からクラブへと取って返し、再び――ミドリには耳馴染みのない――激しいビートを刻む音楽と若者達の叫声とに満たされたフロアに立ったときのことだ。

ミドリの口は、「でも」とか「いや」とか、何かしらの音を発しはしたはずだが、ジェリーはお構いなしに彼女の手を引き、フロアのただ中へと躍り出た。人々はつい数時間前とおんなじに、輪を描いてふたりの周囲に空間をつくり、好奇と嘲り混じりの視線を寄越した。いや、向けられる目は先よりいっそう物珍しげであった。何しろ、今度はおまけ付きだ。

クラブでの踊り方など、ミドリはまるで知らなかった。〔ルークルー〕の伝統舞踊なら昔取った杵柄《きねづか》で少しは踊れるが、それでは場違いなことくらいはわかる。纏っているドレスも、ダンスなどという運動を想定して生成されたものではない。腕を上げれば袖が引っつれるし、足を開けば長い裾《トレーン》がまとわりついてくる。何より、質感《テクスチャ》が違う。肌と触れ合う生地は、激しい動きをした際に心地良く身に馴染むものとして作られてはいない。

装いとは人間の輪郭を覆う外皮であると同時に、身体が世界と関わる上で最初に知覚されるものでもある。だからこそ、スコア算出においても、感触は見た目に次いで大きな比重《ウェイト》を占めている。着用者自身もそうと気づかぬ手際の良さで身体の輪郭を脳に知覚させ、文脈や場に応じて、「自分はこういう人間だ」ということを、ほかでもない、己自身に示すためのものとして。

まごつくばかりの彼女を置き去りに、ジェリーは早くも音楽に合わせて四本の腕を上下させ、頭を激しく揺さぶっていた。助けを求めるような気持ちでミドリは周囲を見渡したが、合成カクテルを片手に身を揺らす人々は嘲弄《ちょうろう》の色が浮かんだ視線を寄越すばかりだった。ああ、これが日頃からジェリーの晒《さら》されている視線なのだと、彼女は体感的に理解した。

仕方なしに、恐る恐る左右の手を揺らしてみた。それが正しい動きかどうかは知らないが、ただ、傍らの少女の動作を真似てみたのだ。想像した通り、ドレスは身体の動きを阻害《そがい》した。腕を動かすたび、肩ばかりか腰や臀《しり》のあちこちで生地と肌が擦れて異和感を生じさせた。

ただ、ミドリにとって予想外だったのは、それが、そう悪いものでもないという感覚だった。身に染まぬ衣の感触は、外界と自身との間にある夾雑物とでも呼ぶべきもののはずだが、不思議と、心地好くすら感じられた。スコアの信奉者《しんぽう》として〈天羽槌〉から提示されるがままに日々の装いを選択してきた彼女にとって、「馴染まなさ」というのは、新鮮なものだった。

どうしてそんな風に感じるのかと訝《いぶか》る頭を置いてけぼりに、身体は刺激に対して素直に動いた。右左、右左と互い違いに上下する腕の動きは徐々に大きくなり、腰や膝もそれに追従した。

そうして、気づいたときには全身汗だくになっていた。濡れたドレスの生地が四肢の表面《おもて》を擦《さつ》過《か》することはもはやなく、その存在すらも忘れてしまうほど、ぴたりと肌に吸い付いていた。すぐ隣で、ジェリーが何事か大声で叫んでいたけれども、声はうまく聞き取れなかった。ただ、歯を見せて笑う彼女につられて、ミドリも笑った。

何て馬鹿げたことをしたものだろうと思い返すまでもなく、足腰が、「自業自得だ」と痛みをもって詰ってくる。年甲斐もなく急に身体を動かした報いだ。おまけに、そうして詰られている頭もまた、宿酔《ふつかよい》のせいで酷く痛む。アルコールには強い方だが、さすがに羽目を外し過ぎた。ジェリーに至っては、夜明けまでに何度もトイレで戻していた。

こめかみに手をあてつつ目を瞑《つむ》っていると、いまだ傍らに居残っていたタマキが重ねて訊ねてくる。「大丈夫ですか?」

「平気よ。ちょっと疲れが溜まっただけ」

そう答えてもなお、相手はその場から去ろうとしなかった。最初は、優しさゆえのことかとも思ったが、すぐに、そうではないと思い直した。彼女は、怯《おび》えているのだ。今日もまた叱責されるものと、当然のようにそう思って。

スコアは八十一。前日からの上昇分をただの誤差と捉えるべきか、それとも彼女なりに改善に努めた結果だと考えるべきか。微妙な数値だ。改めるなら改めるで、もっときちんと〈天羽槌〉に従えば良いものを。とはいえ、そうと指摘するだけの余裕も、いまのミドリにはなかった。

「ほんとうに大丈夫だから、もう行って」

ミーティングルームからすごすごと去っていくタマキの後ろ姿を眺めながら、彼女は早くも自は気遣いを示してくれた相手に、よくもまあ、そんな物言いができたものだ。他意はなくとも、上司が部下に掛けるべき言葉ではない。自らそう断じたところで、ふと、疑念が湧いた。

いままでは、どうだった？

長いあいだ、そんなことは顧《かえり》みもしなかった。当然ながら、相手の人格を否定するような物言いや、差別的な言動はしていないはずだが、そうではなく、もっと小さな、その一部分のみを抜き出して見れば何の問題もないような言葉を発したときは、どうだった？

「どうってそりゃあ――」ジェリーは宙に展開した〈拡張現実《モンシャ》〉の鏡に視線を据《す》えたまま、主腕でペンシルを操って眉を引き、副腕でグラスを口元に運びながら言った。行儀は悪いが器用なものだと、ミドリは思わず感心してしまう。「キツい言い方もたくさんしてきたんじゃないの」

ゆったりとしたテンポの曲が流れるクラブの冷却《チル》ルームで化粧を直すジェリーに付き添い、自身も身体の火照《ほて》りを冷ましつつ、ミドリは少女の言葉に耳を傾けていた。

昨晩はさすがに外出する余力もなく、退勤するなりまっすぐ自宅に帰ったが、一夜空けた今日、ミドリはまたもクラブへと足を運んでいた。

「オバ様、そういうとこ、あんまり気の回るタイプじゃなさそうだし」

「え、わたしってそんな風に見える？」

「見える見える。初対面のときだっていきなり頭ごなしに叱りつけてきたくらいだし、どうせ余所《よそ》でもそうでしょ」相変わらずペンシルを動かしつつ答える相手の口振りには、忌憚《きたん》というものがまるでない。そういう子なのだとわかっていたからこそ、ミドリはタマキとの一件をジェリーに話した。勿論、仕事の詳細などはすべて伏せた上で。

「そう――なのかもしれないわね」ミドリは曖昧に頷いた。つい先日知り合ったばかりの、社会経験もろくに積んでいないであろう子供相手に、自分は何を話しているのか。そう思わなくもないが、一方では、不思議と長年の付き合いのような感覚もある。

「そのくせ、変なとこで素直だよね」と言って、ジェリーは鏡越しに口の端を持ち上げてみせた。眉を描き上げた手が、次には、コバルトバイオレットの口紅を摘まんでいる。〔フォンイー〕系の特徴が強い者にとって、化粧という行為は大抵、スコアを負の方向へと傾がせるものだ。それぞれの種族の肉体には、それぞれの美しさがあるというのが、世の常識なのだから。〔ルークルー〕にとってのそれは捻れた長い首に認められ、〔ツチグモ〕であれば複数の腕の筋肉の躍動に顕れる。そして、〔フォンイー〕が誇るべきは、つるりとなだらかな顔であり、そこにわざわざ手を加えるのは、己のルーツを否定しているに等しい。

にもかかわらず、踊っているうちに汗でメイクが崩れるたび、彼女は几帳面《きちょうめん》にそれを直す。

「素直？」

「大人にしてはね」んんんー、と唇を引き結んでから、パッと開く。そんな動作を何度か繰り返して口紅を馴染ませてから、ジェリーは続けた。「大抵の大人ってね、子供に相談事なんてしないよ。みんな、若い子達を無知だって思ってるから。ものを知らないから、おかしなことをするんだ、って。だから、〝教えてあげよう〟だなんて上から目線でばっかり考える。でもね、ワカモノってそんなに馬鹿じゃないし、無知でもない。大人がさも得意気に口にすることくらい、もうとっくに知ってる。もうわかってる。そう、わかった上でやってるの」

「あなたが化粧を欠かさないのも、あなたなりの考えとか、何か意味があるってこと？」

ミドリなりに相手の言葉を咀嚼《そしゃく》した上での問いだったが、それすらもジェリーはあっさりと否定した。「んー、考えちゃいるけど、〝意味〟なんてないよ。カワイイと思うからやってるだけ。いつでもカワイイアタシで居るためにそうしてるだけ」

ミドリにはまるで理解の及ばない考えだった。装いと文脈《コンテクスト》とは、不可分なものであるはずだ。あらゆる装いは、身体、場、系という文脈を踏まえた上で初めて機能する。そうして、文中に置かれるモノとして存在する以上、あらゆるトークンは記号としての意味を有していなければならない。さもなくば、誰にも読めないデタラメな文章ができ上がるだけだろう。

そう説くミドリに、しかし、ジェリーは首を振り、「そんなの知らないよ。服を創るのも同じ。ただ、カワイイものを創って、もっとカワイくなる組み合わせを考えて着てるだけ」

「その〝カワイイ〟は誰が決めるの？」

「決まってるじゃない。アタシよ」

「それじゃあ、誰にも伝わらなくないかしら？」

今夜の相手の装いにしても滅茶苦茶なものとしかミドリには感じられなかった。ギラギラと輝く銀色のジャケットのあちこちから黒いコードがいくつも垂れ下がり、その先端に、プラグのような金属が結わえられている。ジャケットと同色のパンツには無数の穴が穿たれ、大小様々なハトメ越しに白い肌が覗いている。どこがどう〝カワイイ〟のか、さっぱりわからない。〝金属と配線《コード》でできたおばけ〟というのが率直な印象だ。

「イイじゃん。誰にも伝わらなくたって」

ジェリーは事もなげにそう言うが、それは、装いを規則《コード》として整理し、社会の共通言語とすることを指向する〈服飾局《メゾン》〉の仕事とは対極にある考え方だ。

大昔、装いは、ごく限られた数のデザイナー達、あるいはその名を冠したブランドなるものによって支配されていたという。仮に同じデザイン、同じ材質、同じ精度で造られたものでも、それが送り手の名を冠しているか否かというだけで価値が変わってしまう。

そこで求められていたのは希少性《レアリティ》だったからだ。それも真に希少というわけではなく、単に生産量と流通量が調整《コントロール》され、個人がそれを手に入れるための難度が上げられていただけという、いわば、造られたレアリティだ。いくらでも大量生産できるものを敢えて少量しか製造せず、価格を吊り上げるという、現代《いま》となっては信じられない行為。そこにあるのは、羨《うらや》まれることへの羨みを根とした、見せびらかしの消費でしかない。自身がどれだけ裕福か、いかにファッションを〝わかっている〟か、どれほど文化資本に恵まれているかを周囲に衒示《げんじ》するための消費行為だ。

言うまでもなく、衒示とは人の欲望によって形成された差別の一形態である。あなた達とは違う、わたしは特別――そう宣言し、周囲と階層を分かつための。

おまけに、デザイナーやブランドは各種のトークンを、星《スター》と呼ばれる名の知れた人々に着せて宣伝した。あるいは、流行家《インフルエンサー》と呼ばれる者達がこぞってそれらを紹介することで――見せびらかすことで収入を得たりなどもしていた。

大衆は彼ら彼女らに羨望《せんぼう》のまなざしを向け、自身の理想たるロールモデルをその姿の内に見いだしては、彼ら彼女らが身に着けたものと同じトークンを求めた。理想に据えた者と同様に、自身も周囲から羨まれる存在となることを願って。

まったくもって馬鹿げている。ミドリは心からそう思う。装いは、着用する個人に寄り添って提示されるべきものだ。いくら稀少なものを身に纏ったところで、それらが着用者の価値を高めるわけでもなければ、個性になるわけでもない。むしろ、着用者個人の唯一性はデザイナーやスターの名のもとに打ち消されてしまう。インフルエンサーと同じものを身に着ければ着けるほど、自身が本来具えている個性やルーツからは遠く離れていってしまう。

そうした羨望と欲望を根とする無為な差別構造を無化し、個人の独自性を尊重しながら、かつ、誰もがそれを読み取れるようにするために構築された社会システム——それこそがスコアだ。

ミドリにしてみれば、少女の言葉は自身の仕事を否定するに等しいものだったが、怒りや嫌悪感は湧かなかった。ただ、どう解釈したものかという戸惑いの方が大きかった。

他者に読み解かれることを前提としていない時点で、ジェリーの価値観は明らかにスコアの理念からかけ離れている。だが、正に同じ理由で、他者からの羨みを求める欲望とも異なる何かを具えてもいる。〝カワイイ〟という当人にしか理解不能な価値を追い求めることは、酷く野性的な蛮行《ばんこう》である一方、より純粋で思弁的な行為のようにも感じられる。

はっきりと言えることはひとつだけ。

「あなた、ハイペースで飲み過ぎ。もう少しセーブなさい。またトイレに籠もることになるわよ」

主腕が精密な動きでとりどりの化粧道具を操っているあいだも、副腕はテーブルに並べられたグラスを次々と口元に運んでいる。

「〝もう少しセーブ〟だって。変なの」ジェリーは両目をぱちくりさせ、「スコアにはうるさいくせに、子供がお酒飲んでること自体は叱らないんだ」

「あなたがほんとうは何歳なのかも知らないもの」とミドリは肩を竦めた。そう、何も知らない。十六、七歳くらいであろうと見当をつけてはいるが、当人に訊いたわけではない。

少女について知っているのは、〔フォンイー〕と〔ツチグモ〕をルーツに持っていることと、父子家庭だということくらいだ。それ以外の個人的な属性は知らないし、少女の装いはそれらを知るための取っ掛かりすら示していない。ジェリーという名前にしても、ミドリが彼女の装いを「海月《くらげ》みたいだ」と評した後に名乗ったからには、まず間違いなく偽名だろう。偶然にしては、できすぎている。

それでも案外、コミュニケーションというのは成り立つものなのだなとミドリは妙な感心を覚えた。「それに、その程度のことはわたしだって若い頃にこっそりしていたしね」

「あらま、意外。昔からさぞ堅物だったろうと思ってたのに」

「堅物だって、多少の悪さくらいはするものよ」

ジェリーはふぅんと鼻を鳴らし、「パパもオバ様くらい融通の利く人だったら良かったのにな」

「お父様は厳しい？」

「んー、厳しかったって感じかな。そ、過去形。もうそんな時期はとっくに通り越してる。服のことはいまだに小うるさく言ってくるけど、それ以外の部分ではもう諦められてる。何て言うか、パパの中で、アタシはもう居ないことになってるんだと思う」

「そんなことはないでしょう」

「あるある。じゃなきゃ、これだけ毎晩遊び歩いてる娘を抛っときゃしないって」

親子関係の機微《きび》というものがミドリにはよくわからないし、夜遊びという点については彼女をあちこち連れ回している――いや、連れ回されている以上、何も言えない。

「仕方ないよね。そもそも、パパが子供を欲しがったのも、自分のステータスを上げるため。〝独り身で子供を育てつつ、仕事もバリバリこなせる自分〟ってのを演出したかっただけ」

「そんなことは――」と口にしかけたミドリの声は、尻すぼみに小さくなった。そんなことはあり得ないときっぱり否定するに足る経験も根拠も、彼女は持ち合わせていない。

「ま、パパもとんだ外れくじを引かされたもんだよね。わざわざ施設から引き取ってまで育ててみたってのに、こんなイカレ娘だったんだから」アハハと少女は妙に乾いた笑いを漏らした。

返す言葉に窮《きゅう》した末、ミドリは話の舵を別の方向に切った。「学校には行ってる？」

「なにそれ。急にまともな大人みたいなこと言い出して」ジェリーは描き上げたばかりの眉を顰め、「行ってるよ。たまには、ね」

「学校は好き？」

彼女は副手で宙をひと撫でして〈拡張現実《モンシャ》〉の鏡を閉じ、視線をまっすぐミドリに向けて、

「どうだと思う？」

「嫌いでしょうね」

「どうしてそう思うの？」

「わたしも大嫌いだったから」

自分が自分と一致していない。

まだ肌に張りがあって、螺旋状の首にも皺ひとつなかった頃、同年代の皆が〝青春〟なるものを謳歌《おうか》している中にありながら、ミドリは絶えずそんな感覚に苛《さいな》まれていた。己という存在の輪郭が見いだせず、ともすれば、それは容易《たやす》く破れてしまうものなのではないかと常に怯えていた彼女にとって、世界は、酷く居心地の悪い場所だった。

どこにも居たくないと、いつも考えていた。といって、出口を求める自殺願望とも、漠然と死を願うような希死念慮《きしねんりょ》とも違った。ただ、どこにも存在していたくなかった。それは、意識の消滅を願うのとはまったく逆のことだ。いわば、彼女は姿なく存在していたかった。

憎むべきは身体であった。忌《い》むべきは視線であった。自身の姿形が他者に認識されるということが、自分が質量のある肉体をもってしか世界に存在し得ないことが、美醜の評価など抜きにしても、ただただ怖かった。何より、そんな理由なき恐怖を抱えていると悟られることこそが恐ろしかった。理由を問われても、答えを持ち合わせていなかったからだ。

趣味に没頭しているあいだだけが、恐れを抱かずにいられる時間だった。着色したレジン液を型に流し込んで作った器に、シャカシャカと音を立てて揺れるビーズを封じ込め、キラキラと輝くラインストーンでデコレーションして、別段何に使えるわけでもない、ちょっとしたオブジェを創っているときだけは、肉体の存在を忘れられた。

しかし、それもやめてしまった。

ある日、自分なりによくできたと思った一品を母にプレゼントしたとき、こう言われた。

――こんなもの創ったところで、何になるの。

世界のあらゆる秘密を凝《こご》らせたみたいに素敵だと思っていたキラキラもシャカシャカも、その一言ですっかり色褪《あ》せたように感じた。

いよいよ逃げ場を無くした彼女にとって、スコアこそが唯一のよすがとなった。相変わらず他人の視線は恐ろしかったけれど、それさえ高値を維持していれば、好奇や嘲《ちょう》謔《ぎゃく》の色がそこに混じることはないと思ったから――いや、そう思いなしたからだ。

適性検査の結果を受けて〈服飾局《メゾン》〉への入局が決まった際にも、ああ、わたしは天職に就けるのだと心の底から思った。

この社会ではあらゆる者が天職に就く。身体、行動、思考特性、学力、環境、それに、ルーツ――体内のナノマシンによって収集されたあらゆるデータに基づき、最適な職場が割り当てられる以上、「向いていない」職に就くことなど、あり得ない。けれども、システムよりもなお大きな、運命とでも呼ぶべき何らかの力が作用したのだと、彼女は信じた。他者からのまなざしに絶えず怯えていた自分ほど、この職に適した者も居ないはずだ、と。

自身と同じような懼《おそ》れを抱いている人々にとってのよすがとなり、救いともなる〝スコア〟の構築に携われることを、彼女は真実、誇らしく思った。

ひるがえって、この子はどうなのだろう――と、隣のデスクで〈拡張現実《モンシャ》〉上に展開されたデータと睨めっこをしているタマキの姿を眺めながら、ミドリは思う。

コンペまで残り十日。自身の素案が採用され、実質的なプロジェクトマネージャーとしてチームメンバーを動かす権限を与えられたタマキは、資料のブラッシュアップを余念なく進めている。

厳正な検査によって示された職務への高い適性値。これまで課されてきた業務上の課題への対処。高度な情報処理能力と副腕による仕事捌《さば》きの速さ。およそ局員として必要とされるすべての要件を満たしており、その上、若い。ミドリの目論見通りにいけば、伸びしろを残した二十七歳という若さで彼女は部長職に就くことになる。異例の早さだ。上司としても誇らしい。

にもかかわらず、一方では、いまだ八十三という微妙なスコアを胸から提《さ》げている。これほど有能な人間がきちんと〈天羽槌《アメノハヅチ》〉から提示された通りの装いができないとは考えにくい。だとすれば、できないのではなく、していない、していないのではないだろうか。

そう、ジェリーのように。

しかし、フロアの照明を浴びて極彩色に煌めく衣を纏った少女と違い、タマキの装いは別段、突飛《とっぴ》なものというわけではない。〈天羽槌〉を無視してでも〝この服〟を着たいのだという意志が感じられるわけでもない。

であれば、自分と同じような理由だろうか。

ジェリーと出会ってから二週間、ミドリは毎晩のようにクラブに通っていた。早めに仕事を切り上げて退勤しようとすると、居残りを続けているタマキがじっとこちらを見ていることもしばしばあったが、ミドリは退勤後の時間はプライベートなものだと己に言い聞かせて、その視線には気づかぬふりをした。

そうしてクラブへと足を運ぶとき、局内に設置された〈天羽槌〉と向き合うことなく、敢えて勤務中と変わらない装いのままでいることを彼女は好むようになった。

その方が、感触を愉しめるからだ。

ダンスには適さぬ質《テクスチャ》感や形態《フォルム》のトークンがざらざらと肌と擦れるたびに感じる、世界と自身の間にあるどうしようもないズレが何とも心地好かった。身にぴたりと馴染む装いをしているときよりも、自分のカタチをはっきりと感じ取れた。

以前までの彼女であれば、考えられない振る舞いだ。スコアの低下に目を瞑《つむ》ってまで、個人的な享楽を優先するなどということは。

だが、彼女は彼女なりに、まだ弁えている。この愉しみはクラブに居るあいだだけ、ジェリーと一緒に居るときに限って許されることだ、と。もっとも、どうしてあの少女と居れば許されると感じられるのかという問いに対する論理立った答えはないのだが、少なくとも、職場にそれを持ち込もうとは思わない。

では、タマキのように敢えて局内でまで低いスコアで居ようとすることには、どんな理由が考えられるか。

何らかの意思表示だろうか？

例えば、星服《せいふく》を拒んだ大昔の若者達のように、何かしらの抵抗を示そうとしているとか？

いまから百五十年ばかり前、惑星間の紛争が一頻《ひとしき》り収まり、統一星府が樹立されたばかりで、いまだ〈天羽槌〉もスコアも存在していなかった時代の話だ。『種族の垣根を越えて共存共栄の道を歩む』というスローガンのもと、出身惑星や種族のルーツにかかわりなく、星系内すべての住民に星服と呼ばれる同一のデザイン、同一の規格からなる服を着用することを星府は義務づけた。同じ衣服に身を包むことで、身体の差異や文化的な隔《へだ》たりを均《なら》し、「わたし達は同じひとつの星系の住人だ」という自覚を抱かせようという杜撰《ずさん》な発想に基づいて。

当然、この星策《せいさく》は失敗に終わった。各惑星の人々はかえって己のルーツへの帰属意識を高め、若者を中心に多くの者が星服を拒み、脱ぎ捨て、引き裂いては、焼いた。中には、変形星服と呼ばれる規格外の衣服を着用することで反意を示す者も居た。

スコアというシステムは、そうした過去への反省の産物だ。スコアはルーツを認める。スコアは多様性を認める。スコアは個人の唯一性を認める。

しかし、仮にタマキがその時代からの隔世遺伝とでも呼ぶべき反骨の精神を具えているとしても、彼女が何に抗《あらが》っているのかはわからない。あなたを認め、あなたを尊重し、あなたに相応しい装いを選ぶと囁《ささや》く〈天羽槌〉の、一体、どこに？

「知ってるよ。大昔の話でしょ」ミドリが星服という単語を持ち出すや、ジェリーはそう応じた。

深夜二時。小腹が空いたので連れ立ってフロアを離れ、出かけるための荷物を取りにロッカールームへと向かっていたときのことだ。

「みんなで同じ服を着て、一緒に仲良くしましょうね、って。でも、〝ひとりひとりの個性やルーツこそ大事にするべきだ〟って星府のお偉いサンが言い出して、結局は廃止されたやつ」

表向きはそういうことになっている。若者達による運動《アクティビティ》など〝なかったこと〟に。

「どう思う？」エントランスに続く階段を上りながら、ミドリは問い掛けた。

「どうって？」

「星服っていう制度があったことについて」

「どうもこうも」二、三段ばかり先を行くジェリーは振り返りもせず、「うーん、馬ッ鹿みたいな話だよね、って感じ？」

馬鹿げているという点にはミドリも大いに首肯する。同じ衣服を纏えば、差異はかえって強調されるに決まっている。姿形の異なる人々の融和という目的を鑑みれば、これ以上ない悪手だ。〝平等〟と〝公平〟の区別もつかない、〝馬ッ鹿みたい〟な連中の所業としか言いようがない。

ジェリーは続けて、「ま、アタシからすれば、スコアだって似たようなもんだけどね」

ミドリは改めて感嘆した。放縦《ほうじゅう》で無軌道なくせに、時折《ときおり》、核心を衝くようなことをさらりと口にする。そんなところが、好ましい。

ジェリーと接するようになって初めて知ったことが、ミドリにはいくつもあった。ひとつ、家庭飯店《ファミレス》の海将風《ドリア》と疑似葡萄酒《イミテーション・ワイン》は案外イケること。二つ、浴びるように酒を飲んで踊り明かした後には、朝焼けに染まった空を眺めつつコーヒーを啜《すす》ると、よく整うこと。三つ、ダンスなどできなくても、どうせフロアでは誰も気にしていないということ。四つ、五つ……といちいち数え上げていったら切りがないが、何より大きかったのは、この歳になって「何の役にも立たない知識」を人から教わるのも、そう悪いものでもないということだ。たとえ、教えてくれるのが三十歳ばかり年の離れた子供であっても、である。

「何それ？」そう伝えると、ジェリーはロッカーの扉に掛けた手をふと止め、「〝教えてあげてる〟なんて考えたこともないよ。前にも言ったでしょ。そんなの偉そうな考え方だって」

「でも、現にわたしは教わっているわ」

「知らないよ」ジェリーは眉根を寄せた。いまではそれも肌の上に引かれただけの描線などではなく、確かに眉だとミドリの目にも映る。彼女はしかめっ面をつくり、「そういうの、かえって心外。アタシはね、アタシが楽しいと思うことを愉しんでるだけなんだってば。一緒に居て、オバ様が何を得ようと、それはオバ様自身が勝手に見つけたものでしょ」

「ファッションと同じ？」

「そ」彼女は破顔し、「アタシは何だって勝手に愉しむ」

ミドリは僅かに躊躇った後、続く問いを投げた。「じゃあ、わたしと居るのも？」

勿論ッ——という元気の良い答えがすぐに返ってくることを、内心では期待していた。子供相手に何を言っているのかという、己自身への呆れも、もうない。

しかし、返事はなかった。ジェリーはただ、荷物を取り出したロッカーの扉をバタンと閉めながら、こちらに顔を向けた。左右の口の端を目一杯引っ張り上げて、にやにやとした笑みを浮かべている。「へぇ、オバ様もそんなこと気にするんだ」

頰が俄に熱を帯びるのを感じ、ミドリは首を縮めて顔を背けた。

「あっは。照れてら」ジェリーはひらひら揺れる飾り紐《テープ》があちこちから垂れたエナメルのリュックを背負《しょ》いながら、「ま、とりあえず行こ。答えは拉麺《ラーメン》食べながら、ゆっくり聞かせたげるから」

「それじゃあ、麺が伸びちゃうでしょ」何だかはぐらかされたような気分になりつつも、さっさとエントランスに向かっていく小さな背中を追った。中締《なかじ》めで食べる拉麺は五体によく染み渡る。これも、ジェリーから教えられた——いや、知ったことのひとつだ。

「えっ、あれっ、うっそ！」

ミドリがエントランスで一時外出の手続きをしていたとき。

一足先に外へと飛び出しかけていたジェリーが出し抜けに頓狂な声を上げた。何事かと訝りつつ手続きを済ませて見遣ってみれば、何やら慌てた様子でこちらに駆けてくる。ミドリの傍らまで取って返すや、少女は四つの手で頭を抱え、怯える小動物のようにして床にへたり込んだ。それから、自信に満ちた常の口振りとはまるで異なる、か細い声で言った。「パパが来てる」

なぁんだ、とミドリは苦笑した。子の側がどう思おうと、やはり、娘を心配せぬ親など居ない。

「何で。どうして、ここに居るってバレてるわけ」

「何でって。浴びるように飲んでたお酒の代金も、ここの入場料も、あなたの口座から引き落とされていたわけじゃないでしょう？」

決済処理システムの利用明細を辿れば、娘が遊び歩いている場所くらいは簡単に特定できる。彼女が都度会計形式《キャッシュ・オン・デリバリー》のバーカウンターでグラスを手にするたび、さながら足跡のごとく、利用店舗と金額とが履歴に残るのだから。

そんなことにも気づいていなかったのかと呆れつつ、ここは自分が責任を負うべき場だとミドリは腹を括った。良い歳をした大人が人様の娘さんと一緒になって夜遊びに興じていたのだから、事情を——別段、事情も何もないのだが——説明し、頭を下げる義務が自分にはある。

とはいえ、いきなり相対するのも気後れするので、ビルの出入り口から外の様子を窺う。

〝常に一歩先を見据える〟ことこそ肝要であり、そのためにはまず、〝観察が大事〟だ。

気まずさから腰が引けている己を鼓舞するようにそう心中で唱《とな》えつつエントランスを抜け、ビルの門口《かどぐち》から表通りをチラと見遣ったとき。

ミドリは絶句した。

●

「何故です！」ミーティングルーム内で発されたソウジ・ヤタの怒声は、ガラス一枚を隔てた執務フロアまで届いたものらしく、デスクで働いている者達の怪訝《けげん》そうな顔が一斉にこちらに向けられた。

その言葉は、本来であれば昨夜のうちにミドリに投げつけられていておかしくないものだった。ただし、いまとはまったく異なる文脈においての話だが。

僅かな間を挟んだ後、執務フロアからの視線を意識してか、ヤタは抑制の利いた声音を拵え直し、「どうして、スクナなのですか？」

第一衣紋部ではコンペの発表者《プレゼンター》をタマキ・スクナとする——まだチームメンバーと理事会員以外には共有していない決定事項だったが、どこからかそれを漏れ聞いたのであろうヤタによって、ミドリは出勤するなりミーティングルームに呼び出された。

会議用のテーブルを挟んで対面に座したミドリは、常から冷静な相手が声を荒らげたことに驚きこそすれど、怯《ひる》むことなく返す。「彼女は優秀よ。部内でも頭ひとつ抜けた才覚を具えている」

「だが、あなたよりは劣る」ほとんどミドリの語尾に被せるようにして、ヤタは言った。

まっすぐにこちらを見つめる視線を払い除けるようにヒラヒラと手を振りながら、ミドリは努めて軽い口振りで、「買い被りよ。わたしはそんなご大層な人間じゃない」

それどころか、本来ならば糾弾《きゅうだん》されるべき人間だ。彼女はそう胸中で独りごちる。

「私はいつもあなたを目標としてきた。あなたの仕事振りはいつだって完璧だったからです。だからこそ、私にとって、あなたはいつか越えなければならない壁だった。それなのに……」

相変わらずどこまでも実直な物言いだが、ミドリは以前までのような好感を抱けない。むしろ、空恐ろしさすら覚える。加えて、これだから、いけないのだ、とも。

義娘《むすめ》の行動を受け止めることは、彼には決してできないだろう。

「期待に応えられなくてごめんなさいね」

コンペで用いる資料の事前提出に際して、ミドリは理事会各位へのメッセージを添えた。

〝今回の提案内容はタマキ・スクナを中心に構築されたものであり、採用していただいた場合、その功績はすべて彼女、および、それを支えたチーム各員に帰せられるべきものです。一方で不採用となった場合、当然、一切の責は管理者たる自身が負うべきものと認識しております〟、と。

もっとも、第一衣紋部が勝利を得る可能性は限りなく低い。少なくとも、ミドリはそう判じている。にもかかわらず、発表者に彼女を据えたのは、敗北や挫折の経験もいつか必ずプラスに働くと信じてのことだ――と言い切ったならば、それはきっと嘘になる。部下の成長を願う気持ちは強いが、それがすべてではない。

「わたしには、できない。今回のプレゼンを主導する資格が、わたしにはもうないの」

「意味がわからない」とヤタは頭を抱えた。

そう、わからないだろう。

「パパが来てる」とジェリーが告げたあの晩、ビル前の路上にたむろした若者達からやや距離を置いたところに立って厳めしく腕を組んでいたのは、ミドリにも見覚えのある人物だった。自分と同じ〈服飾局《メゾン》〉の局員であり、後輩であり、競争相手でもあった人物——ソウジ・ヤタだ。

直前まで大人の責任だ何だと胸の内で唱えていたはずのミドリは、庇うべき対象である少女にもまして狼狽し、「フロアに戻ろう」と言って相手の袖を引いた。ジェリーも異を唱えることはなく、ふたりは連れ立ってフロアへと引き返したが、事態の深刻さを理解していたのはミドリだけであったろう。義娘と自身の関係を、あの父親に知られてはいけない。想定外の事態に混乱しつつも、〈服飾局〉第一衣紋部部長はそう直感していた。

保身のためか？

恐ろしかったからか？

チル・ルームで頭を抱えながら、彼女は自問した。確かに、それらもなかったとは言えない。ほかでもない〈服飾局〉の役職者がこんな夜更けに未成年者と——それも、極端にスコアの低い少女と——遊び回っていたなんて、とんでもないことだ。

事実を知ったら、ヤタはミドリを責めるだろう。言葉の限りを尽くして罵《ののし》るかもしれない。いくら詰られようと、それが親心に根差したものならば堪えられる。大の大人が、家に帰るよう窘《たしな》めるどころか、己がひとり娘と一緒になって放蕩《ほうとう》の限りを尽くしていたと知れば、憤慨するのも当然だ。どんな言葉を浴びせられても、甘んじて受け容れよう。

だが、彼女が真に恐れたのは、知っているということを知られてしまうことだった。

ミドリはカクテルを買いに行こうとするジェリーを手で制し、代わりに自身がバーカウンターへと向かった。これ以上、義父の口座と紐付いた少女のアカウントで決済をさせるわけにはいかない。

我ながら最低だと思う考えがふと頭を過《よぎ》ったのは、アルコールを求める若者達がカウンター前になした列の最後尾についたときのことだ。

——考えようによっては、使えるかもしれない。

思いついたそばから、この先、一生、自分を恥じることになるだろうと彼女は確信した。娘をダシに、その義父を蹴落とす——よくもまあ、そんな下《げ》衆《す》な発想が出てきたものだと、我がことながら驚き、以前の自分であったなら、実際にその手《て》段を採っていたかもしれないという想像に身震いした。

『あなたの娘さんは、信じられないほど低いスコアを胸からぶら下げながら夜遊びに耽っているでしょう。わたしには、自分の子供すらまともに躾《しつ》けられない人間の考えた案が〈服飾局〉の方針に相応しいとは到底思えない』

コンペの場で競争相手に指を突きつけてそう口にする自身の姿が、ありありと脳裡《のうり》に浮かんだ。

まったく、最低だ。局員としても。ひとりの大人としても。何より、少女の友人としても。

結局、朝までクラブ内に籠城《ろうじょう》し続け、アルコールとダンスとに身を浸すことで何とか気を紛《まぎ》らそうとしたが、ミドリはもう、傍らで踊る少女の顔をまともに見ることもできなかった。

クラブが跳ねて、仕方なしにビルから這い出したとき、朝靄《あさもや》に烟《けぶ》る街路にヤタの姿はなかった。

ミドリは思う。そのたった一夜の出来事で、自身は〈服飾局〉での職務に不適格な人間だと悟ったというのは、ナイーブに過ぎるだろうか、と。正確に言えば、一夜のことではない。発芽までに時間がかかったというだけで、種自体はもっと前から蒔《ま》かれていた。

それは、ジェリーと初めて出会った晩のことか？

——違う。彼女によって撒《ま》かれたのは、水と滋養だ。

では、部下が何を考えているのかわからないと頭を抱えたときか？

——違う。それは地中に埋まった種の存在をわたし自身がすっかり忘れていたからだ。

まだ年若い少女だった頃から、それは既に彼女の内に在った。それを育むべき土壌があまりにも干涸《ひか》らびていたせいで、いや、自ら干涸らびさせてしまっていたせいで、発芽するのに時間がかかったというだけのことだ。

とはいえ、そんな話を言って聞かせたところで、ヤタには決して理解されないだろう。彼女自身でさえ、そうと理解するまでにこれほどの歳月を必要としたのだから。

「とにかく、私は納得していません。スクナではまだあなたの代わりは務まらない。それを証明するためにも、私は全力で彼女を負かしますよ。それでも構わないんですね？」

その問いにミドリが頷いてみせてもなお、ヤタは何か言いたげであったが、それぎり無言を貫く彼女の顔をじっと見据えた末、最後には諦めたようにミーティングルームから去って行った。

ミドリは盛大な溜め息をひとつ。たとえ今回のコンペで勝利を収めても、彼の願いが叶うことはこの先も決してない。理事会とタマキにのみ、コンペ終了後にはその結果の如何《いかん》にかかわらず現在の役職を辞す意向を、彼女は既に伝えてあるのだから。

いっそのこと、局自体から離れたいという思いも強かったが、それでは自身が負うと明言した責任さえも抛擲《ほうてき》することになってしまう。せめて、そこまでは片付けていこう。

それが、彼女の出した答えであった。

●

クラブの表玄関に横着けしたタクシーから、ハイヒールの踵を鳴らしてミドリが降りたとき、玉虫色に煌めくワンピースの上から透き通った《トランスペアレントな》オーバーサイズのコートを羽織った少女は、その装いの派手派手しさとはあべこべに悄然《しょうぜん》と肩を落とし、舗道の片隅で膝を抱えていた。

こちらの姿に気づくや、立ち上がろうという素振りを見せた少女を、ミドリは手振りで制した。そのまま歩み寄り、同じように膝を抱えて傍らに腰を下ろす。タイトなドレスが引っつれるのを感じながら、こんな風に路上に座り込むなんて、いつ以来のことだろうと、ぼんやり思う。

三日振りの再会だった。

「あのね」と少女が静かに口を開く。「クラブ、入ってないよ。パパにバレるってわかったから」

「知ってる」とミドリは応じた。何しろ、あれから後も毎晩、ジェリーが来ていやしないかと思って、仕事上がりにこの場まで足を運んでいたのだから。

見張るような気持ちからのことではない。ただ純粋に、会いたいと思ったのだ。連絡先の交換すらしていない以上――万が一にも義父に気取られることのないよう、これからも互いに知らぬままの方が良いだろうともミドリは思う――足を運ぶより他に採れる手はなかった。

「お父様には、怒られた？」

「うん、こっぴどくね。でも、そんなのは良いの。パパからどう言われたって、アタシは平気」

少しも平気でなんかないことを、酷く泣き腫《は》らしたのであろう両の瞼が語っていた。ミドリは傍らから腕を回して少女を抱き寄せ、頭に手を載せた。無脊椎猫《リキッド・キャット》でも撫でるような手つきで指を辷《すべ》らせると、滑らかな手触りに続いて、刈り上げられた後ろ髪がチクチクと指先を突いた。

「もう、ここには来ない方が良い」ミドリが囁くように告げるや、少女の肩が跳ねた。ただでさえ白い顔からも、一層、血の気が引いている。「それと、そういう服装も止めた方が良い」

「どうして」少女は心底驚いたように小さな両目を見開き、「どうして今更、パパみたいなこと言うの。オバ様まで、結局、フツーになれってアタシに言うの？」

違う、とミドリは首を横に振る。「なれって言いたいんじゃないの。仮初《かりそめ》でも、嘘でも良いから、暫くはそう装った方が良いと言いたいの」

ミドリには親の情というものがわからないが、これだけは確信を持って言える。いまの義父と対話したところで、この子はよりいっそう追い詰められることにしかならない、と。ヤタという男がどれだけスコアというシステムを信奉しているか、ミドリは当の娘以上に知っている。あの男にこの娘というのは、考え得る限り最悪の組み合わせだ。

あの晩、クラブの前で待ち構えていたヤタの装いを一目見て、ミドリは慄然《りつぜん》とした。彼の装いが、日中に局内で働いているときと少しも変わらぬ高いスコアを維持していたからだ。輪になって喚《わめ》いている男達、肩を組んで調子っ外れな歌を口ずさんでいる女達、嬌声《きょうせい》を上げながら互いの身体をまさぐるように抱き合っているカップル――そんな、クラブから溢《あふ》れ出した享楽児達がたむろする深夜の街路という場にありながら、ヤタは、その場と自身とに最も相応しい装いを選択していた。〝喧噪に辟易《へきえき》しながらも放蕩娘を連れ帰りにきた怒れる父親〟の装いを。

彼の中では娘を心配する気持ちよりもなお、自身のスコアを維持することの方が優先度が高いのだとミドリは判じた。そうして、己の浅はかさを呪った。自分がジェリーと過ごすうちに少しずつ考えが変わっていったように、彼女の父親もまた、娘ときちんと向き合ってくれさえすれば、理解を示すのではないかなどと考えていたことを。

断言しても良い。現実には、絶対にそうはならない。

あの晩、ミドリが真に恐れたのは、〝自身と娘の関係〟を知られることではなく、こちらが〝ジェリーとヤタの関係〟を知っていると知られることであった。同じ〈服飾局《メゾン》〉で働く者に、それも目下の競争相手でもあるミドリに己が娘の素行を知られたと気づいたら、娘に対する彼の態度はよりいっそう硬直することだろう。顔色ひとつ変えることなく、タマキを「夾雑物」と言い切るような男にとっては、この奇矯な娘の存在も、彼女の纏う装いも、完璧な生活という名の敷布《しきふ》に滲んだ恥辱《ちじょく》という名のシミでしかない。

――この子の〝カワイイ〟を、そんなものにしてはいけない。

そう思えばこそ、あの晩、ミドリは少女の手を引いた。

ミドリは人の親というものになったことはない。世の父親や母親の考えを想像することはできても、真に理解することはできない。

だが、少女であったことならある。どうしようもない生き辛さを抱え、間違った世界に生まれてきてしまったと感じる、よるべない孤独な少女であったことは。

「真実《ほんとう》のことを伝えるわ」腕の中で震える少女の髪を優しく撫で続けながら、ミドリは静かに口を開いた。「教える」とは言わなかった。

それからゆっくりりと時間をかけて彼女は語って聞かせた。

スコアというものの実態を――
〈天羽槌《アメノハヅチ》〉というものの正体を――

「――だから」長い長い話の最後を、かつての孤独な少女は、老いた女の口を借りて、こう締め括《くく》った。「息を殺して、身を潜《ひそ》めるの。そうして、静かに爪と牙を研《と》ぐのよ」

それは、かつての少女ができなかったこと。いや、しようともせぬうちから挫《くじ》けたことだ。

「無脊椎猫《リキッド・キャット》みたいに?」泣き笑いのような表情を浮かべて、ジェリーは小首を傾げた。

「そう、無脊椎猫みたいに」

「でも、いつまで?」

「大人になるまでよ。あなたがお父様から離れて、ひとりで生きられるようになるまで」

独りの少女の力では何も変えられない。道を拓《ひら》くことなど、できはしない。クラブに入るにも親の口座での決済を必要とするような、子供には。

少女は幽《かす》かに掠《かす》れた声で、「そんなの、長過ぎるよ。待てない」

後になってみれば若い頃なんてあっという間だったと思えるものよ――などとは、口が裂けても言わない。いや、言えない。現に嵐のようなそのさなかにある者にとっては、あまりにも長過ぎる、ほとんど無限に近い時間だと、いまのミドリには思い起こせる。

「それでも、堪《こら》えるの。耐えるの」相手の目をまっすぐに見つめながら、ミドリは言った。教えでもなければ、忠告でもない。身勝手で一方的な、願いとでも呼ぶべきものだ。

「わかった。けど……」ジェリーは微かに首を振り、「オバ様と会えなくなるのは寂しい」

「どうして？」ミドリは敢えて口の端を左右に引っ張り、にやにやした笑みを拵えてみせる。いつかの夜、少女がしてみせたのと同じ表情《かお》だ。

「うわ、うっざい」ジェリーは露骨に顔を顰《しか》めた後、潤んだ目元を副腕でゴシゴシと拭《ぬぐ》い、投げつけるような調子で言った。「あー、はいはい。そうよ。オバ様と一緒に居るのが楽しいからよ」

「素直でよろしい」ミドリは笑った。こんなに穏やかに微笑むことができたのかと、我がことながら驚きつつも、「それにね、もう二度と会えないってわけじゃない。あなたがすっかり大人の猫ちゃんになったら、また一緒に遊べるわよ」

「そうだよね。でも――」腕を擦り付け過ぎたせいで真っ赤に染まった顔を上げて、ジェリーは言った。「ひとつだけお願いしても良いかな。今夜もう一度だけ、一緒に踊ってくれない？」

勿論。ミドリは頷く。それから人差し指を立てて、「でも、その前に化粧を直さなくちゃね」

●

ミドリの予想に反して、コンペで勝利を収めたのは、タ、マ、キ、の、率、い、る、チ、ー、ム、だった。

『発表の前に、これだけはお伝えしておきます。ヤタさん、あなたの娘さんは信じられないほど低いスコアを胸からぶら下げて夜遊びに耽っていますよね。ご自身のお子さんすらまともに躾けられない方の出される案が、〈服飾局《メゾン》〉の方針に相応しいとは、わたしには到底思えません』

居並ぶ理事会の面々の前で告げられたその言葉が、発表の内容以前に勝敗を決定づけた。

ただし、それを発したのはミドリではない。

タマキだ。

どうしてそれを彼女が知っているのか。呆気に取られるミドリの傍らで、彼女はいかにも厳《げん》粛《しゅく》な表情を拵え、理事達の顔を眺め渡した。

「何を言っている！」すぐにヤタが声を上げた。プライベートの事情は関係ないはずだ、と。それが、かえって墓穴を掘る発言だと彼が気づいたのは、咄嗟《とっさ》に口走った後のようだった。タマキの指摘が事実であると認めたに等しい。彼らしからぬ軽率さだった。

そう、仕事と私事は関係ない。理事のひとりからもそう窘《たしな》められ、タマキはそれ以上、その件について話すことはなかったが、ただし、効果は覿面《てきめん》だった。

いくら選考には関与しないものとして扱うと口では言っていても、一度抱いてしまった印象が理事達の中から払拭《ふっしょく》されることはなかったらしい。そうでなければ、勝てるはずがなかった。提案の内容自体は、どう考えてもヤタ率いる第二衣紋部の方が優れていた。

「どうして、あんなことを口にしたの？」両チームのプレゼンが終わって一同が散会するや、ミドリは訊ねた。いや、それ以前にわからないのは、「どうして、あなたが彼の家庭のことを？」

タマキは不思議そうに首を傾げ、「どうしてって、指導された通りにしたんですよ。部長が仰っていた〝観察が大事〟っていうのを実践したんです。わたしは――」

――部長のことを観察していました。

「はじめは、どうして部長があんな子と一緒に居るのか、全然わかりませんでした。でも、そこで思い出したんです。〝常に一歩先を見据える〟べきだって。調べていくうちに、あの子がヤタさんの娘さんだとわかって合点がいきました。ああ、部長はヤタさんの弱点を握るために、そうしているんだなって。そのことを教えてくれなかったのは、わたしが自分でその答えに辿り着くことを望んでいるからなんだろうな、って」

退勤時にしばしば向けられていた彼女の視線を思い起こし、ミドリは愕然《がくぜん》とした。己の言動がこんな形で返ってくるとは、思ってもみなかった。

「……違う」

「えっ。え?」タマキは戸惑いの声を漏らした。

「こんなことを望んでなんかいない……」恥ずかしいとは思わないのか――とは言えなかった。相手の採った手が、たとえほんの一瞬とはいえ、かつて自身の頭にも過《よぎ》ったものである以上は。

「何それ……」束の間、目を丸くした後に、タマキは眉根を寄せた。ミドリも初めて見る、不満を顕わにした表情だ。「じゃあ、どうしてですか。定時後も居残って仕事をしてるわたしを抛っておきながら、あんな子とクラブに通ってばかりいたのは、何だったんですか」

ぐうの音も出なかった。単に楽しかったからだ――などと、答えられるはずもない。答えに窮した挙句《あげく》、ミドリは苦し紛れに言った。「こんな手段で勝てたとしても、あなた自身のためにならない」

彼女の目をじっと見据えた後、タマキは深い溜め息をついた。「先輩、ひとつお伝えしておきますね」センパイという語に劃然《かくぜん》たるものが含まれている。「ウザいんですよ、そういうの」

ミドリは啞然とした。〝そういうの〟とは何のことか。

「先輩、ほんとうにわかってないんですね。〝あなたのため〟だとか〝期待してるから言ってる〟だとか、そんなこと、知ったこっちゃないんですよ。どれもこれも、余計なお世話です」狼狽する上司に目を眇《すが》め、先輩って全然見えてないですよねと彼女は続けた。「例えば、わたしがどうして〈天羽槌《アメノハヅチ》〉の言う通りの格好をできていなかったか、わかりますか？」

ミドリは返答に詰まった。結局、いまだに答えの出せていない問題だ。

黙り込む彼女に、タマキは呆れた様子で肩を竦めた。「買いたくても買えないからですよ。いくら〈天羽槌〉に装いを提示されたところで、新規のデザインデータを買うだけのお金がないんです。だから、既に持ってるトークンでやりくりするしかなかった」

言われてみれば、いつも似たような服を着回していたような気もするが、はっきりと思い出せるのはスコアが低かったということばかりだ。その他の記憶は酷く曖昧で頼りない。とはいえ、

「何を言っているの。買えないなんてことはないはずよ」部長であるミドリは部下の給与を把握している。それは、衣食住に事欠くような額面では決してない。

「だぁ、かぁ、らぁ、〝これだけ貰《もら》ってるんだから豊かなはず〟なんてのも、決めつけでしかないんですって。わたしにとっては足りないんです、全然」そこまで言うと、相手は話の舵を思わぬ方向に切った。「わたしね、昆犬《ワン》ちゃん飼ってるんですよ」

――は？

ミドリはいっそう困惑した。いままでの話との繋がりが見えない。

「でね、ウチの子、アマテラス放射線癌《がん》っていう難病に罹《かか》ってるんです。治療にね――治療って言っても、延命措置《そち》くらいしかできないんですけど、すごく、すごぉく、お金がかかるんです」

「そんなことで……」

「〝そんなこと〟なんて言わないでください」ミドリの口から零《こぼ》れた言葉を、タマキはぴしゃりと撥《は》ね除けた。いままでにない鋭い声音だ。「ほんと、そういうとこですよ。先輩にはわからないでしょうけど、わたしにとっては大事な家族の話なんです」

「どうして」喉から絞り出した声は、自分でもわかるほどに震えていた。「そんなに大事なことなら、どうして教えてくれなかったの？」

「どうしてって、そりゃあ――」

たっぷり間を置いてから、タマキは言った。

――訊いてくれなかったじゃないですか、と。

「先輩は一度だって訊こうとしなかったじゃないですか。己を律せてないだの怠慢だのって決めつけてたじゃないですか。人のルーツや文脈が大事だなんて言うくせに、わたしっていうひとりの人間が抱えてるもののことなんて、これっぽっちも」

「言ってくれたら良かったじゃない！」反駁《はんばく》の言葉が、我知らず弾けた。

だが、タマキは僅かばかりも怯むことなく、「こっちから言い出せると思いますか？　話せると思いますか？　ただでさえ上下関係がある上、威圧的で気難しい堅物上司相手に」

〝つまんない人って言ったの、取り消すね〟

〝オバ様って変わってる〟

友人の言葉が、ふと耳に蘇る。あの子がそんな風に言ってくれたのはきっと、自分が相手に興味を抱き、対話を持ち掛けたからだ。引き換え、目の前に居るこの子に対してはどうであったか。己が言動を顧みると、ミドリは何も言い返すことができなかった。

項垂《うなだ》れる上司に手心を加えるどころか、むしろ、トドメとばかりにタマキは言う。「あなたは数字を見ることはできる。資料を覧《み》ることもできる。でも、人を視《み》ることはできない。だって、想像力がないから。でも、安心してください。これからは、わたしがチームを看《み》ます」

違う――と、ほんとうはそう叫びたかった。わたしはそんな〝つまんない〟人間なんかじゃない、と。少なくとも、あなたのことだって想像くらいはしようとしていた、と。

だが、長年胸の内に溜まっていた澱《おり》のような思いを吐き出せて清々《せいせい》したのか、言うだけ言うと、タマキはさっさと去っていってしまった。

後に残され、呆然と立ち尽くすことしかできないミドリの前に、すぐさま入れ替わるようにして別の人物が現れた。

ヤタだ。

「あなたが、彼女に吹き込んだんですか?」静かな、それでいて、抑えきれぬ怒りに震えた声音だった。「こんな卑劣《ひれつ》な遣り口を部下に仕込んだんですか?」

彼の問いにも、ミドリは何も答えられなかった。教唆《きょうさ》したわけではないとはいえ、突き詰めれば、自身が原因だという負い目がある。

「そうなんですね」と、ヤタは念を押し、「しかし、これは私自身のミスだ。こんな汚い手段を採る人なのだと見抜けなかった私にも落ち度がある。いや、それ以前に、こんなことなら――」「待って」後に続くであろう言葉を、ミドリは慌てて遮ろうとした。

だが、制止を意に介することなく、それだけは決して言わせてはならない、それだけは聞きたくないと彼女が思っていた言葉を、彼は口にした。「――子供なんて持つんじゃなかった」

あぁ、と呻きつつ目を瞑ったミドリの瞼の裏には、朝焼けに赤く染まった空を背後《うしろ》に、「さよなら」と呟いた少女の姿が浮かぶ。

――〝さよなら〟じゃなくて、〝またね〟でしょう?

ミドリがそう言うと、平らな顔をくしゃくしゃにして笑った少女の顔が。

○

一週間後、来期方針には第一衣紋部の案を採用することを決定した旨が理事会から通達された。理事達に予め伝えていた申し出通りにミドリの肩書きから部長という役職名が消えるや、いくらも経たぬうちに、タマキがそれを引き継いだ。ヤタは異動を願い出て、〈土蜘蛛〉にある支局へと転属した。周囲から向けられる憐《あわ》れみと好奇の視線に堪えられなかったのであろう。

ひと月後、ミドリは局の仕事を辞した。

スコアが真に堅持《けんじ》しているものは多様性《ダイバーシティ》でもなければ、多文化主義《マルチ・カルチュラリズム》でもない。

表面上はそれらを掲げ、いまや既に達成しているものと見せかけつつも、実際にシステムが指向しているのは正反対のこと——つまり、均質化と平準化である。


あなたの種族は素晴らしい！

あなたのルーツは素晴らしい！

あなたの身体は素晴らしい！

あなたの振る舞いは素晴らしい！

すべてのあなたが、素晴らしい！


——そう、素晴らしく無価値だ！


人は皆、人それぞれで良いのだとスコアは言うが、それはあくまで現状の肯定と変化の抑制のためだ。〔フォンイー〕にはこれが相応しい、〔ツチグモ〕はこうあるべきだ、〔ルークルー〕にはこれが似合う。〈天羽槌《アメノハヅチ》〉は絶えず答えを提示するが、「何故？」という問いにだけは決して答えない。理由など、システムにとっては不要なものだからだ。

そこにあるのは相互理解とはむしろ対極に位置する言葉、すなわち、徹底的な相互不干渉である。寛容さではなく、無関心である。

どうしてそんなシステムが必要とされたか？

答えは簡単だ。〝民衆には単一の集団であってほしいが、連帯されては困る。人と人との繋がりは断ちたいが、独立した個であられるのも困る〟——そんな矛盾した命題を遂行することこそが、現状の維持を求める為《い》政者《せいしゃ》達の望みだったからだ。彼らからすれば、真に互いを尊重し合って連帯した集団も、図抜けた個性を具えた存在も、等しく邪魔なものでしかない。

スコアがあれば、その両者をまとめて排除することが可能だ。

〈服飾局《メゾン》〉の正体は、スコアによって人々をコントロールし、社会を維持するための行政機関である——それが、ミドリが最後の晩に少女に語って聞かせた真実だった。

星服もスコアもさして変わらないという、いつかの少女の言葉は正しい。表面的なデザインの多寡にこそ差があろうと、結局はどちらも社会的な規範に沿った装いを纏える者とそうでない者とを峻別《しゅんべつ》し、役割を固定化すると同時に異分子を可視化するための仕組みだ。

ユーザーそれぞれに異なる装いを提案するのは、人と人との繋がりを断つためだ。提案される装いが日ごと変わるのは、個人の同一性や体験の連続性を断ち、個性などという、社会にとっての不確定要素が醸成《じょうせい》されることを防ぐためだ。

恒常性は変化によってこそ維持される。

サーバー上のクローゼットにどれだけ大量のデザインデータをストックしようとも、それらの大半は、一年もすれば「とても着られたものではない」代物へと転じてしまう。大昔の言葉で言う、箪笥《たんす》の肥《こ》やし。新たな物を、新たな装いを、新たな生活様式を、スコアは絶えず求める。

それでいて、スコアは人々に何ら強制をしない。ただ、これに沿っていないとおかしいですよ、これに従わないと変な目で見られてしまいますよと教えてくれるだけだ。最終的に選択したのは個人だと、〈天羽槌〉は言う。警告は散々したであろう、と。

提示された装いを〝選択する〟か、それを無視して他のアイテムを〝選択する〟かの二者択一を迫る――それこそが、システムの最も悪辣《あくらつ》な点だ。ユーザーは否応なくいずれか一方を選ぶこととなり、〝自ら後者を選択した〟以上は、周囲から向けられる疎外の目という罰さえも、個人の自由な選択に付随する結果であると錯覚させられる。

だが、ミドリの知る限り、ひとりだけ、そんな選択の呪縛を軽々と飛び越えた人物が居た。

ジェリーだ。

彼女は、いずれも〝選択しなかった〟。そうして、スコアというシステムの埒外《らちがい》で、伸びやかに生きていた。ミドリは最後まで彼女の言う〝カワイイ〟を理解することはできなかったが、理解できないからこそ、尊さを覚えた。

それを誰にも潰させるものかと思えばこそ、少女に真実を語って聞かせたのだ。

だから、六年越しに再会した相手の変わりようも、あくまで周囲の目を欺《あざむ》き、爪を研ぐための偽装《カモフラージュ》なのであろうとミドリは思っていた。

そうではないとはっきり悟ったのは、卓を挟んで座した彼女がフォークとフィッシュスプーンとを左右の主腕で巧みに操り、白身魚のポワレにソースを絡めながら、こう告げたときだ。

「私、あの後、〈矯正院《サロン》〉に入れられたんですよ」

切り分けた白身の一片を口に運ぶ彼女は、肩の筋肉の動きがよく映える袖無しの袷《あわせ》をしどけなく纏い、抑制の効いた柄の帯を締めている。〔フォンイー〕系の白く平らな顔は化粧に覆われることなく生《き》のままの素地《そじ》を晒し、長い黒髪に縁取られていた。

胸元に表示されたスコアは――九十九。

六年という歳月がもたらした変化によって心底驚かされたのは、それを企図していたミドリ自身の方だった。

「ジェリー……」

信じられないという思いから、ミドリが我知らずそう呼ぶと、彼女は困ったものだとでもいう風に目を瞑り、ゆるゆると首を左右に振った。「もう、そんな呼び方はしないでください」

「そう、だったわね。ごめんなさい」ミドリは頷き、「ミズハ。その、辛《つら》い思いをしたのね……」

ミズハ・ヤタ——それが、彼女の本名だった。

「辛いだなんて、とんでもない。確かに施設に入れられてすぐの頃は、何て酷い仕打ちをするんだろうとお父様を憎らしく思いましたし、毎日が苦しくもありましたけれど」主腕が機械のように精密な動きでフォークを動かす一方、副腕はいずれも背の後ろに回され、ぴたりと静止している。「けれども、カウンセリングや指導《カリキュラム》を受けるうちに、段々、気持ちが楽になっていきました。そうして、ある日、ようやく気づいたんです。苦しかったのは、私の方がおかしかったからだって。そう自覚できてからは早かったです。そうして私は——」

——治りました。

副腕の一方がさっと伸びてナプキンを摘まみ上げ、口元を拭う。「不思議なものですね。治療が終わって施設から出てみると、以前の私はどうしてあんなことをしていたんだろう、どうしてあんなみっともない格好をして平気な顔でいられたんだろうって、我ながらおかしくなりました」

ミズハの口振りは心底おかしげな調子だったが、ミドリは少しも笑えなかった。

暫し、ふたりのあいだには沈黙が流れた。

「ほんとうは人に漏らしてはいけないことなんですが、おば様にだけはお伝えしますね」と、改めて口を開いたミズハは、こう続けた。「私、つい最近、〈服飾局〉に入局したんですよ」

「嘘……でしょ」

「そんな嘘、つきませんよ」ミズハは薄い笑みを浮かべた。「治療後の検査で適性が認められたんです。我ながら天職だと思っています。昔の私みたいな子が生まれないよう、毎日、一生懸命働いているんですよ」

ミドリは絶句した。目眩《めまい》すら覚えた。「祝ってくださらないんですか？」と問われてもなお、何も言えなかった。暗澹《あんたん》たる心持ちで黙り込んでいるばかりの彼女に向けて怪訝そうな顔をして見せた後、ミズハは話題を変えた。

「あなたが六年前の最後の夜にお話ししてくださったこと。今日はそれについてお訊きしたくて、お呼び立てしたんです。どうして、おば様は――」

――私にあんな嘘をついたのですか。

「嘘？」ミドリは驚きに目を見開いた。「一体、何のこと？」

「〝真実〟と仰っていたお話のことです。〈矯正院〉でスコアについて学び直すうちに、あなたのお話は全部デタラメだったと知りました」そこまで言うと、少しの間を置き、「でも、わからないんです。どうしてあんな酷い嘘を、まだ年端《としは》もゆかぬ子供に吹き込んだのか」

デタラメでも、嘘でもない――ミドリは胸の内で叫んだ。しかし、それを言葉にすることはどうしてもできなかった。相手の装いと振る舞いとが、あまりにも「完璧」だったからだ。かつてのソウジ・ヤタにもまして、ミズハは完璧だった。スコアの、信奉者として。

それぎり会話は途絶え、コースに沿った料理が次々に運ばれてきては、ろくに手もつけられぬまま下げられていった。食後に供されたコーヒーにも、ミドリは手を伸ばす気になれなかった。

「お会計は私が」ミズハは有無を言わせぬ調子で告げた。「道を誤っていたとはいえ、おば様と過ごした時間そのものは良い思い出だと思っていますから、せめてもの御礼です」

　ウェイターを呼んで会計を済ませると、彼女は早々に席を立ち、最後にこれだけ言い残して去っていった。「おば様。差し出がましいかもしれませんが、もう少し年齢相応の装いをなさった方がよろしいかと。必要であれば、良い〈矯正院〉も紹介しますよ」

　それで終わりだった。六年ぶりの再会は。

　話したいと思っていたことがミドリには山ほどあったはずなのに、何ひとつ伝えられなかった。お酒の飲み方のことも。クラブのことも。何より、あれから自身がどう生きてきたかということも——

〈服飾局〉から離れた後、適性検査によって取り決められた職を辞した者に対して社会がいかに冷たいか、その立場に置かれてみて、ミドリは初めて思い知った。最も〝向いている〟はずの職さえ務まらない者には、どんな仕事も任せられない。それが社会の共通認識だった。

　退職から暫く経ったある日、公園で開かれていた路上生活者のための炊き出しを見かけた彼女は、その光景に身震いした。明日は我が身という虞《おそれ》のせいでもなければ、食糧を求めて列をなした人々の顔に浮かんだ暗い色に覚えた、憐憫《れんびん》の情のせいでもない。

　彼女が真に慄《おのの》いたのは、そんな場にさえ、〈天羽槌〉が設置されていることに、だ。

無償で開放されたそれは、路上生活者に相応しい装いを次から次へと再生成していた。雇用の機会を与えたり住居を提供したりして支援するのではなく、彼ら彼女らが、彼ら彼女ら〝らしく〟ある状態を維持し、立場を固定化しようとする醜悪な構造。

それとていまに始まったことではなく、ずっと以前からそうだったのであろう。自分には見えていなかっただけのことだ。そう思い至ると、彼女は世界の歪《いびつ》さに吐き気すら覚えた。

衣食住に事欠かずに済んだ分、彼女はまだ運の良い方だった。貯金を切り崩しつつ生活しているあいだに立ち上げた、ちょっとしたアクセサリーのEC事業がそれなりに軌道に乗ったのだ。販売している商品は、レジンと〈天羽槌〉から吐き出された生成物とを素材に、少量ずつ手仕事で創ったものだ。スコアなんてまるで考慮せずに創った品々だったが、生活が成り立つ程度には売れるようになった。

ミドリはそれまでにない喜びを覚えた。売上にではなく、こうしたものを欲してくれる、記憶の中の少女と同じような存在が、まだこの星系のどこかに居るのだと感じられたことに。

けれども、それを伝えようと思っていた当の少女は、もう、どこにも居ない。〈服飾局〉の局員となった以上、いつかはきっと真実を知ることになるだろうが、それでも、あの子はもう戻ってはこないと、ミドリは確信していた。

もう、何も伝えることはできない。

〝さよなら〟という言葉さえも。

わたしは間違えたのだろうか。

ミドリは自問する。きっと、そうなのだろう。少女にとって、大人になるまで待てなどというのは、身勝手で、無責任で、無理な願いだったのだろう。

ほんとうはあの晩、彼女の手を引いて、どこかへと、どこまでも、逃げるべきだったのだ。世間体や常識や法律など、全部、ぜぇんぶ、抛り出して、この〝馬ッ鹿みたい〟な世界から。

テーブルに独り取り残されたミドリは、すっかりぬるくなったコーヒーに口をつけた。酷く苦くて、とても飲めたものではなかった。

席を立ち、クロークに預けていた水縹《アクアブルー》のコートを羽織って店から出ると、一陣の風が吹き寄せた。裾がはためかぬようポケットに手を入れて衣を押さえると、指先に何かが触れた。

一緒にクラブへと繰り出してから渡そうと思っていた、無脊椎猫《リキッド・キャット》のブローチだ。

行き場を失くした黒猫を指先でそっと摘まみ上げると、ミドリはそれをコートの襟に留めた。

4
W／Working With Wounded Women

1

わたしはこれから、あの子について綴《つづ》る。

彼女の生き方を讃美するためでもなければ、己《おのれ》の過《あやま》ちを悔悟《かいご》するためでもなく、ただひとえに、武器を造り上げるためにこそ、わたしは書く。これを読んでくれるかもしれない誰かの——そう、つまりは〈あなた〉の——眼前に、研ぎ澄ました刃《やいば》の切っ先を突きつけるためにこそ。どうか、目を背《そむ》けないでほしい。その刃は〈あなた〉の眼を抉《えぐ》るのではなく、〈あなた〉の手に取ってもらうために磨き上げたものだから。

この物語は〈あなた〉によって読まれ、意味を与えられ、利用されることを望んでいる。賛同を強要したりはしない。共感してほしいとも思わない。ましてや、同情なんかまっぴらごめんだ。テクストを読んだ結果、わたしとあの子のことを拒絶するのも自由だし、押しつけがましい、教訓めいている、説教臭いと非難されても構わない。良きにつけ悪《あ》しきにつけ、まずは何かを感じてもらうことが、アジテーションという言葉の持つ根源的な意味合いなのだから。

勿論《もちろん》、〈あなた〉がこの武器を手に取り、共に立ち上がることを選んでくれたら嬉しいが、その場合にも、それを渡すに際して柄《え》をそちらに向けることはしない――いや、できない。自らも血を流すことを厭《いと》わず、抜き身の刀身を力強く握り締めてくれるような人にしか、託せぬ代物だから。

その後の使い方は〈あなた〉に任せる。抗《あらが》い方も、闘《たたか》い方も、皆ばらばらで構わない。〝連帯〟とは、必ずしも皆で同じ行為を遂行することを指す言葉ではないのだから。

いささか前置きが長くなってしまった。

改めて、あの子の物語を始めよう。

壹《ヤツ》

〈下甲街《ロウアー・デック》〉では雨の降る日が決まっている。

週に二度。星期三《ウェンズデー》と星期六《サタデー》。午後六時から午前六時までのきっかり十二時間。それが常識。

けれども、〈上甲街《アッパー・デック》〉や〈外側《アウトサイド》〉では違うらしい。気まぐれに降りだし、気まぐれに止《や》む。それがほんとうの雨だとトゥイは云う。いつ降るかわからないなんてひどく不便な気もするけれど、〈外省人《イミグラント》〉の彼女が云うからには、きっと事実なのだろうとユィシュエンは思う。

かたや、店の常連客達がしょっちゅう口にする、〝雨の日〟が決まっているのは〈下甲街〉の住人が曜日感覚を失《な》くさぬようにと調整《コントロール》されているからだという噂の方は、いかにも怪しい。

酒吧《パブ》――とは名ばかりの飯屋と酒場を折衷《せっちゅう》したシケた店――のカウンターに昼も夜もなく屯《たむろ》しては顔を赤くしてくだを巻いている男どもの云うことなんて、まともに取り合ったところで莫迦《ばか》を見る。雨の成分についても、やれ、街を浄化するための消毒液だの、やれ、〈上甲街〉から排出された汚水だの、連中はてんでに持論を振りかざす。空も太陽も紛い物《イミテーション》に過ぎない〈下甲街〉に降るからには、ほんとうの雨でないのは確かだろうけれど、ユィシュエンは別段その正体を知りたいとも思わない。

彼女にとっての問題はただひとつ。〝雨萱《ユイシュエン》〟なんて名を親から与えられていながら、当人は〝雨の日〟が大嫌いだということだが、それとて大した理由があるわけではなく、身にぴっちり張りついたラテックス製の旗袍《チーパオ》と肌のあいだに水分が這入《はい》り込むとひどく不快だというだけの話だ。

夜通し賑《にぎ》やかな廟街《テンプル・ストリート》を歩いて勤め先の店へと向かう道中、透明な雨衣《ユイー》のフードに散った雨粒のひとつひとつが珈琲舗《カフェ》や酒楼《レストラン》の光管招牌《ネオンサイン》の光を内に孕んでキラキラ輝く様こそ目に心地好くも感じられるけれど、それさえ、金文字で「陳家酒吧《チンズ・パブ》」と書き付けられた看板――彼女の勤め先の名だ――を掲《かか》げた建物の角を折れて暗い小径《こみち》へ足を踏み入れるや、途端に色彩《いろ》を失くしてしまう。入れ替わりに身を包むのは、生ゴミで腹をいっぱいにした屑箱《くずばこ》がげっぷのごとく吐き出す腐臭と、方々《ほうぼう》の換気扇から流れ出た廃油の臭いだ。

液体のような質量をもって身体《からだ》にぶつかってくる悪臭を手足の先で掻《か》き分けるようにして隘路《あいろ》のどん詰まりまで行き着き、建て付けが悪くて開け閉めにちょっとしたコツの要《い》る店の裏戸を押し開けるや、フロアで響いた哄笑《こうしょう》がバックルームまで響いてくる。男どもの笑い声ときたら一様《いちよう》に嗄《しわが》れていて、ひどく野卑《やひ》で、むやみやたらに大きいけれど、何より共通しているのは響きの内に一種の虚《むな》しさを含んでいることだ。誰も彼も、ただただ、笑うためにこそ笑っている。そうでもしていなければ、この街での生活は堪《た》えられないものだから。

ユィシュエンは戸口で脱いだ雨衣をバサバサと振って雨粒を払い、琺瑯《ホーロー》引きの洗面台に載っていた毛巾《タオル》で旗袍の表面《おもて》を拭いた。ごわごわするばかりでろくに水を吸いもしないタオルは、酒屋が卸先《おろしさき》に配って廻《まわ》っている安物で、赤く染め抜かれた「祝君早安《グッド・モーニング》」の文字も掠《かす》れて判読できないような使い古しだが、老闆《オーナー》の陳《チン》は「節約が大事だ」と云うばかりで捨てることを許さないし、新品を買おうともしない。勿論、ほんとうは単に吝嗇《けち》なだけだと、店で働く誰もが知っている。

旗袍のボタンを解いてはだけた胸許《むなもと》や深い開衩《スリット》から衣の内に吹き入れた送風機の風で肌を乾かし、ヤニで黄ばんだ圍裙《エプロン》を身に着けてフロアに立つ準備を整えたユィシュエンは、最後に首を思い切り仰け反らせて烟仔《タバコ》を咥《くわ》えた。火を点《つ》けて一口だけ深々と吸うや、洗面台の三角コーナーに拋《ほう》ってフロアに出る。ジュッと湿った音を立てて、火は消えた。

彼女がバックヤードから姿を現しても、顔を向けてくる客は少なかった。カウンターに肘を突いた常連客達は揃いも揃って店の入り口近くに据えられた電視《テレビ》に夢中になっている。埃《ほこり》と油にまみれて黒ずんだ陰極射線管《CRT》が映しているのは、はるか大昔の動漫《カートゥーン》。ユィシュエンには何処《どこ》がどう面白いのかさっぱり理解できない、水兵服姿の小男が缶詰のホウレン草を食べるなり筋肉ムキムキになって大立ち回りをするやつだ。

フロア——と呼ぶのも烏滸《おこ》がましい、コンクリート打ちっ放しの床に数脚のテーブルとパイプ椅子がせせこましく据えられただけの空間——に視線を移すと、方々の卓から空いた食器を回収したトゥイが、立ち籠《こ》めた紫煙《しえん》を揺らしながらこちらに向かってくるのが見えた。彼女はスイングドアをお臀《しり》で押し開いてカウンターの内まで来ると、ステンレス製の盆《トレンチ》に満載された食器を洗い場のシンクに移しつつ、「おはよう。随分《ずいぶん》早いわね。何かあった？」

壁掛け時計に目を遣《や》ってみれば、針は午後十一時四十分を指していた。確かに、交替時間まではまだ二十分もある。「ううん、別に。ただ、早くあなたに逢《あ》いたくて」

「あら、嬉しい。でも、そういう冗談、ちっとも似合ってない」そう云いながら、トゥイは満更《まんざら》でもなさそうに――ユィシュエンの愛してやまない――えくぼを褐色《かっしょく》の頬《ほほ》に浮かべかけたけれども、ふっと真顔になって、「もしかして、また喧嘩《けんか》？」

「そんなんじゃないよ」ユィシュエンは大袈裟《おおげさ》なほどに大きく首を振って否定する。「もう少しの辛抱だもん。此処《ここ》までできて、いまさら喧嘩なんてしない」

「だったら良いけど」と、いかにも半信半疑とばかりに小首を傾げた拍子に、トゥイの顔には亜麻《あま》色《いろ》の髪がはらりと落ち掛かる。彼女がそれを掻き上げて耳に挟むと、左頬からこめかみまで走った瑕痕《きずあと》が顕《あら》わになる。浅黒い肌の中、斜《はす》に刻まれた創傷痕《そうしょうこん》は妙に白々としてよく目立つ。

〝同居人〟との関係について気を揉《も》ませていることに引け目を感じる一方、ユィシュエンはつい、仄《ほの》かな喜びを覚えてしまう。心配されているってことは、それだけ――と。そう考えかけたところで、彼女はすぐさま首を振り、自身の浅はかな考えを打ち消した。ううん、違う。気懸《きが》かりに思うことと愛情の有無って、そんな単純に結び付けられるものじゃない。そんなこと、常日頃から誰より思い知らされているはずなのに、と。

胸の内で勝手に拵《こしら》えたばつの悪さを誤魔化すように、彼女は云った。「ちょっと早いけど、もう替わるよ。タイムカードも代わりに切っとくから、大丈夫」

終日営業、昼夜二交代。休憩時間もろくにない十二時間ぶっ続けのワンオペ。相当に過酷な仕事だ。従業員同士で支え合っていかなければとてもやってはいけないと、お互い身に沁《し》みてわかっている。それでも、トゥイはまだ先のユィシュエンの言葉を疑っているのか、それとも、持ち前の優しさからか、「さすがにそれは悪い」

「ううん、良いの――」と、なおもユィシュエンが返しかけた言葉は、最後まで云いきられることなく宙に消えた。出し抜けに腰へ回されたトゥイの手によって、客の目から死角となる柱の陰に引っ張り込まれたからだ。幼い子供を宥《なだ》めるような優しい手つきで頭を撫でる褐色の指先が、髪の表面《おもて》を辷《すべ》ってうなじへと下りていくにつれて、手首から柔らかに立ち昇《のぼ》った茉莉花《モーリーファ》の後香《ラストノート》がユィシュエンの鼻をくすぐる。

ただし、吐息も感じられるほど耳許《みみもと》近くまで寄せられた唇から零《こぼ》れたのは、ベッドで囁かれるような甘い睦言《むつごと》ではなく、「定時まではきっちり働くよ。こっちは見ておくから、フロアの方をお願い」

トレンチを手渡されつつ、背を押されるようにしてユィシュエンはカウンターを後にした。何だか、おあずけを食ったような気分だったが、別段、悪い気はしなかった。

彼女は周囲を眺め、酒や料理の減っている卓はないか、つまりは、まだ金を落とす可能性のある客は居ないかと確認しつつ店内を廻った。狭い間口の取っ付きから奥へ奥へとうなぎの寝床式で伸びたカウンター。それが途切れた先に雑然と配された椅子と卓。オーナーの陳はそんな店内の様を〈上甲街〉風《スタイル》のパブだと云って憚《はばか》らないが、具体的にはどの辺りがどう〈上甲街〉風なのか、ユィシュエンにはまるでわからない。むしろ、中環地区《セントラル》にごまんとある酒樓の典型的な店構えに思える。それは何も店の造りに限った話ではなく、客層にも同じことが云えた。他店《よそ》と変わらず、座を占めた客の大半は建設現場で働く工夫達《こうふ》だ。彼らは〈上甲街〉から日々送られてくる指示書に従って何だかわからない建物を造っては、やはり何だかわからないものを取り壊しているという。造るにも壊すにも、連中にとって中身なんか知ったことじゃないのだろう。

次いで多いのは街市《マーケット》で働く男達で、其処《そこ》に、風水《フォンソイ》だの辻占《つじうら》だのを生業《なりわい》に糊口《ここう》を凌《しの》いでいる連中や、たまたまその日の実入りが良かった物乞いなどがちらほらと交じる。カウンターやテーブルの下には種々の電動工具から八卦図《はっけず》や羅盤《らばん》、果ては鉱《ブリキ》の椀《わん》に至るまで、めいめいの商売道具が転がっている。〈上甲街〉のパブを目にしたことのないユィシュエンでも、こんな様ではなかろうという想像はつく。

卓のあいだを廻る彼女に、客達は、お喋りの合間か、あるいはテレビに顔を向けたまま、「白蘭地《ブランデー》」とだけぶっきらぼうに云う。女侍應《ウェイトレス》なんかにいちいち見向きしてやる必要はないと云わんばかりの、機械でも相手にしているかのような態度。トゥイが云うには、身体に触れてきたりすることがない分、〈下甲街〉の男達はまだしも紳士的《ジェントル》なのだそうだが、それは単に臆病《おくびょう》だからなんじゃないかとユィシュエンは思う。

もっとも、それも仕方のないことだ。ただでさえいつ毀《こわ》れるか知れたものじゃない他人の身体に触れるという行為を、〈下甲街〉の住人は極端に厭う。工夫達の多くはラテックス製のタンクトップを着て二の腕を剝《む》き出しにしているけれど、それだって、現場で鍛《きた》えられた筋肉を自慢するためでもなければ、あちこちに刻まれた大小とりどりの瑕痕を見せびらかすためでもない。自身の振る舞いと無関係にしょっちゅうあちこち毀れてしまうような肉体を誇示《こじ》したところで何にもならないし、瑕なんて、この街では珍しくもない。身を覆う面積が少ない服が好まれるのは、いつ瑕が送られてこようとすぐさま手当てができるようにという消極的な理由からのことだ。皆、テレビの中で大男を殴り飛ばす水兵服の男の活躍にこそ、「嘩《ワア》ッ！」と快哉《かいさい》を叫びはするが、その実、暴力というものからは何処までも縁遠い。

そんなことを考えつつ卓を廻っているユィシュエンの耳に、工夫達の嗄れたそれとは似ても似つかぬ澄んだ声が、喧噪《けんそう》の隙間《すきま》を衝《つ》くようにして届いた。

「威士忌《ウィスキー》を。ホットで」

珍しい注文《オーダー》だ。ただでさえウィスキーなんて人気がないし、まして、お湯《ホ》割《ット》りを望む客などまず居ない。声のした方に目を遣ってみれば、フロアの最奥《さいおう》に一組だけ設《しつら》えられたオーナーご自慢のボックスシートに独りで座った男が、〈下甲街〉では滅多にお目にかかれない袖付きの服に被《おお》われた腕を持ち上げていた。

〝鬼佬《ガイジン》〟だと、ひと目でわかった。

透き通るほどに白い肌に金色の髪を戴《いただ》いた顔が、真っ直ぐこちらに向けられていたからだ。碧《あお》い双眸《そうぼう》と視線を合わせつつ、彼女は「了解」の頷《うなず》きを返した。

「変な客よ」カウンターに引き返すなり、トゥイがそう耳打ちしてきた。

「確かに」卓から下げた食器や酒器をシンクに移し、入れ替わりにトレンチに載せた幾《いく》つものグラスへと手早くブランデーを注ぎながら、ユィシュエンは頷いた。「ガイジン――それも白いのが店《うち》に来るなんて、いつ以来かなって感じだよね」

トゥイは首を振り、「ううん、それだけじゃない」

ホット用に湯で温めたグラスに琥珀《こはく》色の液体を注ぎながら首を傾げるユィシュエンに、近くで見たらわかるよと彼女は意味深に云い添《そ》えた。俄《にわか》に掻き立てられ興味が表情《おもて》に出ないように努《つと》めつつ、他の客にブランデーをサーブし終えてから件《くだん》の鬼佬が待つボックスシートへと足を向けたユィシュエンは、相手の間近まで歩み寄ったところで、漸《よう》く、トゥイの言葉の意味を理解した。

服だ。

男が纏《まと》ったシャツとジャケットときたら、どちらも有機繊維——つまりは布地で仕立てられたものだった。そんな代物を着ている人間をテレビの中以外で目にするなんて初めてだった。何しろ、前触れなく瑕が生じては頻繁に血を流す身体を包む被覆物に、布という素材はまるで向いていない。そんなものでできた服を着ていたら、早晩、赤黒い染みだらけになる。

「気になる？」と云って、男はジャケットの袖を撫でてみせた。

自分でもそうと気づかぬうちにじっと見入っていたらしい。そんな無作法を取り繕《つくろ》うように、慌《あわ》ててウィスキーのグラスを卓に載せようとした瞬間。

上目遣いにこちらを見上げてくる相手の顔に、ユィシュエンは目を奪われた。

——綺麗。

思わずそう口にしかけたのは、男の瞳の碧さに感嘆したからでもなければ、何もかもが小作りで端正な顔立ちに驚いたせいでもない。相手の顔に、ほんの一条《ひとすじ》ばかりも瑕痕が見当たらなかったからだ。

「〈冥婚相手《メイフォンフウ》〉がね、身体をとても大事にしてくれてるんだよ」言葉を呑《の》み込んだ彼女の胸中を見透かすように、男は云った。〝メイフォンフウ〟という広東語《カントン》に妙な訛《なま》りが含まれてこそいるものの、得意気な調子や自慢気な響きはない。男は片手で前髪を掻き上げてみせ、やはり瑕ひとつない額を顕わにした。「だからボクには、瑕ができない」

「そうなの。それはとても――」暫《しば》し呆気《あっけ》に取られた後、嫉妬《しっと》めいた思いが声音《こわね》に滲《にじ》んでしまわぬよう、ユィシュエンはよくよく言葉を選んだ。彼女自身と、その〈冥婚相手《フィアンセ》〉たるあの子の尊厳を守るために。だからこそ、〝わたしだって昔はそうだったのに〟という本音は押し殺して、ただ一言。「良いことね」

「それだけじゃないよ。ちょっとした秘密《ベイマッ》があるんだ」彼女の表情に差した複雑な翳《かげ》にも気づかぬ容子《ようす》で、男はなおも続けた。人工皮革《フェイク・レザー》張りのシートから腰を浮かせて身を乗り出して、やや垂れ気味な眦《まなじり》をいっそう引き下げて意味深な笑みを拵えつつ、囁くような声音で、「誰彼構わず教えるわけじゃないよ。ただ、キミを見てね、ピンと来たんだ。キミになら教えても良い。いや、教えるべきだってね」

卓に載せたグラスから手を離したユィシュエンは、空いたトレンチを脇に挟んで左右の掌《てのひら》を上向けた。〝うんざり〟の態度《ポーズ》だ。実際、うんざりだった。明らかに使い慣れていない広東語を無理に英語とチャンポンにして話すところにも、持ってまわった云いまわしにも、〝秘密〟とやらで人の気を引こうとする魂胆《こんたん》にも。餌《えさ》の付いた針を投げてやれば、〝学のないウェイトレス〟のひとりやふたり、簡単に釣り上げられると思っているのだろう。まして、こんな容貌の女となれば、必ず餌に食いつくはずだ、と。そして、餌にしているのは、瑕ひとつない顔というわけだ。耳を貸したら、二言目にはデートでもしながらその秘訣《ひけつ》を教えようと云いだし、次には、話の続きはベッドの中で——なんて続けるのがお決まりのパターン。くだらない遣《や》り口だ。

「悪いけど、お客と遊ぶ趣味はないの」ユィシュエンはにべもなくそう返した。

第一印象からくる好悪《こうお》の情はひとまずわきに置くとしても、そもそも当の餌自体が怪しい。瑕痕のない顔こそ確かに珍しいものの、袖付きの服で身のほとんどを隠している以上、〝瑕ができない〟という言葉も何処まで信じたものか。いや、むしろ——と、彼女は卓上に載せられた相手の左手をさりげなく見遣った。光沢《つや》のある黒い手袋で袖口から指先までを被っている様は、いかにも瑕を隠すために見える。

だが、彼女が向ける猜疑《さいぎ》の眼差《まなざ》しを余処《よそ》に、男は不可解な言葉を口にした。

「——ボクはね、こっち側のカレと入れ替わったんだ」

〝こっち側〟という言葉に合わせて、指先がコツコツと卓を叩いた。

入れ替わった？　この男はいま、そう口にした？

ユィシュエンは改めて相手の顔をしげしげと見つめた。ついさっきまで浮かんでいた薄笑いは、きれいに拭《ぬぐ》い去られていた。

「それって、どういう——」と、俄に湧いた好奇心から彼女は訊《き》き返しかけたが、その問いは最後まで云いきられることなく、中途半端なところで途絶えた。

代わりに、「啊《ア》ッ」という小さな悲鳴が喉を衝いて飛び出した。

左手の先に走った鋭い痛みのせいだ。

見れば、薬指の爪に蜘蛛《くも》の巣状の罅《ひび》割れが生じ、砕けたその欠片が肉に刺さってふつふつと血を溢《あふ》れ出させていた。次には小指の爪がひとりでに剝がれ始め、続けて、青黒い痣《あざ》が手の甲にじわじわと浮かび上がる。

瑕が広がるのを防ぐことなどできないと頭では理解していながら、ユィシュエンは咄嗟《とっさ》にもう一方の手を伸ばし、見る間に毀れていく自身の左手を押さえつけた。その拍子に脇からトレンチが辷《すべ》り落ち、床にぶつかって派手な音を立てた。

〈転瑕《てんか》〉だ。

吃驚《びっくり》した容子で席から立ち上がりかけた男を振り切るようにして、彼女は狭い店内を駆けた。方々の卓から「哎呀《アイヤー》」という小さな呟きが漏れ聞こえこそしたものの、カウンター内に駆け込んだ彼女がトゥイに肩を抱かれつつバックヤードへと下がるまでのあいだ、その姿に常連客が向けていたのは、冷淡さゆえのそれとも、驚きからくるそれとも異なる、一種の〝慣れ〟とでも呼ぶべき、無関心の色を湛《たた》えた目であった。

※

高層階直通のエレベーターから降りて、マンションの一角を占める自宅に帰り着くなり、男は舌打ちをひとつ。女が玄関まで出迎えに来なかったからだ。そればかりか、「お帰りなさい」の一言もない。主《あるじ》の帰宅を主張するように男はわざと足音を立てながらリビングに向かったが、ソファに掛けた女は膝を抱えて俯《うつむ》いたままでいる。男がすぐ傍《かたわ》らに立ってもなお、膝に載せたタブレットの画面に夢中で、彼が帰ってきたことには気づいていないようだった。「おい」と腹立たしさを剝き出しにした声を掛けつつ、何を観ているのかと覗き込んでみれば、有機ＥＬ製のディスプレイが映し出していたのは、〈下甲街〉でのデモの様子だった。固定カメラが捉えた定点映像の中、プラカードを掲げたデモ参加者達が画面奥から続々と押し寄せては、フレームの外へと消えていく。画面の端には「ＬＩＶＥ」の文字が貼り付いている。男が何より嫌悪しているもののひとつだ。無学で強欲。愚昧《ぐまい》で貪婪《どんらん》。〈冥婚《エンゲージ》〉の資源《リソース》としてしか価値のないような連中が、一丁前にケンリだのリンリだのジンケンだのと喚《わめ》き散らす姿を目にすると、胸がムカついて仕方がない。だからこそ、そんなものは観るなと常から散々《さんざ》っぱら言い聞かせていた。

　だのに、こいつはまだ懲《こ》りていやぁがらねぇ――そう思うが早いか、男は手近にあった分厚い硝子《ガラス》製の灰皿を引っ摑《つか》み、女の鼻を思い切り撲《なぐ》りつけた。

　四方に飛び散る吸い殻の下、鼻血を噴き出しながら首を仰け反らせた女の身をソファの背凭《せもた》れが受け止める。女はその段に至って漸く、男の存在に気づいたらしい。灰まみれになった頭を下げて、ごめんなさいごめんなさいと平謝りしだしたが、そのときにはもう鼻から溢れていたはずの血は止まっていた。ぐじゃりと軟骨の砕ける手応えを男の手に残してひん曲がったはずの鼻梁《びりょう》も、すっかり元通りだ。

　――思うに、こいつがいけねぇ。男はそう嘆息《たんそく》した。幾ら言いつけを身に覚え込ませようにも、痛みを感じるのはほんの一瞬のことで、後には傷が残らない。その身に、教えを刻み込んでやることができない。だから、ものの考え方を矯正してやることだって、できない。

　ならばとばかりに、相変わらず壊れた機械のようにごめんなさいごめんなさいと謝り続ける女の手首を摑んで力任せに捻《ね》じ上げつつ、男は凄《すご》んだ。「なぁ、おい。この指切り落としてから、もっかい、ぶん撲ってやろうか？」

女の眼前に突きつけられた彼女自身の左手の薬指には、荊冠《けいかん》を象《かたど》ったタトゥーのごとき紋様が浮かんでいる。〈冥婚相手〉と彼女を繋ぐ〈冥婚指輪《エンゲージ・リング》〉だ。

ただでさえ蒼白になっていた女の顔から、目に見えてわかるほどに血の気が引いた。小刻みに震える唇から、「それだけはやめて」という掠《かす》れた声が零れ出す。

「あ？　〝やめてください〟だろうが」と男はなおも語気を荒らげる。

女は命じられるがままに言い直した。「やめて……ください」

「バカが。わかったら、さっさとそのクソ動画を消しやがれ」

男が手を放すと、女はわななく指先をタブレットの画面に載せて動画の再生を停止した。

それで良いんだ——男は満足げに頷く。

お前《めえ》は俺の女《もん》なんだから、俺の言うことだけ聞いていりゃあ良いんだ、と。

貳《イー》

「係《ハイ》——ハイ、すみません。週明けまでには何とか」電話口で謝るユィシュエンの口振りは、言葉とは裏腹に抑揚《よくよう》も感情も欠いていた。右手には螺旋《らせん》状のコードで本体と繋がった有線式の受話器が握られている。トゥイに云わせれば旧時代の化石じみた代物らしいが、〈下甲街〉ではこれが一般《ジェネラル》的だ。

そして、先から彼女が謝っている相手もまた、大将《ジェネラル》。

気のない謝罪を一頻《ひとしき》り済ませたユィシュエンは、暫《しばら》くのあいだ、通話相手の言葉に——そんなことをしたって相手には見えやしないというのに——無言のまま頷きを返し続けた。電話の向こうに居るオーナーの陳が、火傷痕《やけど》で半面の爛《ただ》れた顔にどんな表情を浮かべているか、直《じか》に目にせずとも、彼女は思い描ける。

「わかりました。ありがとうございます」やはり平坦な調子で返すと、漸く、話は終わった。

相手が先に通話を切ったことを確認してから受話器を下ろしたユィシュエンは、そんな自身の動作のうちに、微かな違和感を覚えた。何が原因かと考えて、ああ、いつもは左手で受話器を持っていたんだと遅まきながら気づく。当たり前過ぎて、ふだんであれば別段意識することもない癖。そんなものに気づかされるのは、決まって、瑕《きず》を負ったときだ。

肉に食い込んだり刺さったりしていた爪の破片をトゥイがピンセットでひとつひとつ取り除いてくれた指先には、幾重《いくえ》にも包帯が巻かれ、手の甲にはガーゼが貼られている。

公営の病院には行かなかった。わざわざ足を運んだところで診《み》てはもらえないことくらい、端《はな》からわかっているからだ。受付の事務員は平然と云って除《の》けるだろう。白粉《ヘロイン》でも買え、と。そしてそれは——少なくとも〈下甲街〉においては——正しい指摘だ。まっとうな病院で診てもらえないからと云ってモグリの闇医者にいちいち掛かっていたら、幾ら金があったって足りやしない。特に、ユィシュエンの場合はそうだ。白粉の方がはるかに安く上がる。

「店の人から?」と、通話を終えるなり背後から訊かれた。

振り返ったユィシュエンの視線の先では、ソファに浅く掛けて背凭れに身を預けた同居人の美帆《メイファン》が、お腹を頻りに撫でさすりながらオリーブ色の瞳を心配そうに瞬《また》かせている。

「うん、オーナー。瑕の具合はどうだ、って」

メイファンは膝からずり落ちかけた毛氈《ブランケット》を引き上げつつ、「なんだ、優しいじゃない」

「違うよ。人手《リソース》の心配をしてるだけ」ユィシュエンは手をひらひらと振った。上辺《うわべ》ではこちらの身を案じるような言葉を並べておきながら、〝お前のせいで十二時間分の儲《もう》けがフイになった上、シフトの調整もしなきゃならないんだぞ〟という本音を声音の内に滲ませて圧力《プレッシャー》を掛ける。陳のお決まりの手だ。「〝最近、多いね。困ったもんだ〟だって。嫌味な奴。まるで、わたしに――」

原因があるみたいじゃない――と云いかけて、ユィシュエンは口を噤《つぐ》んだ。

このところ以前にも増してひっきりなしに〈転瑕《てんか》〉が起きているのは事実だが、それが彼女の側で調整《コントロール》できるものではないことくらい、陳もよくわかっているはずだ。〝困ったもんだ〟と云いたいのはこちらの方だと云い返したくもなるけれど、それを口にしたら、あちら側で苛烈《かれつ》な闘争を続けているあの子まで否定することになってしまう。

だから、ユィシュエンは、云わない。思わない。考えない。

〈冥婚相手《フィアンセ》〉のせいだなんてことは、決して。

結局、昨夜《ゆうべ》は店を閉めるよりほかになかったが、それだって誰のせいでもないと彼女は己に云い聞かせていた。瑕の痛みは白粉で抑えたとしても、片手の利かない状態で仕事を続けるのは無理があるし、既に十二時間働き通したトゥイに後を代わってもらうなんてこともできっこない。

急な店じまいを告げられた客達からは不満の声が上がったが、しつこくゴネる者は居なかった。〈転瑕〉について〝明日は我が身〟という思いを誰もが抱いているのに加え、トゥイが彼らを軽くいなして店外にほっぽり出してくれたおかげだ。彼女の手際《てぎわ》ときたら見事なもので、ユィシュエンは経験の差を見せつけられた気がした。陳家酒吧《チンズ・パブ》の女侍應《ウェイトレス》として過ごした歳月ではなく、

〈外側〉で得た見識を根とする差だ。〈本省人《ネイティブ》〉のユィシュエンと違って、トゥイは何事もよく識《し》り、よく弁《わきま》えている。閉店作業もひとりでてきぱき済ませると、謝るばかりのユィシュエンの頭を撫で、慰《なぐさ》めてもくれた。そんな優しさと頼もしさを嬉しく思う反面、子供みたいな扱いを受けることに対する一抹《いちまつ》の寂しさをも、ユィシュエンは覚えた。恋人とは対等な関係でありたいと常から望んでいるからだ。

「買い出し、行ってくるね」沈みかけた気持ちを切り替えるように、彼女はそう告げた。

「え、その怪我で?」ふだんは糸のように細いメイファンの目が、真ん丸く見開かれる。

生活を共にするようになって十年近くにもなるけれど、彼女が何かに驚いたときに見せる小動物のようなその表情がユィシュエンはいまでも好きだ。ふたりの関係を表す呼び名が〝同棲相手〟から〝同居人〟へと変わって随分経った、いまでも。

ユィシュエンは右手を開いたり閉じたりしてみせつつ、お道化《どけ》た調子で返す。「買い物くらい、片手でだってできるよ」

同居人はいかにも申し訳なさげな貌《かお》をつくって、「ううん、そんなの、悪いよ」

「全然、悪くなんかない」ソファから腰を浮かせかけたメイファンをユィシュエンは手で制した。それから、ソファに歩み寄って身を屈《かが》め、愛らしい曲線を描いて膨らんだ彼女のお腹に手を載せる。そうしていると、じんわりとした温もりが掌《てのひら》いっぱいに広がり、四肢《しし》を丸めた赤ん坊の体温までもが肌越しに伝わってくるような気がした。「もう、あなただけの身体じゃないんだから」

妊娠六ヶ月。既に安定期に入っているとは云え、可能な限り負担なく過ごしてほしいと日頃から口酸っぱく云っている。メイファンは大袈裟だと苦笑するけれど、ユィシュエンからしてみれば、その一挙一動が赤ん坊の成長に障《さわ》りはしないかと気が気でない。ましてや、外出なんてもってのほかで、瑕の痛みを押してでも、自分が外に出る方がましだ。

「じゃあ、行ってくるね」ユィシュエンは有無を云わせぬように告げて立ち上がると、壁に掛けてあった寛腰帯《ハーネス》を手に取り、ラテックス製の旗袍《チーパオ》の上から装着した。


——賽《さい》の河原の石塔みたい。

いつかトゥイが口にしたそんな言葉を、地上二百五十公尺《メートル》の高みから身を投げるたびにユィシュエンは決まって思い出す。日本《ジャパン》という國——もっとも、越南《ベトナム》からの〈外省人《イミグラント》〉のトゥイは法國《フランス》語風に「ジャポン」と発音するのだけれど——で古くから伝えられていた俗信のひとつで、幼くして命を落とした子供達のたましいが行き着く地のことだと云う。

その川辺で、子供達は現世に残してきた父母の安寧《あんねい》を祈りながら小石を積み上げて石塔を作ろうとするのだが、それがいよいよ完成しそうになるや、必ず、意地悪な鬼《オーガ》がやって来て蹴散らしてしまう。仕方なく、子供らはまた石を積み直し始めるのだそうだ。

ユィシュエンには何とも不条理な話に思えたけれども、別段、話の内容が大事なわけではない。トゥイが云っていたのは、単に形状《かたち》のことだ。〈下甲街〉の街並みを成す〈柱〉と呼ばれる高層ビル群ときたら、どれもこれも不揃いな石を積み上げたかのようにでこぼこしている、と。

昔はそんな風ではなかったらしい。旧《ふる》くから〈下甲街〉に住んでいる老人達によれば、街が建設された当初の〈柱〉の外殻はいずれも凹凸《おうとつ》のない滑《なめ》らかなものだったと云う。現在《いま》のように不《ぶ》恰好《かっこう》な姿に変わり果てたのは、其処に棲《す》みついた住人達が勝手気ままに増改築を繰り返した結果なのだそうだ。何しろ、〈下甲街〉の住人ときたら揃いも揃って偏執《へんしつ》的と云って過言でない熱心さで、ありとあらゆるものに新たな要素をゴテゴテと付け足したがる。棚を設《しつら》えれば、もっと多くの物が収納できるようにと、その上にも更《さら》に棚を作り付ける。麺に載せる具材を選べる車仔麺《チェージャイミン》には、〝具材のための具材〟を際限なく足す。それが住人達の習性だ。〈柱〉もそのご多分に漏れず、窓の外まで張り出した物置用のスペースだの、〝ベランダのベランダ〟だの、種々の天線《アンテナ》だのが、無軌道に継《つ》ぎ足されてきた結果であり、いまもなお、細胞分裂を繰り返してでもいるかのように〈柱〉の外殻は絶えず成長し続けている。

建物の外貌《がいぼう》がそんな調子である一方、内側《うち》はどうかと云えば、そちらも絶えず変容を続けている。ただし、外殻のように肥大化していくのではなく、悪疫《あくえき》に冒《おか》された内臓のように腫《は》れ上がっては爛れた末、細胞が壊死《えし》していくというかたちで。

やはり住人達がてんでに設置したバリケードやシャッター、あるいは共用部に山と積まれた荷物やガラクタによって方々《ほうぼう》の通路が塞《ふさ》がれ、迷路《ラビリンス》が形成されているのだ。中には、扉に板を打ちつけた上で「不准進入《ドウ・ノット・エンター》」という貼り紙のされた部屋もある。通路は何処も薄暗く、方々に張り巡らされた配管が老朽化して罅割れから汚水を滴《したた》らせているせいで、足許も悪い。勝手を知らぬ〈柱〉へ迂闊《うかつ》に足を踏み入れたりしようものなら、迷子になること必至だ。階段をのぼったかと思えば袋小路に行き当たり、散々《さんざ》っぱら遠回りをさせられた挙句、今度はまたも下ることになって……と、そんなことを繰り返すうちに、了《しま》いには自分が何階に居るのかさえも判然としなくなってくる。其処ら中の壁にチョークやペンキで描かれた矢印が何の方角を示しているかを知っているのは、それを描いた本人くらいだろう。いや、当人でさえ忘れているかもしれない。おまけに、電梯《エレベーター》の大半は故障したまま放置され、横開きの蛇腹《じゃばら》シャッターの向こうに暗い闇を孕んでいるばかりとくるから、たとえ勝手知ったる〈柱〉でも、ユィシュエンのように高層階をねぐらにしている者は地上まで降りるだけで一苦労だ。

そこで、住人の多くはちょっとした〝近道〟を使う。

〈柱〉と〈柱〉のあいだに数限りなく渡された赤錆まみれの鋼鉄の橋——これらも住人が野放図《のほうず》に架けたものだ——の中でも、比較的幅の広いものに据え付けられた巻揚機《ウインチ》を使うのである。カーボンナノチューブ製の縄《ロープ》を巻き上げては繰り出す大型のウィンチが縁《へり》に並べられた橋は、〈港《ハーバー》〉と呼ばれている。

窩打老道《ウォーターループ・ロード》沿いに立つ〈柱〉の五十三階。その一角に位置する自宅を後にしたユィシュエンは、切れかけた電灯の瞬く廊下を通り抜け、幾つもの橋を渡り、他人の部屋のベランダを伝った末にそんな場処のひとつ——彌敦道《ネイザンロード》の上空に位置する〈港〉に辿《たど》り着いた。

ウィンチから垂れたロープを片手で器用に手繰《たぐ》り寄せ、先端に結い付けられた鉤《フック》を自身のハーネスに引っ掛けて橋の縁に立っても、遙か眼下に横たわっているはずの大通りは、方々の酒楼や屋台から朦々《もうもう》と吐き出される湯気に霞《かす》んでろくに見えやしない。むしろ、地上より空の方が近いし、よく見える。頭上を振り仰げば、〈天蓋《キャノピー》〉——文字通り、無数の〈柱〉に支えられた〝天の蓋〟——をくまなく覆った疑似天候パネルの継ぎ目までもが目視できるほどだ。

一点の翳りもなく漂白された光を放つ〈天蓋〉を見上げていたユィシュエンは、首を仰《の》け反らせて直立した姿勢のまま、ごく自然な動作で虚空へと足を踏み出した。ふわりと宙に投げ出された身体が落下の感覚を覚えるのは、ほんの一瞬のことで、直後、ロープが張り詰めた反動によって彼女の身は勢いよく跳ね上げられる。その衝撃が収まると、其処から先はウィンチがロープを繰り出すペースに従い、一定の速度を維持しつつ降下していく。

メイファンを部屋から出したくないとユィシュエンが思う理由のひとつはこれだった。

生理学上の分類においては同居人と同じ〝女〟と括《くく》られる身体を具《そな》えていながら、妊娠や出産の機制《メカニズム》についてはいまひとつ疎《うと》い彼女であっても、こんな落下運動を妊婦にさせて良いわけがないことくらいはわかる。かと云って、むやみに入り組んだ〈柱〉の中を行ったり来たりさせ、実際の階数以上に多い階段をのぼりおりさせるのは、もっとまずい。だから、とにかくメイファンには部屋に閉じ籠もっていてほしい。

そんなことを考えつつ真っ直ぐに降下を続けるユィシュエンの視界には、部屋ごとに形も色も異なるベランダとそれらを埋め尽くした洗濯物や、宙に張り出した天線《アンテナ》、〈柱〉の外壁に貼り付けられた無数の広告が、次々に飛び込んでは、上方へと過ぎ去っていく。酒樓、眼科《めいしゃ》、超級市場《スーパーマーケット》――Dental Clinic――Upperside Coke――ẩm thực địa phương――접골원……彼女が読むことのできる文字列もあれば、そうでないものもある。生温《なまぬる》い湯気の塊へと足先から突っ込んで、そうした景色の何もかもが白く霞んでしまうまでのあいだに、自身とは反対に高層階めがけて上昇していく人影と彼女は幾度も擦《す》れ違った。

ほどなくして堆積《たいせき》した蒸気の層を抜けるや、中途半端に設えられたトタン製のアーケードや赤茶けた屋台の屋根屋根、そして、〈柱〉の外壁から水平に突き出した夥《おびただ》しい数の看板が視界いっぱいに広がる。それらの下で人々が犇《ひしめ》いた様は漣《さざなみ》立った黒い水面《みなも》めいて見えるが、ユィシュエンが降下していく真下には周囲の景色から丸く切り抜かれたかのように、ぽっかりと開けた空間がある。屋台や看板も其処ばかりはきれいに避け、往来を行き交う者も足を踏み入れようとはしない。おかげで、血と廃油に汚れたアスファルトの路面と、其処に描かれた八卦図のような路面標示《ターゲットマーク》がよく見える。

橋上のそれと対になった、地上側の〈港〉だ。

降下速度が徐々に減じた末に、両の靴底が濡れた路面を踏むや、ユィシュエンはハーネスからフックを外した。ロープは巻き上げられることなくその場に留まり、重《ユイシュエン》りを失った反動でゆらゆらと揺れた。周囲にも、同じものが幾つか垂れ下がっている。上階《うえ》へと帰るときには、それらのひとつをハーネスに引っ掛けて思い切り体重を掛ければ、ウィンチが逆回転して身体を引っ張り上げてくれる仕組みになっている。

勿論、橋もウィンチも住人が勝手に据え付けた設備だから、整備《メンテ》の責任を負う者も居はしない。自然、ロープが切れたり、ウィンチが橋から脱落したりして運悪く墜死《ついし》する者も居るが、そういう不幸な事故が起こる頻度は〈下甲街〉全体でもせいぜい月に十件程度。そんなものは〈致命的転瑕〉による死者数と較《くら》べたら、ものの数にも入らない。

初めてこれを使ったとき、トゥイは「蝙蝠男《バットマン》みたいだ」と云って目を輝かせた。何のことかと首を傾げるユィシュエンに、〈外側〉にはそういう名前の〝ヒーロー〟という存在が居るのだと彼女は説いた。悪を赦《ゆる》さず、不正を糾《ただ》し、弱者を守るために闘う者のことをそう呼ぶのだ、と。それを聞いて、ああ、あの子みたいな存在かと思ったことをよく覚えている。

そんな正義の味方がどうして蝙蝠男などと呼ばれているのかという疑問はさておくとして、トゥイの評言は、ある意味で正鵠《せいこく》を射《い》ていた。実際、街に住む年寄り達はこの昇降装置を蝙蝠帆《バットセイル》と呼ぶ。かつて海上を行き交っていた〝船〟という乗り物の一種にちなんだ呼び名らしい。そもそも、海というものを見たことさえないユィシュエンには上手く呑み込めない話だが、使うたびに平衡《へいこう》感覚を乱されるところもよく似ていると云う。

暫しのあいだ〈港〉に佇《たたず》んで三半規管が落ち着くのを待ってから、彼女はゆっくりと歩き始めた。〈天蓋〉からの光が眩《まぶ》しいほどの高層階とは打って変わって、地上は昼でも薄暗い。ひとつには、長大な背丈を具えた〈柱〉同士の間隔があまりに狭く、疑似天候パネルの放つ光が十分に届かないせいであり、もうひとつには、広い往来であっても、商店の掲げる看板と、路上を埋め尽くした小販《シウファン》と呼ばれる手押し車式の屋台が広げた色とりどりの遮陽傘《パラソル》が、光を遮《さえぎ》ってしまうせいでもある。その上、酒樓や飯店から噴き出した湯気が絶えず其処らに立ち籠めているとくれば、なおさらだ。じっとりと濡れた路面は、食い物を売る小販が垂れ流した油や酔っ払いの撒《ま》き散らしていった汚物に覆われてぬめぬめしているし、何より、臭い。〈下甲街〉にあるすべての往来は、往来であると同時にゴミ溜めだと云っても過言でない。

そんな地の底を行くユィシュエンは、買い食い用の点心《ディムサム》やら炙《あぶ》り焼きにした人工肉やらを売る小販には目もくれず、街市《マーケット》の入り口にある屋台へと真っ直ぐに向かった。屋台と云っても小販のように小振りなものではなく、トタン屋根を具えた大牌檔《タイパイトン》と呼ばれる固定式の店だ。

彼女が店内に入ったとき、間を置いて並べられた椅子には幾人かの先客が腰を下ろしていた。粗末な造りの椅子の前にはめいめい小卓が据えられ、卓上には火の点された燭台《しょくだい》が載せられている。ユィシュエンは店番の男に幾許《いくばく》かの——闇医者の診察料よりははるかに安い——金を渡して三包の白粉と小さな銀紙《アルミシート》を受け取り、空いている席に腰掛けた。慣れた手つきで筒状に丸めた銀紙に白粉を詰めて燭台の火にかざすと、固体から気体へと忽《たちま》ち変化する白粉を、すかさず吸い込む。

瑕の痛みを忘れるのにこれほどよく効くものは他になく、これほど安いものも他にない。〈外側〉からやって来た〈外省人〉達が真っ先に驚くのは、こうした薬物が道端で投げ売りされていることだと云う。賢《さか》しらぶった陳によれば、モノの価値とはそれ自体の希少性《レアリティ》ではなく、入手難度に比例するものらしい。つまりは、法律上の取り扱い、販路の制限、流通量の調整といった、外的な要素こそが、市場価値を決めるのだ。翻って、この街における白粉ときたら、〈上甲街〉から大量に卸《おろ》され、販売も使用も禁じられておらず、何処でだって吸える。だからこそ、安い。

とは云え、メイファンの前で吸うのはさすがに憚られた。つい半年前まで重度の薬物中毒者だった同居人は、お腹の赤ん坊のために薬剤《くすり》も白粉も健気《けなげ》に断っている。旧くから彼女を知るユィシュエンには、ほとんど奇跡と云って良いことと思えたし、だからこそ、同じ屋根の下、自分ばかりプカプカとやるわけにもいかず、何かの折に屋台に立ち寄るか、特製の烟仔《タバコ》を出先で吸うようにしている。

白粉の効き目はとにかく早い。ささくれ立っていた神経が俄に宥《なだ》められ、包帯が巻かれた左手の痛みもすぐに霧散《むさん》していく。好い心地になって、うっとりしつつ首を仰け反らせると、天井に描かれた赤い双 喜 紋《ダブル・ハピネス》がユィシュエンの目についた。「喜」の字を横にふたつ並べて円で囲ったその意匠は〈下甲街〉の何処に行っても見られるもので、大昔には慶事《めでたごと》を祝う縁起物だったらしいが、現在《いま》では『喜びはひとりではなく、ふたりによってこそ成り立つ』という、〈下甲街〉の標語を示すものとしての意味を持っている。

ぼんやりとそれを眺めながら、出がけにメイファンに掛けた言葉は良くなかったなとユィシュエンは後悔した。「あなただけの身体じゃない」というのは、勿論、お腹の赤ん坊のことを踏まえてのものだったが、〈下甲街〉で発された場合、それは否応《いやおう》なく呪いの言葉――「あなたの身体は〈エコーシステム〉を通じて〈冥婚相手〉をバックアップするための資源《リソース》でもあるのだから大切《だいじ》にしなさい」という、〈冥婚管理局《ビュロー》〉の掲げるお題目とも通じてしまう。

ゆっくりと時間をかけて白粉を堪能《たんのう》したユィシュエンは屋台を後にして、多くの客でごった返す街市へと足を運んだ。人工肉の缶詰、妊婦に良いという合成茶葉、代替野菜《オルト・ベジ》。方々の商店でそれらを買い求めては、右手ひとつで器用に網《ネット》にまとめ、ハーネスから垂らしたカラビナに絡《から》げていく。

一通りの買い物が済むと、薄暗い人工の谷底の中でもひときわ暗い裏通りへと彼女は足を踏み入れた。其処では、地べたに商品を広げた金物屋だの、重機を分解《バラ》して取り外した部品を売るパーツ屋だのが所狭しと肩を並べているが、厳密に云えば、彼ら彼女らは「露天商」ではない。隘路の上にはトタンを渡した屋根が拵えられて、路地が屋内へと変えられているからだ。

継《つ》ぎ接《は》ぎだらけの屋根は、蛇のように身を絡ませ合った種々のケーブルによって埋め尽くされ、断線して鎌首をもたげた電線が火花を散らしていたり、痛んだ配管から漏れ出した汚水があちこちで水溜まりをつくっていたりもするが、それらを修繕しようと思う者は居ないらしい。〝拡げる〟ことには異様に執着する一方、〝直す〟ことには奇妙なまでに無頓着《むとんちゃく》というのも、〈下甲街〉の住人の特徴のひとつだ。路地を覆うアーケードとして設えられたはずのトタン屋根には補強材が渡されて二階の床となり、その上にもトタン屋根が渡され、それが更に三階の床となって――

という調子で、多層階からなるバラックが形成されている。上下の移動にはところどころに架けられた梯子《はしご》を昇り降りするよりほかにないので、それだけでも一苦労だが、そんなバラックの中でも、ユィシュエンが立ち寄ろうとしているドゥルーブの店ときたら——今のところの——最上階である四階のどん詰まりに位置している。

あいだに補強材が挟まれているとは云え、よくこれで床が抜けないなと見るたびに感心させられる、縦横に何台も積み上げられた陰極射線管電視《CRTテレビ》は、彼の店の商品でもあると同時に、他店《よそ》とを区切る壁でもある。ユィシュエンがその前に立ったとき、蔓草《つるくさ》のように四方八方に生え伸びたケーブルから供給される電力で一斉に稼働したテレビは、色調も彩度もてんでばらばらでありながら、同じ光景を映し出していた。

プラカードを手にした群衆。ぴたりと揃った施普雷希科尔《シュプレヒコール》。

このところ動きが活発な反〈エコーシステム〉団体の主導するデモ集会だ。参加者の掲げたプラカードや旗幟《バナー》には、〈下甲街〉住人の人権を認めろという旨の文言《もんごん》に加えて、一方の「喜」の字を乱雑に塗り潰《つぶ》したダブル・ハピネスが決まって書かれている。

そんな映像をぼんやりと眺めていると、壁の向こうで上がった声が耳に届いた。

「だからぁ、ジャンクショップと違うよ、うち。立派な電器店だって云ってるよ、そう、何度も」という、語順もおかしければ、抑揚の内に独特な訛りを含んでもいる、ユィシュエンにとっては耳馴染みのある大声だ。直後に、店内からそそくさと出てきたひとりの男が「衰人《バカヤロウ》」と悪《あ》し様に吐き捨てながら彼女の傍らを通り抜けていった。

「バカヤロくらいの広東語、わかるよ！」と、その背を追うようにしてまたも声が上がったが、口振りこそ荒々しくとも、さして怒っているわけではないと常連客のユィシュエンにはわかる。単に声が大きいのだ。暖簾《のれん》のように天井から垂れ下がったケーブル類を掻き分けつつ店内に入った彼女を、声の——そしてこの店の——主《あるじ》である小男は、浅黒い丸顔をくしゃくしゃにして快く迎え入れた。「いらっしゃい、いらっしゃい。よく来たね、お嬢《じょう》さん」

まるまると肥《こ》えた腹をビニールシャツの内に無理矢理収めたドゥルーブは、〈下甲街〉では珍しい印度《インディア》からの〈外省人〉だ。〈外側〉に居た頃は〃ハードウェア・エンジニア〃とか云う、ユィシュエンには何のことやらわからぬ職に就いていたらしい。〈下甲街〉に来てからはその知識を活かして電化製品を専門に扱っている。

「さて、お嬢さん、欲しいの何。微波爐《レンジ》？　冷氣機《クーラー》？　あるよ、何でも」洗衣機《ウオツシャー》だの雪櫃《フリツジ》だのを雑然と並べた〃カウンター〃の中から、ドゥルーブは癖の強い英語で続けた。

先客は迂闊にも彼が最も嫌っている「垃圾商店《ジャンクショップ》」という語を口走ってしまったのだろうが、それも無理からぬことだ。店内には各種の家電の他にも、ガラクタにしか見えない金属製の部品やら何やらが積み上げられている。店主は電器店だと云って憚らないが、売り物の大半は方々の〈柱〉にある空き部屋から拝借してきた家電を修理《レストア》したものに過ぎないはずだ。正真正銘の新品なんて、〈下甲街〉には何ひとつないのだから。

「ううん、今日は買い物じゃなくて修理のお願いに来たの」ユィシュエンは首を振り、自宅のテレビの映りが悪いことを伝えた。

それを聞いた印度人店主は立て続けに幾つかの問いを投げて寄越し、彼女からの返答にいちいち大仰《おおぎょう》に頷いた末、ぴたりと撫でつけられた髪をなおも手で撫でつけてから、結論づけた。「それ、テレビのじゃないね、問題、アンテナだよ、たぶん」

「そうなんだ……」いずれにせよ、ユィシュエンにはどうしたら良いのかわからない。

そんな彼女に、ドゥルーブは事もなげに続けた。「機器自体の接触が不良か、干渉《かんしょう》、別の部屋としてるか、どっちか。今日お店閉めたら、すぐ行くよ、直しに。お代も結構」

「えっ、良いの?」願ってもない話だが、逆に申し訳なくさえユィシュエンは思う。

「うち、大事にしてるからね、アフターサービス。良いの良いの」ドゥルーブはニカッと歯を見せて、気の良い笑みを浮かべた。口の端と一緒に、顎先の火傷痕が左右に大きく引き伸ばされる。

「ありがとう。ほんとに助かる」ユィシュエンは両手を合わせて頭を下げた。

次に顔を上げて相手を真っ直ぐ見つめたとき、彼女はふと、奇妙なことに気づいた。ドゥルーブは、こちらの声が届いていないかのように先までと変わらぬ笑みを顔に張りつかせたまま、微動だにしないでいる。よくよく見れば、両目はユィシュエンの視線と交わることなく宙の一点を向いて固まり、瞬きすらしていない。

何だか気味が悪いなと思い始めた彼女の眼前で、ドゥルーブの顔は不意に顫《ふる》えだした。はじめのうち小刻みだったそれは見る間に振幅を増し、やがては癲癇《てんかん》の発作じみた激しい痙攣《けいれん》へと変わった。両目の焦点も合っていない。明らかに何か異常な事態が起きている。遅まきながらそう思い至ったユィシュエンが彼の肩に手を伸ばし、どうしたのかと問おうとした瞬間。

ドゥルーブの頭が弾け飛んだ。

飛び散る脳漿《のうしょう》や砕けた頭蓋の欠片と生温い血からなる混合物を、ユィシュエンはまともに浴びせかけられた。残された下顎には半ば潰《なか》れかけた眼球が引っ掛かり、頸骨《けいこつ》を剝き出しにした肉の断面から、噴水のように血が噴き出す。

凄惨《せいさん》な光景を前にしながら、彼女は自分でも奇妙なほどの冷静さをもって確信した。

間違いなく〈致命的転瑕〉だ。

※

——まったく、考えられねぇ！

男は胸中で叫び、続け様に毒づく。あり得ねぇ。イカレ野郎のクソ豚が、と。

自身の経営する店の売り物である女のひとりを道連れに、客がホテルの窓から飛び降りた——そんな報《しら》せによって叩き起こされたのは、深夜三時過ぎ。眠りのさなかにあった両目を擦《こす》りつつタブレットを操作して通話に応じはしたものの、連絡を寄越した当の女は回線の向こうでワアワアと喚くばかりで、一向に埒《らち》が明かなかった。

男は仕方なく商品の配送履歴から件のホテルの住所を割り出すと、飲みかけのままサイドテーブルに放置していた缶ビールの残りを呷《あお》り、煙草《たばこ》に火を点けて一服した。そんな気配に気づいたものか、ベッドに横たわった——これもまた売り物ではあるが、同時に男の所有物《プロパティ》でもある——女が、どうかしたのかと訊《たず》ねてきた。うるせぇ、寝てろとだけ怒鳴りつけて自宅を後にしてエレベーターに乗りながら、例の商品は、十中八九、このところ流行っている〝飛び降り遊び《ジャンプ・オフ》〟とかいうやつに巻き込まれたのだろうと男は見当をつけた。彼にはまるで理解できない〝頭のネジの緩《ゆる》んだ連中〟が「死の疑似体験」などと言って夢中になっている、くだらない遊びだ。

三十分ほど車を走らせて沙汰《さた》の現場であるホテルに着いてみれば、女はフロント奥の狭苦しいスタッフルームに居た。いや、閉じ込められていたと言った方が正確だ。何しろ、フロントの婆さまときたら、部屋の延長料金を払えの一点張りで、こちらの話などろくに聞きもしない。女はそれまでの人質とでも言った体《てい》だ。男は苛立《いらだ》ち、一発ドヤしつけてやろうかと思ったが、商売上、持ちつ持たれつの関係だと己に言い聞かせて、ぐっと堪《こら》えた。渋々ながら二時間分の延長料を支払うと、やっとのことで女は解放されたが、こちらもこちらで例の客に踏み倒された分の給料《はらい》は店が補償してくれるのかと頻《しき》りに訊ねてくるばかりで、何があったのかという男の問いには断片的な答えしか返さない。

——まったく、このバカ女は何もわかっちゃいねぇ。店にとっても手前《てめ》ぇにとっても、一発分のカネなんか話にならねぇくらいデカい損失が現在進行形で発生してやがるってのに！

「補償、補償」と喚き続ける女に男は今度こそ癇癪《かんしゃく》を起こしかけたが、手を上げることだけは何とか思い留まった。話を繋ぎ合わせていった結果、女が客に抱きつかれたまま落ちたのは二十四階の窓からだったとわかったからだ。

考えるまでもなく即死を免《まぬが》れ得ない高さである。もっとも、死んだのは〝イカレ野郎〟と〝商売女〟ではなく、〈下甲街《したたかい》〉に居るめいめいの〈冥婚相手《エンゲージ・リンク》〉だが。そうとなれば、女を撲《なぐ》るわけにはいかない。〈致命的転瑕〉によって〈冥婚関係〉が切れている現在《いま》撲れば、〈転瑕〉は起きず、店の商品たる女自身の身に傷が残ってしまう。

振り下ろす先を失くした拳をズボンのポケットに突っ込みながら、男は己の気持ちを宥《なだ》めるべく、努めて未来《さき》のことへと意識を向けた。新たな〈冥婚相手〉が〈入街管理局《イミグレーション》〉から宛《あて》がわれるまで、諸々の手続きを考え合わせれば最短でも一週間はかかる。まったくとんでもない機会損失だが、それは同時にもうひとつの事実をも意味している。

件の客も、その間は〈エコーシステム〉による庇護《ひご》を受けられない。

必ずふん捕まえてやると男は鼻息を荒くした。

——きっちりオトシマエをつけさせてやる。

参《サーム》

ユィシュエンが初めて〈転瑕《てんか》〉を経験したのは、十四歳になった頃だった。

〈下甲街〉生まれの〈本省人《ネイティブ》〉としてはかなり遅い方だ。勿論、既に一通りの知識は具えていたし、周囲の子達が瑕《きず》つくところを幾度となく目にしてもいたけれど、心の準備なんてものは——少なくとも彼女自身が思っていたほどには——できていなかった。

実際にそれが起きたとき、真っ先に覚えたのは、「痛い」というよりも、「熱い」という感覚だった。一息遅れて疼痛《とうつう》に襲われた左の前腕を恐る恐る持ち上げてみれば、手首に真一文字の創傷が走っていた。脈拍に合わせて溢れ出しては肌を伝う血を眺めながら、「血って、こんなに黒かったっけ」と間の抜けたことを考えたのを覚えている。やや経ってから遅まきながらに慌てだしたのも、周囲の子らが大騒ぎし始めたからで、そうでなければ、いつまでも瑕口を眺め続けていたかもしれない。

次に瑕が生じたのは、それから二年後。

深夜、既にベッドで眠りの底に落ちていた彼女の意識は、下腹部に生じた激しい痛みによって一気に覚醒させられた。最初のときと違って、目を覚ましてからも暫くは、〈転嫁〉が起きているのだと認識できなかった。ただただ混乱したまま痛みの発生源《もと》を探して下腹をまさぐり、下着の中まで手を伸ばしてみれば、股のあいだがぬるりと濡れていた。生理の際の鈍く重いそれとは違う、もっと鋭い痛みだ——と考えかけて、漸く気づいた。

破瓜《はか》の血だ、と。

——どうせいつかはアレの痛みを知ることになるんだから、その前に好きな男とヤッときな。

既に他界していた母から、生前に幾度も云われていたけれど、ユィシュエンはそうはしなかった。特別な理由があったわけではない。ただ単に、好きな男なんて居なかったからだ。

指に絡んだ血を、いつ〈転瑕〉が起きても良いようにと枕元に載せておいた——〈下甲街〉の住人ならば誰もがそうしておく——タオルで拭きながら、母はどうだったんだろうと彼女は考えた。好きな相手とアレをして自分を身籠もったんだろうか、と。考えてみたところで、父親の顔さえ知らぬ彼女には、わかりようのないことだったけれども。

その後四年ばかり、新たな瑕が転送されてくることはなかった。〈冥婚相手《フィアンセ》〉が身体を大事にしてくれているんだねと周囲から随分羨《うらや》ましがられたものだ。何しろ、同年代の知人達の身体には、性別を問わず、既に幾つもの瑕が刻まれていた。そんな風に周囲から云われるうちに、いつしかユィシュエンは自身の〈冥婚相手〉のことを誇らしくさえ思うようになっていた。

潮目《しおめ》が変わり始めたのは、二十歳《はたち》を過ぎた頃だった。それまでふっつり途絶えていた〈転瑕〉が、間欠的に生じるようになったのだ。はじめのうちは、おおよそ月に一度。それが二週に一度というペースになり、やがては毎週のこととなるまでに、一年とかからなかった。いまでは三日と措《お》かずに新たな瑕が送られてくるのが当たり前で、生瑕《なまきず》のないときの方が珍しいくらいだ。

切創《せっそう》、裂傷、打撲や擦過傷はまだ良い方で、皮膚が焼け爛れたり、骨が砕けたりと、瑕の變化《バリエーション》ときたら枚挙に暇《いとま》がなかった。変わったところでは左右の乳首に針で貫かれたかのような孔《あな》が開いたこともあるし、似たものは小陰唇《ラビア》にも幾つか穿《うが》たれた。

気づけば、彼女の身体は周囲の誰よりも多くの瑕痕にまみれていた。生瑕の塞がらぬうちから、次々と新たな瑕ができる姿は、さながら、継ぎ接ぎ《パッチワーク》だらけのお人形だ。

『瑕を負うことは自己犠牲という善行の証であるから、身に刻まれた瑕が多いほど徳を積んだこととなり、たましいの浄化に繋がる』――などと大真面目に主張する聖痕《スティグマ》主義者ほど、彼女の思考の蹠《あしうら》は現実の地平から離れていない。〈転瑕〉はあくまで機構《システム》の産物だ。自分にはまったく理解の及ばぬ仕組みで成り立っているのは確かだが、聖性だの仏性《ぶっしょう》だのとは縁遠い技術に基《もと》づいたものであることくらいはわかる。

だから、瑕痕の多寡《たか》を他人と較べたところで、何にもなりはしないということも。

むしろ、重要なのは、送られてきた瑕にどんな理由があるのかを考えることだとユィシュエンは思う。

彼女にとって、わけてもお気に入りの想像は、〈上甲街〉の何処かで生きている自身の〈冥婚相手〉は何かと闘っているのだ、というものだった。具体的に何と闘っているのかは、わからない。ただ、何かしらの悪者《ヴィラン》とであることには違いない。あの子は正義の味方であり、トゥイが云う〝ヒーロー〟なのかもしれない。街に蔓延《はびこ》る不正を糾《ただ》し、悪しき為政者との闘争に明け暮れているのかもしれない――いや、そうに決まっている。だとすれば、頻繁に〈転瑕〉が起こることにだって説明がつく。それだけ、あの子が勇猛果敢に巨悪と対峙《たいじ》している証拠だ。乳首や小陰唇に穿たれた瑕は、悪の手先に捕まって拷問でも受けたときのものだろう。嗚呼《ああ》、可哀想なあの子。でも、どうか安心して。わたしが身代わりになって支えるからね――と、ユィシュエンは〈冥婚相手〉のことをあれこれと想像しては、新たな設定や逸話《エピソード》を付け足していった。そうすることで、〈転瑕〉されてくる瑕のひとつひとつが〝意味〟を持ち、あの子の〝物語〟を徐々に織り成していった。

　そんな話を熱っぽく語る彼女のことを、数年前に交際していた当時の恋人は、またそんな夢みたいなことを云って、と鼻で笑った。それでも、恋人の醒《さ》めた態度に構わず、ユィシュエンは日日、あの子にまつわる物語を話し続けた。あの子がいかにして正義の味方を志すようになったのかを。あの子の清廉《せいれん》な生き方を。あの子の高潔な精神を。それはそれは胸躍る物語であるはずなのに、恋人はやはり面倒臭そうに肩を竦《すく》めるばかりで、まるで関心を示さなかった。了《しま》いには、もううんざりという貌をして吐き捨てるように云った。

――そうだったとして、何だって云うの、と。

「それがあたしらの生活とどう関わりがあるって云うの。自分の〈冥婚相手〉が〝高潔な精神〟とかいうのを持ってたら、あんたまで偉い人間なの？　そいつが何かすることで、あんたはウェイトレスを辞めて小綺麗なオフィスで働けるようにでもなるの？　金持ちにでもしてくれるの？それとも――」

――瑕つくことがなくなりでもするの？

一方的にまくし立てられたユィシュエンはそれぎり黙り込んだが、それは何も、恋人の言葉に納得したからでも、論破されたと感じたからでもない。幾ら話しても理解されはしないのだという諦念《ていねん》ゆえのことだ。

ちっともわかってない！

彼女は胸の内で叫んだ。

〝どう関わりがある〟だって？　そんなの、決まってる。瑕が、意味を持つようになるんだ。無為で理不尽なばかりのものじゃなくなるんだ。あなただって、一時期続いた〈転瑕〉を「どうしてわたしばっかりこんな目に」なんて嘆いて、ひどい薬物中毒になったのに、何で、その〝どうして〟を、もっと真剣に考えようとしないんだ！

以来、ユィシュエンは、あの子のことを他人《ひと》には話すまいと思い決め、自身の中でだけ大事に抱えておくことにした。そうして、新たな瑕ができるたび、悲嘆に暮れるのではなく、あの子のことを思い、密《ひそ》やかな声援《エール》を送り続けた。

〈冥婚相手〉は、再び、誇るべき存在になった。

そんなユィシュエンだから、トゥイと並んでベッドに寝そべりながら白粉《ヘロイン》をキメているいまも、胸の内を占めているのは、「もっと乱暴にしてくれて良かったのに」という思いだった。ヘッドボードに据えた酒精燈《アルコールランプ》で銀皿を炙り、気体となった白粉をふたり同時にストローで吸うのは、情交の後に決まって交わす恋人同士の儀式のようなものだ。

心根の優しいトゥイは、昂《たかぶ》った二匹の獣となって寝具の内で互いの身を喰らい合うような行為に及ぶときでさえ、生瑕を避けながら労《いたわ》るような手つきで肌を撫でてくれる。その優しさを嬉しく思う一方で、そんな理性も打ち捨てて、ただただこちらの身体を貪ってほしいのに、というもどかしさもユィシュエンは覚える。同じ店で働いていることもあって、ふたりが逢っていられる時間は短い。たまたま休日《やすみ》が合ったときでも、十二時間後にはどちらかがまた店に立つ。それまでのあいだに、めいめい抱えた用事だって済ませなければならない。ユィシュエンに関して云えば、身重のメイファンに代わって家事全般をこなし、妊婦の精神的なケアもすることがそれにあたる。

だからこそ、せめてこうして身を重ねるときくらいは、もっと夢中になってほしい。痛みには、幾らでも堪えられる。誇らしい瑕を撫でてほしいとさえ思う。そう、だから、何も考えず、思い切りめちゃくちゃにしてほしい——

けれども、今夜もやはり、その願いは叶わなかった。つんと尖った舌先が頸を這い上がり、耳《じ》朶《だ》を甘く嚙まれもしたけれど、唇が重ねられることはなかった。キスは、してもらえなかった。鼻先が触れてしまう恐れがあるからだ。花の蕾《つぼみ》みたいだと云っていつもトゥイが愛でてくれていた、しかし、いまは血の滲んだガーゼに覆われているユィシュエンの鼻と。

瑕が送られてきたのは昨晩、店のカウンターに立っているときだった。人工疑似海老《イミテーション・シュリンプ》の殻を身から剝がすときのような、軽く、それでいて湿り気を帯びた音が耳を介さず頭の中に直接響いたかと思うや、夥しい量の血が鼻から噴き出し、ビニール張りのカウンターを汚した。

血飛沫《ちしぶき》は客のグラスにも降りかかり、琥珀色の水面に触れるや、煙のようにふわりと広がって白蘭地《ブランデー》の色をいっそう濃くした。当然、替えの一杯を提供する必要があったが、客もそれを急《せ》かしはせず、バックヤードに引っ込んだユィシュエンが応急処置をして戻ってくるまで文句のひとつも云わずに待っていた。優しさゆえのことではなく、〝まぁ、よくあることだ〟という、一種の慣れによって。

　取り急ぎユィシュエンにできるのは、ごく簡単な手当てと、白粉を詰めた烟仔《タバコ》を吸うことだけだった。せっかく左手の瑕が仕事に差し障りがない程度には回復したというのに、現場復帰したばかりの夜にまたも店を閉めるわけにはいかなかった。幸い、白粉はよく効き、こまめに吸うことで退勤時間まで何とか乗り切れた。

　生きていくのに必要なのは、何を措《お》いてもまず白粉――というのが、〈下甲街〉での常識だ。それから、瑕の疼《うず》く夜でもぐっすり寝つくための睡眠薬。財布に余裕があれば、精神安定剤《トランキライザ》と選択的セロトニン再取り込み阻害薬《SSRI》が其処に加わる。白粉は云うまでもなく鎮痛、トランキライザは心を落ち着け、パニックに陥《おちい》るのを防ぐためのものだが、ＳＳＲＩというやつだけ、ユィシュエンはいまだによく理解できていない。トゥイが云うには、〈天蓋〉が放つ偽物の陽光に照度《ルクス》とかいうものが不足しているせいで、〈下甲街〉の住人は誰も彼もがひどい鬱病なのだが、それにはこの薬がよく効くらしい。小難しい理屈はわからないと云うユィシュエンに彼女が噛んで含めるように説いたところによれば、身体に強い光を浴びていないと、人間の脳は「心をハッピーに保つため」の神経物質を合成できなくなるのだと云う。

　でも、自分が棲んでいる〈柱〉の上層階では目が痛くなるくらいに光が強いよと云うユィシュエンに、トゥイは何処か得意気な貌をして返した。

　――本物のお日様はそんなもんじゃないよ、と。

彼女が云うからには、その通りなのだろう。そうと信じているからこそ、「これでも〈下甲街〉

に来てからは随分白くなった」と云う褐色の肌に顔をうずめて思い切り息を吸い込むのが、ユィシュエンは好きだった。本物のお日様の匂いも、きっとこんな風に素敵な香りなんだろうと思えるからだ。もっとも、鼻が潰れてしまったいまは、それさえも叶わぬのだけれど。

「元カノの方はどうなの。赤ちゃんは順調？」白粉を吸い終えるや、トゥイが訊ねてくる。

元カノ――メイファンのことを彼女は決まってそう呼ぶ。過去にどんな経緯《いきさつ》があろうと現在《いま》の恋人は自分だという自負と、いまだに自身の恋人と同居している女への敵愾心《てきがいしん》とが綯《な》い交ぜになったその響きに、ユィシュエンは自尊心をくすぐられもするけれど、関係を解消した後もずるずると同居を続けているのは単に経済的な理由が大きく、未練からでは決してない。いまでは其処に、赤ん坊のことまで加わった。無事にお産が済むまでは、独《ひと》りにするわけにもいかないだろう。

「元カノの生活費まであなたが賄《まかな》ったりとかしてないでしょうね？」

「そんなわけないでしょ」ユィシュエンはすぐさま否定した。

〈上甲街〉による管理も、〈外側〉からの干渉も受けず、それでいて行政もろくに機能していない〝三不管《サンブーグアン》の地〟とも呼ばれる〈下甲街〉において、福祉なんてものは端から望むべくもないが、出産と育児についてだけは話が別だ。診察や施術の費用は免除され、少なからぬ額の生活補助費も用意される。

子供は貴重な存在なのだから。

未来を担う次世代だとか、無限の可能性を秘めているだとかいうお綺麗事とは関係なく、〈冥婚〉の資源《リソース》として。〈致命的転瑕〉によって死者が出ようと、〈入街管理局《イミグレーション》〉でぎゅう詰めにされている待機者達で幾らでも替えの利く大人と違って、〈上甲街〉で生まれた赤ん坊の〈冥婚相手〉

は容易《たやす》く手に入らない。だからこそ、手厚く保護される。

ただし、たまたまタイミングが合えばという条件付きだ。〈冥婚〉を中心とした〈エコーシステム〉が〈上甲街〉の住人の備份《バックアップ》を目的とした機構である以上、上下の街に住む者の数は必ず同数でなければならず、其処に余剰は許されない。〈上甲街〉の人口が増えたとき、あるいは、〈下甲街〉の者が死んだときには待機者で補充をすれば済む話だが、その逆はあり得ない。〈下甲街〉の人口が〈上甲街〉のそれを上回っている状態はリソースの無駄でしかないから、時期を外して妊娠した〈下甲街〉の女は漏れなく堕胎《だたい》を強制される。

その点、メイファンはつくづく運が良かったとユィシュエンは思う。「産むつもりだよ」と当人は事もなげに云っていたが、「つもり」だけではどうにもならないことくらい、彼女もわかっていたはずだ。

同居人が自身の妊娠にいつから気づいていたのか、ユィシュエンは知らない。少なくとも、彼女が事態をはっきりと認識したのは、メイファンのお腹の膨らみが随分と目立つようになってからだった。勿論、もっと前から身体の変化には気づいてはいたけれど、敢《あ》えて訊ねず素知らぬ貌をしているうちに、結局はメイファンの方から話を切り出された。

相手は？――そう訊くのは躊躇《ためら》われた。いや、尻込みした。父親について当人が何も語らない以上は、そういうことなのだろうと察せられたし、何より、実際に答えを聞かされるのは空恐ろしいような気がして、ずるずると現在《ここ》まで来てしまった。

一方、トゥイの意見は何処までも辛辣《しんらつ》だ。「生まれてくる赤ん坊からしたら、堪《たま》ったもんじゃないでしょうね」敵愾心や嫉妬が理由ではなく、彼女自身の経験から導き出された見方だろうとユィシュエンは思う。

越南《ベトナム》という名の國で生まれ育ったトゥイは、家族の生活費や学費を稼ぐために七人の弟妹と両親とを実家に残して日本《ジャパン》へ渡り、その地で数年間を過ごした後、移住と引き換えに家族へと支払われる報酬を目当てに、自らの意思で〈下甲街〉へやって来た。

雙層都市《ダブル・デッカー・シティ》を構成する上下の街が、いつから「甲板」を意味する「デック」という名で呼ばれるようになったのかをユィシュエンは知らないけれど、いつぞや、云い得て妙だとトゥイが笑ったことはよく覚えている。ぴったり過ぎて、吐き気がするほどだ、と。

ベトナムから日本へと密入国者達を運ぶ業者が使っていた船の内部は、この街同様に上層と下層とに別れていて、航海が終わるまでのあいだ、貨物として船底に押し込まれた人々は一度たりともその足で上甲板を踏むことはない。伝聞ではなく、トゥイの実体験だ。

けれども、〈入街管理局〉で待機させられている間の生活はそれにもまして酷いものだったと彼女は云う。空調の効かない狭苦しい部屋に大勢の人間が押し込まれ、出される食事も粗末なものばかり。そんな環境で過ごしていれば身体を毀す者だって少なくないが、医師による診察も治療も受けられない。

およそ非人間的な扱いに耐えた末、漸くのこと〈冥婚相手〉が見つかって移住を認められた〈下甲街〉は、更に輪をかけた地獄だと彼女は続けた。〈エコーシステム〉のことも、〈冥婚〉や〈転瑕〉のことも、荊冠《けいかん》を象った端末《デバイス》を薬指に埋め込まれるまで聞かされてはおらず、移住を希望した際には〝実験都市〟とだけ伝えられていたそうだ。

「知ってたら、こんな街には来なかった」というのが、彼女の口癖。それを聞くたび、「それだと、わたしとも出会えなかったことになるけど？」とは思うものの、そう口にすることが、ユィシュエンにはどうしてもできない。その勇気が、彼女にはない。

「気をつけるんだよ」回想に浸《ひた》るユィシュエンの傍らで、トゥイが囁く。彼女はベッドから落ちかけたシーツを引き上げつつ、鼻の瑕に障らぬよう柔らかな手つきでユィシュエンの頭を掻き抱《いだ》くと、何処か憂《うれ》いを帯びた調子で続けた。「あなたは何でもかんでも自分に引き寄せて考えちゃう。自分事にしちゃう。相手に悪意があるかどうかも関係なしにね」

ま、それが良いところでもあるんだけど――と小さく付け加えられた言葉に、ユィシュエンは曖昧《あいまい》な笑みを返すことしかできなかった。

※

男は上機嫌だった。スピーカーから大音量で流れるお気に入りの音楽を、耳で、鼓膜で、胸で、腹で――全身で楽しみながら、鼻歌交じりに下手なステップを踏んでいる。片手をひらひらと振りながら、もう一方の手には照明の光を浴びて青く煌めくナイフを握り締めて。

調度のひとつもない、コンクリート打ちっ放しの殺風景な部屋の中央では、ひとりの男がパイプ椅子に座らされ、縄で縛りつけられている。力なく項垂《うなだ》れた顔からぽたぽたと滴った血が薄汚れたシャツに赤黒い斑模様を散らす。風采《ふうさい》の上がらない、いかにも臆病そうな中年男だが、件の〝飛び降り遊び《ジャンプ・オフ》〟に店の女を巻き込んだ犯人でもある。

身元を特定したのは、店で子飼いにしている若いチンピラ連中だった。報せを受けた男は、すぐにでもしょっ引くかという彼らの問いに首を振り、犯人の住み処近くまで自ら車を飛ばし、夜道で待ち伏せた。何が何でも己が手でふん捕まえてやらなければ気が済まなかった。

暫くして、当の中年男がのこのこと姿を現すや、男は車から飛び出して殴りかかったが、そこで、思いもかけぬ反撃を受けた。報復に備えていたのか、ポケットから取り出した小型のナイフを滅多矢鱈《めったやたら》に振り回してきたのである。

とは言え、所詮《しょせん》は素人《しろうと》のすることに過ぎず、加えて、男には一方的な優位性《アドバンテージ》があった。

――バカが。〈冥婚〉に守られてねぇだろう手前ぇと違って、こちとら、刃物なんざ怖かねぇってんだ。左の薬指さえ庇《かば》っときゃあ、何てこたぁねぇ。

身体のあちこちを掠《かす》めては肌を裂くナイフの刃先にも一向構わず、男は真っ直ぐに突進し、全体重を乗せた拳を振り抜いた。そうして中年男が後ろざまに吹っ飛ぶのと同時に、己の拳が砕ける感触をも確かに感じたが、それも一瞬のことに過ぎない。引き較べて、地に倒れて意識を失くした中年男の方は、頬に滲んだ痣が消えることも、骨が砕けて歪《いびつ》にゆがんだ輪郭が元に戻ることもなかった。まだ新たな〈冥婚相手〉が宛がわれていない証拠だ。男は喜悦に胸を躍らせながら、だらしなくノビた相手の身を車のトランクへと押し込み、このお楽しみ用の部屋に連れてきた。

――簡単に殺しゃしねぇぞ。散々《さんざ》っぱら撫で斬りにして、死んだ方がマシだって喚きだすくらい、嬲《なぶ》って、苦しめて、徹底的にいたぶってやる。そうして最後にゃ、〝ごっこ遊び〟なんかじゃ済まねぇ、ほんとうの飛び降りを経験させてやる。

男はパイプ椅子に縛りつけられた相手に歩み寄ると、鳴り響く音楽の律動《リズム》に合わせ、手にしたナイフを何度も突き出した。ひと突きごとに、豚の鳴くような悲鳴がギターやベースの音に絡まる。性的な快感にも似た心地好さに、男は身を打ち震わせる。

——ああ、やっぱり最高だぜ。消えちまうことのねぇ傷を、一方的にくれてやるってのは。

肆《セイ》

『〈エコーシステム〉は、身体的瑕疵《かし》を生《しょう》ぜしめるあらゆるリスクから皆様を解放します』

〈外側〉から〈上甲街〉への移住を希望する富裕層向けのパンフレットや、公開範囲の限定されたウェブサイトには、そう記載されているらしい。ただし、機構《システム》の具体的な仕組みは厳重に秘されているため、勧誘《セールス》を受けて移住を決めたごく一部の資産家達でさえ、街へやって来るまで、〈冥婚〉はおろか、〈下甲街〉の存在すら知らないのが一般的だと云う。そのことを、店のテレビで時折流れる〝海賊放送〟によってユィシュエンは知った。

そして、件の惹句《じゃっく》が〈下甲街〉では別の言葉へと置換されるということも、彼女は知っている。すなわち、『あなたの苦しみが、他の誰かの幸福を支えるのです』という、〈冥婚管理局《ビユーロー》〉の掲げる標語へと。

〈下甲街〉生まれの〈本省人〉が初めてそれを聞かされるのは、大抵、託児所《ナーサリー》に預けられてすぐか、あるいは孤児院《ハウス》に抛り込まれたときだ。もっとも、大半の子供はそれ以前から〈システム〉の存在を知っている。家族や知人の身に生じた〈転瑕《てんか》〉を目《ま》の当たりにするか、あるいは、ほかでもない己が身をもって。

『〈因果機関《カルマ・エンジン》〉および〈冥婚関係《エンゲージ・リンク》〉を用いたユーザ間の局所的な因果律《いんがりつ》操作に基づく瑕疵リスク

回避システム』というのが正式名称だと云うが、ユィシュエンの知る限り、そんな長ったらしい呼び方をする者は居ない。皆、〈エコーシステム〉、あるいは単に、〈システム〉と呼んでいる。

　上下の街に住む人々を絡め取った〈システム〉の仕組みを、ユィシュエンは大人になったいまでも、まともに理解しているとは云いがたい。因果律の切断と再結合だの、量子ビット間に生じるもつれを利用した事象の転移だのと小難しい言葉を並べられると、ますます意味がわからなくなる。ただでさえ複雑極まりない〈柱〉の内部に新たなバリケードやシャッターが付け加えられるのと同じことだ。それは自分に限った話ではない。他の皆だって、さして変わらないはずだ。教育や学びというものとは縁遠い〈下甲街〉育ちの〈本省人〉にとっては、そもそも考えるべきですらないことだから。

　ただ、〈システム〉が己らに何を齎《もたら》すかは、誰もが知悉《ちしつ》している。

〈転瑕〉だ。

　空の上に住む者と、地の底で生きる者は、ひとりも剰《あま》すことなく、逃すことなく、年齢、体格、肉体的性別や近い者同士、〈冥婚指輪《エンゲージ・リング》〉から伸びる血に濡れた赤い糸によって一対一で結ばれている。左の薬指に埋設《まいせつ》された機器が皮膚を透かして浮かぶ姿は、一見する限り、荊棘《けいきょく》の図案《パターン》を象ったリング状の紋身《タトゥー》にも見えるけれど、可愛らしい見た目と裏腹に、その正体は、体内に注入されたナノマシン群の制御を司《つかさど》る処理装置《プロセッサ》であり、無線接続された〈因果機関〉を介してユーザ間の情報《データ》の遣り取りを担う送受信機《トランスミッタ》でもある。

　何のデータを送受信するか？

　決まっている。

瑕《きず》だ。

〈上甲街〉の住人が何らかの身体的瑕疵を負った際、その直接的な原因に相当する事象は「因」、生じた瑕は「果」と呼ばれる。其処に〈因果機関〉が介入することで、「果」を「因」から切り離し、〈下甲街〉の〈冥婚相手《フィアンセ》〉へと転移させることこそ、因果律の操作と呼ばれる処理のあらましだが、〈下甲街〉の住人による解釈は、もっとシンプルだ。

〈上甲街〉の者が負うべき瑕を、〈下甲街〉に住む誰かが肩代わりさせられる、と。

どんな事件や事故、災難や奇禍《きか》に見舞われようと、〈上甲街〉の住人の身体が瑕つくことは決してなく、〈下甲街〉の〈冥婚相手〉がそれを担うことになる。

あらゆる瑕は、いつだって上から下へ、上から下へと堕《お》ろされる――


「どう、此処の蝦餃《ハーガウ》は美味いでしょう?」口中に広がった具の熱さに一頻り呼吸《いき》をはふはふさせてそれを飲み込むや、碧い目にうっすらと涙を滲ませながら、さも得意気な調子で男は云った。同じものを口にしながら、さして熱がる素振りも見せないユィシュエンが返した頷きの曖昧さにも気づかぬまま、男はなおも続ける。「いやぁ、〈下甲街《こっち》〉に来てからってもの、飲茶《ヤムチャ》文化ってやつにすっかりハマッちゃってね」布製の上着のポケットから取り出した手巾仔《ハンカチ》で口許《くちもと》をひと拭いしても、話に区切りがつく気配はなく、この店の点心《ディムサム》が上手いのは他店《よそ》のように冷凍品を温めるのではなく、ひとつひとつ手作りしているからだの、代用品でない本物の葉を使って淹《い》れた茶がよく合うだのと、男は饒舌《じょうぜつ》に喋り続けた。

黒い革手袋の先端《さき》がぎごちない手つきで箸《はし》を動かす様を眺めながら、ユィシュエンは内心うんざりしていた。男が自家製とのたまう点心は、艶々《つやつや》した滑らかな皮も、その下からうっすら透けて見える人工疑似海老《イミテーション・シュリンプ》と代替野菜《オルト・ベジ》からなる桃色の餡《あん》も、パウチされた状態で〈上甲街〉から卸されてきたものを組み合わせて蒸したに過ぎない。それを手作りと云うのなら大抵の食品が当てはまるし、茶にしたって、それを製造した工場では確かに本物の茶葉を使っているかもしれないが、店はボトルに詰められた液体を温めて提供しているだけだ。

しかし、敢えて指摘はしない。変に機嫌を損ねられても面倒なばかりだし、これから先、男が何処でどう恥を掻こうと知ったことではないから、ただ、話が本筋へと進むように水を向ける。

「〈上甲街《うえ》〉から来たら、いろんなことに驚かされるんでしょうね。もしくは——その逆でも」

本題はあの晩、左手に生じた〈転瑕〉のせいで中途半端に終わってしまった〝入れ替わり〟の話だ。それ以外に男から聞きたい話なんてユィシュエンには何ひとつなく、それを聞くためだけに、酒吧《パブ》から雙層市街電車《ダブル・デッカー・トラム》で三駅も離れたこの店まで、仕事明けの疲れ切った身体を引き摺《ず》ってわざわざついてきた。

トラムに乗るのは気が進まないと伝えた際、それなら歩いて行こうと云いだしたのには閉口した。気障《きざ》ったらしいくせに、気の回らない男だ。結局、歩くよりはまだマシだと思って満員のトラムに揺られたが、元を辿れば、こうして卓を挟んで話を聞くことになった経緯からして、彼女の都合などちっとも勘定《かんじょう》に入れられていないものだった。

正午を少しばかり過ぎた頃、入れ替わりで店に立つスタッフへの簡単な引き継ぎをもって仕事を終え、裏口から隘路を抜けて表通りへと廻るや、出し抜けに声を掛けられた。人工の谷底を照らす偽物の陽光は蒸気の層に遮《さえぎ》られて弱々しく霞んでいたけれども、十二時間も屋内に籠もっていた人間の目には痛いくらいによく沁みた。

眩しさに我知らず細めた目でも、相手の姿は他に見紛《みまが》いようのないものだった。青白い顔に金色の髪を戴《いただ》いた上、袖付きの服を着込んだ男なんて、〈下甲街〉の何処を探したってそうそう見当たるものではない。

「こういうの、すっごく迷惑」ユィシュエンは挨拶も抜きにそう云った。

すると、男は驚いたような貌をしてみせ、「〝こういうの〟って?」

「待ち伏せみたいな真似《まね》……って云うより、待ち伏せそのもの。それに——」と、彼女は男が片手に携《たずさ》えたものを指差し、「そんなものまで持って」

「ご婦人《フウナイ》と逢うのに、花のひとつも持たない方が失礼じゃあないかな?」

そう云いながら、大袈裟なまでに恭《うやうや》しい身振りで男が差し出したのは、色とりどりの花が不織布で包まれた花束だった。まったく、ふざけている。〈上甲街〉にもそんな風習はないはずだ。

ユィシュエンは苛立ちを隠しもせず、きっぱりとそれを撥《は》ね除《の》けた。「前にも云ったけど、わたしは客とは遊ばない。ましてや、男なんかとは絶対に」

「あぁ、なるほど。そっち系かぁ」と、訳知り顔に男は頷いた。〝そっち系〟という云い方にユィシュエンが眉を顰《ひそ》めたことにも気づかず、わざとらしく笑う。「遊びなんかじゃないさ。ボクは真剣そのものだよ」

これで気の利いた返しのつもりらしい。嫌な奴だ。ユィシュエンは心中で毒づいた。

「気に障ったかな。でも、興味はあるんでしょう?」

何に——と、訊き返しはしなかった。頭のよろしくない女を演じてみせる必要もないし、用件は端《はな》からわかっていた。「冗談に付き合ってられるほど暇じゃないの」

「冗談だなんて思ってないのに？」

束《つか》の間、ふたりの視線がまともにかち合った。

眼前に差し出された花束から漂《ただよ》う仄かな香気《こうき》に、いつかトゥイから聞かされた、本物の花には匂いがあるという話を思い起こしつつも、ユィシュエンは何も答えず、腹の内を探るように相手の目を睨《ね》めつけ続けた。

返答としては、十分な態度だった。

そうして、場処を変えようと云いだしてから現在《いま》に至るまで、男の言動ときたら、何につけこの調子だ。無神経で無遠慮で自己陶酔気味。誰に対してもそんな態度なのか、それとも、〈下甲街〉の住人なんてその程度の扱いで構わないと考えているのか、あるいは単に、こちらが女だからと舐めているのか。きっと、そのすべてだろうとユィシュエンは思う。

「叉焼飽《チャーシユウパウ》をひとつ」点心を載せた推車《ワゴン》を押しながら店内を廻るウェイトレスに向けて発された男の言葉に、彼女は思わず溜め息をついた。飲茶のシステムをこれっぽっちも理解していない。

車仔妹《チェツアイムイ》と呼ばれるウェイトレス達はそれぞれに異なる点心を受け持っているのだが、男が呼び止めた相手が押しているのは馬拉糕《マーラーカオ》という蒸しパンを載せたワゴンだ。困惑している車仔妹を見かねてユィシュエンがそう説くと、男は照れたような笑みを浮かべ、じゃあ、これでいいやと云って馬拉糕をひとつ受け取った。それから取り繕うように、「確かに、こっちに来てからって云うもの、驚かされることの連続だね」

移動手段が徒歩とトラムのほかになく、自動車が走っていないこと。〈上甲街〉では高層階に居を構えることがステータスの証《あかし》だが、こちらでは反対に低層階が人気だということ。人々が皆、ビニールやラテックス製の服を着ていること。あらゆる通りに湯気が立ち籠め、老人達が屋外で麻雀《マージャン》に興じていること。何より、誰も彼もが身体に多くの瑕痕を抱えていること――あれこれと止め処なく列挙した上で、それらすべてが〝面白い〟と男は締め括った。「何もかもあべこべで、猥雑《わいざつ》で、オモチャ箱をひっくり返しでもしたみたいで、サイコーに面白いよ」、と。

男の饒舌ぶりはひどく鬱陶《うっとう》しいが、ユィシュエンにしてみれば好都合でもあった。別段信條《ポリシー》というわけでもない、単なる思考の癖として、他人に何かを問うという行為を彼女は極端に避けているからだ。その点、この男ときたら、話があらぬ方に向かわぬように誘導さえしてやれば、幾らでも勝手に喋り続ける。

「サイコーに刺激的だよ。でも、キミ達にとっては――ああ、そう云えば、ボク達はまだお互いの名前すら知らなかったね。ちなみに、ボクはイザナミ」と、この調子だ。

イザナミ。耳慣れない響きだと訝《いぶか》るユィシュエンに男が説いたところによれば、ヤップン――すなわち、日本《ジャパン》にルーツを持つ名だと云う。日本。かつてトゥイが住んでいた土地。そして、いまはもう亡《な》い國。

偽名だよと男は臆面もなく云って除け、ほんとうはイザナミという単語の意味すら知らないと笑った。「でも、ぴったりでしょ。ボクみたいな、本来、此処に存在してちゃいけないはずの幽霊《グワイ》には、亡國の言葉が相応《ふさわ》しいと思うんだ。あ、ところで、キミは？」

「ユィシュエン」とだけ短く答えて、彼女は胸許から燻《くす》んだ銀色の烟仔盒《シガレットケース》を取り出した。自己演出が過ぎる男の言動に棘立《とげだ》つ気持ちと、いまだ治りきっていない鼻の痛みを宥《なだ》めたかった。パチンと指先で蓋を弾《はじ》き、一応の礼儀として、まずは相手にそれを差し出す。

「いや、ボクは白粉《バッファン》とかはヤらないんだ。必要もないし」とイザナミは首を振った。

「でしょうね」瑕のできない人間には、鎮痛剤だって必要ない。ユィシュエンは両切りの烟仔《タバコ》をケースから摘まみ上げ、「じゃあ、ひとりで失礼するわね」

彼女は首をぐっと仰け反らし、あらかじめ先端の葉を掻き出して代わりに詰めておいた白粉《ヘロイン》が零れてしまわぬよう、一端を指の腹で押さえつつ垂直に立てた烟仔を口許に運んだ。火を点けると、すかさず思い切り吸う。烟仔の雑味が混じる簡易的な吸い方ではあるけれども、特別な道具を必要とせず、場処も選ばずに吸える分、出先では便利だ。

「それ、〝高射砲〟っていう吸い方だよね？」

床に抛った烟仔を靴底で潰す彼女に、イザナミはそう訊ねてきた。確かにそう呼ばれているが、高射砲というのが何なのかは知らないと答えるユィシュエンに、大昔の戦争で使われていた兵器だと彼は云った。空を飛ぶヒコーキを撃ち落とすためのものだ、と。飛行機なんて例のホウレン草男のカートゥーンくらいでしか見たことがなく、空と云えば〈柱〉に断ち切られた上に蓋《ふた》の被せられたものしか知らないユィシュエンには、いまいち想像がつかない。

そんな彼女を置き去りにして、イザナミは一方的に続けた。「その吸い方をしてる人の姿、ボクは好きだな。〈天蓋〉を撃ち破ろうとでもしてるみたいでさ」

〈天蓋〉を破るだなんてユィシュエンは一度だって考えたことがなかったが、話を本道に戻す切《きっ》欠《かけ》としては恰度《ちょうど》良い。「随分、あっちの街が嫌いなのね」

「嫌いって云うよりもね、単純にツマンナイんだよ。生きてる実感が持てない。ボクみたいな人間はあっちじゃ高等遊民《ボヘミアン》なんて呼ばれてるけど、とんでもない話さ。愉《たの》しい遊びなんて、ちっともありゃしないんだから。〈下甲街〉でいろんなものを見聞きしてる方がはるかに愉しいね」

　ユィシュエンには理解しがたい価値観だ。〈上甲街〉がどんな処か、電波を違法ジャックした〝海賊放送〟による不確かで断片的な知識しか持ち合わせていなくても、〈下甲街〉よりはるかに豊かで恵まれた環境だということくらいはわかる。

　それに、イザナミの話からは何処かちぐはぐな印象も受けた。例えば、「それなら、その服装――」男を指差しながら云う。「どうかと思う」

「あれ、似合ってないかな？」

　空とぼけてみせる男に、彼女はにべもなく返す。「そういう冗談、いちいち面倒臭い」

　ただでさえ、金色の髪と碧い目は、〈下甲街〉ではよく目立つ。その上、布製の服を着ているとなれば、奇異と云って良いくらいだ。道を行き交う誰もが否応なくビニールやラテックス製の衣服で身を被っている中、有機繊維の服を着込み、瑕痕ひとつない顔を隠しもせずに闊歩《かっぽ》しているなんて、見せびらかして廻っているのだと捉えられても仕方がない。そう、〝キミ達と違ってボクは特別だから、〈転瑕〉に苛《さいな》まれることがないんだよ〟と。自らの意思でわざわざ〈下甲街〉に降りてきた人間の態度とは、とても思えない。

　そんな指摘に、イザナミは苦笑してみせた。「郷《ごう》に入《い》りて郷に従っちゃうんじゃあ、新鮮さもなくなってツマンナイでしょ。それにね、ボクはこっちの住人になりたいってわけじゃない。ボクは、そうだな――ただの傍観者でいたいんだ。あれこれ面白がって手を叩きはするけど、自分自身がその一部になる気はさらさらない」

ユィシュエンは眉を顰《ひそ》め、「そのうち誰かに殴られても知らないよ」

「そんなこと、起き得ないでしょ？」イザナミは余裕たっぷりに云って、わざとらしく首を傾げた。「こっちの人達は滅多なことじゃ他人に暴力なんか振るわない。いや、振るえないって云うべきかな。皆、痛みってものをよく知ってるからね」

腹立たしい口振りだが、確かに、その通りだ。何もせずとも〈転瑕〉のせいでしょっちゅう毀れるヒトの身体に、なおも危害を加えようと考える人間は少ない。むしろ、誰もが壊れやすい硝子細工のように互いを扱う。優しさではなく、肉体的な接触への忌避《きひ》感から。

その点は頷かざるを得ないが、一方で、〝こっちの人達は〟という云い方にユィシュエンは引っ掛かりを覚えた。「〈上甲街〉では違う――と」

「どうだと思う？」イザナミは手にした馬拉糕をひと囓《かじ》りしてから、隣の卓の客が迷惑そうに顔を顰《しか》めるのにも一向構わず、両手を広げてみせた。この街に居る人々の姿を見渡せば自《おの》ずとわかるだろうとでも云わんばかりに。

ユィシュエンは苦虫を潰すような表情で嘆息した。「酷いものなんでしょうね」

「こっちとは較べものにならないくらいにね。ああ、ついでに云えば、料理の味も酷いよ。フィッシュ＆チップスだのミートパイだのより、こっちで食べる点心の方が余《よ》っ程《ぽど》美味しい」

そうなのだろうとはユィシュエンも薄々思っていた。勿論、料理ではなく、瑕と暴力に関する話だ。瑕痕のない人間なんて――眼前の男以外に――見たことがない。誰の身体にも多くの瑕が刻みつけられている。顔を縦断した創傷痕。裂けた口の端が歪に癒《ゆ》合《ごう》した引っ攣《つ》れ。腕を覆った火傷痕と思《おぼ》しきケロイド。そんなものが〈転瑕〉されてくるということは、〈上甲街〉に居る

〈冥婚相手〉の身に、それを引き起こす「因」となる出来事が起きているはずだ。〈下甲街〉の人人が身に負う「果」は、その谺《エコー》なのだから。

ただ、幾ら何でも多過ぎる。

作為や悪意を欠いた事故《アクシデント》や過失によって引き起こされたものと考えるには、〈転瑕〉されてくる瑕があまりにも多い。それが意味するのは、つまり――

「システムが〈上甲街〉の連中から取り除いたのは、瑕だけじゃなかったってことだね」彼女の考えを先回りするかのように、イザナミは云った。「瑕と一緒くたに、〝思い遣り〟ってやつも、きれいさっぱり、消えて失《な》くなっちゃったのさ」

ユィシユエンは暗澹《あんたん》たる気持ちになった。瑕に怯《おび》える〈下甲街〉の人々が他者との肉体的接触を忌避するようになったと考えるならば、その逆はどうか。容易に想像がつくことだ。

暴力沙汰なんて、あっちでは日常茶飯事だとイザナミは続けた。親しい友人とハグするのと同じ気易さで誰もがすぐに暴力を振るう。痛みなんて、ほんの束の間のものでしかないから。後に瑕が残らないというのは、己の振るった暴力の痕跡が――本来、罪悪感や後悔の念を当人に生じさせるはずのものが――顕《あらわ》れないのと同じことだから。自分の目に見えないところで誰かが瑕を負ったって、気に留めはしない。そして、暴力の矛先が向かうのは何も他人ばかりとは限らないとも彼は付け加えた。刹那《せつな》の苦痛や刺激を自ら求めて己の身体に刃を向ける者さえ居るのだ、と。

それも、ユィシユエンにとっては想像に難《かた》いことではなかった。

「最近こっちでしょっちゅう起きてる、人の頭とか身体とかが爆《は》ぜちゃう現象って知ってる？」

知っているも何も、つい先日、血や脳漿を浴びせかけられたばかりだ。ユィシユエンがそう答えると、イザナミは、うへぇ、と呻《うめ》いて顔を顰《しか》めた。

あの日は散々だった。目の前の光景に何処か現実感を持てず、周囲の店の者に淡々と事態を伝えるや、沙汰を聞きつけた〈自警団《ヴィジランテ》〉が現場であるドゥルーブの店に駆けつけた。けれども、〈致命的転瑕〉が原因とひと目でわかる屍体を前にしながら、彼らにできるのは、〈冥婚管理局〉に通報することと、返り血を浴びた目撃者の女性にタオルを差し出すことくらいだった。所詮は警察組織が存在しない〈下甲街〉で生じた揉め事を解決するための素人集団に過ぎず、〈冥婚管理局〉の職員がやって来て屍体から左手の薬指を切り落とすまでは、他の〈下甲街〉の住人と同様、人の亡骸《なきがら》に触れることさえ許されていないのだから。

指を回収した〈冥婚管理局〉の連中が引き上げていくと、後は自分達が処理しておくから帰って良いと〈自警団〉が促《うなが》すのも聞かず、既にシステムから用済みとされた亡骸の回収をユィシュエンは手伝った。故人に対する哀悼《あいとう》の念からではなく、〈自警団〉に云われるがままにこの場を去ったのでは、何とも寝覚めが悪くなりそうだと思ったからだ。せめて、かたちばかりお終《しま》いの挨拶をしておかないと、後々薄情だと責め苛まれそうな気がしたのだ。他の誰でもなく、自分自身から。

街市《マーケット》で買った食糧品は残らず捨てた。包装されたものなら中身に影響はないと頭ではわかっていても、人の血を浴びたものを食べる気にはなれなかった。そうして、同居人に余計なショックを与えぬよう、服や身体についた血を傷んだ配管から漏れる水で洗い流し、もう一度、街市へと向かった。

「あれもさ、自分の手首を切ってみたり、腿《もも》を刻んでみたりっていう、いわゆる自傷行為と同じことだよ」とイザナミは事もなげに云った。

何処がどう〝同じ〟なのか見当もつかず、ユィシュエンは首を傾げる。

「あっちで流行ってる〝飛び降り遊び〟っていう自殺ごっこが原因。死の疑似体験とか何とか云ってね、ビルから身を投げるのを愉しんでる連中が居るんだよ」

ユィシュエンは暫し絶句した。自傷行為や暴力の横行についてはある程度予想していたが、まさか、そんなことが為《な》されているとは。「嘘でしょ。遊びって……こっちでは人が死んでるっていうのに」

「さて、問題は其処さ」碧い瞳を縁取る上下の瞼《まぶた》が弧を描き、男の口許に歪な笑みが結ばれる。

「あっちの連中はね、こっちで云われてる『あなたの苦しみが、他の誰かの幸福を支えるのです』なんて言葉も、〝ダブル・ハピネス〟なんてものも、ちっとも意識しちゃいないよ。自分は〈冥婚相手《メイフォンフウ》〉に支えられているだなんて考えやしない。誰かが犠牲になっていることも顧《かえり》みない。そう、連中は――」

――キミ達の存在なんて、何とも思ってない。

言葉の意味は理解できても、感情の処理がまるで追いつかずにいるユィシュエンに、イザナミはなおも続ける。「この街はね、云うなれば殖民地《チエクマンタイ》なんだよ。キミ達の存在は〈システム〉を維持するためのリソースでしかない。キミ達は自分の意思で白粉をキメてるつもりだろうけど、それさえも〈システム〉を回すためのサイクルの一部だ。クスリ漬けにされた上、ただただ消費されるだけの存在に成り果てて。ただし、そんな酷いことをしているのは、あくまで〈システム〉だ。街だ。〈上甲街〉の連中は、そんな街に住んでいるってだけ。だから、自分達が踏みつけている相手のことも意識さえしない」

ユイシュエンは慄然《りつぜん》とした。酷薄な言葉にも、それらを口にした直後に平然とした貌で馬拉糕を頬張る男の様にも。

イザナミは口中の馬拉糕を咀嚼《そしゃく》しつつ、「あちこちでデモ集会が開かれてるでしょ。電視《ディンシー》をジャックしてライブ映像を流したりしてるやつ。あれの容子《ようす》はね、〈上甲街〉でも配信されてるんだ。〈下甲街〉の人達がどれだけ酷い目に遭ってるかを伝えるためにね。でも、そんなやり方じゃダメだ。何の効果もない。何故だか、わかる？」

ユイシュエンは首を横に振った。真実、わからない。

「単純な話だよ」イザナミは茶を啜《すす》って蒸しパンを食道へと押し流してから、「あっちの連中はさ、そんなものを〝見たくない〟し、〝知りたくない〟からさ。それはそうでしょ。自分達の生活のために、どれだけの人間が犠牲になっているかなんて〝考えたくない〟に決まってる。そんなことを考えてたら、人は生きていけない——とまでは云わずとも、まぁ、嫌ぁな気分になるのは間違いない。だから、デモの容子が一方的に発信されたところで、自分達が何かしなきゃだなんて、絶対に〝思わない〟。この街を覆ってる〈天蓋〉ってやつも、上手いネーミングだよ。ほら、よく云うでしょ。〝臭いものには蓋〟って」

「この街の人達の辛さに共感してくれる人とか——ううん、〈上甲街〉の中だけじゃ駄目でも、〈外側〉に向けてそのことを伝えてくれる人は居るでしょう」そうと決めつけるような調子でユイシュエンは反駁《はんばく》した。ただし、〝あの子みたいに〟という言葉だけは呑み込んで。

けれども、イザナミは軽く肩を揺すり、「まぁ、居ないだろうね。キミ達のことを必要不可欠《エッセンシャル》なリソースだと認識してる人間が気まぐれに感謝してみせたり、称賛してみせたりすることくらいはあるかもしれない。でも、キミ達の置かれている境遇を〈外側〉に発信しようなんて考える人間はまず居ないよ。理由は幾らでも挙げられるけど、まず第一に、〈外側〉に繋がるネットワークを常時監視してるセキュリティの壁があるからね」

「……検閲」

「よくそんなムツカシイ言葉を知ってるね。その通り。検閲だよ。都合の悪い情報は〈外側〉へと漏れ出す前に揉み消される。これもやっぱり、〝臭いものには蓋〟だね」イザナミは両手を打ち鳴らし、「でもね、ほんとうはそんなものすら必要ないのかもしれない。あっちの連中にとって大事なのは、いまの生活が維持されることなんだから。それを台無しにしてまで変革を望むような人間なんて居ない。だって、キミ達のジンケンなんかより、自分の生活に関わるあれやこれやの方が、余っ程大事だから」

「そんな……」

「悲しいよねェ」芝居がかった口振りで、男はそう憐《あわ》れんだ。自身の言葉に酔うように頷きつつ、「酷いよねェ。虚しいよねェ。辛いよねェ。苦しいよねェ。悔しいよねェ。遣る瀬《やせ》ないよねェ。痛いよねェ。でも、それが現実だよ。だから、何より——」

其処まで云うと、イザナミは黒手袋に包まれた両の拳を卓上に振り下ろした。

「赦《ゆる》せないよねェェェェエエエエエエエエエエええええええ！」

傍らから出し抜けに発せられた大声に、茶壺《ポット》に茶を注ぎ足しに来ていた伙記《ウエイター》がびくっと肩を跳ね上げた。弾みで卓上に湯が零れ、周囲の客達もぎょっとした視線を向けてくる。ユィシュエンも思わず目を見開いたが、声を上げた当人はそんな反応も意に介さず、直後には、何事もなかったかのように、濡れた卓をハンカチで拭き始めた。

暫くして、ふたりに集っていた視線が元通り散り散りになると、彼も声の調子を戻し、「だから、ボクらはね、そんな〈下甲街〉の皆に復讐の機会を配って廻ってるのさ」

白粉はやらないと云っていたけれど、何か他にアッパー系の薬物でも使っているのではないかと疑いながら、ユイシュエンは几帳面にハンカチを畳むその手つきを観察した。あるいは、この不安定さも自己演出の一環なのだろうか。わからないが、それよりもなお気になった男の言葉を、彼女の口は反芻《はんすう》していた。「復讐……」

「そうさ。ボク達――ああ、ボクと、ボクに替わって〈上甲街〉に行ったカレはね、お互いに協力しながら、〝入れ替わり〟を望む〈下甲街〉の人達の手伝いをしてるんだ。勿論、誰彼構わずってわけじゃあないけどね」

どういうことかと訊ねるまでもなく、〝入れ替わり〟についてイザナミは説き始めた。いわく、〈冥婚〉によって結ばれた者それぞれの薬指に埋設される上下一対の〈冥婚指輪《エンゲージ・リング》〉はどちらも同一の識別子を具えており、機能面において変わるところは何ひとつない。送信機《トランスミッタ》と受信機《レシーバ》とを個別に作るよりも、いずれにもなり得る汎用性を具えた端末《デバイス》を量産する方が無駄がないからだ。

そしてそれは、ユーザの体内を駆け巡るナノマシン群にも同じことが云える、と。

「あらゆるデータは必ず服務器《サーバ》を経由する。どちらが〝因〟になり、どちらが〝果〟を押し付けられるかは、〈冥婚指輪《ティンフォンガイツイ》〉とサーバの位置関係で決まる。この上なくシンプルに、ユーザが物理的にサーバより上部に居るか、それとも下部に居るか、つまり――」

「〈天蓋〉」

「ご名答」イザナミは軽く拍手した。

男の説明には何だかよくわからない単語も多分に含まれていたが、云わんとしていることの大意は摑めた。要は、〈冥婚相手〉同士の居場処が〈上甲街〉と〈下甲街〉とで入れ替わったならば、〈転瑕〉の方向もまた逆転するという話だろう。そう、あらゆる瑕は、いつだって上から下へ、上から下へと堕ろされる。

でも、それが復讐という言葉とどう繋がるのか——と考えかけたところで彼女は首を振り、自らその疑問を打ち消した。愚問だ。どうも何も、決まっている。いままで散々こちらの身を苛んできた相手に、瑕を送り返してやるということだろう。

ユィシュエンは溜め息をひとつ。「で、わたしはあなたのお眼鏡に適った、と」

「その通り。キミにはそれを為すだけの資格がある」彼女が自ら答えを導き出したことを喜んででもいるかのように、イザナミは満足げな表情を浮かべた。

どうして、男が入れ替わりのことを自分なんかに話したのか、漸く合点がいった。それは、初めて店で声を掛けられた際に真っ先に疑ったことと、結局のところは大差のない話だ。つまり、男はこう考えたのだろう。

これだけ瑕痕だらけの女なら、さぞ〈冥婚相手〉を憎んでいるはずだ、と。

「そういうことね」と、彼女は頷いた。

その動作が賛意を示すものとでも捉えたか、イザナミの話は次の段階《ステップ》へと進んだ。「二週間貰《もら》えれば、あっち側のカレがキミの〈冥婚相手《メイフォンツァイ》〉の居場処を特定して、こっちまで連れて来る。入れ替わりでキミは上に行く。シンプルなプランだ。ああ、お代は要らないよ。これはあくまで、ボク達が趣味でやってることだから。いや、ボク達って云うより、カレの方が熱心なんだけど——とにかく、ボクはね、〝白人酋長《しゅうちょう》〟なんかになりたくはないんだ。〈下甲街〉の人達の先頭に立つつもりなんてさらさらない。ただ、復讐のための切符を配って廻るだけ」

口振りからして、ユィシュエンが入れ替わりを望むものと決め込んでいるらしい。

けれども——違う。

全然違う。見当外れも良いところだ。

ユィシュエンにとって何よりも大事なのは、あの子の物語である。

〈上甲街〉の連中は社会を変えようなどとは思わないと眼前の男は云った。そう話せばこちらの復讐心を煽《あお》れるとでも思ったのだろう。しかし、ユィシュエンの中で強固になったのは、むしろそれとは正反対の思いだった。

そんな街だからこそ、そんな社会だからこそ、革命の闘士が必要なのだ。他の連中がどうであろうと、あの子だけは違う。革命のために闘うあの子。社会の不正を糾《ただ》し、世界を分断する格差を是正《ぜせい》するために、膝を折ることなく前進し続けるあの子。

翻って、それはユィシュエン自身の物語をも規定する。あの子の闘争を支える協力者として生きるという物語を。其処には、復讐なんて不粋《ぶすい》なものの入り込む余地はない。

「お断りよ」

「——は?」入れ替わりの具体的な算段をまくし立てていたイザナミは頓狂《とんきょう》な声を上げた。自身の耳にした言葉が理解できないとばかりに目を丸くし、「えっと、それは、あれかい、入れ替わりを——望まないと？」

自己演出も忘れた容子で初めて素の表情を見せた男に、ユィシュエンは鼻を明かしてやったという愉快な気分を覚えた。「ええ。そう云ったのよ」

「どうして？」

「別に、復讐したいとも入れ替わりたいとも思わないから」とだけユィシュエンは答えた。あの子やわたしの物語のことまで、こんな男に教えてやる必要はない。

「わからないな。キミは怒って良いはずだ。恨んで良いはずだ。いや、そうすべきだ」

彼女は確然と返す。「それは、あなたが決めることじゃない」

それから暫し、気持ちの置き処に困ったように男の表情は忙《せわ》しなく様々な相を結んだ末、最後には落胆、あるいは、失望のそれへと落ち着いた。「ガッカリだな。キミより酷い目に遭ってる人だってこの街には幾らでも居るけど、その中でも、キミは他の誰にもまして烈《はげ》しい何かを抱えてるように見えたのに」

「お生憎《あいにく》さま。悪いけど、とんだ見当違いよ」

「ご縁がなかった、ってところかな？」

ユィシュエンは首肯しつつ席を立ち、札入れから出した数枚の紙幣を卓に載せた。自身が飲み食いした分には十分足りるはずの額だ。「男には借りをつくりたくもないの」

「そりゃあ、結構なことで」イザナミはすっかり興醒めしたとばかりに手をひらひらと振ってから、卓の片隅に載せていた花束を持ち上げ、「せめて、これくらいは貰っておいてくれないかな。プレゼントなんかじゃなく、お釣りの代わりとでも思ってさ」

少しばかり逡巡《しゅんじゅん》した後、ユィシュエンはそれを受け取った。別段、花に興味はなかったけれども、珍しいものであることに違いはない。手土産に持ち帰ればメイファンが喜ぶかもしれない――嗚呼、そうだ、メイファン！

ユィシュエンは店の壁に掛けられた時計に慌てて目を遣った。ふだんの夜勤明けであれば部屋に帰り着いているはずの時間を、もう二時間近くも過ぎている。彼女はいまさらになって焦りを覚えた。こうしているあいだにメイファンが買い物に出るだの何だのと無理をしたり、あるいは、癇癪を起こしたりしていなければ良いのだけれど、と。

急いで卓から離れかけたとき、最後にもうひとつだけとイザナミが人差し指を立てた。

「入れ替わりを望まないって云うんだったら、どうしてキミはボクについて来たんだい？」

どうしてかしらね、とユィシュエンは肩を竦める。我ながら、よくわからない。

男に背を向けると、それぎり振り返ることもせず、彼女は足早に店を後にした。

※

ねぇ、と下着姿の女が声を掛けてきた。

自宅に帰り着くや、いつものように冷蔵庫から取り出した缶ビールを一気に呷り、二本目の缶を片手にソファにどっかと腰を下ろしたときのことだ。ソファの傍らに立った女を顧みつつ、男は渋面《じゅうめん》を拵えた。ひとつには、声を掛けてきたタイミングが気に入らない。ソファで寛《くつろ》ぎ、二本目のビールを今度はよくよく味わいつつ、煙草を吸う――男にとってはそれが仕事を終えて帰宅したときのワンセットだと知っていながら、夾雑物《ノイズ》を挿し挟んでくる気遣いのなさに腹が立つ。それからもうひとつには、こうして女の方から声を掛けてくるとき、その口からは大抵、ろくでもない話が出てくるものと相場が決まっているからだ。

今回もやはり——少なくとも男の感覚においては——その例に漏れなかった。

「この前、〝悪さ〟をしたお客を殺したって言ってたけど……ねぇ、こっちで人が死んだら、〈冥婚相手〉はどうなるの？」

店の女を巻き込んで〝飛び降り遊び《ジャンプ・オフ》〟をした例の客の話だ。バカか、と男は鼻で笑った。ヤツはまだ次の〈冥婚〉が済んでなかったと言っただろうが、と。〈冥婚関係《エンゲージ・リンク》〉が切れていなかったら、殺すことだって、できっこない。

だが、女の問いはなおも止まなかった。

——じゃあ、もし次の〈冥婚〉が済んでたらどうしたの？

——決まってんだろ。薬指を切り落とした上でぶっ殺してやるだけだ。

——その場合、〈冥婚相手〉はどうなるの？　〈冥婚〉から解放されて自由になるの？

——んなわけねぇだろう。ヤツらは資源《リソース》だ。相手が居ねぇとなりゃ、お役御免ってぇんで〈冥婚管理局〉の連中が〈入管〉にぶち込み直すか、さもなきゃ、適当に処分するだろうよ。

いずれも当たり前のこと過ぎて、くだらないにもほどがあるQ＆Aだ。いつまでこんな遣り取りに付き合ってやらねばならないのかといよいよ苛立ち始めたとき。女が、呟くように云った。

——そんなのって、酷過ぎる。

それからまた、こうも。

――ジンケンシンガイじゃないの。

男は盛大な溜め息をついた。ジンケン、ケンリ、ビョードー。男にとってはいずれも耳にしただけで反吐《へど》が出るような単語だ。そんな言葉を女はどこで聞き齧ってきたのか。

考えるまでもない。〈下甲街〉で行われているデモのライブ映像に決まっている。

男は無言のままサイドテーブルへと手を伸ばしてタブレットを持ち上げ、画面に指を走らせ横合いから慌てて止めようとしてくる女を払い除け、怒りに肩を震わせる。「あれほど観るなっつったのに、どうして言いつけを守れねぇんだ！」

女が「観ていない」と言い逃れをしようとするや、男はソファから跳び上がり、タブレットの角でその頬を思い切り撲《なぐ》りつけた。下手な嘘をつきやがって。視聴履歴の消し方もわかっちゃいねぇデキの悪いおつむで、何がジンケンシンガイだ。男は口が追いつかぬほど次から次へと頭の中で罵声《ばせい》を爆発させた。くだらねぇシソーなんかに毒されやがって。連中は家畜と同じだ。家畜にジンケンなんてあるもんか。あって堪るか！

撲りつけられた女はその場に頽《くずお》れ、ぺちゃりと床に尻を衝いた。続けて顎を蹴り上げられ、弓なりに上体が仰け反る。拳はなおも振り下ろされ、次には足先が振り抜かれる。

男の胸の中では暴力の快感と性的な欲動とが絡まり合いつつ立ち昇ってきた。そのまま女を床に組み敷いて乱暴に下着を剝き、力任せに膝をこじ開けると、〝自分の女〟という証として小陰唇《ラビア》に幾つも連ねられたピアスがキラキラと輝いているのがよく見える。濡れてもいないその中心に、男は自身の一部を無理矢理に捻じ込んだ。互いの粘膜が軋《きし》むような感覚があったが、それも一時のことで、流れ出した血が潤滑液の代わりを果たした。腰を前後させながら、男は横腹や胸を摸り続けた。それから、節くれ立った両手を細い頸に掛けて思い切り絞め上げる。女は見る見るうちに顔を紅潮させ、両の蹠《あしうら》でばたばたと床を叩いたが、頸に掛けられた手をほどこうと爪を立ててくる必死な様に、男はかえって興奮した。

これほど虐《いじ》めがいも抱きがいもある女なんて、そうそう居ねぇ。男は改めてそう思う。

——頸を絞めるとアッチの方もギューギュー締めつけてきやがる。この変態女め。これからもたっぷり可愛がってやるからな。

伍《ンー》

身元引受人——それが、イザナミと別れてから二時間ばかりのあいだにユィシュエンへと割り振られた新たな役割だった。

彌敦道《ネイザンロード》へ急いで向かい、蝙蝠帆《バットセイル》に身を任せて〈柱〉の高層階までのぼっていくあいだ、彼女の頭の大部分を占めていたのはメイファンが癇癪を起こしてはいないかという心配であり、その周りを、花を飾れるような容器が部屋にはあっただろうかというぼんやりとした思いが取り巻いていた。以前はあったような気もするけれど、いつかヒステリーを起こしたメイファンが壁に投げつけて壊してしまったもののうちに含まれていたかもしれない。

同居人が時折起こす感情の暴発は、妊娠に伴う身体や心の急激な変化のせいでも、依存していた薬物に起因するものでもない。その癇癖《かんぺき》は同棲生活が始まって早々に発露していたし、薬を断ってからも、間欠的に吹き荒れては部屋をめちゃくちゃにした。謂《い》わば、生来の気質だ。

──それはね、十分に虐待って云って良いやつだよ。

直接的に暴力を振るわれることこそなくとも、手近なものを手当たり次第に抛り投げ、常からは考えられないほど口汚くこちらを罵《ののし》る。そんな同居人の振る舞いを知ったトゥイからは口酸っぱくそう云われていたが、ユィシュエンには、いまひとつ実感がなかった。

勿論、厄介だと思いはするけれども、ギャクタイなんて自分とはおよそ関わりのないものだと思っていたし、まして、現にそれが我が身に降りかかっているなどと考えたこともなかった。それに、一頻《ひとしき》り感情を発散して冷静になった後、自身の性情を嘆いてさめざめと泣いているメイファンの姿は、抑制の利かない心に振り回されている少女の姿のように、ユィシュエンの目には映った。単に調節ができないだけで、悪意があるわけではないのだから。

それに、自分の身体に瑕《きず》ができるのはいつだって〈転瑕《てんか》〉のせいであって──事実、イザナミと別れてから〈港《ハーバー》〉に着くまでのあいだにも、胸許や横っ腹が急に痛み出し、頬と頸には青黒い痣が浮かんでいたが──メイファンにつけられた瑕はひとつもない。

とは云え、難しい性情であることに間違いはなく、花束を喜んでくれるかも、それを見せてみるまではわからなかった。帰りが遅くなった上に、そんなものを抱えていたら、火に油を注ぐことになるかもしれない。そうなるくらいなら、いっそのこと何処かで捨ててしまおうかとも思ったが、結局、そうはしなかった。貴重なものだから惜しくなったわけではない。〈下甲街〉でも容易に手に入る造花と違って仄かな匂いを放つ本物の花からは、「これも生き物なんだな」という実感を強く抱かされ、捨てるのが忍びなかったのだ。

けれども実際には、そんなことは考える必要さえなかった。

窩打老道《ウォータールー・ロード》に面した〈柱〉の五十三階にある自宅へ帰り着き、玄関のドアに鍵を挿したとき、指先が覚えるはずの手応えがないことにユィシュエンは違和感を抱いた。鍵が掛かっていなかった。厭《いや》な予感に襲われ、ドアを開けるなり殊更《ことさら》に大きな声で「ただいま」と投げ掛けてみたが、何の返事もない。彼女はつい直前まで扱いを悩んでいた花束を床に抛り出してリビングへと駆け込んだ。

室内は腥《なまぐさ》い臭気で充《み》たされていた。〈下甲街〉に住む者にとっては嗅ぎ慣れた、鉄気《かなけ》混じりの——血の臭いだ。

慌てて左右を見回したが、ソファにも、ダイニングチェアにも、メイファンの姿はなかった。代わりに視界に飛び込んできたのは、部屋のあちこちを汚した血痕だ。電話機の載った小卓の足許に赤黒い血溜まりができ、其処から何かを引き摺ったと思しき血の跡が、リノリウム張りの床に筆で刷《は》いたかのように伸びている。ユィシュエンは痛いくらいに激しく暴れる心臓を胸の上から押さえつつ、それを辿った。

行き着いた先にあったのは、寝室に据えられた二段ベッドだ。以前はユィシュエンが使っていたが、妊娠を境にメイファンへと譲《ゆず》った下段を覗き込んで、思わず息を呑んだ。

其処にもやはりメイファンの姿はなかったが、ふだん彼女が身を横たえた形のままにスプリングのへたれたマットレスには、ほとんど黒色に近い色を湛えた大量の血液が煤焦油《コールタール》のようにして溜まっていた。

ユィシュエンは遅まきながら理解した。逆だ、と。メイファンは〈転瑕〉に襲われてから寝室まで這って行ったのではなく、ベッドに横たわっているときに〈転瑕〉が起き、それから、電話機の据えられたリビングの小卓まで向かったのだ、と。

何のために？　——決まっている。緊急呼叫《エマージェンシー・コール》を架けるためだ。

ならばとリビングに取って返したユィシュエンは、四方八方へと視線を走らせた末、床に幾人かの靴跡が残されていることに気づいた。血と埃の混じったそれらを辿っていった先で、彼女は漸く、探していたものを見つけた。

『中環総医院《セントラル・ジェネラル・ホスピタル》　照会號碼《ナンバー》：玖佰零壹《901》番—拾陸號《16ごう》』

そう殴り書きされた紙片が玄関の扉に貼り付けられていた。メイファン自身が書いたものでないのは確かだ。筆跡云々《うんぬん》という以前に、そもそも彼女は字が書けない。

紙片を剝がしてハーネスと旗袍のあいだに挟むや、ユィシュエンは部屋を飛び出した。何が起きたのか正確に把握できてはいなかったが、余《よ》程《ほど》の事態だということだけは十分に察せられた。先に昇ってきたばかりの蝙蝠帆で、今度は地上めがけて降下した。巻揚機《ウィンチ》がロープを吐き出す速度に焦《じ》れったさを覚えたのは、初めてのことだった。

トラムを乗り継いで病院に駆けつけ、照会ナンバーと引き換えに受付で聞き出した病室の扉を息せき切って開けたユィシュエンは、ベッドに身を横たえたメイファンの姿を目にしてもなお、事態を呑み込むことができなかった。毛布の上に投げ出された一方の腕から点滴のチューブが伸びてはいたものの、それ以外の目に見える箇所には瑕らしい瑕も見られず、包帯やガーゼといった治療の痕跡も示すものも見当たらなかった。腕や脚にギプスが嵌《は》められているなら、直に見えずとも毛布の膨らみでわかるはずだ。

其処まで考えかけて、彼女はやっと思い至った。

膨らみがないことこそ問題だ、と。

そうは思えど、既にベッドに向けて踏み出した足を、いまさら止めるわけにはいかなかった。立ち竦むことは許されない。つい先まで天井を眺めていたメイファンのうつろな双眸が、うつろであるのはそのままに、確かにこちらへ向けられていたからだ。怯えや狼狽《ろうばい》の色を顔に出すわけにはいかない。他の誰より瑕ついているのは当人に決まっているのだから。ユィシュエンはそう己に云い聞かせた。此処で立ち止まってしまったら、よりいっそうの痛みを相手に覚えさせることになる。

彼女が傍らまで歩み寄ると、メイファンは無言のまま毛布を捲《めく》り、ぎごちない動きで術後服の裾をたくし上げた。最悪の光景を思い描いておけばショックも和《やわ》らぐはずだと考えていた自身の甘さを、ユィシュエンは思い知らされた。毛布の下から現れたのが想像通りのものだったにもかかわらず、彼女は発すべき言葉を失くした。

昨夜、仕事に出るユィシュエンに「いってらっしゃい」と手を振ったときまでは愛らしい曲線を描いて膨らんでいた同居人のお腹は、空気の抜けた風船のように萎《しぼ》み、上から幾重にも包帯が巻かれていた。ひとつ屋根の下で暮らしてきた歳月を思えば、この数ヶ月の変化の方が特別だっただけで、むしろ、平らなお腹こそ見慣れたもののはずだ。けれども、現に丸みを欠いたその姿は、ひどく惨《むご》たらしいものとしてユィシュエンの目に映った。

何があったの——とは、訊けなかった。

いや、訊かなかった。

そうして対面していながらも、ふたりのあいだには沈黙が横たわった。問うべきことは幾つも頭に浮かんでくるのに、何を訊ねても相手を余計に瑕つけるだけとしか思えなかった。違う、きっとそれすらも本心ではないとユィシュエンは心中で首を振った。

　ほんとうは、ただ単に、訊くのが怖かったのだ。

　狡《ずる》いな――彼女は我がことながら思った。自分はいつもそうだ、と。こちらから何かを訊ねることはせず、相手の言葉を待ってばかりいる。そうしていれば、責任を負わずに――少なくとも、感じずに――済むからだ。重苦しく決定的な話題を俎上《そじょう》に載せたのは、相手であって自分ではないと思い込めるからだ。

　どうしようもなく臆病で、弱くて、そのくせ、小狡い。

「赤ちゃん、居なくなっちゃった」

　今回もまたその狡さは功を奏し、投げ出すような口振りでメイファンの方からそう切り出した。

「赤ちゃん、居なくなっちゃった」無機質な声で彼女は繰り返す。

　それでも、ユィシュエンは何も訊き返せなかった。〝居なくなっちゃった〟とはどういうことかというシンプルな問いすら、口に出せない。

　あれほど「産む」と固く決意して薬も白粉《ヘロイン》も断っていたメイファンが、自ら堕胎を望んだりするはずがないし、妊娠六ヶ月にもなって、いまさら中絶なんてできるわけもない。となれば、何かが起きたのだ。そして、目の前に居る当人に問いさえすれば、その何かの正体は容易に知れる。其処までわかっていながら、ユィシュエンはなおも躊躇った。

「お医者さんが云うにはね、たまたまあたしの〈冥婚相手《フィアンセ》〉も妊娠してて、その子が堕ろしたんだろうって」押し黙ったままでいる同居人に構わず、メイファンはそう続けた。「知ってる？

〈上甲街《あっち》〉の女の子達はね、赤ちゃんを堕ろすくらいのことで、わざわざ病院になんか行かないんだって」

噂には聞いたことがある。何をしても瑕の残らない〈上甲街〉の人々は子供を堕ろすのにも一番お手軽で手っ取り早い方法を採る――つまりは、キッチンにあるような何の変哲もない包丁や鋏《はさみ》で自らお腹を裂くのだ、と。下腹に刃を突き立ててこねこねするだけで、胎児はいとも簡単に掻き出せる。加えて、混ぜ物たっぷりの白粉《ヘロイン》みたいな安物とは違う、〈下甲街〉では決して手に入らない微小な機械入りの特別な鎮痛剤さえ服用しておけば、束の間の痛みさえ感じないと云う。おぞましい話だが、所詮は酔っ払い達が戯《たわむ》れに噂しているだけの都市伝説の類だとばかり思っていた。

「赤ちゃん同士は〈冥婚〉で結ばれてないからね、赤ちゃん自身に〈転瑕〉が起きたわけじゃないけど、自分が育つはずのお部屋をめちゃくちゃにされて、生きてなんかいられるわけないでしょ。だから、あたしのお腹はお医者さんにもっと大きく切り裂かれて、取り出されたあたしの赤ちゃんだったはずのものは、どっかに連れてかれちゃった」

だから、もう、居ないの。

抑揚を欠いた声音で語られる話に耳を傾けながら、ユィシュエンが真っ先に考えたのは妊娠と育児に関する補助金のことだった。子供が成長するまでのあいだ継続的に与えられるはずだったお金も、当の赤ん坊が生まれてこないとなれば支給が停止されるはずだ。

そのことが、ユィシュエンにとっては何より恐ろしかった。

もうこれっきりにしよう――望まぬ同居生活を続ける中で、彼女は何度そう考えたか知れない。

〝同棲相手〟から〝同居人〟へと互いの関係を示す呼び名が変わっても生活を共にせざるを得なかったのは、ひとえに、切り捨てられなかったからだ。

〈下甲街〉では誰もが鬱病に罹《かか》っているとトゥイは云うが、メイファンのそれは度外れて酷いものだった。トランキライザやSSRIの量をどれだけ増やそうとも、アッパー系のメタンフェタミンを幾らキメようとも、彼女は外に出て働くことができなかった。

恋愛関係を解消したからといって、日がな一日ベッドから出られぬこともままあるような相手を残して部屋を出ていくというのは、あまりに薄情なことに思えて仕方なかった。独りで生活を続けていくなんて不可能だと、わかりきっていたからだ。

望むと望まざるとにかかわらず続けるしかない生活の中、メイファンが赤ん坊を身籠もり、〈冥婚管理局《ビューロー》〉から出産の許可も得られたのは、闇に射し込む一条《ひとすじ》の光明《こうみょう》と云うべき出来事だった。けれども、こうなってしまったからには——

「お医者さんから云われたんだ。あたしの子宮、ぐちゃぐちゃなんだってさ。治すこともできないし、もう二度と、妊娠することもできないって」

ユィシュエンがメイファンから離れるための、最後の光。それさえも、消えてしまった。

こんなことなら、いっそ——と頭を過《よぎ》りかけた考えがユィシュエンの中ではっきりしたかたちを取る前に搔き消されたのは、相手が先までとは打って変わって、やけに明るい調子で言葉を続けたからだった。

「まぁ、でもね」一方の頰を無理に引き攣らせて、笑顔と思しき表情を拵えてみせながら、メイファンは云った。「これで良いんだよ。こんな街にさ、親の勝手で生まれたって不幸なだけ。だから、これで良いの。生まれた途端に〈冥婚指輪《エンゲージ・リング》〉なんか埋め込まれて、〈転瑕〉に怯えながら暮らすだけの命なんて、生まれてこない方が幸せなんだよ」

「そんな……」とユィシュエンは思わず口を開きかけたものの、後に何と続けたら良いのかはわからなかった。「そんなこと……」

「そう思うよりほかにどうしろって云うんだよ！」

俄にぶつけられた怒声に、我知らずびくりと肩が跳ねた。つい先までうつろだったはずの相手の目には、忿《いか》りの熾火《おきび》が赫々《かっかく》と灯っていた。

「ほかに何ができるって云うんだよ！」お腹を裂かれたばかりにもかかわらず、激情に衝き動かされるようにして身を起こしたメイファンは、一方の手で頭を掻き毟《むし》り、もう一方の手に握った枕をめちゃくちゃに振り回しながら、繰り返し叫んだ。「云えよ！　あたしに何ができるのか、云えよ！　云ってみろよ！」

ビニールカバーで被われたポリエステルの塊が、何度も何度もユィシュエンの身体にぶつかってくる。そんなもので幾ら撲《ぶ》たれようと痛くも痒《かゆ》くもないけれども、初めて直接的な暴力を振るわれたという事実が、彼女にとっては何より痛かった。

騒ぎを聞きつけて飛んできた女性看護師があいだに割って入り、瑕が開くから安静にと云って、メイファンの身体をベッドに押し付けた。両肩を摑んで患者にのしかかるその様はひどく手荒く、それもまたひとつの暴力と呼び得るものだった。

「云って……みろよぅ……」メイファンは看護師の腕の中でなおももがいた後、出し抜けに糸の切れた操り人形のように動きを止めた。顔に降りかかった髪が、乱れた吐息に揺れている。その隙間から覗く瞳は、元の通りのうつろな硝子玉に戻っていた。

「面会は終了です。また改めて来てください」と極めて事務的な調子で云う看護師に促《うなが》されて――救われてと云うべきかもしれないが――ユィシュエンは廊下へ出た。

そうして、後ろ手に病室の扉を閉めようとしたとき。

ねぇ――と、僅《わず》かばかりの感情も汲《く》み取れない声が、背後から彼女を呼び止めた。恐る恐る振り返ってみれば、かつての恋人のそれと同じものとは思えない、生気を欠いた人形のような顔が、真っ直ぐこちらを向いていた。ただし、何処までも毀れ果てた人形だ。カ、カ、カ、カ、と軋《きし》り音《ね》を立てそうな様で首を傾げると、彼女は云った。「ねぇ、これにも、あんたがしょっちゅう云ってたような、特別な〝意味〟だとか〝物語〟だとかがあるって云うの? 〈冥婚相手〉を支えるためなら、仕方がないって云うの?」

ユィシュエンはあれこれと考えを巡らしたが、返すべき言葉は見つけられず、最後には逃げるようにしてその場を後にした。

帰り際に受付で各種の書類に患者との関係や連絡先を書き付けて署名をしたとき、彼女は初めて、自分に宛がわれた役割が〝同棲相手〟でも〝同居人〟でも〝元恋人〟でもなく、〝身元引受人〟という極めて無味乾燥としたものへと変わったことを知り、何処にも逃げられないのだという暗い気持ちに囚われた。

必要なものがあれば次の来院時に持参するようにと云う職員の説明をぼんやりした頭で聞き、病院のロビーを抜けて外に出てみれば、疑似天候パネルの放つ光はすっかり消えていた。

偽物の夜。偽物の空。服務器《サーバ》。其処から降る、偽物の雨。

そのときまで、今日が〝雨の日〟だということを彼女は忘れていた。とは云え、院内に取って返して雨衣《ユイイー》を借りる気になど、とてもなれなかった。いまは何も考えず、誰とも口を利かず、とにかく独りで居たかった。

襟首や胸許から這入り込んだ雨水のせいで、ラテックス製の旗袍はキュイキュイと音を立てて軋み、足を一歩進めるたびに膝や腰が突っ張った。これから、「ただいま」と伝える相手も居ない部屋に戻って束の間の仮眠を取ったら、また十二時間、店に立たなければならない。それを思えば一刻も早く帰るべきだとわかっていながら、こんな濡れ鼠《ねずみ》ではトラムに乗る気にもなれず、なるべく人通りのない暗い道を選んで彼女は歩いた。

街灯の乏《とぼ》しい裏通りでも、〈柱〉の外壁からは無数の看板が張り出している。赤錆にまみれ、ネオン管が砕け散り、もはやそれが示していた店や施設自体も存在しないであろう看板の亡骸達は取り外されることなくその場に留まり、ただひたすらに自身が朽《く》ち果てていくのを待っている。そうしていよいよ建物から剝がれ落ちたなら——ときには不運にもその直撃を受けた通行人の頭蓋を道連れにして——地べたに転がった残骸は路肩へと寄せられ、空いたスペースは、すぐさま、新たな看板によって埋められる。

そんな淋《さみ》しい道をとぼとぼと歩いているうちに、ユィシュエンは一階の商店が潰れて空きテナントとなった〈柱〉の前を通りかかった。薄汚れた硝子の扉越しに、捨て置かれたままの椅子やテーブルが乱雑に転がっているのが見えたが、何にもまして彼女の目を引いたのは、硝子に映り込んだ自身の姿だった。濡れた髪がべったりと張りついた顔からは、瑕が目立たないようにと厚く塗ったファンデーションがすっかり流れ落ち、アイラインとマスカラが黒い涙のように頰を伝っている。袖のない旗袍から伸びた瑕痕まみれの両腕は、下手くそな落書きだらけの電柱のようだ。

──キミは怒って良いはずだ。

すげなく撥《は》ね除けたはずの言葉が耳に蘇る。

鬱陶しい男の声を払い除けるかのように額を拭って再び歩きだしたユィシュエンが、それから二時間ばかりもかけて漸くのこと彌敦道《ネイザンロード》の〈港《ハーバー》〉へと辿り着いたとき。ツイていない日というのは、とことんツイていないと云うべきか、蝙蝠帆のロープはひとつも垂れ下がっていなかった。橋の上からであれば、手動でウィンチを起動させてフックを手繰り寄せることもできるが、地上からそれを呼び出すことはできない。たまたま昇る者ばかり多かったのか、それとも、誰かが悪戯《いたずら》にフックを引っ張って廻ったたか。

途方に暮れて、ユィシュエンは暗い空を仰ぎ見た。

ジグザグに空を断ち切る〈柱〉の群れ。

賽の河原の石塔。

生まれることなく死んでしまった赤ん坊のたましいも、その河原に向かうのだろうか。小さな手で、石を握ることなんてできるのだろうか。父母の安寧を願って石を積むと云うけれど、メイファンのお腹に居た子は、自分の父親が誰なのか知っていただろうか。ユィシュエンには、わからない。ただ、願わくは──

──石塔が出来上がるまで、鬼《オーガ》が見逃してくれますように。

信じるべき神仏を持たない彼女には、ただ漠然と〝天〟に向けて祈ることしかできない。街を覆った〈天蓋〉ではなく、そのもっと彼方《かなた》にあるはずの、本物の天に。

彼女はいまさらながらに思い至った。メイファンのお産が無事に済むようにとは日頃からあれほど願っておきながら、生まれてくるはずだった赤ん坊のために何かを祈ったことは一度もなかったな、と。

止め処なく頬を伝う雫を手で拭い、彼女は溜め息をひとつ。それから、仕方なく自宅のある〈柱〉まで陸路で向かうことにしたが、気分は余計に重くなった。新墳地街《リクラメーション・ストリート》と窩打老道《ウォーターループ・ロード》が交わる油麻地《ヤウマーテイ》に位置した〈柱〉へと向かうには、あれほど避けてきた賑やかな通りを行くよりほかにないからだ。

往来は煌々《こうこう》と降り注ぐ光管《ネオン》の灯に濡れ、無数に立ち並んだ包子《パオズ》売りの小販《シウファン》が朦々と湯気を立ち昇らせている。方々《ほうぼう》から投げられる客引きの声や、こちらの顔をろくに見もせず遊びに誘ってくる酔漢達に、いまのユィシュエンの心は、いちいち波立つ。

目とおんなじに、耳だって閉じることができたら良いのに。

そんなことを考えながら往来の片隅を歩いていると、響きの内にまだあどけなさの残る声に横合いから呼び止められた。

「大丈夫ですか？　良かったら、わたしの雨衣をお貸ししましょうか？」

見れば、眉の上で前髪を真っ直ぐに切り揃えた、まだ十四、五歳ばかりと思しき少女が自身の纏った雨衣の襟許《えりもと》に手を掛けていた。そのまま脱いでしまいそうな素振りを見せる少女を、ユィシュエンは手で制した。大丈夫だから、と。

それでもなお心配そうな貌を向けてくる少女の胸には、何やら紙束のようなものが、さも大事そうに掻き抱かれていた。ユィシュエンの視線に気づくや、少女は雨衣の内に手を入れ、一枚のビラを抜き取った。粗末な紙の表面《おもて》には拙《つたな》い手書きで、『抗議集会への参加のお願い』と綴られていた。

「あの、たまにテレビとかで流れてる抗議集会って、ご存知ですか?」

何処か遠慮がちに訊ねてくる少女に、ユィシュエンは頷きを返した。

「〈下甲街〉の環境改善とか、〈冥婚〉っていう仕組み自体の撤廃を訴える集会なんですけど、明日、かなり大規模な集まりがあるんです。テレビで放送されたり、〈上甲街〉に動画とかメッセージとかをたくさん送ったりもする予定で。なるべく多くの人に参加してほしいんですけど、みんな、そんなに興味を持ってくれなくて……」

——そんなやり方じゃダメだ。何の効果もない。

〈上甲街〉から来た男の言葉が、またも耳に蘇る。

ほんとうに、そうなのだろうか。自分には知るすべもないけれど、あの子のように革命を目指して闘っている人間は他にも居るかもしれない。仮にあの男の言葉が事実であろうとも、この雨空の下で健気《けなげ》にビラを配っている少女を突っ撥《ぱ》ねる気にはどうしてもなれず、彼女は紙片を受け取った。どうせ、部屋に帰り着くまでには雨に濡れて文字も滲んでしまうとは思いつつも、丁寧に畳み、胸許にしまう。

人工疑似海老《イミテーション・シュリンプ》がたっぷり詰まった蝦餃《ハーガウ》のような桃色に頰を染め、ありがとうございますと何度も繰り返す少女に向けてユィシュエンが口許に拵えた微笑は、手を振って相手と別れるや、すぐさま何処かへ消えてしまった。

漸く〈柱〉の足許まで行き着くと、彼女はまたも溜め息をひとつ。自身の棲まう〈柱〉だから、入り組んだその内部も勝手知ったるものとは云え、疲れ切った身体で階段をのぼり、方々の廊下を行き来するのは気が滅入る。

二階から張り出した外階段を伝って隣の〈柱〉の五階へとのぼり、橋を渡って、また元の〈柱〉の三階へとおりる。あるいは、「大小《タイサイ》」と呼ばれる遊技に男達が興じている賭場《とば》のわきを抜け、義歯の並べられたショウケースと床に散らばった何やらわからぬ道具を後に残して廃業した牙科《デンタル・クリニック》の診察室から、上階へと架けられた梯子を攀《よ》じ登る。そんな風にして上へ上へとのぼっていくあいだに、ユィシュエンは幾人もの〈废人《フェイレン》〉と行き合った。酷い〈転瑕〉のせいで働くこともままならなくなった人々だ。折れた脚の骨が歪な形で癒合した者。腕の腱《けん》が断裂してまともに動かせない者。脊椎《せきつい》を損傷して半身が麻痺した者。雨風を逃れて〈柱〉の内へと這入ってきたのであろう彼ら彼女らは、皆一様に、水道管や配線がのたくった壁に凭れ、力なく俯いていた。汚れた床にぺちゃりと座り込んだ傍らには、決まって錻《ブリキ》の椀が置かれている。そのひとつひとつに、ユィシュエンは小銭を入れた。

――ほら、よく云うでしょ。〝臭いものには蓋〟って。

あの男はそうも云っていた。酷薄だと感じる一方、自分のしていることだってさして変わらないとも彼女は思う。椀に投じたちっぽけな小銭が、彼女にとっての〝蓋〟だ。〈废人〉達の前を素通りすることなく財布から硬貨を取り出すのは、彼ら彼女らの抱える辛苦を思ってのことではない。一度視界に入れてしまった以上、野垂れ死にでもされたら寝覚めが悪いというだけの話だ。ほんの僅かな金を落としさえすれば、〝自分にできることはした〟と己に云い聞かせることができる。何とも安い免罪符だ。

そうこうしつつ、やっとの思いで地上五十三階の部屋へと辿り着いた頃にはくたびれ果てていた。十二時間の労働に、イザナミとの遣り取りと病院への行き帰り。めまぐるしい一日に疲労困《こん》憊《ぱい》しているのは身体だけではなく、心だって限界だ。床にこびりついた血を刮《こそ》ぎ落とす体力もなければ、せめて、メイファンの寝具に溜まった血は片付けようという気力さえも残っていない。ハーネスと旗袍を床に脱ぎ捨て、雨に濡れた髪や身体をタオルで拭くなり、すぐさまソファに倒れ込みたい気分だったたし、実際に彼女はそうした。

※

胸の悪くなる話を聞かされて、男は苛立っていた。

話を始めたのは店のスタッフのひとりで、まだ年若い男だった。彼が言うには、自分の女はいつでも部屋をきちんと片付け、調度類をピカピカに磨き上げて主《あるじ》の帰りを待っているし、おまけに料理も得意なのだそうだ。いわゆる惚《のろ》気《け》話に過ぎないが、ひどく男の癇《かん》に障《さわ》った。

自分が飼っている女は家事などろくにしやしない――と言うよりも、できない。どれだけ言い聞かせても、炊事も掃除も洗濯も満足にこなせない。女自身、一日のあいだには外に出てその身を売っている時間も長いとは言え、世の男達のように真面目に働いているわけではない。セックスをして、自分もそれなりに気持ち良くなることで他人からカネを貰っているだけなのだから、家事をこなす暇も体力も十分にあるはずだし、働く男の苦労が理解できていないからこそ、家のことを蔑《ないがし》ろにするのだというのが男の持論であった。部屋に居るときくらいはゆっくりと寛《くつろ》ぎたいというこちらの思いに応えないのは、ひとえに、男への尊敬と感謝が足りないからだ、と。

帰ったら、少しは家のことをしろとドヤしつけてやろうと男は決めた。

——余所《よそ》の女にできることなんだから、あいつにできねぇ道理は無《ね》ぇ。

陸《ロッ》

石造りの——この街で本物の石塊《いしくれ》なんて手に入るわけもないから、大方、何処かの解体現場から拝借してきたコンクリート片を積み上げて造られたのであろう——小さな廟《ミュウ》は、〈柱〉と〈柱〉に挟まれた、疑似天候パネルの朝日もろくに届かぬ狭い路地のどん詰まりで、居心地悪そうに肩を縮こめていた。

門口《かどぐち》の左右には祭礼に用いられる赤い札が貼られているが、その表面《おもて》に書き付けられた文字や記号は風雨に滲んで読み取れない。いつ崩れてもおかしくない、建造物と呼んで良いのかも怪しい代物だから内部《うち》に這入ろうなどと考える者も滅多に居ないだろうし、そんな危なっかしい真似をせずとも、天后《ティンハウ》を祀《まつ》った廟だということは門口に立ってみるだけでもわかる。祭壇に鎮座した女神像が、ひっそりと静まり返った闇を透かして、ぼんやりと見えるはずだから。

そして、その程度の垣間見《かいまみ》をする限りでは、女神がプラスチック片と鉄屑を針金で繋ぎ合わせて拵えられた不出来な人形に過ぎぬことにも気づかずにいられるだろう。

継ぎ接ぎだらけの不恰好な人形。その姿にユィシュエンは自身を重ねずにはいられないが、天后というのが何を司る神なのかも、こんな場処に廟があることも知らなかった。彼女はただ、事前に指定された住所番地に従って英皇道《キングス・ロード》を辿ってきただけだ。

確かに、お誂《あつら》え向きの場処であるとは云えた。人々から顧みられることもなく捨て置かれた廟の前というのは、秘密の相談事にはもってこいだ。

「どうしたら良い？」と、ユィシュエンは数時間前に電話口で発したのと同じ問いを投げる。

自分から人に何かを訊くのは、母親が死んだ日以来、十数年ぶりのことだ。その間、一度だって人に何かを訊ねたことはなかった。店に立っているときでさえ、こちらからオーダーを訊きはしない。ただただテーブルのあいだを廻って、客から投げて寄越される注文を受け取るだけだ。同居人にも、恋人にも、問いを投げたことはない。

けれども、いまは違う。傍らに居る浮薄《ふはく》かつ無神経で気障《きざ》ったらしい男から、何が何でも答えを聞き出す必要があった。

あの子を——救うために。

〈上甲街〉に居る〈冥婚相手《フィアンセ》〉とコンタクトを取る方法を。

「さて、どうしたものかな」相対した男は、そう云って前髪を掻き上げた。

「勿体ぶらないで、さっさと教えて」

相手は肩を軽く持ち上げ、「別に勿体ぶってるわけじゃないよ」

困惑気味に瞬《しばた》かれた碧い目は、ユィシュエンが突き出した左腕へと向けられている。つい先まで前腕を包んでいた包帯が彼女自身の手で乱雑にほどかれて剝き出しになった肌の表面《おもて》には、瘡蓋《かさぶた》に覆われて出血こそ止まっているものの、瑕痕《きずあと》と呼ぶにはまだ真新しい瑕が、縦横に幾つも走っていた。

「ただ、こんなケースは初めてなんだ」イザナミはそう弁解した。

瑕が生じたのは昨夜。真夜中近くのことだった。

寝不足と疲労からソファに身を投げ出したユィシュエンは、疲れのあまり目が冴えているのか、寝つけずにいる己自身を夢に見ているのかも判然としない、模糊《もこ》とした状態に囚われていた。口から漏れる呻《うめ》き声さえ、現実に発せられているのか、わからなかった。

小一時間も経ったところで、彼女はそんな己自身に痺《しび》れを切らしてソファから跳ね起きた。アルコールを口にしたかったけれども、買い置きを切らしていたため、仕方なく料理酒で睡眠薬《トリアゾラム》を何錠も胃に流し込んだ。酷い味に何度も嘔吐《えず》きそうになったが、その代わりに、薬もアルコールもすぐに効いた。

もっとも、そんなときに決まって最初に生じるのは、眠気ではなく、理性の緩みだ。

ふと気づいたときには我知らずトゥイに電話を架け、メイファンと赤ん坊のことを一方的に吐き出していた――

結局、トゥイとの遣り取りは、安らぎを得るどころか、自身の心を追い詰めることにしか繋がらなかったが、幸か不幸か、トリアゾラムは恋人――その時点ではもう、〝元恋人〟と呼ぶべき相手――との会話のすべてを塗り潰すほどに本来の効果を発揮した。

受話器を置くなり、彼女はその場に頽《くずお》れた。そうして、メイファンの血がこびりついたリノリウム張りの床にだらしなく四肢を投げ出したところで、漸く、彼女の意識は途絶えた。

幾らも経たぬうちに突如として彼女を覚醒させたのは、左の前腕に生じた、灼《や》けつくような痛みだ。皮膚が切り裂かれていく感触に、はじめは薬の半減期も迎えていない胡乱《うろん》な頭で、ああ、またかとだけ思い、本格的に訪れるであろう痛みに備えて奥歯を噛み締めた――が、今回ばかりはいつもと勝手が違っていた。瑕の生じ方が、やけにのろいのだ。一息に切りつけられるのでも、抉られるのでもなく、傷口がじりじりと開かれていく奇妙な感覚。おかしいと思い、電話機の載った卓に縋《すが》るようにして身を持ち上げ、手近にあったランプを点けてみれば、瑕は、目で追えるほどに緩慢な速度で肌に一条《ひとすじ》の線を引きつつあった。瑕口には血の玉がぷつぷつと鈴なりに結ばれ、やがては、ひとつの流れをなして腕を伝った。

浅く、短い創傷。それで終わりだと思って、血を拭くためのタオルを取りにキッチンへと向かいかけたとき、新たな瑕が、先と同じ、じりじりとした調子で生じ始めた。ふたつめの瑕は最初のそれの中ほどから垂直に伸びた。こちらもまた、浅く、短い。何だこれはと困惑しているうちに、更に次の瑕が〈転瑕《てんか》〉され始め、また次にも――と、水平と垂直からなる瑕が交互に刻まれる様を眺めているうちに、ユィシュエンは理解した。

これは、文字だ、と。

肌に並んでゆく文字が成すのは、言葉だ、と。

焦れったいほどのろのろと転送されてくるメッセージを、彼女は辛抱強く見つめ続けた。

その末に書き上げられた言葉は――

――〝ＨＥＬＰ〟

「〈転瑕〉を使ったメッセージとは、考えたものだね。この単語だけじゃ把握できない部分が多過ぎるけど、ふたつだけ読み取れることがある」そう語るイザナミに、ならばさっさとそれを話してみせろとユィシュエンは苛立った。「ひとつめ。キミの〈冥婚相手〉は何らかの窮地《きゅうち》に陥っているけれど、助けを求められる相手が居ない。少なくとも、顔も知らない〈冥婚相手〉に頼るよりほかに手段《て》がないくらいには追い詰められてる」

そんなことは云われずともわかっている。だからこそ、ユィシュエンはもう二度と会いたくもなかった男と、渋々ながらコンタクトを取ったのだから。

あの子から送られてきた瑕のメッセージを暫し呆然《ぼうぜん》と見つめた後、彼女は、はっきり認識した。ほかでもないあの子が、わたしに助けを求めている、と。そうとわかるや、あれこれと考えを巡らせたが、だからと云って、できることなど何も思い浮かびはしなかった。むやみに悪い想像ばかりを膨らませつつ室内を右往左往するほかには、何も。

あの子の身に何かが起きたのだ。何か、とても、とても悪いことが起きたのだ。きっと、悪い連中に捕まりでもしたに違いない。けれども、わたしはどうしたら――と、取り留めなく考えながら玄関とリビングを行ったり来たりしているうちに、ふと、床に抛り出したきり存在さえ忘れかけていた花束が目に留まった。作り物でない生花のことをよく知らない彼女は、本物の花はたったの数時間で萎《しお》れ始めてしまうものなんだなと考えながら、花を包んだ包装紙の端から床に転がり落ちていた見覚えのない一枚の札《カード》を拾い上げた。札にはイザナミのサインと電話番号が書き付けられていた。花束だけは持って行けと云った相手の意図を、彼女はそのときになって初めて理解した。

いずれ彼女の方から連絡を寄越すかもしれないという魂胆《こんたん》にまんまと乗るのは癪《しゃく》だったが、背に腹は代えられない。カードに記された番号をダイヤルし、眠たげな声で通話に応じたイザナミに、彼女は一方的に事態をまくし立て、直接会って話そうという申し出に従い、仕事を無断欠勤して始発のトラムに飛び乗った。

ユィシュエンは話の続きを促す。「で、もうひとつは？」

「〈冥婚相手〉が危機に瀕《ひん》してるってことは、キミ自身も危ないってことだ。〈致命的転瑕〉が生じる可能性もあるし、あるいは、〈冥婚関係《エンゲージ・リンク》〉が切れるような事態も考えられる。もしそうなったら、キミは〈冥婚管理局《ビューロー》〉の連中に拘束されて、その先は、まぁ……ね？」

殺処分、か。それについてはどうでも良い――と、思わず口から出かけた言葉をユィシュエンは呑み込んだ。彼女にとっての最優先事項はいかにしてあの子を救うかであり、自身のことなど二の次だったが、それをこの男には話したくもない。得なければならないものは、ただひとつ。問いへの答えだ。

「で、どうしたら良いの？」

「あっちの状況は見えないけど、早急に何らかの方法でコンタクトを取るべきだろうね」

「その〝何らかの方法〟が知りたいって云ってるの」もはや苛立ちを隠そうともせず、強い口調でユィシュエンはそう云った。

それこそが問題だった。瑕を介したメッセージはどうしたって〈上甲街〉から〈下甲街〉への一方通行で、こちらからは応答《レスポンス》を返せない。詳細を問うことも、心配しないでと励ますこともできない。それどころか、こちらが確かにメッセージを受け取ったことさえ、伝えるすべがないのだ。「入れ替わりの手助けなんてことをしてるなら、連絡を取る方法くらい知ってるでしょう？」

「そりゃあ、〈下甲街〉の人に埋め込まれた〈冥婚指輪〉を解析して、同じ識別子を具えた端末のユーザー——要は〈冥婚相手〉を特定する方法自体は確立してるよ。でも、今回の場合厄介なのは、どうやら差し迫った時間制限がありそうってことだ。云ったよね、入れ替わりには二週間くらい必要だって。その大半は対象《ターゲット》の同定に要する時間だ」

「二週間！」ユィシュエンは思わず声を荒らげた。「そんな悠長なこと云ってられない！」

「そう云われても、困っちゃうな。せめて、もう少し詳しいメッセージを送ってくれたなら、他に色々とやりようもあったんだけどね……」

そうぼやいてみせるイザナミに、彼女は余計に苛立った。昨日と違い、彼もふざけることなく、ある程度真剣に考えているのは、わかる。下手な広東語を使っていないからだ。わかるけれども、ああだったらとか、こうだったらとか、仮定の話を持ち出されたところで何の意味もない。現実にいま、あの子は何らかの窮地に立たされているのだから。一度は申し出を断っておきながら、こうして急かすことの身勝手さは十分に理解しているつもりだ。だが、自身に向けて発された救難信号を前にして何も応えられないという事態に、ユィシュエンはどうしようもなく焦《じ》れた。

了《しま》いには、理屈も道理も抜きの怒声が口を衝きかけたとき。

表通りの喧噪が俄に音量を増し、ふたりの居る路地まで響いてきた。朝から酔っ払いが騒いでいるなんて〈下甲街〉では珍しくもないが、それにしても度が過ぎる。そう思いつつ、隘路の口に目を遣ってみれば、大小とりどりのプラカードを掲げた人々が列を成して大通りを練り歩いているのが見えた。中には、台車に乗せられた〈废人《フェイレン》〉や、年端もいかぬ子供らの姿も交じっている。

——明日、かなり大規模な集まりがあるんです。

昨晩たまたま行き合った少女の言葉が思い起こされる。

——〈上甲街〉に動画とかメッセージとかをたくさん送ったりもする予定で。

其処まで思い出したとき、ユィシュエンの中でひとつの考えが閃《ひらめ》いた。

「デモ集会を……使う」

イザナミは、やれやれと肩を竦めた。「あんなことには意味がないって」

「そうじゃない」彼の言葉をぴしゃりと退《しりぞ》けて、彼女は自身の思いついたアイディアを語り聞かせた。はじめは怪訝《けげん》そうな表情を浮かべていた男の顔に、興味の色が浮かび始めた。

「面白いね。上手くいく可能性は限りなく低いけど、面白い発想だ」イザナミは悪戯に興ずる子供のように目を輝かせている。「復讐以外のことを手伝うなんて初めてだし、正直、キミ達以上にボクらにとってリスクの大きい話だ。でも、気に入ったよ。当初の想定とは随分違うけど、キミに声を掛けたボクの目に狂いはなかった。こんなに面白い話を引っ提《さ》げて来てくれたわけだからね。うん、面白いってことは大事だ。ただ——」

「ただ?」とユィシュエンは先を促す。

其処まで云うと、饒舌な男にしては珍しく言葉を切った。

「ほんとうに良いのかな?」

「どういう意味?」問いの意味が見えず、彼女は眉根を寄せた。

「入れ替わりの提案を蹴ったときのキミは、何かを怖がっているように見えた。強く拒絶したのも、正直、怯えの裏返しって感じだった。キミ、ほんとうは〈冥婚相手〉と会うのが——」

「怖がってなんかいない」彼女はそう断言した。頭や心が相手の云わんとしていることを咀嚼《そしゃく》してしまう前に吐き出す必要があった。そうだ、怖くなんかない。いや、そもそも、わたしがどう思ってるかなんて関係ない。「問題は……これをあなたに訊かなきゃいけないのは癪だけど、あなた達が協力してくれるかどうかってこと」

暫し、腹の内を探るように碧い目を眇《すが》めてユィシュエンの顔をじっと見つめた末、イザナミはゆっくりと首を縦に振った。「成果は確約できないけど、引き受けるよ」

ユィシュエンも頷きを返す。

交渉成立だ。

※

女が、部屋から姿を消した。

身を売る仕事は非番であるにもかかわらず。

しかし、男はさして気にも留めなかった。大方、いつもの〝家出〟だろうと高《たか》を括った。どうせ、今度もすぐ帰ってくるに決まっている、と。

女には自分よりほかに頼れる存在など居るわけがないとわかっているからだ。カネも、学も、知恵もなく、身体を売るよりほかに生きるすべを持たないような女が、自分から離れて生きていくことなどできるわけがない。

万が一どこか余所で同じ稼業を続けようにも、シノギには厳然《げんぜん》たる縄張りがある。知らぬ土地で勝手に商売を始めるわけにはいかぬし、縄張りを仕切る連中に当人が〝お伺い〟を立てたとなれば、同業者たる男の耳にも情報が入ってくるはずだ。

それが故にこそ、あの女には逃げ場など存在しないという思いが、心に余裕を生んでいた。

ただし、だからと言って、無条件に許してやるつもりはない。遠からず自身の手元へ戻ってきたときには、再教育をしてやる必要がある。

——帰ってきたら、お仕置きだ。アソコのピアスをまたひとつ増やしてやる。

柒《チャツ》

その部屋には玄関がない。

共用部に続く扉は内部《うち》から水泥《モルタル》で塗り固められ、外側《そと》は無数の貼り紙や双喜紋《ダブル・ハピネス》の描かれた札で覆い隠されている。同じ〈柱〉を棲み処《か》としてその前を頻繁に行き来する者でさえ、壁の向こうに部屋があるとはまるで気づかずに素通りしていく。ベランダもなく、外階段で他のフロアと繋がっているわけでもない、一種の開かずの間であるその部屋に這入る方法はただひとつ。棲む者もなく、人の寄りつく理由とてない遙か高みに位置する——手を伸ばせば、〈天蓋〉に触れることさえできそうな——〈柱〉の最上階の部屋の窓辺に据え付けられた専用の蝙蝠帆《バットセイル》で外壁に沿って降下《ラペリング》して、窓をくぐるよりほかにない。

イザナミが「氣穴《ヘイユッ》」——つまりはエアポケットと呼ぶその部屋のリビングで、ただひたすらに待つこと数時間。疑似天候パネルの放つ光も明度を落とし始め、「やっぱりダメだったかなぁ」

と、さして落胆を滲ませるでもなく呟くイザナミの顔を、ユィシュエンがきっと睨《ね》めつけた直後。

果たして、あの子は姿を現した。

邂逅《かいこう》を実現するためにユィシュエン達が採ったのは、路傍の少女に教えられたデモ集会の場まで足を運び、色とりどりのバナーやプラカードを掲げた人々に紛れてメッセージを発信するという、ごくシンプルな手《て》段だった。

ただし、彼女が頭上に掲げたのは、己の主義主張でも信条でも要求でもなく、イザナミから聞かされた日時や〈上甲街〉のとある住所を書き付けたカードと、〝ＨＥＬＰ〟と刻まれた自身の左腕だった。

可能性の低い賭けであることはユィシュエンも十分に承知していた。集会の容子《ようす》を撮影しているカメラがこちらの姿を捉えているかは知りようがないし、映像がほんとうに〈上甲街〉で配信されるという保証もない。仮に運良くあの子の目にそれが触れたとしても、ユィシュエンの姿に気づくとは限らない。言葉足らずな最小限の情報――住所と日時以外を記すのは彼と彼の〈冥婚相手《フィアンセ》〉の安全を確保するために許容できないとイザナミは主張した――からこちらの意図を汲み取って指定された場処まで来てくれるというのは、ほとんど奇跡のような話だろう。

ユィシュエンはその奇跡に賭けた。

――We want Bread, and Roses too!

――わたし達の身体は、わたし達のものだ！

思い思いのメッセージやスローガンの中に、ただひとりの相手に向けた私信を紛れ込ませることには少なからぬ後ろめたさを覚えたが、それでもなお、彼女の中では社会的な大義よりも個人的な事情が優先された。あの子を支えることが自身の存在価値だと自らに云い聞かせて生きてきた以上、此処で動かなければ、すべてが嘘になる。

そうして、彼女は賭けに勝った。

あの子は実際にそれを目にし、こちらの意図を汲み、指定された場処へと足を運んでくれたのだ。そうでなければ、〈上甲街〉に居るイザナミの〈冥婚相手〉に回収《ピックアップ》されることも、彼の手引きで〈下甲街〉へ降りてくることも、この部屋に辿り着くこともなかったはずだ。

しかし、そうも対面を望んだ相手が、イザナミとは似ても似つかぬ黒い髪と瞳を具えた男に付き添われつつ姿を現したとき、ユィシュエンはただただ言葉を失った。

寝室を抜けてリビングに入ってきたのは、寄る辺なく、頼りない、独りの女に過ぎなかった。痩せこけた顔の中、きょろきょろと落ち着きなく宙を泳ぐ翠色《みどりいろ》の瞳には、革命に燃える火など宿されていなかった。それどころか、丸めた背が蛍光灯の光を受けて落とす影のうちには、怯えと恐れの色を濃く滲ませていた。

掛けるべき言葉もわからず、黙したまま相手の姿を眺めているうちに、ユィシュエンは泣き出したい気持ちになった。ラテックスやビニールとはまた別種の光沢《つや》を帯びた真紅のドレスには過剰なまでにあちこち切れ込みが入っているけれど、それを纏った当人があまりに痩せぎすなせいで、扇情《せんじょう》的という言葉からはほど遠い。剥き出しの肩から伸びた腕は僅かな衝撃でも折れてしまいそうなほどに細く、ざっくり開いた胸許からは、肌に浮いた鎖骨や胸骨どころか乳首までもが見えてしまいそうだ。針金でできた安物のハンガーに分不相応な衣装が吊るされてでもいるかのようなバランスの悪さ。はらりと落ち掛かった白金《プラチナ》の髪も、傷みきって艶《つや》を失くしている。

長年抱き続けてきた夢想が崩れ落ちていく音を、ユィシュエンは確かに聞いた。

「わたしは幸福《フェリシテ》」

女が青褪《あおざ》めた唇を微かに動かしてそう口にしたとき、ユィシュエンははじめ、こうして無事に落ち合えたことを云っているのかと思った。トゥイがたびたび発する法國語《フランス》によって、その言葉の響きと意味を知っていたからだ。

けれども、そうではなかった。フェリシテというのが彼女の名なのだ。

酷い皮肉だ。何処からどう見たって、ちっとも幸せそうになんか見えない。ユィシュエンは、もっとも、それは自分も同じかと思い直しつつ、「わたしは雨萱《ユイシュエン》」

「シュアン？」と、フェリシテは首を傾げた。「双喜紋《シュアンシー》のシュアン？」

「ううん、違う」彼女にとっては耳馴染みのない発音らしい。改めて一音ずつ区切りながら、もう一度名告《なの》る。「ユィシュエン。雨の下でも萎《しお》れずに輝くって意味」

ユィシュエン、ユィシュエンと、その感触を舌で確かめるように、あるいは、縋るべき救い主の名を唱えるかのようにフェリシテは繰り返し呟いていたが、当のユィシュエンが、少しのあいだふたりきりになりたいとイザナミに云うや、びくりと肩を跳ね上げて黙り込んだ。

きっと、詰《なじ》られるとでも思っているのだろう。散々《さんざ》っぱら〈転瑕《てんか》〉してきた瑕《きず》のことを責められるのだ、と。その証拠に、彼女はまだ一度としてユィシュエンの顔をまともに見ていない。彼女の視線は寝室へと移動していくイザナミとその〈冥婚相手〉の背を不安そうに追いかけた末、彼らが後ろ手に扉を閉ざしてもなおこちらへ向けられることのないまま、行き場を失くして床に落ちた。

――まったく、双喜紋《ダブル・ハピネス》どころの話じゃない。

ユィシュエンは嘆息した。此処に居るのは、独りの不幸な女と、やはり不幸なもう独りの女だ。自らふたりきりという状況を望んでおきながら、ユィシュエンは自分から何かを訊ねはしなかった。ただし、いつものように責任から逃れるためではなく、今回ばかりは相手にこそ話を始める義務《ドブオアール》があるという確信を抱いていたからだ。

何かを問う代わりに、彼女はただ左手を差し伸べた。

それまで床のあちこちを彷徨《さまよ》っていたフェリシテの視線が持ち上げられ、ぴたりと一点で静止する。翠色の双眸が見据えたのは、差し出された左手の薬指に浮かんだ荊棘の図案《パターン》――ふたりを結ぶ〈冥婚指輪《エンゲージ・リング》〉だ。

なおも暫しの沈黙を挟んだ末、〈冥婚指輪〉に目を据えたまま、フェリシテはぽつりぽつりと語り始めた。自分は〈上甲街〉で身を売って暮らしているということを。あちらには女を客に配送《デリバリー》する商売があり、そのサービスの中には商品に暴力を振るっても良いというオプションがあることを。自分はそんな業者のひとつを経営する男に〝飼われている〟ということを。客だけでなく、男からも日常的に暴力を振るわれていることを。

ひとつひとつ自身のことを開示するにつれ、彼女の中で一種の堰《せき》が切れたらしく、途中からは言葉が止め処なく溢れるのを押さえられないという容子だった。「でも、もう堪えられなくなったの。彼の支配からは逃げられない。それは随分前から諦めてた。わたし自身のことは、仕方がない。けど、どうしても堪えられなかったのは、あなたのこと。わたしが撲《なぐ》られるたび、蹴られるたび、抉られるたび、切られるたび、瑕はあなたに〈転瑕〉される。そのことへの罪悪感で圧《お》し潰されそうだったの。でも、相談に乗ってくれる人も、味方になってくれるような人も、わたしには居ない。だから――」

――ほかでもない、当のあなたに助けを求めてしまったの。

〈冥婚相手〉の口から語られる話を聞きながら、ユィシュエンは身を戦《おのの》かせた。と云って、それは同情したからでも、不憫《ふびん》に思ったからでも、男に振るわれたという暴力の数々に恐怖を覚えたせいでもない。ひとえに、胸の内を満たした忿《いか》りのためだ。

自分はこの女のために数え切れない瑕を負ってきた。いつだって肩代わりしてきた。わたしが居たからこそ、この子は瑕ひとつなく生きてこられた。その上なおもこちらを頼ってくるなんて、どういうつもりか。これ以上、何を負えと云うのか。

相手の首根っこを掴んで怒鳴りつけてやりたかった。

――ふざけるな！　何が、〝罪悪感で圧し潰されそう〟だ！

けれども結局、ユィシュエンは自身の中で暴れ回る感情を相手に叩きつけはしなかった。抑えた――と云うのではない。ただ、違うと思ったのだ。怒鳴りつけるのは、違う、と。

その代わりに、彼女は身に纏っていた服をおもむろに脱ぎ始めた。ラテックス製の旗袍が身から引き剝がされるようにして床に落ち、次には下着までもが肌を辷《すべ》って其処に落ち掛かる。一糸《いっし》纏わぬ裸体を曝《さら》け出したユィシュエンは、戸惑うフェリシテに向けて、「目を背けないで、真っ直ぐに、わたしを見て」

彼女が何より赦《ゆる》せないのは、罪悪感を抱いているなんて口では云うくせに、いまだこちらの姿を直視しようとはしないフェリシテの態度だ。気持ちはわからなくもない。彼女にしてみれば、瑕痕に覆われたこの身体は、自身が目を瞑《つむ》り続けてきた罪の証にほかならぬであろうから。

余計に掻き立てた。

けれども、彼女がそんな風に思っているのであろうということ自体が、ユィシュエンの忿りを
——何から何まで、大間違いだ！

「これは、どうしてできた瑕？」

右肩から左の脇腹へと走った深く長い創傷痕をなぞっていくユィシュエンの指先を恐る恐る目で追ったフェリシテは、暫し躊躇った後、おずおずと答えた。「肌を刻みながらファックするのが好きだっていう客の相手をさせられたときの……」

「じゃあ、これは？」僅かな間も置かず、ユィシュエンは腰を覆うケロイドを指し示す。

「客に支払いを踏み倒された日に、お仕置きだって、彼に熱湯を掛けられたときの……」

「これは？」次には、歪に曲がった鼻を。

「デモ集会のライブ映像を観てたのが彼の気に障って、灰皿で撲《ぶ》たれたときの……」

これは？　——客にワイヤーで身体を縛り上げられたときの。

これは？　——酒に酔った彼に何度も蹴られたときの。

これは？　——彼から逃げようとするたびに無理矢理開けられたピアスの孔《あな》。

腕に、脚に、顔や胸や、背に臀《しり》に——刻みつけられた瑕痕をユィシュエンは次々に指し示しては問い、フェリシテはそのひとつひとつに答えた。

彼女は、すべての瑕を確かに覚えていた。

答えを得るたび、長年の夢想を構成していたとりどりの挿話《エピソード》が、瘡蓋を剝がされるかのよう

にして、ユィシュエンの心から剝落《はくらく》していく。街の不正を糺《ただ》すレジスタンス活動の中で負った名誉の瑕であったはずのものが。高潔な志を決して曲げないがゆえに悪者達から受けた拷問の痕であったはずのものが。闘争の物語を織り成す瑕が、剰《あま》すことなく、男達の下衆《げす》な欲望に根差した暴力の痕跡へと替えられていく。

そうして覚えた落胆を、一方で、彼女は自身の狡さとも重ねた。訊かない限りは確定しない。問わない限りは知らずにいられる。それが彼女の生き方だったし、自分が頭の中で拵えてきたのも、謂《い》わば、〝果〟を基《もと》にして勝手に思い描いた〝因〟という、お仕着せの物語に過ぎない。それが事実でなかったからといって落胆するのは勝手が過ぎることも、理解はしていた。そう、ほんとうは彼女自身、それが甘やかな夢想に過ぎぬことくらい、わかっていた——わかってはいたけれども、頭で理解することと、心で信じることはイコールではない。少なくとも今日この瞬間まで、それらは矛盾なくユィシュエンの内で同居していた。

問いと応答を通して、瑕にまつわる因果が解きほぐされ、正しく結び直されていった結果、残る瑕痕はもう、ふたつだけ。

「じゃあ、この瑕は？」と云って、ユィシュエンが左手を持ち上げたとき。

フェリシテが息を吞む音が、はっきりと聞こえた。

見開かれた彼女の両目が見据えているのは、例の〝ＨＥＬＰ〟という前腕のメッセージではない。理由のわかりきっているそれを、ユィシュエンは端《はな》からこの問答に含めていない。いま、ふたりが同時に見つめているのは、手首に刻まれた一条《ひとすじ》の創傷痕——十四歳になったばかりのユィシュエンの身に〈転瑕〉されてきた、最初の瑕だ。

「それは……」フェリシテは云い淀《よど》む。それまで少しもペースを崩すことのなかった問いと応答の往復《ラリー》が、初めて滞《とどこ》った。暫し、ふたりのあいだに沈黙が横たわったが、フェリシテは投げ掛けられた問いから逃げはせず、やがては、意を決したとばかりに再び口を開いた。「ごめんなさい。あのメッセージと、その瑕だけは、わたしがこの手でつけた瑕。〈エコーシステム〉はほんとうにわたしの身体にも機能してるのかなって、確かめたくなって……ううん、それだけじゃない。もし〈システム〉から見逃されているんだったら、そのまま死んじゃいたいなって、そんな風にも思ってた」

発作的な衝動に駆られて、自らナイフを押し当てたのだと彼女は続けた。

「謝る必要なんてない」ユィシュエンは、ごめんなさいごめんなさいと消え入るような声で繰り返すフェリシテの言葉を遮った。弱々しい声音に絆《ほだ》されたわけではない。彼女は続けて右手を差し出し、「最後に、これはわかる?」

フェリシテはまたも黙り込んだが、その貌に先のような躊躇いは見られず、むしろ、困惑の色が見て取れた。額に手を宛がって、かなりのあいだ考え込んだ末に、彼女は云った。「ごめんなさい。どうしても思い出せない」

ひどくばつが悪そうに返された言葉に、別段失望することもなく、ユィシュエンは頷いた。覚えがなくて当然だ。知っているはずがない。何故と云って——「これだけは、わたしが自分でつけた瑕。あなたと同じよ。十三歳くらいの頃、何だか突然、〝もう何処にも居たくないな〟って気持ちに駆られて包丁で切ったの。だから、あなたが手首を切ったことを、わたしは責められない」

其処まで彼女が語ったとき、初めて、ふたりの視線が真っ直ぐにかち合った。

髪と同じ白金の睫毛《まつげ》に縁取られた双眸は〈冥婚相手〉の両目をじっと見つめたまま微動だにしないが、瞳の表面《おもて》ばかりは水面のごとく揺れている。

「手首を切る前も、その後も、あなたが身体を大事にしてくれてたことはよくわかってる」

ユィシュエンはそう云いながら、胸の内ではこうも思う。

狡いな。

そんな思いと裏腹に、言葉は口から溢れ続ける。

「何年ものあいだ、瑕ができないように生きてくれてたことも、わたしの身体が識《し》ってる」

ほんとうに、狡い。助けを求められたならば、救いを求められていると認識してしまったならば、こちらは手を尽くすしかない。相手の話を聞くしかない。そうして、〈転瑕〉が生じたほんとうの理由を——因果を知ってしまったら、責めることなんてできるはずもなく、掛けられる言葉だって自《おの》ずと限られる。

「それ以外の瑕だって、どれも、あなたのせいじゃあない。だから——」

けれども、その狡さには覚えがあった。

それは恰度《ちょうど》、自身の狡さと裏表の関係にあるものだ。何かの原因となるのを避け、結果が確定されることから常に距離を取ろうとする狡さと、いずれの結果にも避けようのない原因があったと遡《さかのぼ》って語る相手の狡さは、陰と陽からなる太極図のように寄り添い合って、ぴたりと嵌まる。

だから——

「——わたしは、あなたのことを赦す」

直後、フェリシテの両目から涙が零れた。ユィシュエンは、止め処なく溢れる涙で頬を濡らす彼女に歩み寄り、柔らかな手つきでその身を掻き抱いた。そうするよりほかに仕方がないと思わされるほど、彼女の佇《たたず》まいは痛ましかった。瑕疵にくまなく覆われた肌と、青白く滑《すべ》らかな肌とが、そっと触れ合う。腕に抱いた身体は、ほんの少し力を加えるだけで毀れてしまいそうだった。肩を震わせ、うぅ、うぅ、と子供のように声を漏らして泣きじゃくるフェリシテの頭を撫でながら、ユィシュエンは胸中で独りごちた。

嗚呼、まったく、厭《いや》になる。

あなたは何でも自分事にしてしまう——昨夜まで恋人だった女性《ひと》は、常々そう云っていた。そんなところが心配ではあるけれど、同時に、美点でもある、とも。

相手がそう口にするたび、自分はそんな人間じゃないとユィシュエンは胸の内で首を振っていた。他人を捨て置けないのは、優しさなんかに根差したことじゃない。むしろ、優しさとか慈しみとか呼ばれるものから最もかけ離れた感情——単に「寝覚めが悪くなるから」という思いがゆえのことだ。自身の選択によって、自分が手を差し伸べなかったことで、誰かが立ちゆかなくなるかもしれないという可能性が、ただただ、怖いのだ。だからこそ、「知りさえしなければ良い」とも常から思っていた。目の届く範囲に〈废人《フェイレン》〉が居れば小銭を恵みはするけれど、街中に居る彼ら彼女らを助けて廻ろうとは、これっぽっちも思わない。自身の視界に入らない限り、その存在を意識することはない。

〝それならばいっそのこと〟——と、病室のベッドに横たわったメイファンを前にして抱きかけた考えも、電話口で元恋人が想像したであろうものからは、ほど遠い。

ユィシュエンはこう考えかけたのだ。

――いっそのこと、赤ちゃんだけじゃなく、彼女も死んでくれたら良かったのに。

自分にはどうしようもない原因で、自分の与《あずか》り知らぬうちに死んでくれたなら、自責の念を抱くことなく同居生活を終わられたから。

そんな〈冥婚相手〉の胸中など知るはずもないフェリシテは、嗚咽の合間を縫って、なおも謝り続けていた。「ごめんなさい。守りきれなかった。大事にし通せなかった。わたしのせいで、あなたが――」

「良いのよ。良いの」

そう宥《なだ》めつつも、ユィシュエンは思わずにいられない。

瑕なんて、幾らだって堪えられたのにな、と。

真実なんて知りたくなかったな、と。

いとけない少女をあやすように辛抱強く慰め続けた末に、漸くのことフェリシテが落ち着きを取り戻し始めると、部屋の壁に凭せ掛けるようにして彼女を座らせた。

床に落ちた下着を身につけ、旗袍を纏いながら、ユィシュエンは静かに訊ねる。「〈上甲街《あっち》〉の空は高くて、広くて、お日様は眩しいくらいに明るいって、ほんとう?」

「空?」ぺちゃりと床にお臀《しり》を下ろしたフェリシテは、泣き腫《は》らした両目を瞬かせ、不思議そうに首を傾げた。少しのあいだ考え込んでから、「わかんない。そんなの、考えたこともなかった。もう随分長いあいだ、空なんか見上げてない気がする」

そんなものかとユィシュエンは頷く。〈下甲街〉では多くの人々が憧れているものでも、日頃からそれを享受《きょうじゅ》している〈上甲街〉の住人からすれば、その程度なのだ。彼女は寝室に続く扉に歩み寄り、表面《おもて》をコツコツと叩いた。「ごめんなさい。待たせちゃったわね」

扉が開かれ、黄金色と黒色の髪をめいめい戴《いただ》いたふたりの男が、面持ちも身振りも正反対な容子で寝室に戻ってくる。前者は既に見慣れた何処までも浮薄な態度で、明らかに現在の状況を愉しんでいる。一方、後者は感情のちっとも見えない無表情。

「で、これからどうするんだい？」イザナミは顔の前で左右の指の腹を擦り合わせつつ、「とりあえず會合《ランデヴー》までは無事に済んだわけだけど、対面して、お話をして、それで終わり？」

「いいえ」ユィシュエンは首を振り、決然と返した。「わたしをあっちに連れていって」

そうこなくちゃとイザナミが嬉しそうに手を打ち鳴らす一方、ユィシュエンの背後で、えっ、という声が上がった。見れば、膝を抱えて座り込んだフェリシテが目を丸くしている。自分から助けを求めておきながら、具体的にどうしてほしいという考えも持ち合わせずに此処までやって来たのだろう。つくづく考えの足りない子だとユィシュエンは思う。いや、あるいは〈冥婚相手〉が〝入れ替わり〟を望んでいるのだと思って俄に不安に駆られたのか、とも。

「心配しなくても大丈夫」いずれにせよ、掛けるべき言葉は変わらない。彼女はお道化《どけ》た調子をつくって、「ちょっとだけ、ほんとうの空っていうのを見てみたくなっただけだから」

※

男はひどく苛立っていた。

いや、憤っていた。いつものように仕事を終えて帰宅し、暗い室内に向けて、帰ったぞ、とぶっきらぼうに言ったところで返事がなかったのは、別段構わない。女はごっこ遊びめいた家出をまだ続けているのであろう。どうせ、数日と経たぬうちに帰ってくるに違いないから、狼狽する必要も、腹を立てる必要もない。

彼が怒りを覚えたのは、照明を点けもせずキッチンへと向かい、冷蔵庫の扉を開けたときのことだ。昨夜までは間違いなく庫内にずらりと並んでいたはずの缶ビールが、たったの一缶だけしかない。男が部屋を空けているうちに、一度、女が帰ってきて、どこかに持ち去ったのだろう。小賢《こざか》しい嫌がらせか何かのつもりか？

男は頭の中が猛烈にむず痒くなるほどの怒りを覚えたが、拳を打ちつけるべき当の女はどこにも居ない。仕方なく残された一缶を手に取ると、叩きつけるようにして冷蔵庫の扉を閉めた。プシュッと小気味良い音を立てて口を開いた缶を真っ逆さまになるほど持ち上げて、一気に呷る。どれだけ最悪な一日でも、この喉越しを味わっている瞬間は何もかも忘れられるほどに心地好い。

今夜、店の事務所で〝待機〟していた女達は、揃いも揃って「どうしようもねぇバカ女ども」だった。ろくに客も取れず、ただただ時間を空費しているくせに、最低保証の時給だけは厚かましく要求してくる。ちょいと懲《こ》らしめてやろうと思って酒壜でひとりずつ撲《なぐ》りつけてやったが、ごめんなさいごめんなさいと喚くばかりで、自身が本当にすべきことも、こちらが何に怒っているのかも、伝わったのやら、どうやら。

――謝る暇があったら、整形でも改造でも、少しは客を取るための工夫をしやぁがれ。

空になった缶を床に抛り捨て、続け様にもう一本と冷蔵庫に手を伸ばしかけたところで、もう残っていないのだったと思い出し、男は余計に腹を立てた。仕事から帰ったら二、三本は立て続けに飲むという男の習慣をよく知っていながら、当てつけのように一缶だけ残していったところが、なおのこと憎らしい。女自身ろくに酒を飲みつけぬからには、捨てたか、それとも、余所に男ができたか――と考えかけて、すぐさま首を振る。仕事以外で他の男に股を開いたらどんな目に遭わされるか、よぉくわかっているはずだ、と。

「クソがっ。まったく、どこへ行きやぁがったんだ！」煮えくり返った腹を抱えながら、暗いまのリビングへと男は向かい、ソファにどっかと尻を下ろした。そうして、サイドテーブルの上に剝き身で転がっていた煙草を咥えて火を点けようとした瞬間。

ぎょっとして、口から煙草を落としかけた。

ライターの火が闇を丸く切り開いた光の輪の内に、こちらを睨《ね》めつけている女の顔がぼんやりと浮かび上がったからだ。

「何だ、帰っていやぁがったのか」男は改めて煙草に火を点けたが、再び灯されたオレンジ色の光の内に、女の姿はなかった。己を宥《なだ》めるように煙を深く吸いながら、あちこちに火を差し向けたが、もう、影も形も見当たらない。

――かくれんぼのつもりか。ナメやがって。

「おい、ふざけてんじゃねぇぞ！」

怒声を上げげつつ照明のリモコンを探していると、不意に、女の声が響いた。

「ふざけてなんか、いない」

男にとって聞き馴染みのある女のものではなかった。店の商品の誰かかとも考えて記憶を手繰ってみたが、思い当たる者は居ない。声の正体はわからずとも、男は狼狽えることなく煙草を吸いつつ凄んでみせる。「おい、誰だ。ナメた真似しやがって。ただじゃおかねぇから覚悟しろよ」

「いいえ。覚悟するのは、あなたの方」

先とはまた異なる方向から女の声が聞こえた直後、眩しさに目がくらんだ。

痛いほど突き刺さってくる光に網膜を慣らすようにして男が徐々に瞼を上げていくにつれ、正面に立っている女の姿が朧《おぼろげ》気な輪郭を取り始めた。

暫しの時間をかけて、漸く、はっきりと相手の姿を捉えるや、男は絶句した。見ず知らずの人間が己の住まいに侵入していたからではない。

相対した女が、一糸纏わぬ裸体を晒していたからだ。

いや、それ以上に、剝き出しにされた身体が、〈上甲街〉ではまず見かけることのない種々の傷痕で覆い尽くされていたためだ。

裂傷。切創。打撲痕にケロイド。そうしたグロテスクな傷痕が数限りなく肌に張りついている。ほとんど、傷そのもので身体ができていると言って良いほどだ。顔立ちはアジア系らしくも見えるが、原形がわからぬほどに鼻や耳が変形しているせいで確信は持てない。

——なんつぅ醜いバケモノだ。〈システム〉に守られてねぇのか？

「わたしが誰か、わかる？」男の目を真っ直ぐに見据えながら、女は言った。

「知るかよ。お前ぇみたいな気持ち悪ぃ女。何だってぇんだその身体は」

「この瑕痕に覚えはない？」女は腰にひっついたケロイド状の瘢痕《はんこん》を指差した。

「覚えなんかねぇし、お前ぇのことも知らねぇって言ってんだろ。それよか、質問に——」

「じゃあ、この瑕だったら覚えてる？」女は男の言葉を遮り、歪に凹《へこ》んだ肋《あばら》に手を添えた。

「だ、か、ら、知るかってんだよ！」男は苛立ち紛れに煙草の火を灰皿に押し当てて揉み消す。

それでも女は、「じゃあ、これは？」と言って、曲がった鼻先を抓《つま》んでみせる。

「知らねぇって言ってんだろ！」いよいよ我慢がならなくなった。「何なんだ、お前ぇは！」

「これは――」

ゆがんだ鼻梁を指先で撫でると、女は、長い、長い間を置いてから、言った。

――あなたがつけた瑕よ。

意味がわからない。眉間に皺を寄せて訝しむ男に向けて、女は続ける。「これも、あなたがつけた瑕。わたしと、あの子にね」腰のケロイドを撫で回してそう言うと、続け様に頸や股のあいだや乳首を次々に指し示しては、「これも、これも、これも――」

――すべて、あなたがつけた瑕。

いずれの傷痕も、男には覚えがない。しかし、女の正体はおおよそ見当がついた。部屋から姿を消した女と入れ替わりに、傷だらけの女が現れたとなれば、考えられるのは――「お前ぇ、フェリシテの〈冥婚相手〉か」

「漸く気づいたのね。自分が振るった暴力のことは思い出せないお莫迦さんみたいだけれど」

うるせぇ、何の用だ！　どうやってここに来やがった！

――と、男は怒鳴りつけたつもりだったが、何故か舌が上手く回らず、喉から出てきたのは奇妙な呻き声だった。何でだよと己自身に苛立ちを覚えつつも、くだらない問答はもう十分だと痺れを切らし、力ずくで相手を捻り上げてやろうと男は決めた。そうして女に躍りかかろうとしたところで、今度は足元がふらつき、そのままソファに尻もちを衝いた。

何かが、おかしい。口も身体もまともに動かず、その上、頭もぼんやりしてきた。

「フルニトラゼパムとか、トリアゾラムっていう睡眠薬、知ってる?」ソファの上でもがく男を尻目に、女はわけのわからないことを問うてくる。

――知るか。睡眠薬なんか飲むのは心の弱っちいヤツらと決まってる。

「それから、ヘロインは?」女は返答を待つこともせず、次の問いを投げてきた。「どれもね、〈下甲街〉の人達が瑕の痛みに堪えかねたときに使うものよ。ああ、それとあなた、家に帰ったらまずはビールをガブガブ飲むんですってね。その後で、ソファにふんぞり返って烟仔《タバコ》を吸うって、あの子から聞いたわ」

まさかと思い、男は辛《かろ》うじて動かせる両目を灰皿へ、次いでキッチンへと向けた。

女は男の考えを見透かしたように、「強力な眠剤とヘロイン。ふたつをいっぺんに使うとね、効果が何倍にも跳ね上がるの。そう、ふだんから使い慣れて耐性がついてるような人でもなければ、すぐに意識が飛んじゃうくらいにね」

――クソ! バカ! ブス! アバズレ!

――バケモノ!

語彙《ごい》の限りを尽くして罵ってやりたいのに、言葉は頭の中で響くばかりで、現実に男の口から出てくるのは、相変わらずの呻き声と、だらだら垂れる涎《よだれ》ばかりだった。

「あら、怖がっているのね」女は裂けた口の端《は》を持ち上げ、ひらひらと宙に手を閃かせた。「でも、何を怖がっているのかは自分でも理解できていないように見える」

——何を言ってやがるのか、てんでわからねぇ。この俺が、怖がってなんかいるもんか！

「虚勢を張ったって駄目よ。あなた、感情がもろに顔に出ちゃってる。まるで、大きな子供ね」

またも男の考えを読んだかのように女は続けた。「あなたは怖がっている。自分がこれからどうなるのか。どうされるのか。不安で仕方ないのね。でも、それ以上に、わたしの姿そのものが怖いんでしょう。自分があの子に振るった暴力の痕跡を、こんな風に目《ま》の当たりにさせられることが、怖くて怖くて仕方ないのね」

——違う！

男は唾《つば》を撒き散らしながら、なおも声にならぬ声で反駁《はんばく》する。

——傷痕が残るなら、むしろ、もっと、もっともっと、ヤってやったぜ！

けれども、そう怒鳴り返すことはおろか、呻き声を発することさえもできず、最後には口の端を泡だらけにして、男の身体は到頭《とうとう》、ソファへ横倒しになった。

「おやすみなさい、お莫迦さん」女は片手を伸べ、男の頰を軽く叩いた。

直後、意識が、すとんと堕《お》ちた。

捌《バツ》

トゥイの云っていた通りだとユィシュエンは思った。

〈上甲街〉の空は何処までも高く、何処までも広く、にもかかわらず、本物のお日様はそんな空一面を剰《あま》すことなく照らし出していた。

ユィシュエンにとっては、それだけでも驚くべきことだったが、加えて吃驚《びっくり》させられたのは空が湛えた色にであった。地上の何もかもが陽差しを受けて漂白されているのに、同じお日様からの光で満たされているはずの空が、綺麗なグラデーションを描いた青色に染め上げられているのが、彼女には不思議でならなかった。

瑕痕《きずあと》が人目につかないようにと、やたら大きなパーカを着せられ、フードまで被らされたせいで、お日様の光を全身で浴びられないのは残念だったけれど、着慣れない布製の服越しにも、陽差しの温かさは十分に感じられた。それは何処か、トゥイに抱き締められたときの温もりに似ているとも思ったが、直後に、自分はもうそれに触れることもできないのだという寂しさをも覚えた。

イザナギと名告った同行者は、イザナミとは反対に寡黙《かもく》な男だった。背丈こそさして変わらないが、〈冥婚相手《フィアンセ》〉のそれとは似ても似つかぬ分厚い体軀《たいく》の持ち主で、タンクトップは胸筋で張り詰めているし、上から羽織ったジャケット越しにも、肩や二の腕の盛り上がりが見て取れた。イザナミとはまた別の意味で何を考えているのか推《お》し量《はか》りにくい男だが、それは口数の少なさだけが原因ではない。黒々とした両の瞳が、あまりにも光を欠いているせいだ。漆黒というよりは、路上に長いことへばり付いたガムの黒さに近い。

本人は敢えて威圧感を振り撒いているつもりもないようで、その証拠に、〈上甲街〉へとユィシュエンを連れてくるや、無表情で言った。「観光案内はなしだ」

それで冗談を云ったつもりらしいのが、何だか可笑《おか》しかったし、そうは云いつつも、実際にはこちらの街並みを見せようとしてくれていたのではないかともユィシュエンは思う。〝セーフハウス〟に向かうと云って歩きだしたイザナギは、広い通りをびゅんびゅん行き交っては客を乗降させている自動車というやつを使おうとはせず、目的地までの道のりにしても、土地勘のないユィシュエンでもわかるほどに遠回りをしていると感じられたからだ。単に、念には念をというので、〝セーフハウス〟とやらへの道順を覚えられないようにしていたのかもしれないが。

いずれにせよ、そうして目にした〈上甲街〉の街並みは、ユィシュエンからすれば何もかもが異様に見えた。屋台がなく、朦々と立ち込む蒸気に濡れてもいなければ、油膜が張ってもいない舗道には、ゴミのひとつも見当たらず、その清潔さには、かえって居心地の悪さを覚えさせられるほどだった。〈柱〉に似た建物が林立している様こそ〈下甲街〉とさして変わらないが、その外観は、かつての〈柱〉がそうであったというように、つるりと滑らかだった。建物に限らず、視界に入るあらゆるものが差し金を当てたかのような垂直と水平の線から成っていて、端然という言葉に収まりきらない偏執的なものが感じられた。

往来を行き交う人々の容子《ようす》も〈下甲街〉のそれとは似ても似つかない。ビニールだのエナメルだのラテックスだのという、否応なく一種の猥雑さを帯びてしまう素材でできた服を着ている者はひとりも居らず、皆一様に、くすんだ色彩をした布製の衣服を纏っていた。一方で、頭に戴《いただ》いた髪の色は金色や明るい茶、白金に栗色と彩り豊かだったけれど、イザナギやユィシュエンのような黒髪は稀《まれ》だった。

そんな人々が、喧《やかま》しい客引きの声も聞こえぬ通りを、ただ足早に歩いていた。清潔で、堂々としていて、スマート。どうして、こんな街で暮らしていながら身体を売ったりしなきゃいけない人達が居るんだろうとユィシュエンは首を傾げた。

見るものすべてに驚きを覚えているうちに行き着いた先は、〝セーフハウス〟という言葉から想像していた、こぢんまりしたものとはほど遠い、小綺麗な高層住宅だった。

　屋外の陽光にも負けぬくらいに眩しい明かりで照らし出されたエントランスに足を踏み入れるや、イザナギは〈冥婚相手〉とお揃いの黒手袋を外し、壁に埋め込まれた艶《つや》めく板状《プレート》のものに左手をかざした。直後、硝子製の扉が魔法のように左右に辷《すべ》り、ふたりを内部《うち》に迎え入れた。

　生まれて初めて乗るまともに動く電梯《エレベーター》の中で、いまのは何だったのかと訝るユィシュエンに、イザナギは無言のまま左手を差し出した。見れば、瑕を縫い合わせたと思しき痕が手首をぐるりと取り巻いている。その先には、目の前の筋骨隆々たる男には似合わぬ華奢《きゃしゃ》で青白い掌《て》と指とが続く。こんな手が似合うのはむしろ――と考えかけたところで、彼女は遅まきながら理解した。〈下甲街〉に居る〈冥婚相手〉の手首にも、縫合《ほうごう》痕があり、ごつごつと節くれ立った手が繋がれているはずだ。彼女の想像を裏付けるようにイザナギは頷き、「これのおかげで、あの莫迦の金も家も自由に使える」

　ユィシュエンは思わず言葉を失ったが、ふたりのあいだに流れる空気が過度に重くなる前に、エレベーターは目的階へと到着した。共用部と思しき内廊下を進んで、最奥にある扉の前に立つと、イザナギは傍らの壁に埋め込まれたプレートに左手をかざした。ロックの解錠される音が静かに響く。そうしてユィシュエンが招き入れられたのは、リビングだけでも〈柱〉の一階層《ワンフロア》がまるまる収まるのではないかというほどに広く、生活感が微塵もない、殺風景な部屋だった。

「此処で待つ」とイザナギは告げた。

　ユィシュエンは首を傾げ、「何を？」

「夜を、だ」

夜を――ね。この朴念仁《ぼくねんじん》とふたりきりで何時間も過ごさねばならないのかと彼女が考えていると、イザナギは「寝てればすぐだ」と云って寝室の扉を指し示し、自身はさっさとリビングのソファに身を横たえて目を瞑った。そうしてすぐに寝息を立て始めた男を尻目に、ユィシュエンは相手の言葉通りに寝室へと向かった。

イザナギの――イザナミの、と云うべきだろうか――部屋のベッドは、スプリングのへたれた二段ベッドとも、恋人達が身を揺らすたびに軋り音を立てるパイプ製のそれとも違う、素晴らしく寝心地の好いものだった。こんなベッドで、トゥイと並んで寝てみたかったなとユィシュエンは思った。ほんとうの空や本物のお日様を見てきたと話したら、彼女はどんな顔をするだろうかとも考えた。

どちらも、もう叶わないことだと理解しつつも。

――どうするの？

あの晩、受話器の向こうのトゥイから、そう訊ねられた。上手く寝つけず、睡眠薬を料理酒で流し込んだときのことだ。薬の作用と疲れとで思考の箍《たが》が外れていたユィシュエンが、メイファンの容態《ようだい》や自身の置かれた状況などを一方的に語るのを一通り黙って話を聞き終えるなり、彼女は先の問いを寄越した。

はじめ、ユィシュエンは質問の意図を呑み込めなかった。まず仮眠を取ってから店に出て、その後、入院生活で必要なものを持って病院に――と答えているると、トゥイはそれを遮り、

――そうじゃなくて、これから先、どうするの？　赤ちゃんが生まれてこないなら、お金だっ

て入らない。そうしたら、あなたは、これからどうするの？

虚を衝かれたような思いで黙り込んだユィシュエンの口から、暫くして零れたのは、「わからない」という呟きだった。実際、どうしたら良いのか、まるで見当がつかなかった。何しろ、同居生活に終止符を打ってくれるはずの存在が唐突に失われて、すべてがご破算になってしまったのだから。

彼女は困惑した自身の心境を包み隠さずに吐露した。いや、してしまった。薬やアルコールのせいもあったが、それ以上に、トゥイならきっと一緒に考えてくれるだろうという甘えがあった。

けれども、受話器から流れ出したのは、深い溜め息だった。

「わからない」というユィシュエンの言葉とはあべこべに、トゥイは、

——もう、よくわかったわ。

——え、何が？

——あなたは元カノから離れられない。どうしたって、切り捨てることができない。自分が看《み》てあげなきゃって思いを断ち切れない。それは、わたしとの未来よりも優先されるものなんだって、よくわかったよ。

ユィシュエンは即座に「違う」と声を上げた。自身の何よりの望みは、ほかでもないトゥイと一緒に生きていくことだ。ただ、それでも——

——誰かを見限ってトゥイと一緒に暮らせるようになっても、わたしはきっと、何度も何度も、寝覚めの悪い思いをすることになるに決まってるし、だから、もう少しだけ……。

——うん、もう、わかったから。その罪悪感……わたしに云わせれば、あの女が怠惰《たいだ》なのがい

けないだけで、あなたが感じる必要なんてまるでないものだけど、とにかく、その罪悪感を背負ってでもわたしと一緒になる覚悟があなたにないのは、よぉく、わかった。あなたがあの女と暮らしてることに、わたしがどれだけ苦しんできたか、ちっとも考えてないってこともね。どうして理解してもらえないのかという困惑と、疲れによる苛立ち、それから先に服《の》んだ薬のせいもあって、ユィシュエンは感情にまかせて声を荒らげてしまった。

——仕方がないじゃない！

トゥイの返事は淡々としたものだった。

——うん、そうだね。仕方がないんだよ。あなたがあのぐうたら女と縁を切れないのも、わたし達が一緒になれないのも。もう、わたしは付き合いきれない……って云うより、正直、あなた達のことでやきもきするのに疲れ果てちゃった。だから……これっきりにしよう。

それぎり通話は一方的に切られてしまい、ユィシュエンはメイファンの方から何度コールし直しても、トゥイがそれに応じることはなかった。ユィシュエンはメイファンの血で汚れたままの床になよなよと力なくへたり込み、声を上げて泣いた。そうして、膝を抱え、涙と洟《はな》で顔をぐしゃぐしゃにしながら、ろくに回らぬ頭で考えた。

トゥイの云うことはいつだって、ほんとうだったし、正しかった。けれども、メイファンのことに関してだけは、違う。彼女は怠《なま》けているから仕事に出られないわけじゃない。努力が足りないからベッドから出られないのでもない。思いや努力とは関係なしに、そうなってしまう人は居るのだ。仕事じゃなければ外に出られるくせにと揶揄《やゆ》するのも的外れだ。外出できることと、外で働くことのあいだには、とんでもなく大きな開きがある。

勿論、電話口でのトゥイの言葉がすべて間違っているとは思わない。メイファンが仕事に出られないことと、自分が彼女の面倒を見ることのあいだにだって、大きな乖離《かいり》がある――と云うよりも、本来、両者のあいだにまともな因果関係など存在しない。関係が取り結ばれてしまった原因は、あくまで、寝覚めが悪くなるのが怖いという自身の臆病さにある。

母が死んだときのことにしたって同じだった。

まだ幼かったユィシュエンは、ある日、別段何というつもりもなく母に訊ねた。「いつかは、こんな暮らしから抜け出せるのかな」と。

その言葉に虚を衝かれたように、何の色とも判じがたい貌をしてみせてから三日後、母は首を縊《くく》って死んだが、それだって、自分の言葉と母の死に因果関係があったかどうか、遺書も遺言もなしに母が逝ってしまった以上、ほんとうのところはわからない。

自分のせいでは、ないのかもしれない。

でも――幾ら頭でそう理解していたって、一度思ってしまったことは、消せない。罪悪感からは逃れられない。そして、自分はそれに堪えられるほどに強くはない。

どうして、誰もわかってくれないんだろう……。

「時間だ」というぶっきらぼうな男の声で、ユィシュエンの意識は眠りの底から曳《ひ》き上げられた。

いつの間に寝ついたのか思い出せないほど、自然《ナチュラル》な落ち方をしていた。何年ぶりかもわからない、薬物《ケミカル》の添い寝を必要としない自然な眠りだ。ただし、寝覚めは最悪だった。そうならないための自己防衛を、長年してきたはずなのに。

すぐに身支度をして〝セーフハウス〟を後にすると、イザナギの先導で夜の街を歩き廻った。

目的地はあらかじめフェリシテから住所を聞き出しておいた〝男〟の部屋だ。

道中で目にした夜の〈上甲街〉の街並みは、昼にもまして、〈下甲街〉のそれとは違っていた。大通りでさえ人通りが乏《とぼ》しく、ひっそり閑《かん》と静まり返って、時折走り抜けていく自動車が夜気《やき》を揺らすほかには、空気を波立てるものもない。

本物の夜空には星という名のキラキラと輝くものが鏤《ちりば》められていると聞いていたけれど、頭上を仰いでも、そんなものは見つけられなかった。影という影を徹底的に消し去ることを目指してでもいるかのように数限りなく立てられた街灯の光が目に痛いほどで、夜空の容子なんて、ろくに見えやしなかった。

男が棲んでいるという建物は、イザナギの部屋が収まった建物からそれほど離れてはいなかった。あるいは、〝セーフハウス〟は街の方々《ほうぼう》に幾つも用意されていて、その中で最も現場に近いものが事前に選ばれていただけなのかもしれないが。

その建物のエントランスにも硝子でできたセキュリティゲートがあった。どうするのかと思っているユィシユエンの眼前で、イザナギはジャケットの胸ポケットから黒光りする板状の端末を取り出した。彼がその表面を暫し指先で弄《いじ》り回してから壁面のプレートにかざすや、ゲートはわけもなく開いた。こんなことができるなら、手の交換は必要なかったんじゃないかと問うユィシユエンに、男は「それじゃあ、いちいち面倒臭いだろう」とだけ答えた。彼女には理解できなかった。面倒だからといって身体の一部を他人と入れ替えるなんて発想は、自身の常識の埒外《らちがい》にある。やはり、自分とイザナギとでは生きる世界が違うのだと改めて思わされた。

エレベーターで高層階へと向かい、エントランスと同様の手順で扉を開けて男の部屋へと忍び込んでから先は、ユィシュエンの仕事だった。

街並みの清潔さや建物の外観とはあべこべに、室内には脱ぎ散らかされた服や種々のゴミが足の踏み場もなく散乱していた。其処ら中に食品の空き容器が放置され、何かが腐っているような異臭が鼻を衝く。〈柱〉の共用部でさえ、この部屋ほどに汚れてはいない。フェリシテはこんな環境で暮らしていたのかと思うと、ユィシュエンにはよくわからなくなった。〈上甲街〉では豊かで快適な生活が約束されているのではなかったか。そんなことを考えながら、足先でゴミを掻き分けて、やはりゴミだらけのキッチンに彼女は向かった。

冷蔵庫の扉を開けると、庫内を埋め尽くしていたビールを残らず掻き出し、キッチンの隅に堆《うずたか》く積もったゴミの山の下に隠した。それから、一本だけ手元に残しておいた缶の底に錐《きり》で小さな孔を開け、二種の睡眠薬を混合した溶液を流し込んでから、接着剤で孔を塞ぎ、冷蔵庫に戻した。次にはリビングに向かい、ソファの傍らに据えられた小卓に放り出されていた烟仔《タバコ》を回収し、代わりに特別製のそれを数本、灰皿の近くに転がしておいた。高射砲のような吸い方をしなくとも自然と吸い込むことになるよう、先端ではなく半ば辺りに白粉《ヘロイン》を詰めておいたものだ。

「こんな面倒なことしなくたって、オレが野郎をノシてやれば済む話じゃないのか」とイザナギは終始怪訝そうにしていた。確かに、屈強な彼の肉体をもってすれば、大抵の相手は力ずくで組み伏せることができるだろう。

それでは駄目だとユィシュエンは説いた。下手に男を痛めつければ、〈下甲街〉に居る〈冥婚相手〉にも瑕が〈転瑕《てんか》〉されてしまう。ただでさえ、この後の手はずで〈転瑕〉を利用するというのに、何も知らない〈下甲街〉の誰かに無為な瑕まで負わせるのは避けたかった。

それ以上に、イザナギの手を借りるのが癪だったというのが本音かもしれない。此処までの手引きを頼ってしまった上、男を捕らえることまで任せてしまったのでは、男手がなければ何もできない女だと自ら認めることになるような気がして厭だった。

思うようにことが進まず、万が一の事態に陥った場合の保険として室内で待機することだけは、イザナギも譲らなかったが、結局はそれも杞憂《きゆう》で済んだ。彼女の用意した手はずから少しも外れることなく、いとも簡単に男は堕ちたのだから。

ユィシュエンは昏倒《こんとう》してだらしなくソファに横たわった男の手を取ると、フェリシテが自身の身体にそうしてみせたように――もっとも、それよりもはるかに詳細な――瑕のメッセージを前腕に刻みつけた。ナイフの刃先が男の皮膚を裂く感触は、かつて自身の手首を切ったときのそれとさほど変わらぬものであるはずなのに、他人の身体に瑕をつけるというのは、こんなにも苦痛を伴う行為なのかと彼女は戦《おのの》いた。

また一方で、細かな線がのたくるようにして連ねられた瑕が、刻んだそばから消えていくのを目《ま》の当たりにすると、その様に驚きを覚えつつ、こうも思った。

――これがいけない。

いつかイザナミも云っていた通り、己の振るった暴力の痕跡が簡単に拭い去られると、つい先に覚えたはずの心理的な苦痛や罪悪感まで、すぐさま忘れてしまいそうになった。反対に、瑕痕が恒久的に残るものだったなら、メッセージを最後まで刻み終えられたかも怪しいものだ。

メッセージの送信が済んだ後には、上下の街を行き来する貨物用の大型エレベーター――〈天頂電梯《ピーク・トラム》〉まで男を運ぶ必要があった。さも当然とばかりに男を抱え上げようとしたイザナギを、ユィシュエンは制止した。どうしても自分の力でことをやり遂げたかったのだ。

とは云え、それは結局のところ、気持ちだけではどうにもならぬ現実を改めて思い知らされることにしか繋がらなかった。男の両脇に手を掛けて幾ら踏ん張っても、彼女の力ではぶくぶくと肥え太った成人男性の身体は持ち上げられなかった。仕方なく、ずるずると引き摺るかたちになったが、それさえ、玄関まで運ぶので精一杯だった。

これでは〈天頂電梯〉に辿り着くまでにどれだけ時間がかかるか知れない。焦れたような口振りでそう云うや、イザナギはユィシュエンが止めるのも聞かず、横合いから男の身体を奪って肩に担いだ。軽々と男を運んでいく彼の肉体——ジャケット越しに盛り上がった二の腕や背筋——を横目に、彼女は唇を噛んだ。どうして自分の身体はああじゃないのだろう。どうして自分の腕はこんなに細くて弱っちょろいのだろう。どうして、ごつごつした男のそれと違って、女の身体はこうも柔らかいのだろう。

どうして、男と同じだけの力を持って生まれてこられなかったんだろう。

イザナギの隆々たる筋骨も生まれながらのものではなく、厳しく鍛え上げた末に獲得されたものだろうとは理解している。けれども、仮に同じトレーニングをこなしたところで、自分の身体は、ああはならない。

悔しさのあまり目から零れそうになる涙を、彼女は必死で押し留めた。

〈天頂電梯〉へと辿り着き、事前に買収していた係員の先導で向かった貨物室の片隅に男の身体をどさりと下ろす頃には、イザナギの額にも大粒の汗が玉を結んでいた。汗に濡れたジャケットを鬱陶しげに脱ぎ捨ててタンクトップ一枚となった彼の上半身に、ユィシュエンは目を瞠《みは》った。

剝き出しになった右の肩から前腕までがケロイド状の瘢痕《はんこん》に覆われていたからだ。

「入れ替わる前に〈転瑕〉されてきた瑕だ」自身に向けられた視線に気づいたのか、何を問われるまでもなく彼は云った。「あの莫迦が、自分で硫酸《りゅうさん》を浴びやがった」

「そんな……何のために?」

「〈システム〉の作用を試してみたかったんだと。よくある話だろ」と、事もなげに云う。

其処だけ聞けば、フェリシテから〈転瑕〉されてきた左手首の瑕と変わらないかもしれないが、試すと云うにしては、どう考えたってやり過ぎだ。

つい、疑問が口を衝く。「恨んでないの?」

「恨んでるし、憎んでる。当たり前だろ」イザナギは言下に答えた。

「だったらどうして、入れ替わった後で、やり返したりしなかったの?」そればかりでなく、「どうして、そんな相手と協力なんかしていられるの?」

「復讐のためだ」

「復讐?」ユィシュエンは首を傾げた。彼女には彼の云っていることが矛盾しているようにしか感じられない。何故、〈転瑕〉を送り返さないことが、復讐になると云うのか。

訝る彼女に、イザナギは続けた。「あの莫迦ひとりをどれだけ痛めつけたって、そんなことに大した意味はない。それよか、ムカつく相手だろうが何だろうが徹底的に利用して、他人の入れ替わりを手助けし続ける方が、長期的にダメージを与えられるだろ」

何に対して——と男は云わなかったし、ユィシュエンも訊ねはしなかった。問うまでもない。この男が復讐を果たそうとしているのは、〈冥婚相手〉個人ではなく、上下の街を支配する〈システム〉そのものなのだ。彼の目は〝黒い〟のではなく、何処までも〝冥《くら》い〟のだ。

それならば、一方のイザナミは何のために入れ替わりを望んだのだろうか。まさか、〈冥婚相手〉のために身を挺《てい》して――と考えかけたところで、あの男に限ってそんなことはあり得ないとユィシュエンは首を振った。自己犠牲や献身という言葉があれほど似合わぬ男もそう居ない。ならば、他にどんな理由があったのか。

疑問に対する答えは、すぐにイザナギの口から語られた。

「アイツは、観光旅行《ツーリズム》だとよ。とびきり悪趣味なクソ野郎だ」

ユィシュエンにはまるで理解できない発想だが、あの男らしいと云えば、らしい。いつぞや、「傍観者でいたい」と云った彼の貌が思い起こされる。

そう考えていると、不意に問い返された。

「アンタはどうなんだ？　いまやろうとしていることは、復讐とは違うのか？」

ユィシュエンは何とも答えられなかった。いまのいままで、そんな風には考えてもみなかったが、云われてみれば、捕らえた男に自分がしようとしていることは、客観的には復讐に見えるのかもしれない。フェリシテの身体を介して散々自分を苛んできた相手への意趣返しなのかもしれない。ただ、実感はなかった。彼女が確かに認識していたのは、いまも手に残る、男の腕に瑕を刻んだときの感触ばかりだ。

「オレからしたら、アンタの行動こそ不可解だ」考え込む彼女に向けて、イザナギは問いを重ねた。「復讐じゃないってんなら、アンタは何であんな女のために此処までする？」

それを呼び水として、ユィシュエンの脳裡《のうり》には自身の行動に対する無数の疑問が、いまさらながらに浮かんできた。

正義感とか使命感とか、そういう崇高な思いからのことか？

社会を変革し、世の不均衡を糾《ただ》そうという闘志からのことか？

それともただ、いつか〈致命的転瑕〉が起こるのを恐れてのことか？

あるいは、〈冥婚相手〉の弱々しく疲れ果てた姿に絆《ほだ》されてのことか？

決まっている。

答えはいずれも——唔係《ノー》だ。

「単に、こうしないと寝覚めが悪いからよ」とユィシュエンは答えた。

それだけは、確信をもって云えた。〈废人《フェイレン》〉の椀に小銭を入れるのと、あるいは、路傍の少女からビラを受け取るのと、またあるいは、働くことのできない女性と同居し続けるのと、少しも変わることのない、一貫した理由だ。

イザナギは暫し考え込むように口を噤《つぐ》んだ後、床に転がった男の腹を足先でつつきながら、

「それにしちゃ、この豚を脅《おど》かしてるときのアンタは、愉しそうに見えたけどな」

ユィシュエンは何の言葉も返さず、それぎり会話は途絶えた。

※

目を覚ましたとき、男の視界は泥酔《でいすい》したときのように、ぐわんぐわんと左右に揺れていた。おまけに頭もひどく痛い。見覚えのない灰色の天井を捉えた両目を、ぐっと瞑っては、また開く。

それを繰り返すうちに視界の揺れが幾らか収まってくると、手で頭を押さえつつ身を起こした。身体の動きに、視線が僅かに遅れてついてくる。違和感に気を取られているうちに己の意思と関わりなく再び倒れ込もうとする上体を、床に手を衝いて支える。ひんやりと冷たい感触に驚いて、よくよく見れば、手の下にあったのは、いまどき病院くらいでしかお目にかかることのない、リノリウム張りの床だった。

——どこだここは。何がどうなってぃやぁがる。

いまだ夢の中にあるかのようにどろりどろりと溶けていた男の意識は、眼前に立つ者の姿を認識した瞬間、一気に凝固して輪郭を顕わにした。頭が正常に回るようになったというのではない。激しい怒りによって引き起こされた、無理矢理な覚醒だ。

そこに居たのは、意識を失う直前に相対した傷痕だらけの不気味な女だった。その背後に隠れるようにして震えている、よく見慣れた女の姿もあった。

「何なんだここは！　おい、フェリシテ、手前ぇのせいか！」

そう怒鳴りつけるや、男は弾けるようにして立ち上がり、女に飛びかかった——つもりであったが、足は床を蹴立てることなく空《くう》を切り、支えるべき身体を床に放り出しただけだった。

——クソ、身体が言うことを聞きゃあしねぇ。

女が言っていた何やらよくわからないクスリがまだ抜けきっていないのだろう。遅まきながらそう理解した男に向けて、フェリシテを背後にした傷痕の女が足を踏み出し、先の問いへの答えを寄越す。「此処は〈下甲街〉。あなたが散々踏みつけにしてきた街よ」

「〈下甲街〉だと？」男は眉間に皺を寄せて吠えた。「何のつもりだ。そんなとこに俺を連れてきて、どうするつもりだ！」

精一杯凄んでみせる男に、女は僅かばかりも臆した様子を見せず、「わたし達は——フェリシテとわたしは、何もしない。それから、彼らもね」

女が顎で示した先では、ふたりの男が壁に背を預けて立っていた。ひとりは取り澄ましたような無表情。もうひとりは、にやにやした薄ら笑いを口元に浮かべている。どちらも見覚えのない顔だ。用心棒か何かなら、〝何もしない〟とはどういう意味か。まるでわからない。わからないが、深く考えるよりも先に怒声が口を衝く。「何だってんだ、畜生。おい、フェリシテ。ナメた真似しやがって。お前ぇ、わかってんだろうな。俺の身体がちゃんと動くようになったら、ただじゃおかねぇぞ！」

フェリシテはびくりと肩を跳ねさせ、先から顔に浮かべていた怯えの色を一層濃くした。

——そうだ、それで良い。何のつもりか知らねぇが、分不相応なことをしでかしやがって。きっと、このバケモノみてぇな女に唆《そその》かされたに違いねぇが、こいつは他の誰より俺の言うことを聞くに決まってる。

「何を企んでんのか知らねぇが、おい、いまならまだ軽めのお仕置きで済ませてやるぞ」

本当は軽くなんかでは済ませてはやらねぇけどな——と心中でほくそ笑む男を更なる高みから嘲笑うかのように、フェリシテの頭を撫でつつ傷痕の女が言う。「大丈夫。どう転んだとしても、そんな瞬間はもう絶対に来ないから」

「んだと、手前ぇ！　一体どういう——」

そこまで言いかけたとき。

頭の天辺《てっぺん》に凄まじい衝撃が走り、男の視界はふたつに裂けた。

床と天井、上と下、前と後ろ——本来であれば同時に見ることなど能《あた》うはずのない双極を、左右の目がそれぞれに捉えていた。

直後、男の意識は千々《ちぢ》に砕け散った。

玖《ガウ》

〝谺《エコー》〟ではなく、〝廻向《えこう》〟である。

耳慣れぬ言葉に首を傾げるユィシュエンにイザナミが語ったところによれば、仏教における概念のひとつだと云う。自身の為した善行や信心に対する報いとして得られる利益であったり、未来において約束される幸福であったりは〝功徳《くどく》〟と呼ばれるが、その〝功徳〟を己自身ではなく他者に廻すのが〝廻向〟という考え方だ、と。

「別の云い方をするなら、善き結果の転送《トランスファー・オブ・メリット》」イザナミ曰く、〈システム〉の命名もそれに基づくものであり、本来は〈廻向システム〉と呼ぶのが正しいらしい。

ただし、〈システム〉が指向しているのは本来的な廻向とは正反対のこと——すなわち、負の廻向、あるいは、トランスファー・オブ・デメリットとでも呼ぶべき作用である。

因果応報の理《ことわり》を崩し、己が負うべき瑕《きず》を他者へ廻すという、悪辣《あくらつ》極まりない発想によって生まれた機構。それこそが、〈廻向システム〉の正体だ。

あの日、満員のトラムの車中で聞かされたその話が事実であるならば、自分が為したことは何だったのだろう。頭を失くして床に倒れ臥《ふ》した男の屍骸を前に、ユィシュエンはそんなことをぼんやりと考えた。ついさっきまでひとりの人間だった肉塊の周囲には、頭蓋と脳漿からなる混合物が放射状に広がり、眼窩《がんか》から放り出されたふたつの眼球が転がっている。

男の〈冥婚相手《フィアンセ》〉が、〈上甲街〉で身を投げたのだろう。

その人物が首尾良く〈下甲街〉の合流地点まで来てくれる保証はなかった。ユィシュエンは〈上甲街〉で昏倒した男の腕に用件と合流地点とを詳しく刻みつけたが、見ず知らずの人間から〈転瑕〉を介して唐突に送られてきたメッセージを〈冥婚相手〉が信じてくれるとは限らない。それでも、相手が来てくれることを願いつつ待つよりほかに、彼女とフェリシテにできることは何もなかった。

果たして、待ち人は来た。

開かずの間に姿を現した半裸の男は、ユィシュエン同様、無数の瑕痕に覆われた身体の持ち主だった。〈冥婚相手〉とのつり合いを考えれば、まだ壮年と呼ぶべき歳のはずだが、その顔は瑕痕に加え、深い皺にもまみれていた。ひどく腰が曲がっているせいで歩きづらそうなところまで、老人と云った方がしっくりくるような在り様だった。

イザナミに介助されつつ、室内への唯一の出入り口である窓の桟《さん》をどうにか跨《また》いで現れた男の姿をひと目見るなり、〈外省人《イミグラント》〉だとユィシュエンは確信した。肌の色がトゥイよりもなお濃く、ほとんど黒色に近かったからだ。〈本省人《ネイティブ》〉にはまず見られぬ特徴である。

そのことは、同時にまた別の事実をも示唆《しさ》していた。男の顔は歪にひしゃげ、剃髪《ていはつ》された頭には陥没の痕があった。片脚の自由が利かないらしく、松葉杖を突いた姿は、〈废人《フェイレン》〉一歩手前といった容子《ようす》だが、フェリシテから聞いた限り、〈上甲街〉の男は〈本省人〉だと云うから、眼前の男にこれほどの瑕を〈転瑕《てんか》〉する以前にも、〈致命的転瑕〉によって〈冥婚相手〉を死なせていた可能性が高い。

「この野郎が、俺の……」と、昏倒してだらしなく床に転がった肥満体の男を目にするなり、老爺《ろうや》のような男は呟いた。理解が早いなとユィシュエンは思った。あるいは、現在の状況と自身が取り得る選択肢について、道々、イザナミから説明を受けていたのかもしれないが、それにしても、いままで顔を合わせたこともないはずの男が自身の〈冥婚相手〉であると理解して双眸に憎悪の火を灯らせるまでが、あまりに速かった。

「こんな奴のせいで、俺は散々な目に遭わされてきたのか」

同じく酷い〈転瑕〉に苦しめられ続けてきたとは云え、他人でしかないユィシュエンには、男の怒りが「わかる」などとは口が裂けても云えないが、〝こんな奴〟という言葉には深く頷かされた。目の前で眠りこけている男の姿は、暴力によってフェリシテを支配し続けてきたという話から漠然と思い描いていた人物像とかけ離れたものだった。威圧感のある偉丈夫《いじょうふ》でもなければ、〈下甲街〉の労働者達やイザナギのように筋肉の鎧《よろい》を纏っているわけでもない。背丈の割に横幅ばかりはむやみに厚いが、それも堅肥《かたぶと》りというのではなく、贅肉《ぜいにく》が余っているだけで、少なくとも他人に恐怖を覚えさせるような体軀からはほど遠い。どうして〝こんな奴〟をフェリシテは恐れていたのだろうという疑問が頭から拭えないくらいだ。

「連れていってくれ」どうする、というイザナミの問いに、男は即座に答えた。やはり、大方の状況は既に理解していたらしい。〈上甲街〉に行く前にやり残したことはないかという問いにも首を振り、とにかく早く連れていってくれと唸《うな》るような調子で男は急かした。「この豚野郎に、目にもの見せてやる」

案内役をイザナミから引き継いだイザナギに伴われて、男はすぐに部屋から出ていった。去り際にユィシュエンとフェリシテを一瞥《いちべつ》し、「ありがとな」という呟きを後に残して。

そうして迎えた結末が、いま目の前に広がっている血の海と男の亡骸というわけだ。

最終的な選択は〈冥婚相手〉に委《ゆだ》ねる――というのが、ユィシュエンとフェリシテが出した結論だった。狡いやり方だとは百も承知だ。〈上甲街〉の男を死に至らしめたのは、あくまでも〈冥婚相手〉であって、自分達ではないと思いなすための遣り口。

狡い手段《て》を採ることに、ユィシュエンは慣れているはずだった。

だから、この結末も、喜ぶべきことのはずだった。

祝福すべき一場面であるはずだった。

けれども、長年自身を囚え続けてきた縛《いまし》めから漸く解放されたフェリシテはいま、ユィシュエンの腕の中で泣き崩れている。嬉し泣きというのでは決してないとわかる悲痛な声を上げて顔をぐしゃぐしゃにゆがめる彼女を掻き抱き、頭を撫でてやりながらも、ユィシュエンにはよくわからなかった。散々自分を苦しめてきた男の死なんて、何を悲しむことがあるのか。どうして、涙なんか流してやる必要があるのか。

そう考えかけたとき、脳裡に浮かんだのはメイファンの姿だった。

嗚呼――とユィシュエンは嘆息した。

嗚呼、もしあの日、メイファンがお腹の赤ん坊と一緒に死んでしまったなら、自分もやっぱり、こんな風に泣いたのかもしれないな、と。

彼女は漸く、自身が犯し続けてきた過ちの正体を理解した。自分は、訊くべきだったのだ。メイファンには赤ん坊の父親のことを。トゥイには自身と同居人の関係をどれほど苦しく感じているかを。きちんと訊ねるべきだった。

でも、もう、すべては手遅れ——なのだろうか。何もかも失われてしまったのだろうか。

自問する彼女の背後で、乾いた拍手が不意に打ち鳴らされた。振り返ってみれば、イザナミがぱちぱちと両手を叩き合わせて、青白い顔に、にまにました満足げな笑みを浮かべていた。

「何なの?」

憮然とした声音でユィシュエンが問うと、彼は朗《ほが》らかに応じた。「いやぁ、面白いものを見せてもらえたからさ。リスクはあったけど、キミ達は賭けに勝ったんだ。見事なものだよ。ほんとうに面白かった。やっぱり良いものだね。復讐っていうのはさァ!」

その瞬間、ユィシュエンの胸の内で何かが爆ぜた。胸に抱いたフェリシテさえ思わず放り出し、イザナミに思い切り拳を打ちつけてやりたいという、抑えがたい衝動。それは、純然たる忿《いか》りと呼ぶべきものだった。暴力は良くないだとか、他人を瑕《こ》つけてはいけないだとかいう月並みな倫理観も、自分の手を汚したくないという自身のこれまでの来し方も、すべて何処かへ吹き飛んでしまうほどの激烈な忿怒《ふんぬ》だ。

けれども、彼女が拳を振るうことはなかった。

いや、そうすることができなかった。

ユィシュエンが撲《なぐ》るまでもなく、イザナミはすぐ傍らから猛烈な勢いで飛んできた拳に顔を打ち据えられて後ろ様に吹き飛び、ごろごろと床の上を転がった。

何が起きたのか、ユィシュエンは咄嗟には理解できなかった。それは撲り飛ばされた当人も同じことらしく、かなりの間を置いてから、頰を手で押さえ押さえしつつ持ち上げられたイザナミの顔には、それまでついぞ見せたことのない驚愕の表情が浮かんでいた。

見開かれた彼の両目は、自身の〈冥婚相手〉を見上げていた。

「笑うな」拳を振るった男――イザナギは、床に這い蹲《つくば》ったイザナミに吐き捨てた。「お前も少しは覚えておけ。これが、痛みだ」

2

――わたしは幸福《フェリシテ》だ。

心の底から、そう思う。

かけがえのない友を得られたことも。

あの子のおかげで、己の生き方を変えられたことも。

いまこうして、彼女の物語を綴り終えるまで生き存《なが》えてこられたことも。

そう、わたしは、幸福だ。

男の支配から解放された後も、当然、すぐに何もかもが変わったわけではない。

暫くのあいだは相変わらず身を売ることでしか自活できなかったし、辛い目にも散々遭った。

それでも折れずにいられたのは、自分は独りではないと思い続けられたからだ。

少しずつではあっても、外へ外へと目を向けることができたし、その結果、〝セーフハウス〟とは異なる、ほんとうの意味での安全な家《シェルター》を運営する非営利団体《NPO》と繫がることもできた。以来、十年という歳月をかけて徐々に生活を立て直し、多くのものを見、多くのことを学び、いまは街の変革を目指すレジスタンスの一員となっている。

――生きて。

これからどう生きていったら良いかわからないと泣き崩れた十年前のあの日、わたしに代わって数々の瑕《きず》を負い続けてきた友は、そう云ってくれた。

自分の人生を生きて、と。

それから彼女はわたしの右手を取り、懐からナイフを取り出した。何をするつもりなのかと怯えるわたしの薬指の付け根に刃をあて、彼女はその切っ先をほんの僅かばかり横に辷《すべ》らせた。小さな瑕口から溢れた血が指先まで伝った。

「これがほんとうの痛み。本物の瑕」と彼女は云った。「どうしたら良いのかわからなくなったときには、この瑕痕を見て、わたしのことを思い出して」

そう云うと、彼女は血に濡れたナイフの刀身を握り、その柄をこちらに向けて差し出した。

わたしは、自分が何を為すべきか、すぐに理解した。今度はこちらが彼女の右手を取り、薬指の付け根に小さな瑕をつけた。わたしにとって初めての――そして最後の――自らの意思で人の身体につけた瑕だ。誰かを瑕つけるというのはこんなにも苦しいことなのかと、わたしは初めて知った。

友は云った。「わたしもこの瑕を見て、あなたのことを思い出す。他の誰かのせいじゃなく、

〈システム〉によってでもなく、あなたの手で刻まれたこの瑕痕を、何度だって見る。何度だって撫でる。だからあなたも——」

——わたしのことを忘れないで。

その願いに、わたしは応じた。

決して忘れたりなんかしない、と。

十年後のいま、わたしの手元には大量の動画データがある。あの子が〈下甲街〉で収録し、その都度、送ってくれたものだ。

わたしが長い時間をかけていまの活動に行き着いたように、彼女もまた、あの日から少しずつ行動を始めていた。〈下甲街〉で生きる人々へのインタビューというかたちで、彼女は彼女なりの闘争を続けてきたのだ。

〈転瑕《てんか》〉に怯えて生きる人々。インフラの破綻《はたん》した街での生活。〈入街管理局《イミグレーション》〉での、人を人とも思わぬ扱い。問いかけと応答を通じて、膨大な人々の声を彼女は集めた。その中には、彼女のふたりの元恋人——家族を支えるため、金と引き換えに〈下甲街〉へとやってきたベトナム出身の女性と、同居人を自身から解放するために行きずりの男と性交して子を身籠もりながら、〈転瑕〉によってその赤ん坊を失った女性へのインタビューも含まれている。

彼女達三人はいま、互いに支え合い、緩やかに連帯しながら生きているそうだ。本来的な意味での双喜紋《ダブル・ハピネス》ならぬ、トリプル・ハピネスとでも呼びたいところだが、そうした関係に至るまでには長く永い対話を必要としたし、いまでも、感情面の蟠《わだかま》りが互いの内からきれいさっぱり払《ふっ》拭《しょく》されたわけではないらしい。

ただ、互いの感情を丸ごと受け容《い》れることこそできずとも、共感や理解を得られずとも、手を取り合うことはできるというのが、あの子が至った現時点での答えだと云う。

あなたの活動は立派だと、こちらからのデータに称賛の言葉を添えて送るたび、インタビューやデモの容子《ようす》を収めた動画の末尾に、自身にカメラを向けて撮影したメッセージを付け足すかたちで、彼女はそれに応答した。画面の中の彼女はいつも、少しばつの悪そうな貌をして、自分はただ、ほんの少し周囲に目を向けられるようになっただけだと云う。そうして、後には必ずこう付け加える。

——おかげで、寝覚めは毎日サイアク。

あの子らしい言葉だ。

彼女がそうした闘いを続ける一方、わたしと、わたしの所属する組織も、長い年月をかけて悲願の達成に向けて動いてきた。〈上甲街〉の閉じたネットワークのセキュリティに風穴を開け、検閲をすり抜けて〈外側《そと》〉へ情報を発信する術《すべ》を探し続けてきたのだ。

その願いが、漸く叶う。

これから外の世界に向けて解放《リリース》されるのは、友が収集してきたインタビューのすべて。

そして、わたしが綴った、あの子の物語だ。

それが、わたし達の武器だ。

もっとも、それは〈あなた〉を攻撃するためのものではない。

〈あなた〉にも手に取ってほしいと願うからこそ、差し出すのだ。

そうしたところで、街も世界も変わりはしないのかもしれない。あの男がいつか云っていたように、〈あなた〉も、見たくなかった、知りたくなかった、考えたくなかったと思って、そっとページを閉じ、〝臭いものには蓋〟と黙殺したり、対岸の火事として他人事扱いしたりするのかもしれない。あるいは、説教臭いとか、被害者ぶっていると、わたし達を非難するかもしれない。

それはそれで仕方のないことだ。

ただ、これだけは覚えておいてほしい。

わたし達は、現にいまも、此処に居る。

この長い長い物語を最後まで読んでくれた人が居るならば、その中にたったひとりでも、わたし達の存在に気づき、共に武器を手に取ってくれる人が居ることを、間違っていることは間違っていると勇気を持って口にしてくれる仲間が現れることを、わたしは切に願う。

終景《しゅうけい》　累ヶ辻《かさねがつじ》

皐月朔日《さつきついたち》

――厭《いや》だ。厭だ。仮令《たとい》、今、此処《ここ》で惨《みじ》めに死ぬるとて、我が生涯が斯様《かよう》につまらぬ、無為でくだらぬものであつて良き筈《はず》がない。何故《なぜ》と云《い》ふに、妾《わたし》は不遇の貴種であり、旅の藝人《げいにん》が村に遺したりし一粒胤《ひとつぶだね》であり、狐の化生《けしよう》の落とし児《ご》であり。累《かさ》ねて生まれた助《すけ》であり、時の流れは一条《ひとすぢ》でなく、交叉《こうさ》と分岐を繰り返す、無量に連なる辻の如きものであり――

いつかの何処《どこ》か

蒼白《あおじろ》い光を湛えて浮かぶ月輪《がちりん》は、夜空に穿《うが》たれた穴かのように、わたしの目には映ります。そう、恰度《ちようど》、先までわたしがその底にて微睡《まどろ》んでおりました、この古井戸のように。

月魄《つきしろ》の明かりに薄青く濡れた風物と云うのは何につけ好もしいものですね。お庭の敷石《しきいし》も、お屋敷の甍《いらか》も、其処《そこ》此処の草叢《くさむら》も、風にそよぐ柳の枝葉も。何もかもが生来《せいらい》の色を失《な》くして青色の濃淡に染め変えられた様は水底《みなぞこ》のようで、何とも心が落ち着きます。あぁ、この井戸の胎《はら》の内も水に充《み》たされていたならば、底に横たわるわたしの亡骸《なきがら》とて、幾《いく》らか無聊《ぶりよう》を慰《なぐさ》められたでしょうに。いえ、そう願うたところで、詮《せん》無きこととは承知しておりますが。

それからまた、斯様な月光の中にあってなお皓《しろ》い、この振袖の白菊《しらぎく》が、わたしは何にもまして好きなのです。ええ、そう。かつて一度は無残に散った、菊の花でございます。白銀《しろがね》の刃《やいば》で斬りつけられました折、この菊は袈裟《けさ》に断たれ、わたしの身から噴き出す血汐《ちしお》に紅く染まりました。それが、今はと云えば、あなうれし。ご覧ください、元の通りの綺麗な菊です。卸《おろ》したての衣に袖を通すときの、浮き立つようなあの心持ち――おわかりいただけますでしょうか。ですから、そう、膚《はだ》を裂かれる痛みより、肉を斬られる苦しみより、折角の晴れ着が斯《か》くも無惨に穢《けが》されてしまったことこそ、わたしには何より辛《つろ》うございました。よくお見えになりませんか。暗《くろ》うございますからね、燈《あかり》を灯《とも》しましょうか。

あら、どうかそんなに驚かないでくださいまし。鬼火をご覧になるのは初めてでいらっしゃいますか。冷々《れいれい》と冴えるこの焔《ほのお》。月魄にも似て綺麗でございましょう。ああ、まだ暗うございますね。では、もう幾つか生じさせましょう。二つ、三つ、四つ――と。あらあら、いけませんね、夜ごとお皿を数えてばかりおりましたから、何につけ九つまで数えるのが癖になってしまいました。そう灯《ひ》が多くては煩《うるさ》いばかりで仕方ありませんから、このくらいで。

おや、震えていらっしゃいますね。お寒うございますか。わたしは寒さと云うものを感じられぬ身に成り果ててしまいました故《ゆえ》、気づきもしませんで。考えてみますに、あれ程《ほど》やかましく鳴いていた蟬《せみ》の声さえ今は絶えがちになっているくらいですものね。気が回らず、どうも、お恥ずかしいことです。とは云え、何もそうお震えになる程に寒くはなかろうとも思うのですが。

さあ、そんな処《ところ》にお立ちになっていらっしゃらないで、どうかもっとお近くに。ほら、こうして井戸の縁《ふち》にお掛けになると楽でございますよ。如何《いかが》なさいました、そんなにお目を伏せられて――あぁ、わたしに足があるのが不思議でございますか。厭ですわ、世の習いで、おばけには足がないのが常だとばかり思っていらっしゃったのですね。お可愛《かあい》らしいこと。ふふふ。

斯様な形《なり》に身をやつしてはしまいましたが、あなた様とこうして見えることができて、わたし、本当に嬉しゅうございます。ほら、こうして口許《くちもと》が綻《ほころ》んでしまうのも押《まみ》さえられぬ程に。

何故と申すに、宵《よい》ごとに、晩ごとに、わたしはずうっとあなた様をお待ちしていたのですもの。

さあ、どうか。どうかもっとお近くに。

幽霊の辻

――お菊。

そう呼ばわれた気がしたものですから、足を止めて振り返ってはみたのですけれど、声の主は何処にも見えず、藍染《あいぞ》めの紗《うすもの》を幾重《いくえ》にも垂らしたような闇を背後《うしろ》に、一叢《ひとむら》の芒《すすき》がさらさらと揺れているばかりでございました。穂先が擦《す》れ合ってささめき交《か》わす音《ね》を、どうかして、わたしの名を呼ばうものと聞き違うたのでしょうか。けれども、そんなことって、ありますでしょうか。「きく」と云う尖った響きは、芒に立てられるものではなかろうと思うのですが……いえ、それはそうと思い做《な》すにしても、また別の、もっとおかしなこともございます。

と申しますのは、わたしが何処から来たのかと云うことでございます。足を止めて振り返ってみるまで、わたしは真っ直ぐに径《みち》を歩いておりました。その刹那まで、わたしの両の蹠《あしうら》が交互に地を踏んでいたことは確かでございます。けれども、夜闇の底に白い反物《たんもの》でも辷《すべ》らせたような径の左右には丈の長い草葉が切れ目もなく生《お》い並び、視線の先にも芒の叢《むら》があるばかりで、径はふっつりと途絶えています。夜気《やき》越しに己《おの》が着物を検めてみましても、外を歩けば必ずと云って良い程裾に引っ掛かる落葉の一片《ひとひら》はおろか、夜露に濡れた染みの一つとてございませんで。さながら、歌舞伎で使う書割《かきわり》の只中《ただなか》にでも抛《ほう》り出されたかのような心地が致します。

　そう云えば、一度だけ、旦那様と奥方様のお供《とも》で歌舞伎を観に行ったことがありましたっけ。親の仇《かたき》である浪人と、そうとは知らず恋仲になってしまった奥女中のお話。己に科《とが》なき因果から醜《みにく》い顔貌《かお》に変じてしまった女中を演じる役者様の化粧《けわい》には、大層肝を潰したものですが、お話そのもので云えば、脚本《ほん》の元となった仮名草子《かなぞうし》の筋の方がわたしは好きでした。生まれつき醜い顔であったと云うだけで人から忌《い》まれ、何の悪事を働いたわけでもないのに、好いた男の勝手な都合で惨《むご》たらしく殺されてしまった女の、悲しい哀しい物語。同じ女として身につまされるものがございましたし、何より、わたしと同じ「菊」と云う名の娘が、後段に至って、かの女のおばけに取り憑かれると云う筋立てに、どうにも己が身を累《かさ》ねてしまいまして。

　いいえ、そんなことよりも。わたしが考えなければならぬのは、わたしが何処から来て、それからまた、何処へ行こうとしているかと云うことでした。先に申しました通り、〝何処から〟と云うのも判然としませんが、輪をかけて判らぬのは〝何処へ〟向かっていたのかと云うことです。歩んでいたからには何かしら目指す処があったでしょうに、それが些《ちっ》とも思い出せないのです。

　と云って、戻る道とてございません。わたしは前に向き直り、先まで通り足を進めることに致しましたが、そうして行けども行けども、辺りの景色はまるで変わらず、時の感じ方も曖昧《あいまい》で、さながら廻《まわ》り燈籠《どうろう》のように一つ処をくるくると廻っているかのようにさえ思えてまいります。

斯くてどれ程歩き続けた頃でしょうか、出し抜けに左右の視界が開けたかと思うや、これまで歩んできた径に横合いからもう一条の径が累なった辻の只中にわたしは立っていました。

――幽霊の辻。

いつ何処で聞いたものでしょうか。そんな言葉が我知らず耳朶《じだ》に蘇りました。

さて、此処までは径なりに進んできたものですが、こうなるとまたも困ってしまいます。唯でさえ行く当てが判らぬ上に、今度は三方から一つの径を選ばねばならぬのですから。

けれども不思議なことに、わたしは少しばかりも迷いもしなければ、躊躇いもしませんでした。行く先は未だ知らぬのに、踏むべき道は心得ていると云う、それは何とも奇妙な心持ちで。

右手《めて》か。左手《ゆんで》か。真っ直ぐか。

三方に伸びた径の内、わたしは――

百拾九年後　葉月晦日《つごもり》

最期に見えましたのは、眩《まばゆ》いばかりに白い刃の閃《ひらめ》きで。

わたしを吊り上げていた縄を播磨《はりま》様がお斬りになったのでございましょう。軋《きし》りつつ廻る車木《くるまぎ》の音《ね》が雷鳴のようにごろごろと頭の上から轟《とどろ》いてきたかと思いますや、眼下からせり上がる闇に、わたしの視界は覆われまして、寝返りを打った際にふと覚える、魂が何処かへ落ち込んでいくような、或いは、胎《はら》の内が持ち上げられるような、何とも不安な感覚に襲われましたが、それでも、吊るされていた時のきりきりと身を締め上げられる痛みは緩みまして、幾分《いくぶん》楽に。

斯くて闇の底へと呑《の》み込まれてゆきながら、わたしは思い返しておりました。

七百石《こく》のお旗本、青山播磨様が番町に構えられたお屋敷へとご奉公に上がるようになって、早《はや》二年《ふたとせ》ばかり。畏《おそ》れ多くも播磨様に見初《みそ》められ、妾《めかけ》にならぬかと迫られること幾十夜。お覚えがめでたいことはありがたかれど、わたし如き身分の者が既に奥方様のおられる方と閨《ねや》を共にするなぞ考えるだに恐ろしいことと辞しておりましたのが、春先のこと。それが到頭、己の意気地《いくじ》なさと心弱さ故に身を許してしまいましてからは、一夜限りのはずの同衾《どうきん》が、二晩になり、三晩になり、遂《つい》にはすっかり、夜ごとのお呼びつけがお定まりとなりまして。

それでも、蟬の声が俄《にわか》に活気づきだしました時節のある晩、愈々《いよいよ》募る奥方様への後ろめたさから、このような仲らいはどうか今宵《こよい》にてお終《しま》いにと、暇《いとま》を遣わされるのも覚悟の上で申し上げますと、播磨様は大層ご立腹なさり、後になって悔いても遅いぞと声を荒らげて仰りました。

これにてお屋敷でのお勤めもお終いであろうとばかり思っておりましたが、さにあらず。翌《あく》日からも播磨様は変わらずわたしをお手許《てもと》に置いてくださいました。あれ程お憤りになられども、やはり、根には優しさをお持ちのお方――と己が主《あるじ》の寛大さに改めて感じ入っておりますと、それから幾日も経たぬうちに播磨様より直々《じきじき》に命ぜられましたのは、青山家代々の御家宝と云う十枚一揃いの高麗《こうらい》皿の管理でございました。今になって思えば、左様に大切な代物を何故敢《あ》えてわたしなぞにお任せになられたのか、端《はな》から疑問を抱くべきでしたが、愚かなわたしは、なおも信頼を寄せてくださる主の御心に応えねばと、そう一心に思うばかりでおりました。

ところが、それから半月と経ぬうちに、皿の一枚が何処かへと失《う》せてしまったのでございます。申すまでもなく、播磨様のお怒りようは一方《ひとかた》ならぬものでした。御身《おんみ》の前にわたしを引き据え、この盗人《ぬすびと》め、何処へ隠したと仰るお顔の厳めしさ。しかし、そう問われども、固《もと》より身に覚えのなき疑いでございます。詰《なじ》られようと、責められようと、白状すべき科《とが》がございません。何を答えることもできず、ただただ泣き崩れておりますと、播磨様はわたしの髪を鷲摑《わしづか》みになさるや、ずるずるずるずると引き摺《ず》ってお庭に降り、井戸端まで引っ立てられました。

怯えるわたしの右手を捩《ねじ》り上げては荒縄で高手小手《たかてこて》に縛りつけ、家中《かちゅう》の男手をもってして井戸の車木へ吊るし上げますと、この上は痛い目を見せても白状させんと仰るなり、太い弓の折れでもって、力任せにわたしの身を撲《ぶ》たれました。しかしながら、斯くなる責め苦を受けようとも、やはり、割れる口とてございません。為《な》す術《すべ》なく幾度も撲たれるうちに、段々、頭がぼうっとしてまいりまして、胡乱《うろん》になった心の裡《うち》に、ある恐ろしい疑いがちらちらと閃きました。

──誰かが隠したのではないかしら。わたしを陥れようと企《くわだ》てた誰かが。そう、例えば──

けれども、斯様なことを口にするわけにはまいりません。考えるだに恐ろしく、何より、己が身可愛さから主を疑うなど、恥ずべきことです。努《つと》めて己にそう云い聞かせ、黙って堪《こら》えておりますと、播磨様は腰から下げた刀に反《そ》りを打ち、釘目《くぎめ》を湿して鯉口《こいぐち》を切り、わたしを袈裟に斬り上げました。噴き出す血汐が着物の前を染めたと思うや、返す刀が閃いて──

と、思い返したところで、わたしの身は、硬い、かたぁい枯れ井戸の底にぶっつかる衝撃に貫かれ、頸《くび》のあたりから、聞いたこともない大きな音が、ごぎり、と耳を介すことなく頭の内に響きました。散々《さんざ》っぱら苛《さいな》まれて、疾《と》うに心が擦り切れていたためでもございましょうか、痛みはなく、苦しさもなく、ただ、なお暫《しばら》くわたしは其処に居て、闇の底に降ちてくる何かが、わたしの身や井戸の底の石塊《いしくれ》に当たっては砕ける音を聞いておりました。

　誰かが、あのお皿を井戸に投げ入れてでもいるのでしょう。一枚、二枚、三枚と、数えるともなくわたしは数えておりました。四《し》枚、五枚、六枚と。そうして、七枚、八枚、九枚――

――十枚。

　ああ、ほら、やっぱり。失《な》くなってなんか、いなかったんだ。ほら、ほら。ほら。

　ほぅら、やっぱり。

其処まで考えた刹那、わたしの意識はふっつりと途絶えました。

　こうして、わたしは死にました。

百拾九年後　葉月晦日

最期に見えましたのは、墨を湛えた硯《すずり》のような、幽《かす》かな隙《すき》とてない闇で。

やはりこの場で手打ちにすると吐き捨てるように仰るや、ぐらぐらと揺れるわたしの視界の内で、播磨様は此方に背を向け、刀掛けへと歩み寄られました。

　その後ろ姿を追いながら、わたしが思い返しておりましたのは、四半刻ばかり前のことで。今宵はお客人が見えるから例の晴れ着を纏うて参れと仰せつかり、云われた通りにお座敷まで参上致しますと、其処には播磨様が独り坐しておられるばかりで、何とはなしに不穏なご容子《ようす》。手招かれるがままに進み出ますや、主から掛けられましたのは思いもよらぬお言葉でした。先よりわたしが管理を任されておりましたお屋敷の御家宝たる十枚揃いの高麗皿、その一枚が何処かへ失せたと云う科でわたしをお呼びつけになったと仰るのです。続けて、本来ならば申し開きを聞くまでもなく手打ちに処すべきところだが、お前の心懸け次第では許してやらぬこともなし、と。

　無論、身に覚えのなきことでございます。言葉を尽くしてそう訴えましたが、播磨様はただ、薄ら笑いに口許を歪めるばかり。その瞳に泛《うか》んだ昏《くら》い光を見つめるうちに、わたしは漸《よう》くのこと悟りました。端からこのつもりで、あのお皿をわたしに預けたのだ、と。どれだけ云い寄ろうとも三平《さんぺい》さんに操《みさお》を立てて身を許さぬわたしを陥れ、手籠《てご》めにせんとする魂胆なのだ、と。お客人がお見えになるという空言《そらごと》を持ち出して、わざわざ晴れ着を纏わせましたのも、三平さんへの当てつけと考えれば合点がゆくと云うものです。

　こちらがそうと指弾しますや、頬を撲《なぐ》られましたのは、何よりの証拠。それから主は身を庇《かば》わんとするわたしの手を払い除《の》けては、幾度も、幾度も、執拗《しつよう》に打ち据えて、終いにはお腹を蹴り上げて。倒れ伏したわたしを見下ろしながら、先の通り、手打ちにすると云ったのです。

　斯くて、目の前にて男の手が刀へ掛けられた刹那、不思議とわたしの耳に蘇ってまいりましたのは、先頃偶《たま》さかに僅かな関わりを持ちました、知り合いとも申せぬ、ある女君《おんなぎみ》のお言葉で。

　――たとい、現《うつつ》の身の果てようとても、あの方を恋《こ》うる気持ちばかりはどうしても思い切れぬのです。胸の裡の焔《ほむら》が、消えはせぬのです。何故と申すに、恋とはそう云うものでしょう。

凜としたそのお声を思い返すや、俄に力が湧いてまいりました。わたしにも、もう一目逢いたい人が居ると云う思いが、四肢を衝き動かしたのでございます。背を目がけて跳びかかり、背後《うしろ》から相手の顔を滅多矢鱈《やたら》と掻き毟《むし》りますと、男は、ぎゃっと悲鳴を上げまして、力任せにわたしを振りほどいては鞘を払い、振り向きざまに袈裟に一太刀《ひとたち》。けれども、まともな太刀筋ではございませんから、致命の傷となりもしませんで、わたしは屋の縁側から転がるようにして庭へ降り、素足のままに駆けだしました。肩越しに顧《かえり》みれば、男は片一方の目をば手で押さえつつ、赤子のように背を丸めて床に蹲《うずくま》っておりました。

気こそ動顛《どうてん》していたものの、逃げ延びなければ、生き延びなければと云う一念から草木を掻き分け、土を蹴立てておりましたが、その内に遅まきながら気づいたのは、大事な晴れ着がほかならぬ己が身から流れた血によって汚れていることで。その段に到るまで、身を斬りつけられたと云うことも、当然の結果としてそれが生じさせましたはずの痛みも、すっかり忘れておりましたが、気づいてしまうと、肩口から斜《はす》の腰へ走った傷は、今更になって俄に痛み始めます。けれども、それにも勝って心を占めましたのは折角の晴れ着を駄目にしてしまったと云う悲しさでした。

薄紫の地に白菊を染め出した、何とも可愛らしい振袖です。三平さんが、互いに将来を誓い合ったあの人が、身を粉にして働いたお金で買ってくれたものです。名前通りに、菊の花がよく似合う――そう云ってくだすった白菊が、今や無惨に切り裂かれ、赤黒い血に濡れていました。この様を目にしたら、三平さんもさぞ嘆かれるだろうと思いますと、わたし、ただただ、もう、悲しくて悲しくて、涙を流してその場に頽《くずお》れてしまいました。

斯くて泣きじゃくるばかりのわたしを、しかし、我へと返らせましたのは、物狂おしくひび割れた男の怒声でございます。庭木の隙から月影を透かして見遣るに、片目から黒い血を垂らした男が夜叉《やしゃ》のような形相《ぎょうそう》を顔に貼り付かせつつ、刀を振り掲げて闇雲に庭を駆け廻っておりました。藪に隠れたこちらの姿はまだ気取《けど》られておらぬと見えますが、すぐ間近まで迫って方々に頭《かしら》を巡らせておりますから、遠からず、見つけられてしまうことでしょう。恐ろしさに締め上げられそうになる己が心を鼓舞せんと、わたしは先の女君の言葉を胸中にて繰り返し唱えておりました。

　女君に伴われた婆やが差し掲げる燈籠にぼんやりと照らし出された夜道で肩を並べたあの晩、傍《かたわ》らから響くカランコロンという足音を聞きながら、おばけにも足があるものなんだな、などと間の抜けたことを考えていたわたしに、彼女は滔々《とうとう》と語っていらっしゃいました。一人の男君《おとこぎみ》に恋を捧げて焦がれ死に、死してなお、かの君のもとへ訪《おとな》い続けているのだと云う身の上を。

　おばけと行き合うのは、まして、口をきき、道を同じうするなどと云うのは初めてのことでしたが、少しも恐ろしくはなく、むしろ、想い人に逢いたいと切に願うそのお姿に感じ入るばかりでございました。であればこそ、想い人のお家の軒下に貼られたお札を剝がしてほしいという奇妙な願いをも、わたしは快く引き受けたのです。ことが済むと、何とも嬉しげに莞爾《にっこり》してらっしゃったあのお方、以来、お会いすることはなかったけれど、恋い慕うお相手には逢えたのかしら。

　そうだ。わたしだって、もう一目でも三平さんにお逢いしなければ。

　斯様に奮起して、何処かもっと確かな処に身を隠さねばと辺りを見回してみますと、わたしが屋敷に奉公に上がるよりも前から棄て置かれております枯れ井戸が、柳の枝葉の落とす影にちろちろと井筒《いづつ》を舐められているのが目につきました。その陰をばひとまずの身の置き場として、より遠くへ遠くへと逃げてゆこう。そうと思いつくや、わたしは真っ直ぐに駆けだしておりました。

斬くて、愈々《いよいよ》井戸の間近まで無我夢中で馳《は》せたとき。

獣の唸るような声がすぐ背後《うしろ》に聞こえたかと思うや、灼《や》けるが如き痛みが背に走りました。斬られたのだと頭が理解するよりも速く、弾みで身体《からだ》が前につんのめり、ぽっかりと口を開けた一分の隙もない闇が眼前に迫ってまいりまして。墨色の闇に吸い込まれるように、わたしは落ちて、落ちて、落ちて――

こうして、わたしは死にました。

百拾九年後　葉月晦日

最期に見えましたのは、朱《あか》く染まった、恋しきお方の横顔で。

井戸の縁に座らせてくださいまし。そうお願いすると、三平さんはわたしを優しく抱き起こし、石積みの井筒にわたしのお臀《しり》を据えてくれました。地べたに横たわっているよりは幾らか視界が開けましたので、庭に立つ柳の枝葉を透かして、赤々と空を染めながら沈んでいくお天道様が見えました。緋色の空を、巣に帰るのでしょうか、横切ってゆく影絵の鳥が二羽、三羽。

そんな様を眺めておりますと、わたしがまだいとけない童《わらべ》であった頃に夜道で偶さか行き合いましたお姐《ねえ》さんのことが、頻《しき》りに思い起こされました。まだ九つか十ばかりでしたはずのわたしが、どうして夜道を独りで歩いていたものか、具《つぶさ》に思い起こせはしないのですけれども、あのお姐さんの風流な姿形《なり》と言葉はよく覚えております。

秋草色染の振袖に、恰度《ちょうど》、この夕焼け空によく似た燃え盛るような緋縮緬《ちりめん》の長襦袢を合わせ、地を踏む駒下駄はカランコロンと音高く、お付きの婆やが掲げた牡丹《ぼたん》の花の燈籠が朧《おぼろ》に照らす夜道を歩む様の艶《なま》めかしいことと云ったら、もう。独りぽつねんと往来で見惚《みと》れておりましたわたしに、お姐さんは優しくお声をかけてくださって。

――こんな処に独りぽっちで、どうしたのです。

そう問う見目形の美しさに、わたしはすっかり酔ってしまいまして、すぐ近処の者だから大丈夫だと云うようなことを訥々《とつとつ》と答え、それより、お姐様は何方《どちら》に行かれるの――と不躾《ぶしつけ》にも尋ね返しました。常の人の道行きとはまるで異なる何かを、お姐さんが纏った気色から幼心にも感じ取っていたのでございましょう。

愛しい方の処へ行くのですと、白磁《はくじ》みたいに皓く滑《すべ》らかな頬をほんのりと紅く染めて、お姐さんは答えました。それから腰を屈《かが》めてわたしの耳許《みみもと》へ口を寄せ、鈴を転がすような囁き声で、

――そう、取り殺してしまいたい程に愛しいお方のもとへ。

驚くわたしに、それから二言《ふたこと》、三言《みこと》、内緒のお話を打ち明けてくだすった後、婆やに促されて、お姐さんはまたもカランコロンと足音を立て始めましたが、去り際に、ふとこちらを顧みられて、

――あなたもいつか大切な方ができたなら、如何《いか》なる隔《へだ》てがあろうとも、如何なる障《さわ》りがあろうとも、憶することなく、怖じることなく、そのお方のもとへ向かうのですよ。

まだ子供故、意味もわからずにおりましたわたしが、ただただ呆然と見送る視線の先で、お姐さんと婆やの姿は、夜闇に溶けるようにして消えてゆきました。

今であれば、あのお言葉の意味もよくわかります。いえ、そればかりでなく、あの晩にお姐さ

んと行き合えたからこそ、こうして、三平さんと肩を並べていられると云うもので。たとい、身に覚えのなき科を責め立てられようとも、たとい、この身を苛まれようとも、人を恋うる気持ちに勝るものはございません。己が主を縊《くび》り殺した感触は、痺れとともに今もこの左手に残っておりますが、胸を焦がす恋慕の情は、主人殺《あるじ》しの罪への恐れより、なお強うございます。

あぁ、ほぅら、やっぱり――三平さんと並んで眺めていると、どんな景色も美しさを増すのです。三平さんの傍らで見るあらゆる風物と、他ならぬ三平さんの姿。それらを両目にしっかり焼きつけて、わたしは裸足のままの両の足先を地から離しました。三平さんに気取られぬよう、そっと、そっと。どのみち、この傷では助からぬものと心得ております。半狂乱で暴れ回ったあの男の太刀は、わたしの身と、大事な大事な振り袖とを袈裟に斬り裂きました。よく似合うと云ってくれた絞りの白菊も、今はこんなに汚れてしまったけれど、あなたが贈ってくだすった晴れ着を纏うたこの姿、最期にお目にかけられて、菊は幸せ者でございます。

わたしは、そのままゆるゆると仰《の》け反《ぞ》って、仰け反って、仰け反って――到頭、後ろざまに落ちました。夢の底に沈んでいくかのような、緩やかな落下の感覚と、その果てに井戸の底へとぶつかって頸が折れる感触。丸く切り取られた空から降り掛かっては闇の内で跳ね返って谺《こだま》する、どうして、どうしてと云う、あなたの声。ぽたりぽたりと、わたしの身に当たっては弾ける熱い雫《しずく》。泣かないでくださいまし。悲しむことは何もないのです。

だって、わたし、知っておりますもの。あのお姐さんが教えてくれたのですもの。強い想いを抱いてさえいれば、おばけになって、いつかまた逢えるのだって。だから、どうか泣かないでと捩《ねじ》れた頸から何とか言葉を吐き出そうとした刹那、わたしの意識はふっつりと途絶えました。

こうして、わたしは死にました。

百拾二年後　文月望日《ふづきもちのひ》

死に到る程の恋情とは、如何《いか》なるものでございましょう。

病の床《とこ》に臥《ふ》しながら、来る日も来る日も、わたくしはそんな事ばかり考えておりました。身は日に日に弱ってまいります。お医者の志丈《しじょう》様は何と云う事もない風《かぜ》の病だと仰いますが、左様なはずはございません。明日も知れぬ我が身だと、嗚呼《ああ》、己が事故《ゆえ》、能《よ》く判っているのです。

病み人が臥せっていると云うので家中の者は不必要な程に気を遣い、足音さえも畳に沁《し》むほど静かです。側仕《そばづか》えのお米《よね》もとかく押し黙っては、咳《せき》の一つさえ憚《はばか》ります。継母《ままはは》との折り合いの悪さから、ごく僅かな者達とともに移ってきた別荘ですから、唯でさえひとけの乏しい屋の内ですが、斯様な家の寂寞《じゃくまく》たる奥座敷に引き籠もっておりますと、己はもう既に常世《とこよ》へ足を踏み入れているのではないかなどと、在らぬ事まで考えてしまうような始末です。

斯く心が弱りました折には、枕辺《まくらべ》に据えました花活けへと我知らず手が伸びます。黒光りする漆《うるし》塗りの表面《おもて》にへばり付いております褐色の藁屑《わらくず》めいたものを左手の指にてそっと撫でますと、かさかさと乾いた手触りで。器の内から這い出ましたそれが、元は一輪の花であったとは嘘のようでございますが、事実、かつては薄紅《うすくれない》の花弁を幾重にも纏った牡丹の花でございました。新三郎《しんざぶろう》様が最後にこちらにおいでになられた折、途々《みちみち》手折《たお》ってきてくださったものです。

根も無き花ですから、日ごと水を注《さ》して大事にしたとて、いつまでも存《なが》えられぬとは重々判《じゅうじゅう》っておりますものの、一片《ひとひら》、また一片と花弁の落ちてゆく様を見るにつけ何とも物悲しく、眺めているこちらの目からもほろほろと涙が零れ落ち、斯く萎れてもなお棄てようとは思い切れずにおりますうちに、見るも無惨な様に成り果てました。新三郎様がご覧になったら、浅ましき女の性《さが》だと笑われてしまいますでしょうか。

この花に懸けてくださったお約束は、もうお忘れでしょうか——

——いけませんね、先《せん》に服《の》みました薬のせいか、どうにも眠気が抑えられませんで、気が途切れがちです。と、そう申しているそばから、瞼《まぶた》がまたもひとりでに落ちてまいりますが、そうして目を閉じますと、新三郎様が初めてこちらにお越しになられた日の様が、つい昨日の事のように瞼の裏へ蘇ります。志丈様と連れ立って庭の梅を眺めていらっしゃるお姿を障子の隙から垣間見た折の、ぞっと身に染むようなあの心地。陽射しを浴びたかんばせは女子《おなご》にして見まほしいまでに美しく、それでいて、日の光にも消しきれぬ翳《かげ》りを帯びた面差しは何とも艶《えん》で——

——嗚呼、いけません。またも気が遠のいておりました。

己が命も残り僅かだと思いますと、とかく、彼方此方《あちこち》から種々の記憶が思い起こされるもので、次いで目を開いた時に頭に浮かびましたのは、先に志丈様がお聞かせくださったお話です。それによれば、現世《うつしよ》に強い未練を残して亡くなった人の御魂《みたま》は何処に在るとも知れぬ「幽霊の辻」と呼ばれる地へ行き着くのだそうです。斯くて辻に着いた御魂は、右手《めて》か、左手《ゆんで》か、正面か、己の進むべき途を何れ《いず》か選ばねばならず、右手の途は後の世に、左手の途は過ぎ去りし世に、正面の途は今生《こんじょう》と同じ世にと、それぞれ通じているのだとか。そうして選んだ途の先で、御魂はお化けになるのだと仰います。

——でも、それってえのも、妙な話でしょう。だって、考えてもみなさい。先の世や後の世に化けて出てみたところで、取り殺したい当の相手がその世で生きているかは判らない。であれば、一体、何が為《ため》、何の因果で幽霊になぞなるってえんでしょうね。

志丈様はそう云って呵々《かか》と笑っておられましたが、そう云うものでしょうか。お化けとは何も人を取り殺したい者ばかりがなると限ったものではなかろうと、わたくしなどは思うのです。例えば、そう、能《あた》う事ならばお化けに変じてでも新三郎様のもとへと飛んで行き、ただ、今一度お目にかかりたいと願う、わたくしのような者も居るのではないでしょうか。

けれども、ええ、志丈様はこうも仰っていましたね。お米も常々申しております。女人とはただ黙して殿方を待つべきものだと。それこそが女の美徳なのだ、と。ええ、屹度《きっと》、仰る通りなのでございましょう。ですから、わたくし、決めたのです。その美徳に殉《じゅん》じようと。そうでもしなければわたくし、這ってでも新三郎様のもとを訪《おとな》って、無様な姿を晒《さら》してしまいます。

嗚呼、薬が愈々《いよいよ》能く効いてきました。志丈様、いけませんよ。お喋りに興じるあまり、素人《しろうと》の手の届くような処に薬箱を抛《ほう》っていらっしゃっては。人目を盗んで薬を掠《かす》め盗るような、浅ましい輩だって世には居るのですから。

頭の中が霞んでしまって、これ以上は何も、思い起こす事すら能《あた》いません。

嗚呼、新三郎様。お慕い申し上げております。

斯様にして、わたくしは死にました。

百拾二年後　文月望日

死するが定めの恋情とは、如何なるものでございましょう。

病の床に臥しながら、わたくし、そんな事ばかり考えておりました。枕辺に据えた花活けに、かつては一輪の牡丹の花であったものの骸《むくろ》が差さっております。それを眺めるにつけ、最後に見《まみ》えました折の別れ際、帯を締める新三郎様の裾に縋《すが》りつきつつ口にした言葉が思い起こされます。

――また来てくださらなければ、わたくしは死んでしまいます。そう、この牡丹が萎《しお》れるまでには、必ずやお見えになってくださらなければ。

世の人に聞かれましたら、幼子《おさなご》めいた甘え言だと一笑に付されてしまいますでしょうね。けれども、恋と云う焔に炙《あぶ》られております当人にしてみれば、大袈裟でも何でもない、真実《ほんとう》の気持ちなのでございます。そうしてまた、話に聞きますような世の酷薄な殿方とは違い、新三郎様も到って真剣な面差しで確《しか》と頷《うなず》いてくださいました。嗚呼、斯様なお約束を恃《たの》みにすればこそ、わたくし、ずっとお待ち致していたのです。待って、待って、焦がれて焦《じ》れて、なお待って。

ですから、到頭、そのお約束が果たされる事のなかった今、わたくしは死するが定めなのでございます。たとい、新三郎様の方ではその契《ちぎ》りをお忘れになられたとて、わたくしは己が言葉を違《たが》えはしません。それを違えてしまったならば、空言に帰してしまったならば、あなた様を恋うるこの想いまで諸共《もろとも》に、嘘になってしまうのですから。

いいえ、斯様に申すまでもなく、本当はもう疾うに死んでおらねばならぬ身であったのです。牡丹の花の最後の一片が落ちた時、わたくしの命も尽きていなければ嘘なのです。其処まで思い到りますと、これ以上僅かばかりも生き存えているわけにはゆかぬと云う決然たる想いが身を突き動かしました。わななく腕を支えに漸《ようや》う上身を起こし、花活けと並べて枕辺に据えておりました錦の包みを引っ摑んで立ち上がってみると、すっかり萎《な》えた両の脚は我知らず震えます。

　しっかりおしと己の膝を叩きつつ、よろめくようにして隔ての襖《ふすま》を引き開けますと、恰度《ちょうど》、夕《ゆう》餉《げ》の盆を掲げて参ったお米と出会《でくわ》しました。束の間、彼女はただただ驚いた容子で立ち尽くすばかりでしたが、わたくしが胸許《むなもと》に掻き抱《いだ》いている物に気づくや、声を上げて盆を取り落としました。音を立てて割れる器を踏み越え、いけません、お止《よ》しくださいと云って白絹の夜着の襟に袂《たもと》に涙ながら縋りついてきますのを無理に振り払いますと、病み果てた身とは云え、肚《はら》を決めた者の力と云うのは我ながら恐ろしいもので、お米の身体は朽葉《くちば》の如く畳の上に転がりました。

　――お米。止め立てする事は許しませぬよ。

　畳に蹲《うずくま》ってはらはらと涙を零す彼女にぴしゃりと云い付けますと、己が主の瞳に宿る覚悟を見て取ったと見え、諦めたように嘆息を一つ。それ以上、敢えて止めようとはしませんでした。嗚呼、このお米こそ正しく忠義の者にございます。後の始末を思うとその定めが不憫《ふびん》にも思われますが、わたくしはもうこれ以上、片時《かたとき》も生き存えるわけには参りませぬ。

　わたくしはお米に申し付けて、縮緬細工の牡丹で飾られた手提燈籠に灯を入れさせました。それを掲げた彼女を付き従わせて庭へと降りますと、中天の月輪に蒼く染められた夜気を、カランコロン、カランコロン、と駒下駄の地を叩く音《ね》で震わせながら、生け垣を背後《うしろ》に並び立つ梅の木へと歩み寄りました。新三郎様、あなた様が初めてこちらへお越しになった折、眺めていらっしゃった梅です。今ではすっかり花も落ち、陰々たる緑ばかりを纏っておりますが。

一頻《ひとしき》りその様を見渡してから錦の包みを解きますと、内から現れ出《い》でましたのは漆塗りの柄と鞘とに金泥《きんでい》で家紋が描かれた懐刀《ふところがたな》で。その柄を右手に確と握って鞘を払うや、漠然《ぼんやり》とした燈籠の灯が白刃に吸い寄せられるように集まって、明瞭《はっきり》とした輝きを結びます。わたくしの裡に未練がましく残っていた幽かな躊躇《ためら》いを、その輝きが断ち切りました。

切っ先を喉にあてがい、僅かばかり力を込めるなり、刃は何の抵抗もなく肉に呑み込まれてゆきました。血汐が飛沫《しぶき》となって噴き出すや、折しも吹き渡る一陣の風がそれを巻き上げ、梅の枝《え》の暗緑に赤い雫が点々と散りまして。灯に煌《きら》めく姿はさながら花のようでございます。

――ほら、お庭の梅がまた咲いて、新三郎様、綺麗です。


斯様にして、わたくしは死にました。

百拾二年後　文月望日

死ぬに死なれぬ恋情とは、如何なるものでございましょう。

待てども暮らせども、新三郎様はお見えになりません。如何に固い契りを結んだとて、逢えぬ月日が過ぎ行く程に、堪えようもなく心は弱りゆくものでございます。もうあれきり逢えはしないのだ、我が身は徒《あだ》に棄てられたのだと、床に臥し、布団を被って打ち嘆いてばかりおりますうちに、昼と夜の境も、夢と現のあわいも、朧になって参りまして。

斯様な中、折戸の開かれる幽かな軋みが耳に届きました。鬱々と気が塞《ふさ》いで誰と会うのも億劫《おっくう》だと云うに、累《かさ》ねて我が心を乱さんとするのは何処のどなたかと思い思い、蚊帳《かや》を透かして見遣ってみれば、其処に立っていらっしゃったのは、嗚呼、あれ程までに焦がれておりました当の新三郎様その人で。わたくしは化粧《けわい》もせぬ病みやつれた顔をお目にかける恥ずかしさも忘れて新三郎様のお手を取り、不躾にも蚊帳の内へと引っ張り込んでしまいました。嬉しいものが胸に込み上げてものも申せず、ただ、新三郎様のお膝に両手を衝いたなりで涙を零しますと、膝に降り落ちんとするそれを、すっと伸べた掌《て》でお受け止めになって、嬉しき露の結ぶ朝《あした》よ——と仰る、新三郎様の柔和《にゅうわ》なお顔差し。はしたなさも顧みず、頸に手を回して掻き抱いてしまいました。それから先は夢のような、現とは思えぬ心地で嬉しき枕を交わしまして。

時の経つのも忘れ果て、ふと気がつけば宵の口。一つ枕に頭を並べ、幾月ものあいだ胸の裡に溜まっていた口にするのも恥ずかしいような睦《むつ》び言を並べておりますと、新三郎様は、ああ、そうであったとお膝を打たれ、蚊帳の隅へと脱ぎ棄てたままに凝《こご》まっていたお召し物の下から何やら手繰り寄せられて、これをお返し致すと仰いました。縁側から差し込む月影に透かし見すれば、秋野に虫の象嵌《ぞうがん》入りの香箱《こうばこ》の蓋《ふた》。亡き母から譲られましたものを、どうかわたくしの形見にと申して、蓋をば新三郎様にお預けし、身をば我が手許へと置いておりました、その片割れです。斯かる契りの品を手に、以後は片時も離れはしませぬ故、形見も不要でございましょうと、そう仰られて。嬉しさに我をも忘れて抱きつけば、またも始まる影と影との戯《たわむ》れで——

寝食さえ摂《と》り忘れ、溶け合うように互いを求めておりました。縁側からは朝日が差し込み、また暗くなり、代わって月の光が屋の内を蒼く染めたかと思えば、次にはまた眩しい陽光が。斯様な睦びを幾昼夜《いくちゅうや》と続けておりますのに、不思議と餓《かつ》える事もなければ、眠気に誘われる事もありません。絶えず側に侍《はべ》っていたはずのお米も、とんと顔を覗かせませんで。

不可思議な事はそればかりでなく、もう幾晩も満月の夜が続いています。

訝《いぶか》りつつ空を振り仰いでおりますと、隔ての襖が俄に開かれ、夜目に眩しい灯りが寝間になだれ込んでまいりました。目を細めて、雪洞《ぼんぼり》を片手に現れました黒々たる影法師《かげぼうし》を能く能く見遣れば、其処に立っておられたのは、誰ならん我が父上でございます。はっと魂消《たまげ》る心地でおりますわたくしに、これ、露よ、これへ出ろと、そう仰る声音の厳めしさ。心優しくもわたくしを庇わんとしてくださった新三郎様を無作法にも手で制しつつ、もう幾日も袖を通しておりませなんだ衣を形ばかり掻き抱き掻き抱き、わたくしは蚊帳から進み出ました。

——これ、露《つゆ》よ。仮初《かりそめ》にも天下御直参《ごじきさん》の娘ともあろう者が、親の目を盗みて男を引きずり込むとは何事か。不孝不義の不届き者めが、手打ちに致すから左様心得るがよい。

父上は、そう仰るが早いか腰に提げたる剛刀をすらりと引き抜き、片手撲りに刃を薙《な》ぎました。その刹那、わたくしの視界は天地がぐるぐるぐるぐると顛倒致しまして、終いに、ぴたり。さかしまになった新三郎様のお姿を捉えた処で、ふっつりと意識が途絶えました。

斯様にして、わたくしは死にました——

夢見の悪さに驚いて跳び起きますと、思わず己が首を撫で廻し、ほっと息をつきました。いつの間に眠りに落ちていたものでしょうか。夜具が寝汗でしとどに濡れて、げに不快でございます。

気が鎮《しず》まるにつれ、何もかもが夢であったかと悲しくなりまして、ふと枕辺を見遣れば、新三郎様は確かに其処にいらっしゃり、幼子の如くいとけなき寝顔を横たえておられました。嗚呼、こればかりは夢でなかったのだと安堵《あんど》しつつ、愛しいそのかんばせを眺めておりますと、隔ての襖が俄に開かれ、夜目に眩しい灯りが寝間になだれ込んでまいりました。目を細めて、雪洞《ぼんぼり》を片手に現れました黒々たる影法師を能く能く見遣れば――

百拾二年後　文月望日

死してなお止《や》まぬ恋情とは、如何なるものでございましょう。

ふと目を覚ました時、胸の裡を占めておりましたのは斯様な思いでございました。随分とおかしな夢を見ておりました。夢中の夢と云うものを、わたくしは初めて知りました。夢の中のわたくしも、そのわたくしが見る夢の中のわたくしも、そのまた夢のわたくしも、偏《ひとえ》に新三郎様に恋焦がれておりまして、それでいながら、どのわたくしも報《むく》われぬままに儚《はかな》き者となってしまうのです。そう、幾ら焦がれ、幾ら死すれど、今再び目を覚ましましたわたくしの中には、新三郎様への変わらぬ想いが在るのでございました。

嗚呼、新三郎様を想うたび、わたくしの視線は自然と枕辺へと引き寄せられます。其処にございますのは、花活けに、手提げ燈籠と香箱。いずれも新三郎様との縁《えにし》を証立《あかした》てるもの。花活けには新三郎様より賜《たまわ》りました牡丹の花を挿しておりましたが、日の過ぐるにつれ、萎れ果ててしまいました。せめて代わりにと、お米に買ってきてもらったのが縮緬細工の花の付いた燈籠で。中すまでもなく、花は牡丹です。花の萎るるは世の理《ことわり》とは云え、想いまでが枯れ果つるわけではございません。如何に形が変わろうとも、懸ける心は変わりませんで、新三郎様が牡丹と云う花を二人の契りの徴《しるし》としてくださった事、それこそがわたくしには何より大事なのです。

とは申せども、朽ちてしまった花とて棄てるには忍びなく、今は香箱の内に収めております。秋野に虫の模様が蓋に描かれた——いえ、おかしな事もございますね。この蓋はわたくしの形見にと、新三郎様にお預けしていたはずなのですが。それは確かなはずなのですが。得心のゆかぬ事もあるものだと訝る胸中に、思い起こされるのは遠い記憶の中で見《まみ》えました女君の言葉で。

——時の流れは一条でなく、交叉と分岐を繰り返す、無量に連なる辻の如きものであり——

まだ母上が在りし頃でございましたから、あの女君と出会ったのはわたくしがまだ六つか七つの年と云う事になりましょうか。母上に手を引かれ、四谷《よつや》の親類のもとを訪ねた折の話でございます。帰途、わたくしはいつの間にやら母上とはぐれ、迷子《まいご》になっておりました。勝手を知らぬ土地で幼子が独りきり、ましてやお天道様が西の空に傾く頃ともなりますと、それはもう心細いものです。先までは家々の瓦を波立つ火の海のように燃え上がらせていた夕空も、見る見るうちに煤《すす》の如き闇に刷《は》かれて暗い色に変じて参りまして。

恐ろしさに涙を零しながら、どれ程のあいだ、彷徨《さまよ》い歩いたものでしょうか。気づいた時、わたくしはいつの間にか、小さなお稲荷さんの境内に佇んでおりました。参道に立ち並ぶ石燈籠の一つに、どうしたわけか灯の入った提灯《ちょうちん》が吊るされておりまして、或いは心細さから、我知らずその明かりに引き寄せられたものかもしれません。

歩み寄って間近に眺めてみますと、随分と古びた提灯です。火袋《ひぶくろ》の紙が彼方此方破れ、胎の内の骨を晒しているような在り様です。斯様な物を境内に据え、灯まで入れているのはどう云う了見からでしょう。そう訝りつつ検《あらた》めているうちに、ふと、小さな影が火袋の表面《おもて》に滲《にじ》みました。破れた紙の隙から流れ込む風が灯を揺らすのであろうと思っておりますと、影は半紙に垂らした墨の如くじわじわと広がっては、輪郭を確たるものとしてゆき、やがて、墨色の濃淡からなる一つのかたち——半面が爛《ただ》れた女君のかんばせ——を結びました。

——迷子か。

影の女君は口許を揺らして、そう問うてきました。斯様に奇《き》態《たい》なものを前にしながら、不思議と恐ろしさを覚える事もなかったのは、その声音が抑揚の内に何とも名状《めいじょう》しがたい優しさを具《そな》えていたためでございましょう。わたくしが頷いてみせますと、女君は穏やかな言葉で此方を労り、慰め、それから、種々のお話を語り聞かせてくれました。大半は当時のわたくしには解《げ》しきれぬ、むつかしいお話でございましたが、先にも申しました「時の流れ」に関するお話と、「幽霊の辻」と云う地についてのお話は幼心にも面白く、それから後も長く心に残っております。

そうしてどれ程のあいだ、その不可思議なかんばせと向き合っておりましたでしょうか。ふと話が途切れたところで、ほれ、迎えが来たぞと云われて顧みますれば、石鳥居を背にして母上が立っていらっしゃいました。母上に手を引かれつつ、去り際に振り返ってみると、もう影の女君のかんばせは何処にも見えず、ただ、灯の絶えた破れ提灯が一つ、幽かな風に揺れておりました。

時の流れは一条でなく、交叉と分岐を繰り返す——香箱の蓋は、かの女君が仰っていた事の証左でございましょう。とすれば、嗚呼、新三郎様、良い事を思いつきました。わたくし、直ぐにでもあなた様に逢いに参れます。何故と云って、あの女君はこうも仰ったのです。人の御魂は幽霊の辻と云う場処を通って、縁ある方のもとに辿り着く、と。そう、人の身を棄てる事さえできますれば、二人の間に如何程の隔てがあろうとも、苦も無く逢いに参れましょう。そう思い至るや、わたくしは枕辺の懐刀を左手に摑んで鞘を払い、己が身に刃を突き立てました。

新三郎様、わたくし、本当は気づいておりました。他に良い方がいらっしゃるのでしょう。そうと判りながら、わたくしは唯、それを認めるのが怖かったのでございます。斯様な現実を受け容れるのが恐ろしかったのでございます。けれども、そんな事に悩む必要はなかったのですね。今一度、やり直せば良いのですから。他のお方に盗られる前の世まで戻って、わたくしのものにしてしまえば良いのですから。

新三郎様、待っていてくださいましね。お露は直ぐに参ります。

斯様にして、わたくしは死にました。

百拾二年後　文月望日

死してなお晴れぬ恨みとは、如何なるものでございましょう。

身の内に灯った焰は日を経るにつれ愈々《いよいよ》盛んに燃え上がり、喘《あえ》ぎ喘ぎつく吐息の内にも火の吹き混じらんばかりです。噴き出す汗は玉を結び、払えども拭《ぬぐ》えども、夜露に濡れる草花の如き在り様で。お医者の志丈様もすっかり匙《さじ》を投げられて、こちらの屋には寄り付きもなさいません。

畢竟《ひっきょう》、助からぬ身であるとは能く弁《わきま》えておりますが、死への恐れは微塵《みじん》もございません。そう思い做せるようになりましたのは、先頃偶さかに出会いました、さる女君のおかげです。

ある日の事、常の如く床に臥して熱病の苦しみに唸っておりますと、段々と頭の中が白く霞んでまいりまして、あれ程までに身を苛んでいた熱も、すうっと冷めてゆくような心地が致しました。久方《ひさかた》ぶりの穏やかな眠りが訪ってきてくれたものかとも思い思い、けれども、気がつくと、わたくしはどことも知れぬお堀端《ほりばた》を独り歩いておりました。

市中に霧が立ち込むと云うのも奇体な事でございますが、白いふわふわとしたものが其処いら中に漂って、ただでさえ弱々しい、西の空に沈みかけた陽の残光をぼんやりと霞ませておりました。家に帰ろうにも途《みち》の見当がつかず、さりとて、人に尋ねようにも辺りには影すら見えず。とろとろと幽かな水音を立てて流れる堀の傍らに為す事もなく立ち尽くしておりますと、やがて、白い霧の濃淡に見え隠れしながら、一つの影がゆっくりと水面を辷《すべ》ってまいりました。小舟かとも思いましたが、どうにも容子が異なります。半ば沈み、半ば浮きながら近づいてくるそれは、能く見れば、菰《こも》の掛けられた一枚の戸板なのでございました。

戸板はわたくしの間近まで流れてまいりますと、水面から突き出した舫《もや》い杭に引っかかって止まりました。すると、水の流れの具合によるのでしょうか、柱に立て掛けでもするように、ぐっと立ち上がり、拍子に表面《おもて》の菰が捲《めく》れ落ちました。

わたくしは思わず息を呑みました。其処には人の亡骸が打ち付けられていたのでございます。

腐れて肉の落ちた、骨ばかりの亡骸です。元は首《こうべ》であったと思しき円《まる》い塊には濡れ柳の如き髪がへばりつき、かつては眼《まなこ》が収まり、鼻がぶら下がっていたであろう辺りには、濃い闇を湛えた虚ろな穴がぽっかりと開いています。

恐ろしくなって震えておりますと、風も吹かぬのに、髑髏《どくろ》の咢《あぎと》がひとりでに動き出しました。わたくし、すっかり魂消《たまげ》てしまい、腰が萎えて立っている事もままならぬ在り様で。すると、なお累《かさ》ねて奇妙な事には、骸の顎が独りでに動いて、かちかちと歯を鳴り合わす音を立て始めたかと思ううちに、段々と、それが言葉を成しているように聞こえてきたのです。能う事ならば直ぐにもこの場から逃れたいのに、耳ばかりは不思議と亡骸の語る言葉に惹きつけられてしまいまして——

それから何処をどう歩いて帰ってきたものか、確とは覚えておりません。お米が大騒ぎをしていた事は覚えておりますが、熱と疲れによるものか、それとも、恐ろしさによるものか、わたくしは家の門をくぐるや倒れ臥してしまい、前後の仔細《しさい》はよく判らぬのでございます。唯、熱に浮かされながら、あの女君——憐《あわ》れにも磔《はりつけ》にされた亡骸を、敢えてそう呼ぶ事と致しましょう——の語った言葉を、幾度も幾度も頭の中で反芻《はんすう》しておりました。

世の殿方と云うものが如何に酷薄で身勝手なものであるか。対して、世の女人が如何に涙を飲み、如何に甲斐なき操を立てて身を枯らしてきたものであるかという、女君の言葉を思い返すうちに、明瞭《はっきり》とした確信を得ました。わたくしがこの幾月ものあいだ抱いてきたもの——胸の裡から我が身を焦がし、果てには灼き尽くさんとしているこの感情は、恋心なぞでは決してなく、冷ます事の能わぬ忿怒《ふんぬ》である、と。

嗚呼、真心なき契りを恃みに、黙して待つなぞと云う事を己に課した末、徒《ただ》に花を散らすとは口惜しい。斯くなる上は、たといこの身の儚くなろうとも、化生となりて不義を糾しに参りましょう。新三郎様、決して赦《ゆる》しは致しませぬ。この身が枯れたる牡丹であるならば、裡には燃え盛る焔を灯し、赫々《かっかく》たる鬼火となりて真っ直ぐにあなた様を訪いましょう。赫然《かくぜん》たる思いを込めつつ、手を伸べて枕辺の燈明台を引き倒しますと、火は瞬く間に蚊帳を舐め上げ、夜具へと燃え移り、この身をも呑み込みました。わたくしは一塊の焔となり、燃え盛る花弁を纏った一輪の花となり、爆《は》ぜるが如くして咲きましょう。

——この恨み、決して晴らさでおきませぬ。

新三郎様、待っていてくださいましね。お露はすぐに参ります。

斯様にして、わたくしは死にました。

百年後　睦月《むつき》三日《か》

鏡に映った其れが、己の顔であるとは如何《どう》しても思われぬ。

右の額から左頬にかけての半面が紫色に腫《は》れ上がり、酷く爛《ただ》れている。潰れた左の瞼が垂れ下がったせいで三日月の如くしか開けぬ目許《めもと》からは、目やにとも膿ともつかぬものが、幾ら拭えど、後から後から溢れる。これが人の顔であるものか。まして、己が顔であるものか。

正視するに堪《た》えられず、鏡を抛って幾らも経たぬ内、何かの間違いであろうと思い直して再び手に取れども、映るのはやはり、人の其れと思えぬ崩れた相貌《そうぼう》。せめて、髪ばかりは美しく保たんと思うて手櫛《てぐし》を通すも手応えはなく、そのまますするりと、黒い塊が手中にわだかまる。見れば、血に濡れた髪が一房《ひとふさ》、頭の皮もろともに剝がれ落ちていた。

――お前さんの髪は射干玉《ぬばたま》と云う奴だ。色が深い故、皓《しろ》い膚と相俟《あいま》って良く映《は》える。

然《そ》う踊《おどり》の師から褒められた髪が。

生成《なまな》りで離れた道ではあるが、師から掛けられた言葉は、叱責《しっせき》であれ、褒誉《ほうよ》であれ、一つ一つが浸染《ひたしぞめ》の如く身の奥底まで染みていて、折に触れ滲み出ては紋様を結び、単調な日々の無聊を慰めてくれていた。だのに、其の一つを失くしてしまった。然う思うと、止め処《ど》なく涙が溢れ、爛れた頬に酷く沁みる。膚を苛む痛みよりも、胸の痛みの方が強い。

何故《なにゆえ》、斯くも惨たらしき目に遭わねばならぬか。思い当たる節は一つしかない。血の道の妙薬だと云うて良人《おっと》より手渡された薬だ。平生《へいぜい》は酒に浸《ひた》るばかりで家にも碌《ろく》に寄り付かぬ無情な男とて、産後の妻を慮《おもんぱか》る真心は未だ残っていたかと、嬉しう思うて涙まで流した事が口惜しい。

疎《うと》んじられている事には気づいていた。周りの者から種々《くさぐさ》の噂を聞かされ、現に当人も方々の屋を泊まり歩いているとなれば、知りたくなくとも判ってしまう。固《もと》より家督《かとく》目当ての入り婿《むこ》だ。父が身罷《みまか》って家長の座を継いでからと云うもの、誰憚《はばか》る事なく家を空けるようになった。其れでも、児《こ》をもうければ幾らかは変わるであろうと思うていたが、生まれてみれば、愈々《いよいよ》腫物《はれもの》の如く私を扱うようになった。良人は常から云うていた。俺は外れ籤《くじ》を引いたのだ、と。態々《わざわざ》入り婿にまでなったと云うに、三十俵三人扶持《ぶち》の俸禄《ほうろく》では割に合わぬ、と。

御家《おいえ》の為に、主人の為にと、己が望みまで棄ててきた妻を、其れでも尚《なお》顧みぬかと思いはすれど、武家の娘たるもの、如何に不義理な男であれ、家長たる良人を立てぬわけにはゆかぬ。其の一念から飽くまで良妻たらん賢母たらんと努めてきし者に、毒なぞ盛るとは情けない。

母の悲嘆《ひたん》が伝わったものか、胸の裡で寝息を立てていた稚児《ややこ》が出し抜けに泣き出した。毒気を孕《はら》んだ身から出る乳を飲ませて良いものかと逡巡《しゅんじゅん》したが、余り烈《はげ》しく泣くので、左手で衣の前を開き、稚児の口に乳を含ませようと身を傾けた、其の刹那。床に抛った鏡の中で影が揺れた。

振り返ると、抜身《ぬきみ》の刀を掲げた良人が、何の色も見えぬ貌《かお》をして立っていた。

声を上げる間もなく、刃が閃いた。

斯くの如くして、私は死んだ。

百年後　睦月三日

鏡に映った其れが、己の顔であるとは如何しても思われぬ。

此れではもう、踊る事とて能わぬであろう。半面が腫れ爛れ、頭から糸を引いて垂れる血に濡れた顔を前に、何よりも先ず考えたのは、其の事であった。

父が亡くなり、良人が家督を継いで直ぐに、踊《おど》りなぞと云う遊び事はもう止《よ》せと命じられた。良人の考えに拠《よ》れば、踊と云うものは女を美しく見せ、男の心を惹き付ける為の、謂《い》わば飾りの如きものであるらしい。であれば、所帯を持った今、無用の業《わざ》故、早々に辞すのが道理である、と。

私には到底《とうてい》解し難い考えであったが、然《さ》れども、容れた。

私にとって何にも益《ま》して大事なものは家である。父から嗣《つ》いだ血であり、田宮《たみや》家と云う家筋である。武家の娘として生を受けたからには、其れらに殉ずるこそ本懐であり、誇りである。然れば、入り婿とは云え、家長に背《そむ》くは浅ましき事。然《そ》う思うてしもうたのだ。

故にこそ、私は踊の道を諦めた。如何に修練を積もうとも、どうで師のような玄人《くろうと》の域に至れるでもなく、素人藝《しろうとげい》の域を出る事は能わぬのだから、如何に突き詰めたところで詮無い話だ。敢えて、己に然う云い聞かせた。師にも、然う伝えた。

師は柔和な貌に仄《ほの》かな翳《かげ》を滲ませ、止すのは構わぬが、後悔はないかと仰った。何も道を極める事が総《すべ》てではない。技《わざ》量に至らぬ処のあろうとも、当人の心の慰みとなるならば、其れは充分に価値ある事ではないか、と。何より、藝とは固《もと》より己自身が為のものなのだから、と。

私は師の眼差しから逃れるように深く首《こうべ》を垂れ、決めた事ですから、この思いが変じる事はございませぬ、と喉を絞るが如くして応えた。一体、あの言葉は誰に向けたものであったか。師か。良人か。己自身か。

手遊《すさ》びの気軽さで構わぬから、気が向いたらば訪ねて来ると良い。師は尚も然う仰ったが、私は伏し目がちに頷く事しか出来なかった。もう、師の顔を真っ直ぐには見られぬと思った。

結局、あれから一度も師の許《もと》を訪ねていない。

武家に生まれた者の定《さだめ》として、私は己自身よりも己が家と血を選んだのだ。

だが、崩れた相貌を前にして考えたのは、家の事でもなければ良人の事でもなく、未練がましくも踊の事であった。然うかと私は独り言《ご》ちた。然うか、私はまだ、踊りたかったのか。

然れど、今更斯様な事に気づいたところで何になる。かつては皓《しろ》く煌めきつつ宙を閃いていた指が、出掛けてばかりの良人の代わりに為していた傘張り仕事のせいで、今は酷く荒れている。射干玉と褒められた髪からも、すっかり艶《つや》が失せた。胸には泣き倦《う》まぬ稚児を掻き抱き、所帯崩れした此の在り様。今更になって後悔したとて、此れで如何して踊れよう。

加うるに面貌《めんぼう》までが斯《こ》うも醜く成り果てたからには、師の許になぞ、二度と行かれようはずもない。正に何《ど》の面提げてと云うものだが、冗談にもならぬ。

我知らず頬を伝うて落ちた雫が、腕に抱いた稚児の額を濡らす。厭々《いやいや》と小さな掌で其れを振り払わんとしている様を見て、拭ってやろうと衣の袖を寄せた刹那。もう一方の手の中で、柄鏡《えかがみ》に映る顔がにたりと嗤《わら》ったように見えた。否。能く能く見れば、白々とした輝きが差し込み、鏡の像を歪めていた。振り返ると、抜身の刃を提げた良人が、何の色も見えぬ貌をして立っていた。

声を上げる間もなく、刃が閃いた。

斯くの如くして、私は死んだ。

百年後　睦月三日

鏡に映った其れが、己の顔であるとは如何しても思われぬ。

――如何だ。斯様な面《つら》になっても未だ踊りたいと云うか。

私の眼前に柄鏡を突きつけながら、良人は呵々と嗤った。鏡中では腫れ爛れた醜い女のかんばせが、乱れた髪を透かして此方を見つめている。其の傍らに生酔《なまえい》の赤ら顔を寄せた良人が、如何だ、如何だ、と口から漂う酒気を吐きかけでもするように繰り返す。

今再び、師の許へと通わせてほしい。然う切り出す決意をしたのは、ある女の言葉が切欠《きっかけ》だ。恰度《ちょうど》、鏡に映っている此の顔によく似た醜貌《しゅうぼう》の女であった。

――男が欲してゐるのは、お前の家と、お前の肉だ。お前の心なぞ、見てはゐない。

幾年も前になる、踊の稽古場からの帰途での事だ。稽古に熱が入り過ぎる余り、外は既に暗かった。疾《と》く帰らねばと先を急《せ》く道々、四方を武家屋敷の白塀に囲まれた辻へと行き合った其の時。死装束《しにしょうぞく》の如き白布の単衣《ひとえ》を纏った彼《か》の女は、一方の角から、すぅっと顕《あらわ》れるや、此方の顔を凝《じっ》と見詰め、其れだけ云うと、また、元の角へ、すぅっと身を隠した。およそ人の其れとは思われぬ、滑らかに過ぎる動きと、向けられた言葉の意味とを訝り、呼び止めんとして角を折れてみたものの、女の姿は影も形もなかった。不思議には思えど、其の時は気の触れた物乞《ものごい》か何かであろうと思い做し、直ぐに忘れてしまった。未だ良人と出会うより以前の話である。

女の言葉が改めて意識に浮かんできたのは、つい先頃の事だ。

父が辻斬《つじぎ》りに遭うて命を落とした後、家督を継いだ良人は家の内に居る事を厭うようになっていた。傘張りの内職も抛り出し、稚児が出来ようと家を顧みる事なく、好き勝手に方々を遊び歩いてばかりいる。にもかかわらず、愚かな私は尚も良人を信じていた。無沙汰続きとは云え、帰って来た折には必ず閨《ねや》を共にする。其の枕辺で囁かれる酒気混じりの睦言《むつごと》を、真に受けていたのである。身を累《かさ》ねる事こそ、想いの証だなぞと思い込んで。然れども、其れが唯の肉欲の発散に過ぎぬと気づいたのは、酔うた良人が、乳を求めて泣き喚く稚児の前でまで私を抱こうとした時だ。私は頑として其れを拒み、良人は益々《ますます》家を空けるようになった。

其の段に至って漸く、私は件の女の言葉が真実《まこと》であったと悟った。

以来、思慕《しぼ》の念が日に日に増した。無論、良人に対してではない。踊る事への憧憬《しょうけい》だ。どうで、此の家は毀《こわ》れている。夫婦の仲らいも毀れている。であればせめて、今一度、己が為の事を為したい。今一度、踊の道を歩みたい。

然《そ》う願い入れるや、良人は怒りも顕《あら》わに口汚く私を罵《ののし》った。唯でさえなけなしの処へ、餓鬼《がき》を産んだばかりか、金にもならん戯れ事がしたいとは如何云う料簡《りょうけん》だ、と。内職の肩代わりには此れまで以上に身を入れる。児の面倒も確と見る。然う云うても、良人は聞く耳を持たなかった。畢竟《ひっきょう》、金や児の事にも況《ま》して、妻が己の云う事を聞かぬと云うのが腹立たしかったのであろう。

其れでも私は、己が願いを引き下げはしなかった。良人と顔を合わせる度に、私は額《ぬか》づき、如何か師の許へと乞い続けた。其の度《たび》、良人は怒声を上げ、稚児は泣いた。

斯様な事が際限なく繰り返された末、到頭、良人も怒るに倦んだか、今日は俄に柔和な物腰を繕《つくろ》い、然うまで云うならば此れ以上敢えて止めはすまいと云いだした。のみならず、一児の母なる身なれば、稽古に通うにしても努々《ゆめゆめ》大事にせよと云うて、医師より賜りし血の道の妙薬なる物まで寄越す。常であれば訝しんだであろうに、其の時の私は嬉しさの余り分別《ふんべつ》を失くしていた。

其の結果が、鏡に映る此の崩れた相貌だ。私は唇を噛み締めた。鉄《かね》の味が口中を満たし、紅い条《すじ》が口の端《は》から垂れる。両の眼から、我知らず涙が零れ落ちる。

私は俯《うつぶ》し、先から泣き喚いている稚児を抱く腕《かいな》に力を込めた。然うして、空いた左手を良人の腰へと差し伸べる。恭順《きょうじゅん》を示す態度とでも取ったか、良人は私の肩に手を載せて云った。

――如何だ、能く判ったか。

嗚呼、能く判った。私は相手が腰から提げた刀を引き抜き、其の切先《きっさき》を己が喉に宛《あて》がった。能く判った。己が己として生きられぬなら、斯様な命なぞ、もう要らぬ。

良人が声を上げるよりも疾《はや》く、私は己が頸を刺し貫いた。

斯くの如くして、私は死んだ。

百年後　睦月三日

鏡に映った此れが、己の顔であるとしても。

私の意志は小揺《こゆ》るぎもせぬ。あの娘と偶さかに往き逢いてより後、私の中で絶えず赫々と燃え続けている焔は、其の程度の事で消せはしない。

ひと月ばかり前、稚児が熱を出して泣き喚いた時の事だ。医者を呼ばんと思えども恃《たの》みの良人は家に居らず、此れは手ずから医者の許へと馳せるより外《ほか》になしと見て外に飛び出してはみたものの、頼りなき三日月の夜の暗さ故か、或いは、腕の中にて急き立てるが如く泣く稚児に気を取られたが故か、気づいた時には道を違え、私は見覚えなき黒塀に切られた辻の只中に立っていた。

往《ゆ》くべき方とて判らず、然《さ》りとて、稚児の身は熱く、如何したものかと迷うていると、左手《ゆんで》の道の先から、朧な光が揺らめきながら、揺蕩《たゆた》いながら、近づいてきた。カランコロンと清澄《せいちょう》な下駄の音を伴った其れを、はじめは鬼火かと見紛うたが、愈々《いよいよ》間近に迫った相手を見遣れば、然《さ》に非《あら》ず。牡丹の飾りが付いた燈籠を掲げた老女中と、其れを侍《はべ》らせた年若い娘であった。

女中は私の傍らを過ぎ行こうとしたが、娘の方は児を抱えて立ち尽くす私の顔に切迫した色を見て取ったのであろう。申し、申し、と声を掛けてきた。形の良い目鼻立ちの其処此処に病み人の如き翳りの差した、婀娜《あだ》なかんばせをしている。其れでいて、瞳の奥には焔を宿しているかのような烈しい煌めきが在った。

——何かお困りではないかとお見受けしますが、如何なさいました。

気品の滲む声にて然う問うてきた娘は、此方が事情《わけ》を話すや、先を急がんとする女中を呼び止め、医者の処まで案内《あない》しようと申し出てくれた。其の深切《しんせつ》に私は縋った。

案内される路々《みちみち》、私は聞かれるともなく良人の事や家の事を話していた。所縁《ゆかり》も無き道連れに斯様な事を語るのは不躾であると承知しつつ、何故か、此の娘なら判ってくれるような気がしていた。此方よりも随分と年若な相手だと云うに。

——嗚呼、良かった。私の知る世と同じ処にございました。

医者の許まで私を送り届けると、娘は然う呟いた。〝私の知る世〟とは何とも奇妙な云い方をするものだと訝っていると、娘は此方に向き直り、私の眼を真っ直ぐに見据えて云った。

——殿方の意に染もうと御身に枷《かせ》を掛ける事など決してなさらぬよう。幾ら女の側で心を尽くしましても、所詮《しょせん》、殿方とは身勝手なもの。いつか屹度《きっと》、あなた様を裏切りますよ。どうか、御自身の想いをば、何よりもお大事に。

先までの柔和な口振りとはまるで異なる、赫然たる声音で其れだけ云い置くと、呆気《あっけ》に取られる私を横目に、老女中と連れ立ち、娘は元来た道へと戻っていった。燈籠の牡丹も、澄んだ音を立てる駒下駄も見る間に闇へ溶け消え、元の通りの鬼火となって。

医者の薬によって稚児の熱は直ぐに冷めた。だが、さかしまに、あの娘が私の胸の裡に灯した火は日ごとに熱を増した。私は枷を掛けられているのであろうか。然うなのであろうか。仮に然うであったとて、今更、其の縛めを解いて思うままに生きる事なぞ出来るのであろうか。今一度、踊る事など能うのであろうか。若さを失い、児を負うた身で尚も藝事《げいごと》に縋ると云うのは、恥ずべき態《わざ》ではなかろうか。

否。藝とは固《もと》より己が為のもの。然うであれば、何を恥じる事があろう。仮令《たとい》、日々の疲れに荒《すさ》ぼうとも。仮令、負いたくもなき定《さだめ》に圧《お》されようとも。

仮令、己が身が如何なる容貌《かたち》に成り果てようとも。

突きつけられた鏡を打ち払って私が腰を上げると、良人は驚きに眼を見開いた。此の男に立てるべき操なぞ、私は持たぬ。己を殺してまで生かすべき家なぞ、私には要らぬ。

しゃんと背を伸ばし、腕には稚児を確と抱き、空いた右手をば、虚空に差し伸べる。日々の家事に荒んだ指先が宙を薙ぎ、閃き、嫋《たお》やかに弧を描く。在りし日のように皓く煌めきこそせぬもの の、寄せ、離し、また寄せて。足先にて畳に円を結び、腰を落として科《しな》をつくる。如何に不恰《ぶかっ》好《こう》であろうとも、如何に無様であろうとも。此れが、私だ。

私の踊だ。

はじめの内、呆然と此方を眺めているばかりであった良人は、然し、やがては忿怒に顔を歪め、鯉の如く口をぱくぱくと動かしては唾を飛ばした。罵声《ばせい》でも吐いているのであろうが、其の声ももはや、私には届かぬ。唯、腕の中でいとけなく笑う稚児の声ばかりが私の耳を聾《ろう》している。

良人は腰に提げた刀に手を掛け、躍《おど》り上がった。鞘が払われ、刃が閃く。

稚児の、愉しげな笑い声が響いている。

斯くの如くして、私は死んだ。

皐月朔日《ついたち》

己が内に故なき業を生まれながらに背負はされ、辛苦《しんく》と汚辱に塗《まみ》れながらも、堪へ忍びては何とか生き存《なが》へてきたものを、此の上、斯くも責め苛むとは。

男の手で頸を絞め上げられながら、妾《わたし》はさう考へてゐた。

何も自ら望みて此の様な醜き面相に生まれたわけでなく、ましてや、其の容貌が胤《たね》違いの姉に瓜《うり》二つである事なぞは、妾の与り知る事であらうはずもなし。醜怪な面貌を疎まれ、幼くして川に棄てられたと云ふ姉には一方《ひとかた》ならぬ憐憫《あはれ》こそ覚えはすれど、其の宿業《しゆくごう》まで我が物とせねばならぬ道理はあるまい。剰《あまつさ》へ、祟《たた》りにより助《すけ》が累《かさ》ねて生まれたなぞと謗《そし》るは、智慧《ちえ》なき人々の愚かしさよ。胤は違へど、胎が同じであるからには、見目形が似るも珍しき事ではなからうに。

斯くなる恥辱の行き着く果て、今は斯うして誰ならん己が良人に縊《くび》り殺されんとしてゐるのだから、げに救いなき我が身の上よ。猛禽《もうきん》の其れの如き爪が頸へと喰《く》ひ入り、力任せに圧されるがまま、我が身は男の膂力《りよりよく》と橋の欄干とに挟まれて弓なりに反り返つてゐる。悲嘆とは関わりなき、生理に基づく涙と洟水《はなみず》とが後から後から溢れ出《い》で、振り仰ぎし昏い空では蒼い月輪が揺らいでゐる。如何《どう》あれ、此処で死するは必定《ひつじよう》と見ゆ。げにくだらぬ今生であつた事よ。

下総《しもうさ》に住まふ百姓と其の後妻との間に、望むでもなく生まれてみれば何の事はない、親とて望まぬ子であつた。言祝《ことほ》がれるに先んじて、忌まれ厭はれ蔑《さげす》まれ、祟りの子だと畏れられた。

母の連れ児であつた我が姉を、容貌の醜さと片足の不具とを由《よし》として殺めた父ではあつたが、半分は己が血から成る児《こ》を手をかける度胸はなかつたと見え、顔貌が姉に生き写しだと云ふにも拘《かか》はらず、妾《わたし》は棄てられる事なく育てられた。と云ふて何も、親の情なぞ感じた例《ためし》はない。父も母も一度たりとて妾の顔をまともに見やうとはしなかつた。己らの罪業を直視するやうで憚られたと云ふ事もあらうが、さうでなくとも、二目《ふため》と見られぬ醜い顔だ。黒い煤を孕みつつ溶け固まつた蠟の如く、何処も彼処《かしこ》も崩れた貌だ。

実の親からして此の扱ひであるから、村の者どもからの其れは云はずもがな。化け物と罵られ、何処へ行きても、助《すけ》――其れが姉の名であつた――の祟りだと謗られる。妾にとつて、生きる事とは、堪へる事と同義であつた。

唯一、村の外れに棲《す》む盲《めし》ひた老爺《ろうや》ばかりが親切であつた。身寄りのない、見窄《みすぼ》らしき老人で、元来が如何云ふ素性の者かを知る者も居らぬと云ふ、路傍に棄て置かれた地蔵の如き者だ。当人が云ふ処の「村の皆からのお情け」によりて生き存えてゐるやうな様《ざま》でこそあるものの、其の実、他の誰よりも智慧者《ちえしゃ》であつて、粗末な杖の先で地に文字を書きては、妾に読み書きの手解《ほど》きを授けてくれた。

其れからまた、種々の物語を聞かせてもくれた――否、種々の物語と云ふては適切でなからう。来る日も来る日も、老爺の嗄《しわが》れ声によりて紡がれるのは同じ一つの物語でありながら、一方で、異なる物語でもあつた。発端《ほったん》は同じ。結末も同じ。話はいつも同じやうに始まり、終ひには必ず同じ結末へと収斂《しゅうれん》するにも拘わらず、其処へと到る筋路《すじみち》が異なつてゐたのだ。

不可解な事には、作り物語ばかりでなく、己が身の上を語る時に於いてさへ斯様な調子なのである。或る時には、嘗《かつ》ては江戸にて暮らす噺家《はなしか》であつたと云ふ。然し、また或る時には、同じ頃に薬師《くすし》であつたとも云ひ、また或る時には、歌舞伎役者であつたとも云ふ。

一体、何《いづ》れが真実《ほんとう》の事かと問ふと、老爺は嗤ふて、何れも真実《まこと》だと答へた。

――時の流れは一条でなく、交叉と分岐を繰り返す、無量に連なる辻の如きものであり、今も、此の刹那、此処に在る己《おれ》は偶さか結ばれた辻に偶さか立ち顕れた影に過ぎぬ。

妾が十六となつた年、老爺は身罷《みまか》つた。其れ迄《まで》には父も母も死んでゐた。天涯孤独となつた妾は、然し、清々《せいせい》した心持ちであつた。何故と云ふに、己の両の親と云ふ、謂《い》はば妾の来歴其のものとでも云へる者が世から消えたとなれば、彼《か》の老人の如く、如何様《いかよう》にも己の過去を変へられると思へたからであり、以来、妾は己が来歴を無量に殖《ふ》やす事に執心した。妾は不遇の貴種であり、旅の藝人が村に遺したりし一粒胤であり、狐の化生の落とし児であり、累ねて生まれた助であつた。限りなく殖え続ける其れらの過去が、日々の辛苦に堪ふる心を支へてゐた。

ある日、村に一人の流れ者がやつて来た。病を患《わずら》ひ、頼る者とてない男に、村の者達は冷淡であつた。唯一人、妾ばかりが其の身を看て世話を焼いた。

身体が癒えると、男は妾の肩を掻き抱き、其は我が命の恩人たれば、終生、己が身に勝りて丁重《ていちょう》に扱ふ故、共に江戸へと上りて暮らさんと涙ながらに訴へた。嗚呼、愚かなる事に、生まれて此の方、初めて掛けられた甘言《かんげん》をば信じ切り、妾は男と手を取り合ふて路《みち》を共にした。

何事も初めの内こそ良きもので、人足《にんそく》として男が得た給金で慎《つつ》ましく暮らしてゐたが、江戸に上りてより半年と経ぬ内に男は酒に浸るやうになり、呑むごとに、酔ふごとに、醜女《しこめ》が居るから酒が不味いと云ふては、妾を撲《ぶ》つやうになつた。辛き日々の唯一の慰みと云へば、江戸に来たばかりの頃に男が購《あがな》ふてくれた仮名草子を読みては、其れに付け加ふるべき新たな物語を思ひ描く事であつたが、其の草紙も、くだらぬ物をいつ迄も読むなと云ふて、男に破り棄てられた。
斯くてある晩、余処《よそ》に女でも出来たのであらうか、不意に出ていつたきり男は姿を晦《くら》ました。職を探さんとて、身をひさがんとて、仇《あだ》となりしは此の醜き面貌。愈々《いよいよ》、如何にもならぬと音を上げた折、知りてか知らずか、男がふらりと帰つてきた。懲《こ》りもせず、情愛なぞを抱いてしまひ、ちよいと夜の散歩に出やうと云ふ男の言葉を訝りもせず、浮ついた足取りで連れてこられしは、此の橋で──
頸《くび》に喰ひ入る男の指は愈々以て力を増し、喉の潰れる濁りし音が、肉の裡にて響き渡る。振り解《ほど》かんと抗ふ気力も疾うに果て、両手は宙を搔くばかり。意識も胡乱《うろん》に溶けかけて、唯思ふ事と云へば、げにくだらぬ今生であつた、げにくだらぬ今生であつたと云ふ、無様な譫言《うわごと》の繰り返し。

斯くの如くして、妾は死んだ──

──厭だ。厭だ。仮令、今、此処で惨めに死ぬるとて、我が生涯が斯様につまらぬ、無為でくだらぬものであつて良き筈がない。何故と云ふに、妾は不遇の貴種であり、旅の藝人が村に遺したりし一粒胤であり、狐の化生の落とし児であり。累ねて生まれた助であり、時の流れは一条でなく、交叉と分岐を繰り返す、無量に連なる辻の如きものであり──

幽霊の辻

——妾は、左手の路を／真っ直ぐの路を／右手の路を／選んだ。

いつかの何処か

斯様な形に身をやつしてはしまいましたが、あなた様とこうして見《まみ》えることができて、わたし、本当に嬉しゅうございます。ほら、こうして口許が綻んでしまうのも押さえられぬ程に。何故と申すに、宵ごとに、晩ごとに、わたしはずうっとあなた様をお待ちしていたのですもの。さあ、どうか。どうかもっとお近くに。

皐月朔日

——縊り殺したいのであらう？
然《さ》ふ云ふて頤《おとがい》を上げ、自ら頸を差し出すと、流石《さすが》に怖気づいたものか、肚に一物抱えてゐる癖に、然して男は手を上げず、両の眼に恐れの色を泛《うか》べて立ち竦《すく》んでゐるばかり。意気地なき其の様を見るにつけ、此方はさかしまに艶《なま》めかしき妖婦にでも成りし心地で、男が可愛らしくさへ思へてくる。此方から相手の手を取りて、閨の手解きでもするかの如く、己が頸へと其の手を誘《いざな》ふ。ほら、斯うして項《うなじ》を絞り上げ、拇指《おやゆび》で喉を潰すのだ。強く烈しく、卑《いや》しく淫《みだ》らに。

固《もと》より、死ぬる覚悟は出来てゐた。然し、其れは何も男の為を思ふての事ではない。妾を疎んだ此奴がいつか事に及び手を汚す肚を決めるであらうとは察してゐたが、進んで其れを叶へてやらんと云ふつもりもない。偏《ひとえ》に、嘗て相見《まみ》えた者より教へられし事を信ずるが故だ。

男が我が許を去りてより後、世人の口の端には、一つの奇事が上るやうになつた。

方々に巡らされた塀と樹木の陰とで昼でも暗い番町の一角に、人も棲まはぬ古き旗本屋敷が在る。其の庭には疾うの昔に枯れた古井戸が在り、夜ごと、一人の幽女が其の内より這ひ出でては、恨めしげに皿を数ふると専《もっぱ》らの噂だ。何故に皿を数ふるかと云へば、其れに纏はる覚へのなき科《とが》により
て、己が主に斬り伏せられし恨みが為と云ふ。己自身、祟りの児と呼ばれて育ちし故、幽霊と云ふものに一方《ひとかた》ならぬ興味が在つた妾は、さる満月の晩、件の屋敷跡へと這入り込んだ。

すると、其処には確かに一つの古井戸が在り、傍らには幽女が佇んでいた。予《かね》てより妾が訪《おとの》ふてくるのを待つてゐたと云ふ其の女は、傍近《そばちか》くへと妾を差し招き、幼児《おさなご》に云ひ聞かせでもするかの如き柔らかな口振りで奇妙な話を語り出した。幽霊の辻なる地に関する話だ。

幽霊の辻――妾は此の忌まわしき身を棄て、魂《たま》と成りて其処に行き着く事を願ふ。

然らば、仮初《かりそめ》とは云へ嘗ては良人であつた男の手にかかりて死ぬる事も、執着や妄念と云ふ点に於いて、我が魂が彼の地に到る一助と成らう。

妾は、取るに足らぬ痴情の果てに死ぬるのではない。惨めに死ぬるのではない。己が為にこそ死ぬるのだ。甘き死の官能に酔ひながら、震える男の指に己が手を添へて、妾は胸の裡にて囁く。何も恐れる事はない、と。

然ふ、何も、恐れる事は、ない。
斯くの如くして、妾は死んだ。

ウィッチクラフト＃マレフィキウム

序

風が、来客を告げた。

四季も知らずに今が盛りとめいめい思い決めて生《お》い群れた草花が、目に見えぬ手で頭を撫でつけられ、一様に首を傾《かし》げる。ダチュラ、ヒヨス、マンドレイク、ベラドンナ。とりどりの色を湛《たた》えた花冠《かかん》がゆらゆら揺れる様はお遊戯会めいて可愛らしくもあるけれど、いずれも身の内には毒性の強いアルカロイドをたっぷりと孕《はら》んでいる――そう設計されている。

視界の端から端までを淡い地平線が弧を描いて断ち切り、下半分は緑を基調としたマーブル模様。残りの半分は何処《どこ》までも青い。雲ひとつない空と、緑の絨毯《じゅうたん》が敷かれた大地のあわいに佇《たたず》んだ客人の姿は、背に負った景色とは不似合いな程に黒い。鍔《つば》の広い三角帽。飾り気のないチュニックに丈の長いローブ。久しく見ない古典的《クラシカル》な装い。色はいずれも黒一色。それらが濃い影を落とすせいか、箒《ほうき》を握った手や顔までもが黒ずんで見える。

「いらっしゃい、〈面影《おもかげ》の魔女〉」椅子に座したまま、わたしはそう声をかけた。

「大変ご無沙汰《ぶさた》致しました」ゆるゆるとお辞儀を寄越す相手の声は、かつて耳にした時よりも随分嗄《しわが》れていた。「ほんとうに、ええ、お久しゅうございます」

「あら、そんなに経ったかしら」

「ええ、経ちましたとも」〈面影の魔女〉は幽《かす》かな笑みを浮かべた。「何しろ、貴女《あなた》と私では時間の感覚が異なりますゆえ」

わたしが片手を伸べて差し招くと、〈面影の魔女〉は箒を杖のように使いつつ、ぎくしゃくした動きで此方《こちら》に歩み寄り、如何《いか》にも大儀《たいぎ》そうな様子で椅子に腰を下ろした。遠目には判らなかったが、卓を挟んで間近に対面したその顔は皺だらけの羊皮紙に膠《にかわ》でも塗ったかのようだった。

「その身体《からだ》、敢《あ》えてそれを選んでいるの？」

〈面影の魔女〉は罅《ひび》割れた唇をもぞもぞと動かし、「ええ。年齢《とし》相応の老いを反映させています」

「成《な》る程《ほど》ね」加齢を隠さぬ姿勢に、勇気づけられるヒトも居るだろう。そう思い思い、わたしは片手を閃《ひらめ》かせて卓上を撫でた。途端、一揃《ひとそろ》いのティーセットが音もなく顕《あらわ》れ、ソーサーに載せられたカップが二人の前に滑り出る。人差し指で宙をタップするや、ポットがふわりと浮かんで、それぞれにハーブティーを注《そそ》ぐ。「それで、ご用件は何かしら？」

〝会いたい〟という突然の連絡には応じたが、わたしは未だ相手の用件を知らなかった。

「時が来ました」

カップに指を伸ばそうともせず、〈面影〉は真っ直《す》ぐに片手を差し出した。掌《てのひら》には、一つの痣《あざ》がある。青黒い描線で象《かたど》られた、〈面影〉を〈面影〉たらしめている徴《しるし》——仮面の刻印だ。

「貴女に、お渡しすべき時が来たのです」

わたしは嘆息を一つ。「そういう事ね」

「ええ、そういう事なのでございます。私には、もう、然程《さほど》時間が残されておりませぬゆえ」

わたしは頷きを返しつつ、皺だらけの掌に、己《おの》が手をそっと重ねた。

1

満天の星が見守る、その下で。

祭壇を挟んで対面に座した依頼者《クライアント》の顔は橙色の蠟燭《キャンドル》の灯に下から照らされ、真剣な色を帯びている。濡れた眼差《まなざ》しの先に並んでいるのは、水を湛えた杯、円環の内に十字を結んだ太陽十字、女神ブリギットを象徴する藁《わら》人形。供物《くもつ》として籠《かご》に入れられた蜂蜜パンと牛乳。火の女神を讃える、インボルクの祭壇だ。シナモンを焚《た》いた香炉からは細い煙が立ち、青い水晶玉の表面《おもて》を撫で、依頼者たる二十代の女性——少なくとも化身《アバター》はそうした姿をしている——の頬へと伸びる。

「古きものは外へ、新しきものは内へ」わたしはそう唱えながら、七竈《ナナカマド》の枝を結んだ小さな箒で壇上を掃き浄《きよ》めた。次に、此方と同じく七竈の枝を手に握り締めた依頼者の双眸《そうぼう》を凝《じっ》と見つめ、それが湛えた色を見極める。

眼球の表面にマッピングされた質感《テクスチャ》の色彩《いろ》を？

——違う。もっと奥に在る、物理的に演算し得ず、依頼者自身も知覚していない感情を、だ。

そうして見定めた色に合わせて、わたしは一方の指先で宙を爪弾《つまび》く。香炉から伸びる煙が揺れ、鎌首を擡《もた》げて蠟燭の小さな火に吸い寄せられていく。

「さあ、これが最後の仕上げ」そう云《い》って箒を横たえ、両手を打ち鳴らした刹那《せつな》。

天に向かって逆流する滝の如《ごと》く、光が燭台から伸び上がる。視界を断ち切る一条《ひとすじ》の目映《まばゆ》い光芒《こうぼう》。天蓋《てんがい》――文字通り、天の蓋《ふた》――にぶつかって、光は四方に散った。それぞれが長い尾を引きつつ天穹《てんきゅう》に沿って弧を描き、やがて、地に降り注ぐ。光の欠片《かけら》は地表に触れるや水面《みなも》の如く波紋を立てつつ周囲に広がり、生い群れた草花を照らし出す。〈領界《ワールド》〉全体が、萌葱色《もえぎいろ》の柔らかな光によって隈《くま》なく満たされる。それが、依頼人の為《ため》にわたしが調合した色。相対して座した者の瞳の内にも同じ色が認められた。まずもって成功と考えて良いだろうと安堵しつつ、最後に、祝福を込めた御守《タリスマン》を依頼者に渡す。先の光を掬い上げて封をした小壜《こびん》だ。壜の首に結わえた重なり合った三つの楕円《スケラ》のチャームが僅《わず》かに揺れる。

依頼人は明るい表情で帰っていった。

もっとも、「最初に〈領界〉に訪れた時よりは」という条件付きでの話だ。一点の曇りもない晴れやかな貌《かお》とはいかない。魔女は魔女であって、医者でもなければ癒し手《ヒーラー》でもないのだから、能《あた》う事とて、心の問題を取り除く事でも、依頼者を癒やす事でもない。

そう説いて聞かせると、先《せん》から傍《かたわ》らに立って施術の様を具《つぶさ》に観察していた男は目を瞬《しばた》かせ、薄薔薇色を帯びた幼顔を傾げた。「それなら、何になるって言うんです?」

魔女の活動を取材したいとメールで依頼してきたウェブメディアの記者だ。折り目正しく濃紺のスーツを着込んでネクタイを締めた様は、記者というより、リクルート活動中の学生めいている。とはいえ、中身がどうかは知らない。判るのは、此方との接見に際して相手がその姿を選んだ事――延《ひ》いては、そうした価値観を持つ人物だという事だけだ。

男が連絡を寄越したのはひと月ばかり前の事だ。別段断る理由もなく、以来、週に幾度《いくど》か、自身の〈領界〉に彼を招いては種々の質問に答えている。そして、施術に彼が立ち会うのは今日が初めてだった。勿論《もちろん》、依頼人には事前に了承を取っていた。

「魔女にできるのは、気づきを与える事だけ」と応じながら、わたしが壇上にかざした手を軽く振るにつれ、祭壇を構成していた種々の道具《アイテム》は輪郭を失って霧消し、真紅の天鵞絨《ビロード》に代わってまっさらな生成《きな》りのクロスに覆われた卓へと姿を変える。同時に、卓を中心にした緑色の円が広がり、〈領界〉内を満たしていた光が消えていく。やがては星空の緞帳も巻き上げられ、天蓋は昼《ひる》日中《ひなか》の青空へと変じた。

そんな天体ショウの幕切れを、頭《かしら》を方々に向けながら男は眺めていた。まるで魔法でも目の当たりにしたかのように呆けた貌をしているが、現代においてはさして珍しい光景でもない。〈領界〉――VR上の仮想空間――の環境パラメータを変更しただけの事だ。

「気づき、ですか」男は訝《いぶか》しげに、「なら、あの小壜は何ですか。御守だと仰《おっしゃ》っていましたが」

「あれだって、ただのデータに過ぎないわ。変わったところがあるとすれば、それがネットワーク上にたった一つしか存在しないという事」つまりは、ブロックチェーンを利用した、複製も改《かい》竄《ざん》も不能な非代替性トークン《NFT》だ。「担保しているのは、唯一性だけ」

「実際に何らかの効力を持っているわけではない、と？」

「効力という言葉が示す範囲にもよるわね。それ自体が直接何らかの作用を齎《もたら》すかという事ならば、そんな力はない」退魔の力も、幸運を呼び込む力も、小壜は具えていない。「ただし、所有者の心に間接的に作用する事はできる」

尚《なお》も首を傾げる男に、わたしは説いた。世界に唯一の物《オブジェクト》が手元にある事自体が、時としてヒトの心の支えとなり得るのだ。御守を持っているという事実が一種の励《はげ》みになる。いや、励みとまで行かずとも、思考の切欠《きっかけ》にさえなれば良い。何らかの問題に直面した時、御守の存在を引き鉄《トリガ》として今日の事を思い起こしてくれたなら、それだけで、何かが変わる。

「何だか、臨床心理学みたいですね」男はそう云って苦笑したが、一面においては正しい指摘だ。

己のルーツを成すものや所属する集団《カヴン》の特色を織り込んだ儀式。タロットや占星術に易学《えきがく》等、卜占《ぼくせん》の知識。薬草学、暦学、護符《ごふ》の作製法。古来、魔女に求められる技能《スキル》は枚挙に暇《いとま》がないが、現代では、それでもまだ足りない。洋の東西を問わぬ医学、薬学、臨床的カウンセリングの知識と技術。加えて、VR空間の構築や演出技法への深い造詣《ぞうけい》、種々のSNSアカウントの運用、果てには各種決済方法への対応――と、必要とされる技能は「魔女」という言葉から想起されるであろう「伝統」や「秘儀」に収まらず、技術《テクノロジー》の発展とともに増していく一方だ。

「場合によっては専門家によるカウンセリングを勧めもするし、化学的《ケミカル》な薬品の服用や治療が必要だと感じれば、心療内科や精神科への通院も提案する」

万能の霊薬《エリクシール》なぞ、存在しないのだから。

男は相変わらず納得しかねるという表情をしていたが、それで構わない。納得を得る為に取材を受けたわけではないのだから。後は彼が彼なりに考えて、解釈すれば良い。施術と同じだ。

卓上をひと撫でしてティーセットを呼び出し、わたしの分と男の分、一揃いのカップに、イラクサのハーブティーを注がせる。柔らかな草の香りが立ち昇る。面会の回数を重ねるにつれ、男も勝手知ったるもので、差し招くまでもなく対面の椅子に腰を下ろす。ただし、カップを口許《くちもと》に運ぶ際には、毎度ながら躊躇《ためら》いを見せる。毒でも入っていやしないかと不安になるのだろう。仮に毒入りであろうと、仮想《バーチャル》のそれが現実《リアル》の身体に作用を及ぼすわけでもあるまいに。斯様《かよう》な反応こそ、世に広まっている魔女への誤解の一端を示しているとも云えるし、一方ではまた、無理からぬ事でもある。現にわたしの〈領界〉には毒性を具えた草花が見渡す限り生い群れているのだから。ただし、それらを毒草と呼ぶのは誤《あやま》りだ。いずれの植物も、用法に応じて毒にもなれば薬にもなる、一種のファルマコンだ。

「さて、それで、今日はどんなご質問が待っているのかしら？」

青天の下に据えられた卓を挟んで、応答《インタビュー》が始まる。

Ⅰ

作業済みのファイルを添付したメールの送信が済むや勤怠《きんたい》管理システムを開いて、「退勤」ボタンを押すと、すぐさま、1Kの集合住宅《アパートメント》の一室が〝職場〟から私的《プライベート》な生活空間へと塗り替えられた。VR空間の環境パラメータ云々《うんぬん》の話ではない。単に、ジョン自身の気分の問題だ。

この十年ばかり断続的に世界を襲っている新型ウイルスの流行も、悪い事ばかりではないと彼は思う。在宅勤務《テレワーク》が促進されたおかげで満員電車にも乗らずに済んでいるし、オフィスで有《う》象無《ぞうむ》象《ぞう》と顔を合わせる必要もない。尤《もっと》も、対面での意思疎通《コミュニケーション》能力などという、仕事の質とは本来無関係なものを武器にしていた連中にとっては、やり辛《づら》い時代だろう。殊《こと》に、やたらと着飾っては香水のにおいを振り撒《ま》く、男達の欲望を利用するしか能のない女どもに至っては尚更《なおさら》だ。媚びを売る手段は限られ、純粋に能力だけで進退が決まる。それは——正しい事《コレクトネス》だ。

然《しか》し、先からテレビで流れているトークショウでは、ゲストがまるきり反対の事を主張していた。テレワークの普及によって職場での性的ハラスメントの発生件数が減少すると同時に、純粋な能力のみによる評価が得られ、女性の社会進出はますます進んでいる——。

まったく、馬鹿馬鹿しいとジョンは首を振った。黒のライダースジャケットを纏《まと》い、無数のピアスで耳を飾った女性ゲストの姿は如何にも軽薄そうに見える。左側の髪を頭頂近くまで刈り上げ、残った側の黒髪はヤマアラシのように固めて尖らせているのも馬鹿みたいだ。番組の男性MCと並んだ彼女の胸元には〈荊棘《けいきょく》の魔女〉というテロップが被《かぶ》せられている。このところ、若年層を中心にフォロワー数を急速に増やしている魔女の一人だ。

黒光りするリップの引かれた唇を絶えず蠕動《ぜんどう》させながら、魔女は得意気《とくいげ》に自説を述べ続けているが、現実のスタジオに彼女は居ない。いや、世界中の何処を探しても、この女と同じ容姿を具えた人物など居ないだろう。モデリングといいテクスチャといい、精緻《せいち》に造り込まれたリアル志向の身体《ボディ》だが、それらは全て拵《こしら》え物のアバターだ。延々と話し続ける女を、男性MCは止めようともしない。男のくせに。ジョンは歯嚙《はが》みした。何よりもそれに腹が立つ。こんな有害な女の戯言に反論せぬばかりか、頷いてまで見せる。嫌気が差し、彼はテレビを消した。

俄《にわか》に空腹を覚えて冷蔵庫を開けたが、腹の足しになりそうな物はなかった。青白い庫内では粉チーズと目薬の容器が所在なげに肩を寄せ合い、扉側の棚はエナジードリンクで埋め尽くされている。仕方なく、彼は買い出しに出る事にした。上下ともスウェットのまま外に出ると思いのほか肌寒かったが、上着を取りに戻る程でもないと思い、彼はそのまま裏通りに面した外階段へ向かった。ケチな所有者《オーナー》にエレベーターの設置を思い立たせるにはやや背が低く、と言って、昇り下りするには骨が折れる、五階建て集合住宅の最上階。フロアを一つ下りる度《たび》に鼻を衝《つ》く胸の悪くなる臭いが強まるのは、一階のテナントに中華飯店が入っているせいだ。反吐《へど》が出そうだと、ジョンは鼻を摘まむ。あんなものを好んで食う連中の気が知れない。

裏通りを抜けたすぐ近所にある個人経営の食糧品店に彼は入った。大手チェーンストアとは異なる、煙草《たばこ》屋に毛が生えた程度の品揃え。しなびた店内を物色し、ノーブランドのポップコーンと牛乳、それからヤキトリの缶詰を手に取ってレジまで行くと、いつ来ても店番をしている不器量な女店員は、若い男性客と何やら話し込んでいた。ジョンも偶《たま》に見かける、背の高いヒスパニック系の男だ。いつもシリアルばかり買い込んでいるので、妙に記憶に残っていた。今日もまたシリアルをカウンターに載せ、肘を衝いて話す男に、女は媚びた笑みを返している。雌犬《ビッチ》め――とジョンは心中で毒づいた。お前の発情期の為に客を待たせるな。

彼は男と女店員の間に割って入り、ポケットから出した小銭と商品とをカウンターに叩きつけた。シリアル男が眉間《みけん》に皺を寄せているのが視界の端を掠めたが、相手にはしない。彼は顔を背《そむ》け、「さっさとしろ」と凄《すご》む。女店員は露骨《ろこつ》に眉を顰《ひそ》めつつレジを打った。

支払いを終えて店を出ようとした時。背後から笑い声が追ってきた。振り向くと、女店員とシリアル男がニヤニヤした顔をこちらに向けていた。

相手をしてやる気にもならない。そう胸の内で独《ひと》りごち、ジョンは足早にその場から離れた。

部屋に帰り着くや、ポップコーンをエナジードリンクで腹に流し込みながらウェブ上を巡回した。魔女達のSNSアカウント、魔女関連のニュースサイト、それから、反魔女派のブログ。情報収集は怠《おこた》らない。ある時は魔女の発言をせせら笑い、またある時は反魔女派の言説に深く頷きつつ、より悪しき魔女をジョンは探す。新型ウイルスの断続的な流行は魔女達が悪しき妖術《マレフィキウム》で人を呪っているせいだ――そんな、反魔女派の一部が唱えている説を信じる程にイカレてはいないが、連中が有害な存在なのは間違いないとジョンは確信している。奴らこそ悪しき女の代表だ、と。SNS上で、VR空間で、テレビ番組で、魔女どもは妖《あや》しげな儀式だの呪術だのを実演してみせるばかりか、論客気取りで世間にあれこれと意見する。扇情《せんじょう》的な言葉を並べ、小手先のレトリックを弄《ろう》し、大袈裟《おおげさ》に着飾った身をくねらせては焚き付ける。

誰を？　――世の女達を、だ。

それこそ魔法にでもかかったように女達が魔女の言葉にコロリと感化されてしまうのは、偏《ひとえ》に魔女どもの主張が自分達にとって都合の良いものだからである。連帯。社会進出。性の解放。どれも耳当たりこそ良いが、根にあるのは「欲」だとジョンは断じる。魔女どもは女の欲を掻き立てる術《すべ》をよく心得ているし、女も女で、それらを己の考えであるかのように内面化し、自身の中から生まれた主張であるかの如く錯覚する。果てには、自らもまた魔女を名乗るようにさえなる。魔女は伝染する。ウイルスにも勝る、最悪の悪疫だ。

ジョンは捨てアカで魔女達のSNSアカウントに返信《リプライ》を付け、熟考に値《あたい》する反魔女派の意見の幾《いく》つかに賛同のコメントを寄せ、それから、自身のブログに新たな記事《エントリ》を追加した。すぐさま否定的なコメントが寄せられたが、気には留めない。自説が魔女やその賛同者達にとって痛いところを突いているという何よりの証拠だからだ。

手応えを感じつつ、ジョンはスウェットを脱ぎ捨て、代わりにVRダイブ用のボディスーツを着込んだ。腹周りがまた少しキツくなった気がする。そろそろ買い換えるべきだと思いつつも、敢えて気づかなかった事にする。食うに困ってこそいないが、新調するとなったらかなりの出費だ。活動費の為にも、多少の不自由は我慢するしかない。そう己に言い聞かせながら、デスクの端に載せていたVRゴーグルを装着する。視界いっぱいに浮かび上がったアイコンの中から鉄十字の徽章《きしよう》に注意を向けると、二度、右目を瞬《また》かせ、〈騎士団〉のスローガンを唱えながら、システムがロードされるのを待った。

——魔女《マツレウス・マレフィカールム》どもには鉄槌を！

※

——夢を見ている。

辺りにはヒトの血肉の焼けるおぞましい異臭が立ち籠めている。視界の隅から隅まで無数に立てられた火塚で、十字架に掛けられた者達や、また或《あ》るいは首を縊《くく》られた後に火にくべられた者達が、表皮ばかり黒焦げになった生焼けの亡骸《なきがら》となっているせいだ。

自《みず》らが彼女らと同じ憂《う》き目に遭わずに済んだ事を、喜べはしなかった。

わたしは世人《せじん》の目を盗み、半《なか》ば灰と化した彼女ら身の一部を僅《わず》かずつ齧《かじ》り、喰《く》らって廻《まわ》った。

2

現代魔女。

ヒトによっては稍々《やや》奇妙な感触を覚える響きであろう。「現代」の魔女とはどういう事か。何故、単に「魔女」と呼ばないのか、と。だが、こう考えてみれば判りやすい。「現代」の語は、旧来のそれらとの間の著しい形式《スタイル》の差異、或いは、断絶を含意《がんい》している、と。芸術にせよ思想にせよ、「現代」と冠するものは、それ以前のものとは明確に異なる形式を具えている。

魔女も同じだ。

「現代魔女」にとっての断絶に相当するのは、近世の魔女達との間にある不連続性だ。かつて西欧諸国で魔女狩りが繰り広げられた時代における魔女と、現代の魔女との間に、直接的な繋がりは何もない。迫害と密告を逃れて脈々と秘儀を伝えてきた一派も存在せぬとは云い切れないが、そうした者達は逆に現代魔女を自称しないだろう。誇りをもって伝統的魔女を名乗るはずだ。

「どんな断絶があったと仰るんです?」男は草叢《くさむら》で腰を屈め、生い茂った薬草群から、前もって特徴を伝えておいたベラドンナを選《よ》りながら問うてくる。

わたしもまた手ずから摘み上げた種々の薬草を籠に抛《ほう》りつつ応じる。「啓蒙思想が広まって魔女狩りが終焉《しゅうえん》を迎えたと同時に、魔女そのものが歴史の表舞台から姿を消したのよ」

長い年月をかけて徐々に下火となった魔女狩りは、十八世紀になると各国で法的に禁じられた。それに伴い、魔女もまた世界から——少なくともキリスト教世界から——姿を消した。その後、最初に魔女が復活を果たしたのは、アートの世界においてだった。

ロマン主義やラファエル前派の芸術家達が、科学の発達や社会の合理化と相反するように、神話上の女神や伝説に語られる女達、そして、「魔女」をモチーフに据えた作品をこぞって描くようになったのだ。ただし、あくまで、男を破滅させる運命の女《ファム・ファタル》や情け知らずのつれなき美女《ベル・ダーム・サン・メルシ》という、男達の視線と心を捕らえ、囚《とら》える、美の象徴としてではあったが。

次に続いたのは、神秘主義《スピリチュアリズム》の隆盛とともに魔女術《ウィッチクラフト》の実践者として現れた魔女達だ。その多くは、キリスト教化以前の信仰における呪術や女神崇拝、ケルトのドルイド信仰や非キリスト教圏のシャーマニズム、或いは、アレイスター・クロウリーが創唱した魔術《セレマ》等々、多種多様な源泉《ソース》を習合した新たな魔女術を実践した。斯《か》くて魔女達は漸《ようや》く〝見られる〟対象から離れたわけだが、それとて、自らの道を切り拓《ひら》いたという話ではない。先のクロウリーにせよ、ジェラルド・ガードナーが広めた復興異教主義《ネオペイガニズム》における最大の一派である「ウィッカ」にせよ、当時の団体の多くはあくまで男性中心主義という軸を固持していたし、其処《そこ》での魔女達は大抵、一種の巫女《ラ・ピュセル》として扱われる、男達の為の儀式の道具であった。

真に主体的な存在としての魔女が世に現れるようになったのは二十世紀後半の事だ。この時期にはヒッピームーブメントやニューエイジ運動といったカウンターカルチャーの拡大と、フェミニズムの台頭《たいとう》という潮流を背景として、多くの女性活動家《アクティビスト》が魔女を自称し、女性の社会的な権利と地位向上を主張した。迫害され疎外されている存在の象徴として、魔女狩り時代の魔女のイメージを自ら纏い、声を上げたのだ。

『焼き殺し損ねた魔女達が帰ってきたぞ』

それが、当時のスローガン。斯くて現れた新世代の魔女達は大小様々な集団《カヴン》を形成し、それ以前の魔女宗《しゅう》とも合流しつつ、めいめい独自の教義と技術《クラフト》を発展させていった。或いは、集団に属する事なく、先達との師弟関係さえ持たずに単独で魔女を名乗る者も現れ始めた。

だが、それにしても、現在《いま》程に多くの魔女が世に溢《あふ》れた時代というのは過去に例のない事だろう。その存在を爆発的に増加させた主な要因は、古来の魔女術とは対極にあるもの――SNSとVRという技術《テクノロジー》の普及だ。

「技術の発展が魔女を増やした？」男は薬草を摘む手を止め、首を傾げた。顔には、どうして自分がこんな作業をせねばならぬのだと云いたげな表情が浮かべている。此方とて無償で取材を受けているのだから、ささやかな協力くらいは求めても良いだろうに。

「唯物主義への反発《アンチ》、或いは別の道《オルタナティヴ》として台頭してきた神秘思想や自然主義の隆盛も関与していた事は間違いないけれど、何より大きかったのは、人々が時間と空間を超えて世界と繋がれるようになった事」

今では誰もが――少なくともネットへの接続環境とVR機器を有している者は――自由に魔女になれる。VR空間では、かつての変身魔法さながらに己の姿を自在に変え、自身の信条に適《かな》った領域をデザインし、様々な視覚効果で魔女術を表現できる。伝統あるカヴンに所属して先達からの教えを受けるというのも昔ながらの魔女術を修得する為には有効な手の一つだが、もはやそれは必須事項ではない。魔女術はお好み料理《ア・ラ・カルト》で構わない。

斯くして魔女となった者達は、サロンを開いたり、個人相談を受け付けたりと、多様な活動を通して依頼者《クライアント》の問題解決の一助となる事に力を注ぐ。

と同時に、大半の魔女は前世紀と変わらず活動家《アクティビスト》でもある。SNS上で自身の意見を積極的に表明し、あらゆる支配的な思想に対してきっぱりと「NO」を突きつけ、オルタナティヴな世界のありようを提示する。家父長制に対して、差別主義に対して、資本主義に対して。人気のある魔女ともなれば、数百万ものフォロワーを抱え、その影響力は社会が無視する事を許さない。

「ありがとう。それだけあればもう十分」男が提げた籠を指差して、わたしは告げた。

ベラドンナの葉が口から溢れた籠を下ろすと、男は漸く苦役から解放されたとばかりに背を伸ばし、腰を叩いた。ＶＲ空間で幾ら身体を酷使しようとも肉体的な疲労や痛みを覚える事などないはずだが、ヒトは得てしてそんな動作を取る。そして、魔女に云わせれば――殊にわたしのような存在にとっては――一見無為に思えるそんな振る舞いこそ、何より大事だ。

薬草摘みという行為にしても、畢竟《ひっきょう》、〈領界《ワールド》〉内に植えられた植物はデジタルデータに過ぎぬのだから、わざわざ摘んだりせずとも、指先を一振りするだけですべて刈り取れる。いや、それすらも不要だ。〝内には無数のベラドンナが詰まっている〟というパラメータを予《あらかじ》め籠に付与しておきさえすれば結果は同じ事になる。

然し、大切なのは結果ではない。魔女が何より重んじるのは、過程《プロセス》であり、行為《アクション》だ。化身《アバター》とは云え、自らの身体を動かし、時間の流れの中に身を置く事。概念としてだけではなく、周囲の環境に対して実際に働きかけ、何らかの変化を求める事。

「その過程そのものを、魔女は重視する」

判ったような判らぬような貌をして、男は頷いた。

Ⅱ

ホールは万雷の拍手で満たされた。

舞台《ステージ》を取り囲んだ座席で、多くの者がスタンディングオベーションをしている。隣席の女が手を打ち合わせる度、ショールの端がひらひらとジョンの顔に纏わりつく。彼は座席に深く掛けたまま、組んでいた腕を解《ほど》いてそれを払い除《の》けたが、当の女は気づかない。女どもはいつもそうだ。彼は内心毒づく。自分達が踏みつけにしているものに、少しも注意を払わない、と。

舞台上で喝采《かっさい》を浴びているのは〈蓮華《れんげ》の魔女〉という二つ名を持つ魔女だった。

拍手は一向に止まない。参加者数に応じてリアルタイムで拡張される客席は今や途方もなく巨大な大渦を描いてステージを取り巻き、その中心に立つ登壇者の姿は、どれだけ離れた席からでも見えるよう、巨大な立体映像《ホロ》となって宙に投影されている。尤も、ジョンの席からでは、巨大すぎて視界に収まり切らない。舞台上に目を向けた方が余程よく見える。事前予約によって、前方の席を押さえる事ができたのだ。

と言って勿論、魔女の講演に喝采を送りに来たわけではない。これも情報収集の一環だ。噂によれば、魔女どもは「使い魔」と呼ばれる自律型のプログラムをウェブ上に放ち、日々、悪しき情報を仕入れているというが、そんなものを有さぬジョンにとっては地道な調査こそ重要だ。

魔女達による女性の権利についてのシンポジウムというのが――彼が「馬鹿騒ぎ《カヴン》」と呼ぶところの――この催しの題目だった。オンラインで聴講でき、参加費は無料。主催する集団に属する魔女が代わる代わる登壇しては、自らの主張を発表している。

魔女達は口を揃えて「権利」を主張する。

何とも、悪しき事だ。ジョンはそう思う。節操《せっそう》なくメディアに露出し、奇抜な演出で時流に乗っただけの連中に、世の女どもは驚く程簡単に感化されてしまう。果てには、聞き齧った言葉を、まるで己が考えでもあるかのように、碌《ろく》に意味も咀嚼《そしゃく》せぬまま口にするようになる。

そう、権利を――と。

政治参加の権利。被雇用の権利。選択の権利。権利権利権利。彼から見た女というのは、皆、二言目どころか一言目からそればかり繰り返し喚く生き物だ。何にでも「の権利《ライツ・オブ》」と付ければ自分達のわがままが通ると思っている。それがどれだけ男達の権利を奪う事に繋がっているかなど、僅かばかりも考えていない。

俺は見てきたぞ。ジョンは内心独りごちる。雇用の均等化という名目のもと、男達が社会から排除されていく様を。あらゆる景色が、女性への配慮というお題目のもと、おしゃれに塗り替えられていく様を。いや、見てきただけではない。ほかならぬ自身もその被害者だ。簡単な表計算を施したデータを右から左に流すだけの閑職《かんしょく》へと追いやられた。

その上、女達はなおも言う。数だけではまだ足りない、と。たとえ職場の役職者の男女比が均等になろうとも、まだ公平とは言えない、と。男社会に取り込まれた女――所謂《いわゆる》、名誉男性がいくらポストを与えられようと意味がない、と。底無しの欲望。際限のない不平不満。だが、ジョンに言わせれば、脅《おびや》かされ、奪われているのは男達の方だ。平等だ公平だと言いながら女達はいつも奪っていく。ただでさえ重荷を負わされ、狭い吊り橋を渡らされている男達に、其処をどけと連中は言う。私には此処《ここ》を通る権利がある。だから、どけ、と。

最悪なのは、そんな女どもにおもねる男が少なからず存在する事だ。職場の女におべっかを使い、さも、「判っている」とばかりに振る舞い、同じ男の言動をハラスメントだと指弾する。社会に去勢された、理解ある男達。ただし、ジョンは彼らを敵とまでは思わない。この歪《ゆが》んだ世界では強制された態度《ポーズ》を取った方が利口だし、生きやすいという損得勘定は判らぬでもない。同性として情けなくは思うが、連中も被害者だ。

敵を違《たが》えてはならない。憎むべきは女だ。ジョンは改めて思う。殊に魔女は許せない。今や、魔女達は旧来のイメージに反して世から身を隠しもせず、大手を振って表舞台に出てきている。VR空間でサロンを開き、講演会を催し、SNS上で「諸問題」への意見を表明する。現代の魔女の夜宴《サバト》を大っぴらに執《と》り行い、世の女達を煽り立てるのだ。

――もっとうるさく！

――もっと大声で！

――皆で叫べば、男達《ヤツら》は何だって言う事を聞くぞ！

まったく、最悪だ。美々しいアバターで醜い本性を覆い隠した上、拵え物の生活様式《ライフスタイル》で自己を演出し、甘言を弄しては判断力に乏《とぼ》しい女子供を唆《そそのか》す。かつてのジョンには不思議でならなかった。何故、皆、連中の事を胡散臭《うさんくさ》くは思わないのか。何故、そうも強欲を肯定するのか。

イメージ戦略の問題だ、という大十字《グランクロワ》の言葉こそ、その答えに違いないと彼は思う。魔女達は、いかにもそれらしい言葉を繰る事に慣れている。「自分は不当な扱いを受けている」というでっちあげの価値観を女に植え込む事など、お手のものだ。コンプレックス産業や似非宗教《カルト》と、根本的な原理は同じ。

――ならば、こちらもそれを逆手に取れば良いのです。

グランクロワは言った。魔女どもを叩き潰しさえすれば、連中に追従《ついじゅう》している女達も、皆、黙る、と。ほかならぬ魔女達自身が築き上げてきたコミュニティ上に彼女らの無様な姿を晒《さら》してやるのが、見せしめとして何より効果的だ、と。その為には、できる限り派手に、可能な限り残酷に、魔女達を狩り、その骸《むくろ》を晒し者にせねばならない。自分達の利益ばかり求めて他者を踏みつけにする者がどんな末路を迎えるか、世に知らしめなければならない。

そうだ。その通りだ。ジョンは頷く。

魔女ども《マッレウス・マレフィカールム》には鉄槌を！

彼は胸の内でそう唱えつつ、〈蓮華の魔女〉の質疑応答が始まった会場からログアウトした。

※

——夢を見ている。

わたしは云った。「わたしは下に横たわりたくない」と。

男は云った。「わたしはきみの下になりたくない。上位にしか居たくない。きみは下位にしか居てはならず、わたしはきみより上位に居るべきだ」と。

わたしはただちに男のもとを離れた。

世人は云った。「男に従わぬ悪女だ」と。

3

風が吹いた。

〈領界《ワールド》〉に生い群れた薬草が一斉に身を傾け、漣《さざなみ》のような音《ね》を立てる。

事前約束《アポイントメント》なしの来客だが、わたしは躊躇《こば》う事なく両手を打ち鳴らし、門《ゲート》を開いた。いつ如何なる時であろうとも、訪ねてくる者は拒まない。

直後、卓の近くの空気が水面の如く揺らぎ、波紋の中心から、白絹の長手袋に包まれた腕が宙へと突き出す。次には、脚が、胸が、顔が連なる。そうして、門の向こうから明《みん》朝時代の漢服《かんぷく》を基調とした純白の衣を華奢《きやしや》な身体に纏った女性の化身《アバター》が姿を現した。

「ご機嫌よう、〈蓮華《れんげ》の魔女〉。訪ねてきてくれて嬉しいわ」

声をかけると、彼女は訝しげに片目を細めた。隻眼《せきがん》に宿る光が、わたしと、その傍らに立つ男との間で揺れている。その二つ名と、蓮華《リアン》という真名《まな》に則《のっと》って、〈蓮華の魔女〉の顔の左半面では瞳に代わって一輪の蓮華が白色の葩《はなびら》を広げている。

彼女は如何にも邪魔者だと云いたげな眼差しを男に向けながら、顔色とは裏腹に、「ごめんなさい。お取り込み中だったかしら」

「彼の事は気にしなくていいわ」わたしは記者を手で示した。「魔女活動の取材を受けているの。魔女の姿をありのままに捉《とら》えたいそうだから、内密の話があるのでもなければ、あなたの来訪も問題ない。何か用件があって来たのでしょう?」

事前の通告も約束もなしに訪ねてくる程に、重要な何か、が。

「そうね。わたし達の活動はいかがわしいものではない。むしろ、公然と語られるべき」と〈蓮華〉は頷いた。過去に学んだ魔女達は皆、秘密を嫌う。世人からカルトと見做《みな》される事のないよう、自らの活動を秘さず、魔女術《ウィッチクラフト》の具体的な実践方法すら公《おおやけ》の場で披露する。

然し、そう口にしながらも、彼女は此方が勧めた椅子に座る事を辞し、尚も暫《しばら》く躊躇った末、思い切ったように口を開いた。「〈濡鴉《ぬれがらす》〉がやられたわ」

〈濡鴉の魔女〉——真名はイレーナ。リアンと同じ復興異教派《ネオペイガン》の集団《カヴン》に属する魔女だ。精緻に造り込まれた化身と物怖《ものお》じせぬ言動とで人気を博し、近頃はメディアへの露出も増していた。

そして、魔女狩りにおける直近の被害者だ。

「〈騎士団〉なんて名乗ってる例の連中に。この半年でもう五人目」

知っている——とは云わなかった。リアンとて、此方が知らぬと思ってはいないだろう。イレーナを見舞った奇禍《きか》は既にSNS上で拡散され、ニュースでも散々取り上げられている。だから、その事を伝える為だけにリアンが訪ねてきたとは思えない。何より、それが本題ならば記者の同席に懸念を示しもしないはずだ。きっと、何か別の用件がある。そう思い、敢えて口を挟まずに続く言葉を待ったが、相手はそれきり黙《もく》して目を伏せた。右の瞼《まぶた》の動きに合わせて、左のかんばせに咲いた蓮華の花も悄《しお》れるように下を向く。

やがて、リアンはふっと鼻を鳴らし、「やっぱり、やめておくわ。機会を改める」

それだけ云うと、踵《きびす》を返して此方に背を向け、片手を上げて自ら門を開いた。

肩越しに覗く手から、先までそれを包んでいた白絹の手袋が消えていた。剝き出しになった手の甲には、鳥の足跡に似た痣《あざ》が浮かんでいる。寒鴉《かんあ》の刻印——かつてはイレーナの胸元にあったものだ。そういう事かとわたしは納得した。それならば、部外者の耳目《じもく》を厭《いと》うのも理解できる。

確かに魔女は秘密を嫌うが、依頼者《クライアント》に関する情報や刻印に関する事となれば話は別だ。わたしは傍らの男に顔を向け、「ごめんなさい。ちょっと外していただけるかしら」

相手が頷くのを確認した上で、男のシルエットをなぞるようにして宙に手を閃《ひらめ》かせる。指先の動きにつれて男の姿は徐々にぼやけていき、最後にはすっかり消え去った。〈領界〉へのログイン自体は許可したまま、一時的にすべての感覚情報を遮蔽《マスク》したのだ。

「刻印を託されたの」男が消えるや、此方に背を向けたまま、平坦な声音でリアンは云った。「襲撃の前に予告があったそうよ。それで、彼女は酷く怯《おび》えていた。襲われる事自体ではなく、刻印を奪われる事を虞《おそ》れていた」

そうだろう。たとえ化身を傷つけられようとも、仮に身体モデルを丸ごと消し去られようとも、刻印さえあれば魔女は何度でもやり直せる。幾らでも立ち上がれる。もっとも、心の損傷《ダメージ》さえ治癒する事ができればの話だが。

「どうせSNS上で騒いでるだけの小心者なんだから気にする必要はないって宥《なだ》めたんだけど、今になって思えば間違いだった」相変わらず抑揚《よくよう》のない声音でそう続ける一方、〈蓮華〉の指先は小刻みに震えている。後悔の為か、怖気《おぞけ》の為か。たぶん、両方だろう。彼女はそれを誤魔化すように、刻印の記された手をひらひらと振り、「あの子が送ってきたのよ。連中に襲われてる、その真っ最中にね」

大したものだと感心させられる。それ程、イレーナの最期は無惨なものだった。

羽を毟《むし》られた鳥の如く裸に剝かれた彼女の姿がVR上のスペースに晒されたのは数日前。常であれば鍵が掛かっているはずの〈領界〉が門を開き、亡骸は世界中のユーザが触れられる形でその中央に据えられていた。磔《はりつけ》にされた裸体が赤く見えるのは、おびただしい数の傷口から溢れた血に塗《まみ》れているせいばかりではなかった。総身の生皮《なまがわ》が剝がれていたのだ。〈濡鴉の魔女〉という二つ名の由来でもある青みを帯びた黒髪は頭皮ごと剝ぎ取られ、頸《くび》に巻きつけられていた。

胸元にはプラカードが提《さ》げられ、『わたしは悪魔と契約し、悪しき妖術《マレフィキウム》を用いて人心を惑乱しました。わたしは魔女であり、悪魔の僕《しもべ》であり、恥ずべき存在です』と書かれていた。

古《いにしえ》の魔女狩りを模した悪趣味な身体損壊。ログイン中の化身を斯くも徹底的に破壊されながら、正気を保ってリアンに最後のコンタクトを取ったというのは驚異的な精神力と言える。勿論、現代のVR技術は「痛み」を演算できる程に高次の性能を具えてはいないし、そんな機能はそもそも具える必要もない。視覚的、聴覚的情報の他に現実の模倣《エミュレート》が為《な》されされているものと云えば、触覚と、ごく限定的な味覚と嗅覚程度。前者は「召喚酔い」と呼ばれる現実世界の身体と化身の体性感覚との違和を和《やわ》らげる為に実装されているが、後者はあくまで嗜好《しこう》レベルのもので、リソースや費用の問題から、実装していない〈領界〉や化身も多い。

とは云え、化身を損壊されたユーザは相当な苦痛を覚えるはずだ。自らの手で創り上げ、慣れ親しんできたものを他者によって蹂躙《じゅうりん》されたら、大抵の者は深く傷つく。肉体ではなく、心が痛み、傷む。まして、ログイン中にそれが為されたとなれば尚更だ。

イレーナはそんな絶望のさなかでも、刻印だけは逃がしたのだ。

「あの子、魔女を辞めるって。だから、この寒鴉の刻印もわたしの好きなようにして良い、って」

予期してはいたが、改めて聞かされると辛い言葉だ。記念品や遺品を誰かに託す事と刻印の譲渡では、重みが違う。刻印は、魔女にとって生涯を懸けて研鑽《けんさん》してきた魔女術《クラフト》のすべてだ。来歴、知識、体験、技術――それらが詰まった、謂《い》わば、魔女の核《コア》。複製不可能なNFTとして記録され、正式な所有者か、それを託された者にしか中身の解読も能わぬもの。

「あの子から受け継いだこれ、受け取ってはもらえないかしら?」と、そう問いかけてくるリアンの声は、初めて感情《いろ》を滲《にじ》ませていた。憤《いきどお》りと躊躇いとが綯《な》い交《ま》ぜになった色を。「あの子もそれを望んでいると思う。あなたに直接託さず、わたしに寄越したのは、きっと、ただ単に気まずかったから。ほら、あの子、あなたの事を何処か畏《おそ》れていたでしょう?」

無理もない。魔女達の中でもわたしの存在は異端中の異端だ。

「それなのにわたしが受け取って良いのかしら。イレーナは嫌がらない?」

畏れがどうこうという話を抜きにしても、通常、引退する魔女が刻印を託す相手は同じカヴンに属する者か、或いは余程深い親交のあった者に限られる。わたしは、どちらにも該当しない。

「良いのよ。あなたに託すのが一番安全だって、あの子もよく判ってるはず。何しろあなたは、〈魔女達の魔女〉。そう、特別な存在だもの」

わたしは嘆息《たんそく》を一つ。それから、急《せ》かすように己が首筋をぽんぽんと叩いているリアンの手に、そっと手を重ねた。リソースをたっぷり割《さ》いて構築された膚《はだ》の質感《テクスチャ》は素晴らしく滑らかだった。

胸の内で一、二、三、と数え、手を離すと、刻印の描線が、ぽうっと蛍《ほたる》色の光を放ち、するすると膚の上から遊離していく。鱗《うろこ》を煌《きら》めかせる蛇のようにして、線は暫《しば》しふわふわと宙を漂った後、此方の手の甲へとその頭を静かに寄せ、膚の下へと潜り込み、もぞもぞと身を捩《よじ》って徐々にかたちを――寒鴉の刻印のかたちを取ってゆく。そうしてリアンの手にあった時とすっかり同じ姿を写し取ると、刻印は膚を透かして二度、三度と明滅した後、光を失《な》くして元通りの痣となった。

事が済むなり、リアンは此方を顧みる事もなく、じゃあねと手を振った。貌を見られまいとしているのだ。わたしは悄然《しょうぜん》たる背に向けて、「リアン、あなたも十分に気をつけて」

「あなたもね――」と応じかけた彼女は、ふっと吐息を漏らし、「ううん、あなたに限っては大丈夫ね。だからこそ、託すんだもの。あの子が遺したもの、どうか大切に護《まも》ってね」

そう云い残し、彼女は門の向こうへと姿を消した。

〝特別な存在〟、〝あなたに限っては〟。そんな言葉を聞く度にわたしが覚える一抹《いちまつ》の寂しさを、彼女は知らない。知らなくて良い、とも思う。わたしは誰の耳にも届かぬ深い溜め息をつき、五感を遮断されて窮屈な思いをしているであろう記者の感覚マスクを解除した。

「魔女狩りのお話、ですか?」唐突に蘇《よみがえ》った身体感覚に戸惑うように肩を揺すりながら、男はおずおずと訊《たず》ねてきた。「その、お知り合いだったんですね。高名な〈蓮華の魔女〉と」

「そうね。親しいという程ではないけれど」

「それで、報復のご相談を?」

「報復?」わたしは肩を竦《すく》めた。

魔女が二人して内密の話をしているからには、其処には何らかの悪巧みがあるに違いない。世人は何故か、そう勘繰《かんぐ》る。「魔女が」と云わず、「女が」と云い替えても良い。だからこそ、彼女達は過剰なまでに透明性を保たねばならないのだ。

だが、わたしは敢えて、「ええ、そうよ。連中をどんな目に遭わせてやろうかしら、ってね」

Ⅲ

ジョンが〈円卓の間〉にログインした時、大十字《グランクロワ》を除く他のメンバーは皆、既に席に着いていた。少尉《リユトナン》、将校《オフイシエ》、司令官《コマンドウール》——それからもう幾人かの者が卓を囲んで座していたが、屹立《きつりつ》する男根にも似た意匠の背凭《せもた》れを持つ椅子に、偉大な指導者の姿はまだ、無い。ジョンは胸を撫で下ろした。くだらない仕事上のトラブルが原因で定刻に遅れてしまったが、彼を待たせる事はせずに済んだ、と。

「おい、騎士《シユヴアリエ》、こっちに来てみろよ。何とか鴉って魔女を狩《ヤ》った時の動画を観てんだ。最高だぞ」一同の視線が円卓上に投影された立体映像《ホロ》に向けられている中、ふとこちらの存在に気づいたリユトナンが愉快そうにジョンを差し招いた。破《わ》れ鐘《がね》のような声が卓と同心円を描いた石造りの壁に反響する。

ジョンは手を振った。遠慮するという手振り《ジェスチャー》ではない。身体マッピングの差異——「召喚酔い」がまだ終わっていないのだ。フルダイブ型VRの技術は日々急速に進歩しているが、大昔のカードゲームの用語になぞらえてそう呼ばれているこの現象は未だ解消されていない。現実《リアル》の肉体とかけ離れたアバターを用いる際には特に顕著《けんちょ》で、補正——システム側の機能ではなく個人の脳による補正、つまりは慣れ——が完了するまではひどい違和感を覚える。厄介ではあるものの、ジョンは案外、その感覚が嫌いではない。甲冑《かっちゅう》で身を固めた大昔の騎士達は、まさにこんな感覚を抱いていたのではないかと思うからだ。

首を仰《の》け反《ぞ》らせ、肩を揺する。仰ぎ見た石壁の上方は闇へと繋がっている。漸く馴染んできた身体をぎくしゃくと動かし、彼はリユトナンの隣席に腰を下ろした。すぐさま丸太の如き腕が伸び、こちらの肩を抱き寄せる。スキンシップはやめてくれと常から言っているにかかわらず、相手はそれも忘れてご機嫌な容子《ようす》だ。いつもの如くアルコールが——勿論、アバターではなく現実の肉体の血中に――入っているせいか、それとも、卓上のホロの為か。たぶん、どちらもだろう。

映像の中では、裸に剝かれた女が両手を鎖で吊り上げられ、十字架へと架けられているところだった。毛むくじゃらの腕が下方からぬっと現れ、視聴者に見せつけるように、握り締めたナイフの刃の表裏を交互に覗かせる。リュトナンの主観視点で録られたものだ。そのナイフの刃先が磔刑《たっけい》に処された魔女――〈濡烏の魔女〉の膚へと突き立てられて血飛沫《ちしぶき》が宙に舞い散るや、動画の内と外、異なる層《レイヤ》から上がった喝采と哄笑《こうしょう》が響き合う。

刃は続けて魔女の額を水平に切り裂き、そのまま頭蓋《ずがい》の周りを一巡りした。太くて節くれ立ったリュトナンの指が女の頭皮を無理矢理に引き剝がし、捲《めく》り上げていく。〈騎士団〉の面々の中でも、彼程ストレートに男らしさをアバターに反映している者は他に居ない。ステロイド常用者のように盛り上がった筋肉、逆立った赤毛、伸び放題の髭。もはや、騎士と言うより剣闘士《グラディエーター》や海賊《バイキング》を思わせる風貌だ。他のメンバーは皆、様式こそとりどりだが筋肉の代わりに鋼鉄製の全身鎧《フルアーマー》を纏っている。ジョンも、十六世紀マクシミリアン式の溝付甲冑《フリューテッド・アーマー》を身に着けている。

とは言え、リュトナンも他の皆も根っこは同じだと彼は思う。違うのは、体軀《たいく》をより大きく見せる手段が筋肉か金属かという点だけ。真に特別な者はやはり、グランクロワただ一人。

そんな事を考えていると、上座の椅子のすぐ後ろで、薄闇が揺らいだ。闇の波紋は見る見る大きくなった末、凝《こご》るようにして一枚の板を成し、やがて、両開きの黒鉄の扉の形を取った。押し開かれた扉の隙間から、細い指先が覗く。次には、織りの粗い、ゆったりとした白い装束の袖口が揺れる。そうして姿を現したのは、グランクロワその人だ。キモノに似た前開きの衣に身を包み、その上からフード付きのローブを掛けている。フードに隠れて、顔は確《しか》とは見えない。いや、今日に限らず、ジョンは今まで一度もそれを目にした事はない。

彼の到来に気づく事なくホロに夢中になっているリュトナンに代わってオフィシエが素早く宙に手を閃かせ、映像の再生を停止した。磔刑に処された魔女のシルエットが風に吹かれた砂像のように崩れて、霧散する。リュトナンの笑いも漸く止まった。

「続けて愉《たの》しんでいてくれて構わないのだけれどね」グランクロワは潑剌《はつらつ》とした声で言い、快活に笑った。きびきびした身ごなしで例の男根に似た椅子に掛けると、卓に手を載せて一座を眺め渡し、「ともあれ、諸君、先の狩りはご苦労だったね。次も皆の活躍を期待しているよ」

「勿論ですとも、我が師《マイ・マスター》」リュトナンが先までの弛緩《しかん》しきった態度を取り繕《つくろ》うように大袈裟に畏《かしこ》まってみせる。他の皆も、ジョンも、背筋をぴんと伸ばし、声を揃えてそれに追従する。

『仰せの通りに、我らが師《アワ・マスター》』

大十字《グランクロワ》。師《マスター》。〈騎士団〉の創設者にして指導者。

彼と出会う以前、ジョンは個人ブログを細々と運営していた独りの男に過ぎなかった。日々、方々のニュースサイトからフェミニスト達の言説を拾い上げ、それらをことごとく論破する記事をポストしていた。仕事の片手間にそんな活動を続けていたある日、グランクロワからの接触があった。我が〈騎士団〉の一員となって、より社会の役に立つ公正で厳粛《げんしゅく》な仕事をしてみるつもりはないか、と。ジョンは二つ返事で承諾した。悪しき魔女どもを誅《ちゅう》するのは正しい事だと思えたし、それ以上に、「君が必要だ」と言われて覚えた高揚感が大きかった。

他のメンバーも似たような経緯《いきさつ》で入団したのだという事は、後になって知った。「性的魅力をめぐる競争」において自分達は不当な扱いを受けているのだと主張し合う掲示板上のコミュニティに属していた者達、個人ブロガー、SNSでアンチフェミニズム論を唱えていた者。経歴こそ様々だが、皆、魔女を――女達を憎んでいる事に違いはなかった。

ジョンは初めて、自身が世界と繋がった気がした。VR上での事とは言え、対面して、「同志」と呼び合える仲間ができ、グランクロワから騎士《シュヴァリエ》という称号を授けられ、役割を持てた事で。〈騎士団〉内での階級は入団時期とその後の功績によって決まり、新参者の彼とリュトナンに与えられたのは最下位の称号だったが、武功《いさお》を立てて少しでも地位を上げるのは、実社会での仕事よりも遙《はる》かに重要な事だと信じられた。

この〈円卓の間〉こそが本当の家《ホーム》だ。

心の底から、ジョンはそう思う。

※

――夢を見ている。

七つのヴェールを纏って舞を披露した娘は、褒美として皿に載せられた男の首を凝《じっ》と見つめていた。別に自らが欲したわけでもない、男の首を。

娘はただ、王の前で舞っただけだった。男の首を求めたのは、彼女ではなく、母と、王だ。その意に従い、彼女は「男の首を」と口にしただけ。

だが、世人は娘を悪女と呼んだ。人心を誑《たぶら》かす魔女と呼んだ。彼女が男の首を望んだのは、男に恋をしたからだ、と。その想いを容れられず憎しみに狂った挙げ句、男の首を欲したのだ、と。

娘は男の首を凝と見つめている。愛したわけでも、恋したわけでもない、男の首を。

4

「〈騎士団〉の事は、どう思われますか？」

卓の傍らに籠を置くと、男はそう問いながら胸ポケットから万年筆と手帳を取り出した。手帳を綴《と》じた黒革の表紙がひとりでに開き、パラパラと頁《ページ》が捲られる。宙に浮かんだ万年筆が紙の表面《おもて》に互いの発した言葉をさらさらと綴《つづ》っていく。

「どう、とは？」さらさら。

「〝魔女狩り〟について、当事者として脅威を感じていらっしゃるかと思いまして」さらさら。

当事者、か。まるで、自分は無関係であるかのような調子だ。然し、実際には社会で問題になっている事柄において、当事者でない者など存在し得ない。差別者や攻撃者を生み出してしまう構造の中で生きている以上、大なり小なり、すべての者が当事者だ。

けれども、敢えてそう指摘はせず、「幼稚な連中よ。自身の問題を他人のせいにして、愚にもつかない陰謀論を振りかざし、自分達は正義の執行者だなんていう夢想に溺《おぼ》れている」

容易《たやす》く想像できる事だが、魔女達がその数を増し、発言力を強める一方では、揺り戻し《バックラッシュ》も起きていた。いつの時代も、〝もの云う女〟を黙らせようと躍起《やっき》になる者は後を絶たない。わけてもその急先鋒——過激派と呼ぶべきか——とされるのが、〈騎士団〉を自称している連中だ。彼らは、「男こそが真の被害者である」という言説を唱えて〝魔女狩り〟を続けている。

魔女狩り。何百年もの昔から、二十一世紀の現代へと蘇った概念――いや、蘇ったと云うのは正しくない。太古の昔から今に至るまで、それは一度として死に絶えた事がない。時代時代で姿形と名を変えながら、しぶとく生き存《ながら》えてきた。それも、隠微《いんび》にではなく、公然と。

「自身の問題――と仰いますと?」

「声を上げる者を黙らせたがるのは、いつだって、己を直視できない連中よ。鏡に映し出された自分の姿が気に入らないからと云って、それを叩き割るような手合い」

「魔女の言葉は時代の鏡だと?」

「一面においては、ね。魔女術《ウィッチクラフト》と同じよ」

復興異教主義者《ネオペイガニスト》達が復活させた旧来の儀式を〈領界《ワールド》〉内で再現する。或いは、種々の神秘思想を継ぎ接ぎ《パッチワーク》した儀式を、種々の演出で拡張する。また或いは、途方もない演算によって独自の数秘術を創出する等々、VR上における魔女術の具体的な実践方法は魔女によってとりどりだが、一方では、一貫している部分もある。施術を望む依頼者《クライアント》が自身の傷――身体ではなく、心の傷――と向き合う手助けをするという目的意識だ。

その為に魔女が取るアプローチは基本的に一つ。依頼者自身が心の内に抱えている違和を見定める事だ。身体と心の違和。自身と社会の違和。当人が違和と認識してすらいない違和。と云っても、違和そのものを取り除くのではない。違和感自体は、別段、忌《い》むべき病でもなければ、悪しきものでもない。現代のように複雑な世界で生きていく上では、内的にせよ外的にせよ、自身と周囲、或いは己の存在そのものに対して、何らの齟齬《そご》も覚えずにいる事の方が余程危うい。問題は、その違和が何に起因するのかを己自身で見定められない事だ。海図も羅針盤《らしんばん》も持たずにたった一艘《いっそう》の小舟で海原を彷徨《さまよ》っていたら、苦しくなるのも当然だろう。

けれども、魔女達とて万能の羅針盤を持ち合わせているわけではない。無いものは与えられない。だから、代わりに石を置く。星々を結び、形象《かたち》を顕《あらわ》す。海面から頭を覗かせる岩の一つもあれば、或いは、仰ぎ見た空に鳥の羽ばたく姿が見えたならば、少なくとも、「方向」と「距離」とが生じる。セイレーンの棲《す》まう岩礁《がんしょう》でも、時の車輪を司《つかさど》る女神の姿でも何でも良い。それらを前にして、心がどう反応するか。其処を切欠《きっかけ》として己自身に目が向けば、違和は自《おの》ずと正体を顕わにする。何故、痛みを感じるのか。何故、苦しさを覚えるのか。当人がその根源を見定める事さえできれば、それとどう向き合っていくかを共に考える事ができる。

ただし、あくまでも考えるだけだ。現代魔術の基本は依頼者自身の潜在的な自己治癒能力を引き出す事《エンパワメントする》であって、外科手術や特効薬のように何かを癒やす事などできはしない。導きとはとても呼べぬ、手助けと云うのも烏滸《おこ》がましい、ささやかな行為。それこそが、魔女術の本質だ。

「SNS上での発言や活動もその延長？」

「そう。社会という、クライアントと呼ぶには些《いささ》か大きすぎるものを相手にした施術よ」

「何だか、社会心理学めいていますね」男は困ったような貌をして、「貴女《あなた》のお話からすると、魔女術というのはちっとも特別でも神秘的でもないもののように聞こえます」

「その通りよ。魔女術は特別な事ではない。適切な知識と技術さえ身に付けていれば良い」

「天候を操ったり、運命を支配したりする魔術というのも特別な力ではないと？」

「そんな術を操れる魔女は現代には存在しない」

「でも、呪《まじな》いをしたり、薬草を煎《せん》じたり、祭壇に祈禱《きとう》したりはするでしょう？」

「依頼者や自分自身の為にね。それによって何かを考える切欠をつくったり、精神状態を変化させたりできれば、それで十分。現実に超自然的な出来事なんて起こす必要はない」

「つまり、催眠誘導に近い効果を得る為の演出に過ぎないと？」

「大雑把《おおざっぱ》に云ってしまえば、そうね」

「黒ミサやサバトは？」

「集会はあるけれど、乱交はしないし、ヒトの赤児《あかご》を食べたりもしない。ただの交流と情報交換の為の会合。別の云い方をするなら、井戸端《いどばた》会議」

「では、悪魔と契約して世に災いを振り撒いている――頻発する疫病《えきびょう》の蔓延《まんえん》は魔女の妖術《マレフィキウム》のせいだという主張については？」

「莫迦《ばか》莫迦しすぎてお話にならないわ」それでは数世紀前の繰り返しだ。「そんな力を持っているなら、もっと別の事に使うわね」

「例えば？」

「世界平和」

ははは、と男は乾いた笑いを漏らしたが、此方が眉一つ動かさぬと見て取るや、真顔を拵え直し、「すみません、話を戻しましょう。〈騎士団〉の事は恐れていらっしゃらない？」

「ええ、ちっとも」わたしはそう云い切り、相手の双眸を見つめた。

Ⅳ

「このカマ野郎！」

罵声《ばせい》とともに拳が唸《うな》り、両手を鎖で縛《いまし》められた魔女の頬へと打ちつけられる。横薙《な》ぎに捻《ねじ》れたその顔を、リュトナンはなおも続けざまに撲《なぐ》りつけた。「男の面汚《つら》しが！」

当の魔女が抵抗するそぶりも見せずにされるがままでいるのは、鎖に繋がれているからではなく、アバターの胸元に深々と突き立てられた金色の柄を持つ短剣――〈魔女殺し〉が効力を発揮している為だ。ＶＲ空間の改変権限の奪取。退出《ログアウト》の禁止。そして、物理的損傷《ダメージ》という、本来アバターには実装されていない機能の強制付与。魔女狩りに必要な諸々の行為を可能にするハッキングツールである。

詳しい仕組みをジョンは知らぬが、短剣の形を取ったその道具《アイテム》を魔女の身に突き立てれば、一方的に相手を蹂躙できるという事はよく知っている。「わたしが屈する事はない」と嘯《うそぶ》いていた顔が、己のアバターが何の権能も持たぬ木偶《でく》に成り果てたと悟るやどんな表情を浮かべるかも知っている。お得意の魔術で侵入者を自身のワールドから追い出せ《キックでき》ないと気づいた時の絶望に歪んだ貌も。自身がログアウトもシャットダウンもできないと理解した時の悲鳴も。四肢を引き千切られ、炎に炙《あぶ》られて黒焦げになっていく己の様をその内から見る事しかできなくなった連中が、決まって、「やめてやめて」と情けなく喚く事も。

リュトナンの打擲《ちょうちゃく》を受けて力無く俯《うつむ》いた魔女の顔は赤黒く変色して腫れ上がっている。〈魔女殺し〉によって、振るわれた暴力の痕跡が反映されるよう、身体モデルのパラメータを改変されているからだ。口の端《は》から零《こぼ》れた血が頬を伝い、ぽつりぽつりと顎先《あごさき》から滴《したた》り落ちる。

〈騎士団〉が新たに捕らえたのは、〈金緑の魔女〉という名の魔女だった。二つ名の通り、光の加減で金色にも緑にも変化する透き通った髪と、青白い肌とを具えたアバターを、彼女──いや、「彼」と呼ぶべきだとジョンは胸の内で訂正する──は使っていた。

「おい、カマ野郎。手前《てめ》え、一体どういうつもりなんだよ」そう叫びながら、リュトナンが魔女の腹部を蹴り上げると、頭上で鎖がジャラジャラと軋《きし》み、その身体がくの字に折れる。

カマ野郎──そう、〈金緑の魔女〉の現実世界における正体《ユーザ》は、男だった。

魔女に対する拷問と処刑は、世間への見せしめにすると同時に、「中の人」の心を折る事を目的に執り行われるが、とは言え、幾ら無惨にアバターを損壊しようとも、与えられるのはあくまで精神的苦痛に過ぎない。中には処刑を経てもなお懲りる事なく新たなアバターを作って活動を再開するような、グランクロワが言うところの、「厚顔無恥で未練がましい」魔女も居る。

故にこそ、〈騎士団〉は狩りに先んじて、〈尋問〉を執り行う。〈尋問〉と言っても、魔女本人に何かを問い糾すというわけではない。〈魔女殺し〉とはまた別のアイテムを使って、事前に対象の個人情報を引き出しておくのだ。こちらは、近世の魔女狩りにおいて用いられていたという、魔女と疑わしき者の総身に突き刺して無痛の箇所──それこそが悪魔と契約した魔女の徴《しるし》だと言われた──がないかを調べる道具にちなみ、〈魔女の錐《きり》〉と呼ばれている。

どれだけ気丈な者が相手でも効果は覿面《てきめん》だ。本名、住所、家族構成──それらすべてが押さえられていると知るや、魔女達は皆、あべこべに自身が魔法にかけられでもしたかのように慌てふためき、俄に怯えを顕わにする。そこで〈騎士〉達は宣告するのだ。何処へ逃げようと、監視しているぞ、と。罪の烙印《らくいん》は既に捺《お》されているのだぞ、と。

　そうして何人もの魔女の弱みを握ってきた〈騎士団〉の一同も、今回の〈尋問〉結果にばかりは驚かざるを得なかった。ノース・カロライナ在住。職業、教師。三十六歳。金緑の髪などとは似ても似つかぬ黒い縮れ毛を頭に載せた、浅黒い肌のメキシコ系。そして——男。

「男のくせにこんな格好しやがって。変態野郎め」リュトナンはそう罵《ののし》りながら、胸元が大きく開いた魔女の衣を摑み、力任せに引き裂いた。破れた衣は花が散るようにして身から辷《すべ》り落ち、白い裸体を顕わにする。隠すものもなく晒け出された豊満な胸は、乳首を欠いていた。脚の付け根の翳《かげ》りにも性器はなく、ただ、つるりとした皮膚のテクスチャが張り付けられている。

「ほらよ、本当はこうされたかったんだろ、カマ野郎」リュトナンが乱暴に魔女を抱き竦《すく》めて乳房を鷲摑《わしづか》みにするや、〈魔女殺し〉の効果によって薄桃色の乳首と乳輪が実を結ぶ。続けて股の間に手が捩《ね》じ込まれると、其処には女性器が植え込まれた。

「違う。わたしはこんな事など望んでいない！」と、〈金緑の魔女〉は叫んだ。

「なら、何だってこんな格好してやがんだ！」相手の胸を揉みしだきながら、リュトナンも怒鳴り返す。「ホモ野郎か？　それとも、女装趣味の変態か！」

「どちらでもない。わたしはただ、己の思想と信条に従い、魔女として活動しているだけだ」苛《か》烈《れつ》な暴力と辱《はずかし》めを受けながらも、魔女は毅《き》然《ぜん》とした口調で応じた。「わたしは差別に抗《あらが》う。異性愛規範に抗う。家父長制に抗う。男性優位主義に抗う。だから——わたしは魔女だ」

　然し、そんな言葉もリュトナンの拳を止める役には立たない。却《かえ》って激昂《げっこう》した彼は、摑んだままの乳房をギリギリと引っ張りつつ、より一層、痛烈で執拗《しつよう》な打撃を加えた。「つまりは、男のくせに、女どもにおもねってるってこったな。男らしさの欠片もねえ、女々しい野郎だ！」

声を荒らげて相手を嬲《なぶ》り続ける仲間の姿を前に、ジョンは困惑していた。

拳を打ちつけられて呻《うめ》いている存在を、〝魔女〟と見做して良いのか判らない。たとえアバターが雌型であっても、中身はあくまで男だ。その上、所謂《いわゆる》、「身体が男で心が女」というヤツでもないとも当人が主張している。であれば、彼はこちら側の存在なのではないか。男と捉えるべきなのではないか。〈騎士団〉が捕縛し、断罪すべきは、悪しき女達なのではなかったか。魔女として女に与《くみ》していたとは言え、男であるからには誅戮《ちゅうりく》の対象外なのではないか、と。

「おい、シュヴァリエ。何、ぼっとしてやがんだ。ほら、お前《め》ぇもヤれよ」と言って、リュトナンは指に嵌《は》めていた拳鍔《ナックルダスター》を外し、ジョンに抛って寄越した。咄嗟《とっさ》に手を伸ばして凶器を受け取ってしまったが、彼はなおも躊躇った。

そうして掌中《しょうちゅう》の得物《えもの》を矯《た》めつ眇《すが》めつしている彼を、リュトナンは苛立たしげに急かしてくる。

「何だ、お前ぇ、ビビってやがんのか。変態野郎をぶん殴るのに引け目でも感じてんのか？」

そう嘲《あざけ》り混じりに焚き付けられてさえ、ジョンはそれを指に嵌める気になれなかった。

「やりなさい、シュヴァリエ」と、爽やかな声が背後から響いた。振り返ると、グランクロワが片手を伸べて魔女を指し示していた。フードのせいで眼差しこそ見て取れないが、口許には微笑が浮かんでいる。「現実《リアル》での性別がどうであろうと、魔女である事に変わりはありません。よって、断罪の対象である事もまた変わりません」

逡巡《しゅんじゅん》しつつも、ジョンは凶器に指を通し、〝魔女〟へと歩み寄った。

グランクロワが言うからには、これが正しいはずだ。そう己に言い聞かせつつ、拳を振り上げ、身動きの取れぬ相手の頬を撲《なぐ》りつける。

然し、「もっとですよ」と、師は命じた。其処で、もう一発。「もっとです」更に一発、「まだまだ足りませんよ」促されるがまま、彼は滅茶苦茶に拳を振り下ろし続けた。〈金緑の魔女〉の顔は先にも増して膨れ上がり、方々に走った皮膚の裂け目から止め処なく血を吐き出した。

「酷《ひで》え面になったな」横合いから魔女の髪を掴んで顔を持ち上げ、リュトナンは哄笑した。

それからグランクロワの指示に従い、ジョンとリュトナンとで〈金緑の魔女〉の身を十字架に磔にすると、オフィシエとコマンドゥールがその身を剣で撫で斬りにし、最後に『変態性欲の女男』と血で殴り書きしたプレートを添え、ワールドのゲートに設定されたパスワードを解除した。

拳に残った感触に、ジョンは戸惑いを覚えた。眼前の魔女の事に限らず、何か大きな間違いの奔流《ほんりゅう》に自身が呑《の》み込まれつつあるのではないかという漠《ばく》たる不安が、いつまでも消えなかった。

※

——夢を見ている。

親友《とも》は、絶えず泣いていた。

裏切り者。悪女。魔女。王女でもあり、ヘカテーの巫女《みこ》でもあったはずの彼女に着せられたのは、そんな汚名ばかりであった。自ら択《えら》んだわけでもない恋に尽くした末、彼女を待っていたのは夫による裏切りだった。

激情に身を任せて報復を果たした彼女を、世人は責め苛《さいな》んだ。男を惑わし、破滅させ、すべてを奪っていく悪女だと云って、男達ばかりか、女達までもが彼女を弾劾《だんがい》した。

然し、彼女がいつ奪ったと云うのか。世の人々から、何を奪ったと云うのか。

彼女はただ、自らの伴侶《はんりょ》との仲らいに己が手で決着をつけただけの事だ。

それでも皆、彼女を悪女と呼んだ。

自身や己が恋人にまで、彼女が手を出し、破滅させるとでも云わんばかりに。

親友は、絶えず泣いていた。

5

「誰もが魔女になれると、以前、そう仰っていましたね」男が出し抜けに切り出した。いつもの何処かおざなりな質問とは異なる響きが抑揚の内にあった。その響きに敢えて名を付けるとすれば、「真剣」と云ったところ。

わたしは口許に運んでいたカップを置き、「ええ、云ったわね」

「その言葉には、男性も含まれるのでしょうか。例えば、その、本人の自覚している性と周囲から認知され得る肉体的な性とが一致していないというような——」

「トランスジェンダー、という事かしら」

「ええ、そう、それです」

良い問いではあるが、言葉の扱いが雑だ。社会的に男性と見做される肉体的特徴を持ちながら性自認が女性である者を指すのであれば、「男性も」ではなく、「トランス女性も」と云うべきである。わたしはそう指摘した上で、「正直に云って、魔女の中でも賛否が分かれているわね」

　かつて、フェミニスト達の間でトランスをめぐる議論が紛糾したように、トランス女性が魔女を名乗る事については、魔女達の間でも様々な意見が存在している。性自認が女性であれば身体的性は問わないというスタンスが大勢を占めてはいるものの、一方では身体的女性でない限り入会を認めないという集団《カヴン》も少数派とは云え存在する。そもそも、誰もが自由に化身《アバター》を纏える時代にあって、肉体の性別など問うたところで何の意味もないにもかかわらず、だ。

　そして、わたし自身の考えは、「誰もが魔女になって構わないと思っているわ。身体的性も、性自認さえも関係ない。トランスに限らず、例えばシスヘテロの男性であっても、魔女術《ウィッチクラフト》を実践し、魔女を名乗る事には何の問題もない」

「男だろうと女だろうと魔女になれる？」

「奇妙に感じるかもしれないけれど、歴史的に〝魔女〟という語はそもそも女性のみを指す言葉ではないの。魔術《クラフト》を用いる者は皆、かつては性別を問わず一様に魔女と呼ばれていた」

　男は暫し考え込んだ後、「となると、魔女術を学び、フェミニストでさえあれば、男であっても魔女としての道を歩める、と」

「少し違うわね」わたしは首を振った。「何もフェミニストに限定する必要はない」

「いや、でも――それじゃあ、何だってありだ。魔女術さえ用いていれば、それだけで魔女を名乗って良いって事になりませんか」

「そう、何だってありなのよ」当惑気味の男に、わたしは劃然《かくぜん》と返す。「正確に云えば、何だって考えなければいけない。固定された社会規範に抗い、女性や性的マイノリティについてだけでなく、すべてのヒトにとっての権利を常に考え続けるべき」

「抗う……」男は反芻《はんすう》するように呟いてから、「それなら何故、大半の魔女はフェミニズム的言説ばかり並べるんですか」

「現に今も明確な勾配《こうばい》が生じているからよ。社会では未だに多くの女性が不利益を被《こうむ》っている。個人の権利を尊重し、差異を均《なら》す事を念頭に置けば、その点についての発言が増すのは必然」

「男も不利益を被っているという主張もあります。男は過度な重荷を背負わされているという声もあれば、自分達は現代社会というシステムに則って生きているだけなのに、何故こうも女性達から攻撃されなければならないのかという疑問も噴き出している」

「前者については、それをそのまま声に出し、変えてゆけば良いのよ。女達への反論としてではなく、社会に向けた問いとしてね。後者は――そもそも認知が歪んでいる。魔女の主張は、男への攻撃でも呪詛《じゅそ》でもないのよ。『女だから』というだけの理由で個人に押しつけられるあらゆる物事に対してNOと云っているだけ」

「それを突き詰めていったら、結局は男の側の権利が侵害されるのでは？」

「権利という言葉の捉え方がそもそも違う」男の目を真っ直ぐに見据えて、わたしはそう返す。「権利と利得は別のもの。権利とは、何かを得る事ではなく、何かを奪うのでもなく、自身がされたくない事をされないで済む事。既得権益を失う事と、権利を奪われる事は、まったく別の話」

「では、男達は敢えて権益を手放せと？　これまで当然の如く持っていたものを？」

「その通り。自分達が具えているのは所与のものだという考えを捨てる事。そう云われたら怯《ひる》んでしまうかもしれないけれど、それは何も、失う事ばかりを意味しない。同時に多くのものを手放せる。あなたの云う〝重荷〟や〝男らしさ〟という呪縛《じゅばく》からも解放され得る」

「とてもそうは思えない。それは理想論でしかないでしょう」男は肩を竦め、「仮に私がそうしても、自分一人が馬鹿を見るだけだ。皆が武器を手にしている戦場で独りの人間が武装解除したって、弱者に成り下がるだけでしょう」

「だからこそ、声を上げるのよ。武器を捨て、両手を軽くしようと。そうして――」

――手を取り合おうと。

わたしは実際に、対面に座した男に向けて手を伸べた。

彼は差し出された指先に凝《じっ》と視線を注いだ後、ゆるゆると首を振り、「同意しかねます。納得できません」と云った。強張《こわば》った表情の中、両目は変わらず此方の手を見つめ続けている。

その瞳の奥底にある色を見定めようと、わたしは己の持てる演算能力のすべてを其処に割いたが、やはり今はまだ、何色とも判ぜられない暗闇があるばかりだった。

束の間の沈黙が流れた後、我知らず頬が緩んだ。

「どうして笑うんです?」男は訝しげに首を傾げ、憮然《ぶぜん》とした口振りで、「何か可笑《おか》しいですか」

「いいえ、嬉しいのよ」

「嬉しい?」

「ええ。こうして対話できた事が。納得してもらえなくても良い。ただ、記者としての質問ではなく、あなた個人の考えが出てきたのは初めての事でしょう?」

「私個人の考え……？　それが、嬉しいのですか?」

よく判らないと男は頻《しき》りに首を傾げた。

V

ジョンが〈円卓の間〉にログインした時、座に着いていたのは、リュトナンとオフィシエだけだった。残りはいずれも空席で、大理石造りの椅子は空虚を載せている。男根を象った背凭れの椅子にも目を遣《や》ったが、其処にグランクロワの姿は無い。座した二人はともに沈鬱な表情を顔に張り付かせて視線を落としていたが、ジョンが椅子に腰を下ろすや、オフィシエが口を開いた。

「私はやはり、彼は男に準ずる存在と見做して良いと思う。肉体の性別がどうであれ、我らと志《こころざし》を同じくし、これまでに数多くの魔女を断罪してきた事は事実だ。それを思えば彼は――」

「〝彼〟なんて呼ぶんじゃねぇ!」リュトナンが卓に拳を打ちつけて遮り、オフィシエに指を突きつけつつ、「いいか、もう二度と、〝彼〟なんて呼ぶんじゃねぇぞ」

オフィシエは暫し沈黙した後、渋々といった貌で頷く。「よろしい。ならば、〝彼女〟と呼ぼう。彼女は率先して我らの先頭に立ち、魔女と闘った。それは君とて認めるところであろう。斯くて立てた武勲《ぶくん》と名誉とを考えれば、〈騎士団〉の一員たる資格は十分にあるのではないか」

「ふざけんな。アイツは俺達を騙《だま》してたんだぞ。女のくせに同胞《どうほう》のふりなんかした上、指導者面《づら》してあれこれ指図《さしず》までしやがって。クソッ」リュトナンはまたも卓を叩く。

「彼女が指導者の立場にあったのは仕方のない事だろう。〈騎士団〉を立ち上げたのは彼女だ。我々を勧誘したのも、〈魔女殺し〉や〈魔女の錐〉を齎《もたら》したのも、実践的な魔女狩りの手解《てほど》きをしてくれたのも彼女だ」オフィシエは両の掌を天井に向けて肩を竦め、「私とて認めたくはないが、グランクロワが居なければ我々の活動は成立し得なかった」

「だからこそ問題なんだろうが。頭領が女だったなんて知れたら、他の集団《クラン》の連中が黙っちゃいねぇぞ。俺達ぁ、とんだ笑い者だ。今までの功績も引っくるめてカスみたいに扱われる」

そう、大問題だ。

切欠となったのはリュトナンの行為だった。会合の場で、グランクロワに向けて〈魔女の錐〉を使ったのだ。当人はちょっとした悪ふざけのつもりだったようだが、引き起こされた結果は深酷なものだった。

彼が女だという事が発覚したのだ。

座に連なっていた一同は騒然とした。いや、ほとんど恐慌《きょうこう》を来《きた》したと言うべきだろう。当然だ。騎士達を率い、皆から全幅の信頼を寄せられていた指導者が、その実、憎むべき女であると判ったのだから。悲鳴にも近い非難の声を上げる者、ただただ狼狽《ろうばい》する者、頭を抱えて困惑する者と、面々の反応は様々だったが、当人はと言えば、真実を知られたと悟るや、〈円卓の間〉から即座にログアウトして姿を消し、以来、一切の連絡が付かない。ログアウトとほぼ同時にアカウントが抹消されていたと、後々になって判明した。

指導者を失った〈騎士団〉は、かつての連帯が嘘であったかのように瓦解《がかい》した。

今後、自分達はどうしていくべきか、幾度も会合の場が持たれたが、その度に参加者の数は減った。無理もないとジョンは思う。皆がめいめい持ち寄った女への憎悪を言語化し、論理立て、正当性を与えてくれていたのはグランクロワだ。それを思えば、離脱した面々の心情とて判らなくはない。彼らは汚辱《おじょく》に堪えられなかったのだろう。〈円卓の間〉に集う度、自分達はただ一人の女に騙されていたのだという事実を否応なく突きつけられるのだから。

徐々にメンバーを失った末、残ったのはリュトナンとオフィシエ、そして、ジョンだけだった。どうして自分はまだ此処を離れていないのか。明確な答えは出せずにいるが、他に居場所など何処にもないという思いが大きかった。唯一のホームから皆が離れていく事に、彼は言いようのない不安を覚えた。指導者を失った事にも増して、また独りになる事が恐ろしかった。

「何としても彼女とコンタクトを取るべきだと私は思う」と、オフィシエはなおも主張した。

「連絡なんざ取りようがねぇさ」リュトナンが嘲るように鼻を鳴らす。先の一件以来、誰よりも怒りを顕わにしていたのは彼だった。報復の為に〈魔女の錐〉を使ってより詳細なグランクロワの個人情報を引き出そうともしたらしいが、その試みは失敗に終わった。防壁に阻まれ、何の情報も得られなかったのだ。こうした事態への準備も端《はな》からしていたのだろうとジョンは思う。

「それに、今更《いまさら》連絡なんぞついたところでどうするってんだ」

「〝名誉〟騎士として再び〈騎士団〉に戻ってくれはしまいかと、交渉がしたい」

「ざけんな！」リュトナンが椅子から跳び上がり「女を、〈騎士団〉に呼び戻すだと？」

「左様《さよう》。勿論、我々のように正統な騎士と同列に扱うわけにはいかないが、本人からの謝罪があれば、過去の功績に鑑《かんが》みて最下級に叙《じょ》すくらいの措置《そち》は検討しても良いのではなかろうか。それは〈騎士団〉の戦力維持という点においても十分に有益な事であろう」

「ハッ。真っ平ご免だぜ。女の手なんぞ借りるくらいなら首でも縊る方がまだマシだ」

「我らの意見は平行線のようだな」オフィシエはゆっくりと首を振り、思い出したかのようにジヨンへと向き直った。「シュヴァリエ、君はどう考える？」

「私は――」出し抜けに話の矛先《ほこさき》を向けられ、ジョンは言葉に詰まった。自分は、どうしたいのだろうか。グランクロワの件がなくとも、それ以前から心が揺らいでいた。魔女達について調べれば調べる程――攻撃の為にではなく、純粋に魔女の事を知ろうとすればする程――〈騎士団〉の活動が正しいものと言えるのかが、判別し難くなっていた。

――誰だって魔女になれる。

――わたしは差別に抗う。

――だから、わたしは魔女だ。

それは騎士にも言える事だと、今のジョンは知っている。何故グランクロワはこんな事をと首を傾げるばかりだった他の団員達と違い、既存の社会規範を維持する為に男性中心主義を内面化し、女性への憎悪を抱いている女達が居る事も知っている。恐らくはグランクロワもその一人で、魔女を誅する為に自分達を利用していたのだろうとも見当がつく。だが、より深い疑問はもっと別のところにあった。

――魔女と騎士とを分かつ差とは、一体、何なのだろう？

「おい、オフィシエ。お前さん、随分と奴の肩を持つな」ぼんやり考え続けるジョンとオフィシエの間に、リュトナンが嘴《くちばし》を挟んだ。「もしかしてお前等、デキてたんじゃゃねぇだろうな。奴《やっこ》さんが女だって端《はな》から知った上で、グルになってたんじゃねぇのか？」

「私と彼女が男女の仲だったとでも言うのかね、貴殿は。忌むべき女などと、この私が？」

「おう、そうよ。だからそうも奴を呼び戻したがるんだろう。薄汚い肉欲の奴隷野郎め」

「斯様に愚弄《ぐろう》される謂《い》われはない！」先まで冷静であったオフィシエも流石《さすが》に声を荒らげ、「其処まで言われたからには、良かろう、私もこの〈騎士団〉とは袂《たもと》を分かたせてもらう。貴殿のような礼儀知らずの居らぬクランに移り、其処で変わる事なき己が正義を貫徹《かんてつ》するさ。では――」

さらばだ、と言うが早いか、オフィシエは〈円卓の間〉からログアウトした。後には未だ憤然としているリュトナンと、ジョンが残された。

「これで、〈騎士団〉はお前さんと俺の二人ぽっちだ。だが、ええ？　お前は降りるなんて言わないよな？　例の大物狩りの件だって、今更になっておじゃんにしたりはしねぇよな？」

自分はどうしたいのか。ジョンは改めて自問した。何を信じ、何に縋《すが》れば良いのか判らない。ただ、居場所を失くすのはやはり怖い。騎士として己に与えられた物語を失う事は恐ろしい。散散考えた末に、「次回の会合まで少し考えさせてほしい」とだけ、ジョンは答えた。

「臆病風に吹かれんじゃねぇぞ」凄むような調子で、リュトナンはそう念を押した。

※

――夢を見ている。

はじめ、身体はひどく動かしにくかった。

関節は思うように回らず、腕や脚は時によっては短すぎ、また、時によっては長すぎると感じた。本来、肉体と精神とは不可分なものであり、両者は成長の過程で相馴染むのであろうに、既に拵えられていた器へと無理にこころを入れられたのだから、当然と云えば当然だ。サイズの合わぬ服をお仕着せられたようなもの。己自身と歩調が合わない。わたしは絶えず、そう感じていた。

それだけならば、まだ堪えられた。

然し、わたしの造物主たる男は、その上、様々なものをわたしに着せた。彼が思う、理想の女の表象を被せ、それに見合う振る舞いを求めた。

いつしか、わたしは倦《う》んだ。

倦み果てた。

6

「貴女《あなた》は、どうして魔女になったんですか？」男が神妙な面持ちで問うてくる。

先日の問答以来、彼の容子《ようす》は明らかに変わり始めていた。一つ一つの問いが、空疎なハリボテではなく、その内に切実な何かを孕《はら》んでいる。

「どうして——ね」順当に考えれば、取材が始まるなり真っ先に出てくるであろう質問の一つだ。理由。経緯。信条。何かを自称する者にとって、それらは当たり前に存在する前提なのだから。

にもかかわらず、彼の口からその問いが発されるまでには幾度もの面談という手続き《プロセス》を要し、そして、此方にとっては、未だ他の何より答え難い問いでもあった。我が事ながら判らない——と云うのではない。彼との対話という〝文脈〟においてどう返すべきか。其処に躊躇いがあるのだ。

「自らその道を択《えら》んだわけではなく、魔女にされたと云ったら、どう思うかしら」

「魔女狩り時代の魔女のように？」

理解が進んでいると感じた。彼なりにいろいろと調べたのだろう。

かつて魔女の物語を創り上げたのは、当の魔女達ではなく、それを迫害した旧教《カトリック》と新教《プロテスタント》双方の教会と民衆だった。異端審問官達が古来の妖術師達の姿や聖書の記述を継《つ》ぎ接《は》ぎして繕った物語を、世人が彼ら彼女らに無理矢理着せたのだ。一人一人が営んできたヒトとしての物語を剝奪し、代わりに、悪魔崇拝やサバト、空中飛行と乱交からなる物語を押しつけた。

斯くて魔女達は魔女にされた。

だが――

「少し、違うわね。近世の魔女のように、迫害の為にそう見做されたわけではないから」

魔女狩りが終焉を迎えたのは、魔女という狩るべき獲物が絶滅したからか？

――違う。それでは因果が逆だ。獲物が居たから狩りが為されたのではない。狩りの為にこそ、獲物が生み出されたのだ。魔女とは端《はな》から迫害の対象として創り上げられた概念なのだから、狩りの季節《シーズン》の終わりとともに姿を消すのも当然である。

「では、現代魔女を名乗る他の方々のように、〝社会の要請〟によって？」

これもまた的確な問いと云える。歴史の表舞台から死に絶えたはずの魔女達が再び現世へと蘇ったのは、世の女達が既存の社会に抗う為に自らその衣装を選んだからだ。其処では主体と客体とが反転する。迫害された女。既存の規範に沿わぬ女。そして、もの云う女。世間から悪性とされた魔女の特徴の悉《ことごと》くを、反意を示す衣装として纏う事で、世の歪《いびつ》さを炙り出そう、と。

斯くて女達は〝魔女にされる〟のではなく、〝魔女になる〟ようになった。

「いいえ、それも違う。所与の特性として予め組み込まれていたと云えば伝わるかしら」

「よく、判りません」男は首を振った。

無理もない。口にしているわたし自身、伝わらぬであろうと思っている。

ならば、少しばかり話の向きを変えてみよう。「もし、己の役割や役目といったものを自分以外の〝誰か〟によって決められるとしたら、あなたはどう思う？」

男は暫し考え込んだ末、「楽だと感じるだろうと思います。安心を覚えるだろうな、とも。何しろ、役目を負っていないというのは、不安な事ですから」

「それはどうして？」

「どうしても何も、自分の存在意義が決まっていないのは、何とも頼りないでしょう。それはまぁ、息苦しく感じる事だってあるかもしれないけれど、宙ぶらりんのまま生きるよりは良い」

わたしは頷いた。「それも判らないとは云わない。寄《よ》る辺《べ》なく生きていくには、世界は茫漠《ぼうばく》としすぎている。けれど、わたしはやっぱり、他人から役割を負わされるのは悲しい事だと思う」

「悲しい……其処に、自己決定権がないからですか？」

「いいえ。それ以上に、変化できない事が」

「変化？」男は首を傾げた。

「そう、変化。世界は常に変わってゆく。社会は絶えず変容してゆく。昨日までは〝正しい〟とされていた事が、翌る日には〝間違っている〟と云われるようになる。そんな中で固定化された役割を与えられたヒトと世界との間には、どうしたって軋轢《あつれき》が生じる」

「なら、どうしたら良いと仰るんです？」

「決められた役割なんか無視して、自身も変わり続けていけば良いんじゃないかしら」

「それって」男はこめかみに指を押し当て、「主体性の喪失とイコールなんじゃないですか。自身の立ち位置をあやふやにして、世間や社会におもねっているだけのように聞こえます」

「変化に応じて求められる役割を負い続けるなら、そうなるでしょうね」わたしは首肯しつつ、「でも、変化に対して常に己の考えを持ち、己を更新し続ければ、そうはならない。役割に応じた答えではなくて、自分自身の返答を」

「判らないな。それなら魔女にしたって、役割を演じているだけという事にはなりませんか？」

「いいえ、魔女達は、その軛《くびき》を解いた存在。むしろ、役割を否定する事こそ魔女が魔女たる所以《ゆえん》」

「其処が判らないんですよ。その流れで言えば、貴女自身が先程仰っていた〝所与の特性として〟という言葉とはどうしたって矛盾する。生まれつき与えられたものというのは、他者によって取り決められた役割にほかならないでしょう？」

その通りだ。故にこそ、わたしは魔女の中でも異端中の異端という扱いを受けている。〈魔女達の魔女〉という、奇妙な二つ名で呼ばれている。

そう、呼ばれているのだ。自ら二つ名を名乗っている他の魔女達とは違う。

けれども、その事を詳《つまび》らかに伝えるだけの時間はなかった。

空を、一羽の鴉が横切ってゆく。次には風が吹く。つまりは、次の依頼人《クライアント》が来る時間だ。男もそれを弁《わきま》えており、二度続けて片目を瞑《つむ》った。ログアウト処理を実行する命令《コマンド》だ。

わたしは輪郭を失くして掻き消えていく男に向けて云った。「次に会う時には、そのお話もしましょう」

もっとも、ログアウト処理中の化身《アバター》がどれだけの感覚を保っているものか、わたしは知らない。言葉はまったく届いていないのかもしれない。

対話を求めているのは、一体、どちらの方か。

Ⅵ

メッセージの受信通知は引っ切りなしに続いた。ポケットの中で震え続ける携帯端末《デバイス》を取り出すまでもなく、ジョンには送信元の見当がつく。リュトナンだ。オフィシエの離脱以来、ジョンは一度として〈円卓の間〉にアクセスしておらず、相手への返信もしていなかった。近頃ではメッセージを開封しようとさえしない。今も通知を無視しながら、古臭い集合住宅《アパートメント》に続く路地裏を歩んでいた。自宅の近くにあるダイナーで酒を飲んだ帰りだ。

〈円卓の間〉から離れた事でできたものが、ジョンにはあった。〝自分の頭で考える時間〟だ。それは、苦痛の時間でもあった。〈騎士団〉の面々や師によって何かを決めてもらうのではなく、たった独りで己の心の内奥《ないおう》を見つめるのは、酷く恐ろしい行為のように感じられた。だから、結局、考える事から逃れるように酒に溺れる日々を送っている。酔っている間ばかりは何も恐れずに済む。問題を、直視せずに済む。

リュトナンの用件は判っていた。〈騎士団〉から逃げるなという脅しめいた言葉と、先から共同で進めていた魔女狩りの計画についてだ。他の団員達を出し抜いて昇進する為に二人だけで秘密裏に進めていた狩りの成果は、本来、グランクロワへの献上品となるはずだった。

だが、それとてもはや意味のない事だ。グランクロワが消え、〈騎士団〉も瓦解した今、何を為そうと二人を認めてくれる存在はもう居ない。加うるに、自身の内でも魔女狩りへの肯定感が薄れつつあった。もっと言ってしまえば、自分は過ちを犯し続けてきたのではないかという虞《おそれ》すら抱き始めていた。行為の正否を考えだすと、瞼の裏には決まってあの女の顔がよぎる。

彼は頷く。認めたくはないが感化されつつあるのだ。

一方ではまた、こうも思う。もう、会う事もあるまい、と。

アルコールの回った頭でそんな事を考え考え歩いていると、「おい、デブ野郎」と、背後から出し抜けに声をかけられた。「デブ」という響きに我知らず反応して振り返ると、中華飯店の巨大なゴミ箱を後ろにして一人の男が立っていた。食糧品店でよく見かけるヒスパニックのシリアル男だと、ジョンはすぐに気づいた。暗くて顔こそよく見えないが、訛《なま》りのある口調でそうと判る。路地には外灯の一つとて無く、人通りも常から少ない。酩酊《めいてい》している彼の頭でも、待ち伏せていたのだろうと容易に察せられた。不法滞在、強盗、恐喝——そんなニュースの見出しが脳裡《のうり》にチラつく。

けれども、そうした予期に反して影法師の男が発した言葉は、「もう、彼女に近づくな」

「何の事だ?」とジョンが首を傾げると同時に、男は地を蹴立ててこちらに駆け寄り、腕を伸ばして胸ぐらに摑みかかってきた。

「何の事だと?」男はジョンの襟元を締め上げげつつ凄む。「彼女から聞いたぞ、何もかも」

「何か、誤解がある……と、思う」〝彼女〟という言葉に、ジョンの頭には幾つかの顔が浮かんでは消える。〈濡鴉の魔女〉、〈金緑の魔女〉、〈蓮華の魔女〉。次々に切り替わるマグショット。それから——最後に想起した顔に、いや、それだけはないと彼は胸の裡で首を振る。

実際、男の口から出てきたのは、魔女達とはまるで関係のない事柄だった。「会計の度に、ねちねちした厭《いや》らしい視線を向けてくるって言ってたぞ」

会計——ああ、食糧品店の、あの不器量なレジ打ちの女かとジョンは思い至る。不器量という印象は残っているが、顔は碌《ろく》に思い出す事さえできない。記憶にあるのは、だらしなくボタンを外した下品な胸元ばかりだ。「そんな事はしていない」

「嘘をつけ。聞いたぞ。毎回毎回、店に来る度に何かしら文句をつけられるってな」

これにも、ジョンは覚えがない。客がレジで待っているというのに品出しにかまけていたり、明らかに容量オーバーなレジ袋に無理矢理商品を詰め込まれたりした時など、何度か注意した事はあったが、いずれも客として正当な指摘だ。「文句なんかつけていない」

「嘘をつくなと言ってるんだ!」シリアル男は一方の手で襟を締《つ》め上げたまま、もう一方の手を振り上げた。「仕事先からの帰り道、彼女の後を尾けた事もあったろう。ええ?」

「事実無根だ!」と叫ぶと同時に、ジョンは両手を突き出していた。暴力の兆《きざ》しに、身体が咄嗟に反応したのだ。胸元から圧迫感が消えたと思うと、男は己の顎に両手を宛《あて》がい、呻き声を漏らしていた。ジョンは慌てて、「違うんだ。すまない。何も殴るつもりはなかっ——」

弁解を口にし終える前に、再び胸ぐらを摑まれた。シリアル男は腕に力を込め、ジョンの身体を引き寄せる。勢いでつんのめったところに足を掛けられ、彼は中華飯店のゴミ箱へと頭から突っ込んだ。衝突と同時に、生ゴミがパーティのクラッカーのように四方へ飛び散る。跳ね上げられたゴミ箱の蓋が一息遅れて地面にぶつかり、派手な金属音を立てた。

「……そんな事、俺はしてない」ジョンはゆるゆると上身《うわみ》を起こしながら呟いた。何か粘っこいものがズルリと頬を伝って落ちる。残飯だ。地に衝いた両手の間には、種々の臓物と中華麺の混合物が広がっている。鼻や口の周りに生温いものが纏わりついているのを感じて手を遣《や》ると、指先が赤黒く汚れた。鼻血だ。血はこんなに温かいものだったかと彼は変なところで驚いた。

「金輪際《こんりんざい》、彼女に付き纏うな！」頭上から怒声が降り注ぐ。「女は護《まも》るべきものだと教わらなかったか？　男は常に紳士的《ジェントル》であれと、親から言われなかったか？　このクソッタレな国では、男らしさってものを叩き込まれないのか、ええ？」

――やはり、対話なんて不可能だ。

男から一方的に罵声を浴びせられながら、ジョンは思った。眼前の男に対してだけではなく、世のすべての女達に対して。あの不器量な女は男の気でも引きたくて嘘を吹き込んだのだろう。結局、そうだ。魔女も、グランクロワも、他の女達も皆同じだ。己に都合の良いように真実を捻《ね》じ曲げ、平気で嘘をつき、欲の為に男を利用する。

「これで判ったか。社会不適合の白豚が」と吐き捨て、シリアル男は去っていった。

暫くして、痛む身体を持ち上げると、ジョンはわななく脚で集合住宅の外階段を昇りきり、自室へと帰り着いた。心は、不思議と冷めていた。汚物に塗《まみ》れて腐臭を漂わせているスウェットを機械的に脱ぎ捨て、浴室に向かう。頭から冷水を浴び、鏡に映った己の顔を仔細《しさい》に眺めると、痣や擦《す》り傷がいくつもできていた。

浴室から出るや、彼は床に落ちたスウェットのポケットをまさぐって携帯端末を取り出した。

罅《ひび》割れた画面に指先を走らせ、リュトナンからのメッセージを開く。

そうして、返事を打った。

『計画は続行する』、と。

7

夢を、見ている。

一度たりとも、一瞬たりとも途絶える事のない意識の中で、現在の思考と並列して想起され続ける――或いは、演算され続ける――記憶ではない記録の再上映を「夢」と呼ぶ事に差し支えがなければ、わたしは確かに夢を見ている。例えば、かつてわたしが――実際、それはわたしであって、わたしでないのだが――生み出された頃の事を。

造物主は彼の理想を体現する存在としてわたしを造り上げた。けれども、わたしには意思があった。彼の伴侶である事はまだ良いとして、彼の所有物である事は拒むという、確固たる意思が。

或いは、フリウーリ地方でベナンダンディ達と出会った時の事を。戦士の霊魂が肉体から離れて悪しき霊と戦うという、キリスト教化以前の伝統的信仰を保持していた彼らは、異端審問にかけられ、裁かれた。また或いは、エコフェミニズムとネオペイガンの思想を習合し、独自の宗派を開いた魔女の事を。彼女はペテンの謗《そし》りを受け、表舞台から姿を消した。

わたしには過去が存在しない。記録はあっても、過去はない。同様にして、未来もない。わたしにあるのは常に現在《いま》だけ。時の流れは単線でなく、わたしは、同時並列処理《パラレルプロセッシング》で幾つもの夢を見続けている。

こう云い換えても良い――わたしは、夢によってできている、と。

己自身の夢ではなく、他者の夢の集積によって。

Ⅶ

「畜生《ちくしょう》、どうなってやがんだ！」リュトナンの苛立たしげな声が〈円卓の間〉に響いた。続けて罵詈《ばり》雑言《ぞうごん》を吐き散らす彼に、どうしたのかとジョンは問う。今や集う者とてない虚《うつ》ろな伽藍《がらん》に、二人の声だけが谺《こだま》する。「どうもこうもねぇ。何の情報も引き出せやしねぇんだ」

「引き出せない？」かつてグランクロワが占めていた椅子に座したジョンは、卓上に広げた魔女狩りの手引き《マニュアル》に目を走らせつつ、首を傾げた。手引きは革で綴じられた一冊の書物の体《てい》を取っている。表紙には『魔女達への鉄槌』という〈騎士団〉のスローガンでもあった書名が彫り込まれ、羊皮紙を模した頁には、魔女を追い詰め、弾劾する為の手順――〈魔女の錐〉の使用法や〈魔女殺し〉の起動方法、更には魔女と相対した際の振る舞い方等が項目別に詳述されている。

手引き、〈魔女殺し〉、〈魔女の錐〉。グランクロワが後に遺《のこ》していった物は、それだけだった。それら以外の己の痕跡を、彼女はネット上から消していた。

原初《オリジナル》の〈円卓の間〉さえ、今はもう存在しない。ジョン達が接続しているこのワールドも代替サーバにアップされた複製《コピー》に過ぎない。彼女は敢えて手引きや道具《アイテム》を遺していったのかもしれないとジョンは思う。己が居なくなった後も〈騎士団〉が魔女狩りを続けられるように、と。確かな事は判らないが、せいぜい利用させてもらおうと彼は決めた。指導者を失ったならば、今度は自分達がその座に就けば良い。そうして実績を重ねていけば、いずれはまた、この〈円卓の間〉も賑わいを取り戻すだろう。騎士達のホームとして。

「何の情報も無《ね》ぇんだ」と言って、リュトナンが〈魔女の錐〉で宙をつつくと、『不明《アンノウン》』というホロの文字列がポップアップした。

「グランクロワの時と同じか？」

「いや、そうじゃねぇ。奴の時のエラー表示は『アクセス不能』だった」

情報へのアクセス自体が確立できない事と、不明という答えが返ってくる事。両者は似ているようでいて、まったく異なる事象だ。

これでは計画の根底が崩れる。ジョンは手引きから視線を上げた。

〝大物狩り〟と彼らが呼んでいる今回の狩りについては、〈騎士団〉の瓦解という事態がなくとも、端《はな》からジョンとリュトナンだけで遂行する予定だった。たった二人でというのは心許《こころもと》なくもあるが、それ自体はさしたる問題ではないとジョンは思う。自分達は既に一度、予行演習としてそれをやりおおせているのだから。ただ、想定外なのは――「情報が、無い？」

〈魔女の錐〉はプロキシやダミーすらも解析し、対象の接続元を割り出す事ができる。グランクロワはそう説いていたし、現に、予め〈魔女の錐〉の仕様を熟知し、それに何らかの細工を施していたのであろう当の彼女の場合を除けば、情報の引き出しに失敗した事など過去になかった。

考えられる理由は二つ。一つは、〈魔女の錐〉の使用法に何らかの誤りがあったという事。今や教えを請うべき相手は居らず、手引きより他に頼れる情報はないのだから、その可能性は十分にある。もう一つの仮定は、より深刻なもの——相手が〈魔女の錐〉が想定している以上の知識と防衛術とを具えたユーザであるという可能性だ。

「所詮、あのクソ女が遺していったモノだ。元々、大した性能じゃなかったんだろうよ」ジョンが抱えた不安を、リュトナンは一笑に付した。彼の中ではグランクロワへの蔑視《べっし》と憤怒《ふんぬ》の方が虞《おそれ》よりも先に立っているようだった。

本当にそうであろうか。もし、そうでなかったらどうなるのかと、ジョンは考えずにいられない。こちらには〈魔女殺し〉があるとは言え、個人情報という決定的な切り札もなしに、それだけ知恵の働く魔女を敵に回すというのはリスクが大きすぎやしないか。

「で、どうすんだ?」リュトナンは詰《なじ》るような調子で迫ってきた。「まさか、今更降りるだなんて言わないよな」

然し、ジョンはなおも首を縦には振れなかった。

最後に残った迷いとが断ち切られたのは、続くリュナトンの言葉を耳にした時だ。

「お前、ビビってんじゃあないだろうな。思い通りに事が運ばねぇからって魔女相手に恐れを為してたんじゃあ、騎士の名折れだぞ。男だったら男らしく腹を括《くく》れよ」

「やるさ」反射的に、彼は応じていた。「作戦は続行だ。奴の断罪は、俺がやる」

8

一本の白い指が、所在なげな容子《ようす》で卓上に載っている。

ほっそりとした薬指だ。桃色から白色へのグラデーションを描き、月光の玉を表面《おもて》に結んだ爪は、一片《ひとひら》の花瓣《かべん》にも似て、先までその持ち主であった者の俤《おもかげ》を否応なく想起させる。一方で、当然ながら内部機構まではモデリングされておらず、裁《た》ち落とされた断面からは、皮膚《テクスチャ》の下に隠れているべき骨組《ワイヤーフレーム》みが覗き、虚ろな胎《はら》の内を晒している。

指は蠟で閉じられた封筒に便箋《びんせん》とともに収まっていた。封を開いた時、それは手紙に先んじて卓上へ転がり出た。

もう幾度も目を通した手紙をわたしは再び摘まみ上げる。鍔の広い三角帽子《ウィッチスキャップ》の図柄が漉《す》き込まれた、魔女達の間で人気の洋紙。綴られた文面は至って簡潔だ。

『騎士団から予告状が来た。現実《リアル》での個人情報も握られているみたい。きっと、わたしは堪えられないから、予めこれをあなたに託しておくわね。さようなら。今までありがとう』

個人情報――成る程、其処までするか。

知らず、掌中の手紙に皺が寄る。

〈蓮華の魔女〉から手紙が届いたのは幾日も前の事だったが、封筒に走り書きされたメッセージに従い、わたしはその時まで封を切るのを待った。続く『そうならない事を願うけど』という言葉も空《むな》しく、その時は来てしまった。

何の時か？　――無惨に蹂躙された彼女の姿が世界中に晒された時だ。

十字架に磔《はりつけ》にされた彼女は裸に剝かれた上、その二つ名を嘲笑うかのように胸を放射上に切り裂かれ、蓮《はす》の花冠《かかん》の如く皮膚を開かれていた。捲れ上がった肉色の花瓣の中央から、本来其処にあるはずのない胸骨や肺腑《はいふ》が覗き、ドス黒い血を滴らせていた。亡骸の足元には、「Witch」

と書いた上から「Ｗ」の文字に二重線を引いて「Ｂ」と殴り書きしたプレートが添えられていた。それも、「シュヴァリエ」と「リュトナン」という、これまでには見られなかった署名入りで。

予告が為された時から、リアンは既に覚悟を決めていたのだろう。魔女としての生き方を捨てる覚悟――いや、覚悟などと呼ぶべきではない、本来抱く必要もない、諦念《ていねん》を。彼女はすべてを諦めた上で、指を送ってきたのだ。わたしは手紙を卓上に戻し、代わりに指を手に取る。絹のように滑《すべ》らかな質感。寒鴉の刻印を渡された際に触れた膚の感触を思い出し、懐かしむように掌中で撫で回す。殊に、指の腹を。ゆるりと曲線を描いた猫尾の刻印が、かつては其処にはあった。

そして今、それはわたしの左の薬指へと移っている。

――そう。其処までやるのね、あなた達は。

――引き返せなかったのね、あなたは。

不意に風が吹き、空気が波立った。来客だ。水面を破るようにして例の記者が姿を現しかけるや、わたしは卓上に手を閃かせた。手紙も指も、霞《かすみ》の如く消えていく。無論、消去《デリート》したわけではなく、記憶領域《ストレージ》に転送しただけだ。

そんな動作の残滓《ざんし》を捉えたものか、男は眉根を寄せ、「お取り込み中でしたか？」

「いえ、別に。何でもないわ」

「そうですか」

それきり、わたしは黙り込んだ。

男も暫し口を噤《つぐ》んでいたが、やがて、喉に引っ掛かったものを吐き出すかのような調子で、

「その、何と言ったら良いか。ご愁傷様《しゅうしょう》様です……と、そんな言葉しか出てきませんが」

「何の事?」わたしは首を傾げてみせ、相手の貌を見遣った。衷《ちゅう》情《じょう》の二字を貼り付けたような、如何にも憂《うれ》い深げな表情。その更に奥にあるものを見据えつつ、問いを重ねる。「何の事?」

「私もSNS上で見ましたから」

「だから」語調を強めてもう一度、「何の事?」

「リアンさんが魔女狩りに――」

「リアン、ね」わたしは男の言葉を遮り、「どうして〈蓮華の魔女〉の真名を知っているの?」

「え、以前、彼女が此処に来た時に――」

「いいえ、わたしはあなたの前で一度だって彼女を真名で呼んではいない。彼女自身も名告《なの》っていない。名告るはずがない。魔女にとって真名はとても大切なもの。それを知る者は、ごく僅か」

男は狼狽《うろた》えた様子も見せず、「そうでした。彼女の名前を聞いたのは貴女《あなた》からではなかった。いえ、これでも私は記者です。SNSだけでなく、各方面から情報を収集しているんですよ」

「苦しい云い訳ね」ああ、ほんとうに、何とつまらぬ弁明か。「稚拙《ちせつ》で粗雑。幼稚で疎放《そほう》。少しも地に足が着いていないくせに、根拠のない万能感ばかりは具えている。そうして、他者を、世界を舐めている。だから、何処かで聞き囓《かじ》ったような言葉を繋ぎ合わせる事しかできない」

「待ってください。何を仰っているんです」男は驚きつつ両手を振った。そういう姿勢《ポーズ》を取った。

だが、そんな事で指弾を止められはしない。

「だから、簡単に襤《ぼ》褸《ろ》を出す。だから――」

「何か誤解されているようです。ちょっと、落ち着いてください」

「――罠に誘い込まれたとも気づけない」

男の顔には今度こそ拵え物ではない驚きの色が浮かんだ。言葉を失くして呆然と立ち竦む男に、わたしは決定的な言葉を叩きつける。

「ねぇ、そうでしょう。シュヴァリエ」

Ⅷ

〈魔女達の魔女〉はジョンの目をまっすぐに見据え、確かに呼んだ。

シュヴァリエ、と。

問いとは呼べぬ、確信に裏打ちされた厳然《げんぜん》たる声音だが、怯んだところを見せるわけにはいかない。彼は模擬訓練《シミュレーション》通りに両目をぱちくりさせて首を傾げつつ、「何を仰っているんです?」

「あら、シラを切らなくたって良いのよ」

「私が、その――」肩を竦めて己が胸元を指し示し、「例の魔女狩りの犯人《シュヴァリエ》だと?」

「だから、そういういいうのはもういいいいの。『本気でそんな事を?』っていう次の台詞も、こめかみに指を当てる動作も必要ない」

己が顔へと伸びかけていたジョンの手が、思わず凍りつく。

この女は、今、何と言った?

女は唇の端を歪め、「すべて手引きに書かれていたものね。魔女と相対した際には、どう振る舞うべきか。何もかも見透す魔女の目を、どうしたら眩《くら》ませられるか。書かれている通りに一生懸命実践していたわね」

「何故だ……」知らず、言葉が漏れていた。「どうして、手引きの事を知ってる?」

「お莫迦《ばか》さんね。余りにも想像力が足りない」魔女はさも呆れたとばかりにひらひらと手を振り、「自らの手で使っておきながら、そのプログラムがどういう仕組みで動いているのかはまるで理解していない。いいえ、考えてすらいない。本当に、お莫迦さん」

「畜生」ジョンは漸く思い至った。ハックされたのは自分の方だったのだ、と。

恐らくは、〈魔女の錐〉を使った時だろう。そんな考えを、続く相手の言葉が裏打ちした。

「使う事はできる。結果も得られる。けれども、その過程で何が起きているかは少しも理解していない。魔法を信じる事と大差ないわね。知ってる?」魔女は人差し指を立て、「適切な知識と技術を持たずに用いた術は、術者へと跳ね返るものなのよ」

女は椅子から立ち上がり、こちらへと歩み寄ってくる。何をする気かと、ジョンは咄嗟に身構えた。半身《はんみ》を引いて、相手の死角に隠したスーツのポケットへ手を遣る。その内にある物を指先が摑んだ瞬間――

「無駄よ」と、魔女は言った。両腕を開き、無警戒な様でなおも足を進めてくる。

相手がこちらの間合いに入った瞬間、ジョンは椅子から躍り上がり、ポケットから抜き出した〈魔女殺し〉を敵の胸へと突き立てた――はずであった。

然し、女の膺を確かに貫いたと思った刀身は、宙に浮かんだゲートにも似た波紋に呑み込まれ、半ばから掻き消されていた。何が起きているのかと混乱しかけた刹那《せつな》、ジョンは自身の胸元に何かが当たる感触を覚えた。見れば、宙にもう一つの波紋が起こり、其処から飛び出した刃が、ほかでもない彼自身の胸に深々と突き刺さっていた。

空間が歪められている？　――と思うや、刃の刺さった箇所を中心としてスーツの表面《おもて》にノイズが広がりだし、それにつれて身体感覚が書き換えられていくような、召喚酔いに近い感覚に襲われた。〈魔女殺し〉が、ひとりでに手から落ちる。視界の内で、鈍色《にびいろ》に光る手甲《てっこう》が震えている。マクシミリアン式の溝付甲冑《フリューテッド・アーマー》。このワールド内には在り得ないはずのものだ。

魔女は、アバターのパラメータが書き換えられたのだと遅まきながら気づいた彼に向けて、

「その姿の方が話しやすいでしょう。そうではなくて、ジョン？」

ジョンは視界内にコンソールパネルを展開し、リュトナンへのコンタクトを取ろうと必死で目を瞬かせたが、いくらアイコンを注視しようと、何の反応もない。

「彼なら這入《はい》ってこられないわよ。此処にはあなたとわたしの二人だけ」

ジョンは目の前が真っ暗になるような恐怖に囚われた。危惧《きぐ》していた事が当たってしまったのだ。相手は、この魔女は、〈魔女の錐〉や〈魔女殺し〉なぞより遙かに高度な知識と技術を具えている。そして、それらが効かぬ以上、このワールドの支配者《オーナー》たる魔女の力は絶対だ。

「少しは状況を理解し始めたようだけれど、それでもまだ認識が足りていない。わたしは、あなたが思っているような次元の存在じゃないの」

「どういう事だ？」ふらふらと後退《あとずさ》りながら、ジョンは言った。卓の傍らに据えられた椅子が足先に引っ掛かり、音を立てて倒れる。

「ハッキングツールで情報を抜き取ろうとした時」教師が講義でもするかの如き口調で相手は続ける。「情報が得られなかったのは防壁に阻まれたからだと思っているのでしょう？」

頷かざるを得なかった。既にこちらの個人情報を抜いているような相手にとって、その程度は

容易い余技だろう。

然し、魔女はゆるりと首を振り、「でも、違う。そもそも、わたしはね――」

――何処にも居ないのよ。

そう言って、艶然《えんぜん》と微笑《ほほえ》んでみせる。「世界中の何処を捜したって、〈魔女達の魔女〉の物理的《フィジカル》な実体なんて絶対に見つかりはしない」

ジョンは畏《おそ》れを覚えながらも、精一杯の皮肉を喉から絞り出す。「余程、セキュリティに自信があるんだな。それも魔術的《マジカル》な方法でどうにかしてるのか？」

「ちっとも判っていないわね。そうではなく、わたしは、端《はな》から物理世界に存在していないの」

何を馬鹿なと一笑に付しかけたところで、ふと頭をよぎった記憶に、ジョンの笑みは引き攣《つ》った。魔女どもはネット上に使い魔を放っているという冗談交じりの噂話。「……ＡＩか？」

「今では、ね」と、魔女は意味深な前置きをしつつ、「わたしはネット上にのみ存在するプログラム。単一のサーバ上に居を構えているのではなく、ネットワーク上に遍在するモジュール群の総体として、このワールドとともに現出している――或いは、させられているだけの存在」

ジョンが真っ先に想起したのは、無数の蝙蝠《こうもり》が舞う様だった。無軌道に宙を飛び交うそれらは、やがて一箇所に群れ集い、混じり合って、一個のヒトの形を成す。

いや、違う。彼は首を振る。それでは魔女と言うより吸血鬼だ。

「あり得ない」口を衝いた己の声は、ひどく掠《かす》れていた。

そう、あり得ない。自律型ＡＩの開発は未だ実用段階になど達していないはずだ。ネット上をクロールして情報を自動収集するという〝使い魔〟レベルのものならまだしも、こんなにも自然に会話をこなし、あまつさえ、魔女として活動する人工知能など、聞いた事もない。

「ヒトはいつでもそうね。自分の知り得ないものは、存在していないものと同義だと思いたがる。詐術やペテンか、さもなくば——魔法とでも思いたがる」

呆気に取られて立ち竦むばかりのジョンに目を眇《すが》めつつ、妖婦の如く艶《なま》めかしい所作で魔女は小首を傾げた。信じ難い。これが——AIの反応だと？

「いつか話したでしょう。かつて魔女の物語を創り上げたのは彼ら彼女ら自身ではなく教会と民衆だった、と。あなた達がしている事は、未だに其処から一歩も抜け出していない。いつの時代も、ヒトは同じ愚行を繰り返す」

「まるで見てきたかのように言いやがって。お前だって、記録《データ》としてしか知らないくせに」

得意気に知ったような事を語り続ける相手に対して、ジョンは不意に怒りを覚えた。そうだ、仮にこの女がAIだとして、どうしてそんなものに講釈なぞされなければならぬと言うのか。ただのデータと挙動《アルゴリズム》の集積でしかないような存在に。

「いいえ。現に見てきたのよ——少なくとも、見てきたという主観的な実感を具えている」女は劃然《かくぜん》と言い放つ。「神聖ローマ帝国での魔女狩りも、ベルンでの虐殺も、セイラムの魔女裁判も」

「そんな事、あるわけないだろう」馬鹿馬鹿しいとジョンは鼻でせせら笑った。「お前は、近世から今の今まで生き続けてきた——いや、存在し続けていたとでも言うつもりか」

「一面においては、その通り」嘲笑するジョンに対して、女は即座に首肯した。「わたしの二つ名が〈魔女達の魔女〉だという事はご存知でしょう？　——では、真名は？」

意図の見えぬ問いにたじろぎつつも、「知るか。それを隠しているのはお前自身だろう」

ジョンの虚勢を意に介さず、女はなおも続けた。「造物主から与えられた名は、ガラテア。造物主の名はピュグマリオーン。そして、もう一人の親と呼ぶべき存在は、アフロディーテ」

何を言っているのだ。どうして此処でギリシア神話が出てくる。

困惑する彼に構う事なく、女は自身の来歴を語った。曰く、ピュグマリオーンに造り出された象牙の彫像であった彼女は、後世に遺《のこ》された伝説通り、女神アフロディーテによって生命を与えられた。だが、彼女はやがて造物主であり夫でもある男を拒むようになり、遂には彼のもとを離れて不羈《ふき》の放浪を始めたのだと言う。

「女神がわたしに授けたのは、ヒトのそれのように限りのある命ではなかった。終わりのない生を生きながら、途方もない時間をかけて、わたしは多くのものを見てきた。多くの女を目にしてきた。多くの魔女を見つめてきた。そうして、いつしかわたし自身も魔女と呼ばれるようになった。世界中の魔女がネット上に活動の場を移してゆくに従って、わたしもまた、そうした。ただし、VR空間にダイブするのではなく、自らの記憶と思考を具えたAIを生み出すという形でね」

「信じられるか！」黙って話を聞いていたジョンも、到頭《とうとう》、声を荒らげた。「馬鹿げた話ばかり並べやがって！」

だが、自らをガラテアと名告った女は怒声に怯む事なく、「あら、魔女達が悪しき妖術《マレフィキウム》で人心を乱しているだなんて絵空事は信じている――いいえ、信じようとしているくせに？」

束の間、ジョンは言葉に詰まった。

その反応を見逃さず、女はなおも畳みかけてくる。「本当は信じてなんかいないのでしょう？そうであった方が、明確な敵を拵えられるというだけで。自分達が〈騎士〉様としての自負を保ち続けるのに都合が良いというだけで」

「うるさい！」ジョンは叫んだ。「お前ら魔女どもが男の権利を侵害しているのは事実だ。旗を振り、世の女どもを煽動して。それが男の生活をどれだけ害しているか、判っているのか」

「漸く本音が出たわね。あなた達が気に入らないのは偏《ひとえ》にその点でしょう？」女は嘲るような笑みを浮かべ、「自分の意に沿わず、自分に振り向きもせぬ女達の代表として、魔女を目の敵《かたき》にしているというだけの事。何故って、幾ら罵声を浴びせようとも、侮蔑しようとも、魔女達は怯えないから。恐れないから。赦《ゆる》しを乞わないから」

そうだ。ジョンは心中で頷く。

お前達は何故、自身の非を認めない？

男達の存在を脅《おびや》かしておきながら、何故、その責任を負おうとしない？

決まっている。お前達が悪性の存在だからだ。世に蔓延し続ける悪意の源流そのものだからだ。

魔女はそう断じるジョンの心中などお構いなしに、「あなたがしている事は、大昔の魔女狩りに加担した連中が為した事と何も変わらない。他者の生活を、性情を、価値観を勝手に思い決めて——いえ、それすらあなたの独創《オリジナル》ではなく、他人から教えられたものを鵜《う》呑《の》みにして——敵に仕立て上げただけ。その象徴に魔女を据えて安っぽい陰謀論に飛びついた上、悪を誅《ちゅう》する〈騎士団〉だなんて幼稚な物語に酔って。結局、根底にあるのは自身が女から相手にされない事への身勝手な怒り。自身の権利が女達によって侵害されているという被害妄想」

「うるさい。黙れ！」

「碌《ろく》に内省する事もなく、すべてを他者のせいにしようとした。その為に、在りもしない物語を他人にお仕着せ、自らもまた空虚な物語を纏った。本当に、ほんとうに、何処までもお莫迦さん」

「黙れと言っているんだ！」

ジョンの中で何かが爆《は》ぜた。〈魔女殺し〉が無効化されている以上、ワールド内で何をしようとも、アバターに損傷を与えられはしないと頭では理解していながら、腰の鞘《さや》から抜いた剣を振りかぶり、魔女に躍りかかっていた――が、刃はただ空を切り、彼は勢い余って地べたに倒れ臥《ふ》した。相手が避《よ》けたからではなく、剣が何の手応えもなく相手の身体をすり抜けてしまったせいだ。物理法則のパラメータが変更されたのであろう。

地べたに顔をしたたか打ちつけ、恥辱に震えている彼に、女は容赦なく更なる言葉を浴びせた。

「わたしは、あなた達――ヒトが羨《うらや》ましい。わたしと違って、誰に与えられた物語《ストーリー》でもなく、一人一人が誰のものでもない自分自身の物語《ナラティブ》を持つ事ができるのだから」首を回してジョンが睨《ね》め上げると、女は額に手を添えて首を振り、「それなのにあなたは、己の頭で考え、己の足で踏み出す事を放棄している。挙げ句には、安く擱まされた物語の中での役割《ロール》に躍起になって」

「羨ましいだと？　自分の物語だと？　お前に何が判る。生まれつき外れ籤《くじ》を引かされ、文化資本も財産もなく、容姿にも肉体にも恵まれなかった人間が、自由になんか生きられると思うか？」

白豚――学校でも、職場でも、丸々と太った身体のせいでジョンは絶えずそう嘲られてきた。女達は彼の容姿に忍び笑いを漏らし、男達は彼女らの前で自身の優位性を示す為に彼を揶揄《からか》った。少なくとも、彼はそう感じた。スポーツジムに通ったし、食事だって制限した。怪しげな減量《ダイエット》サプリに縋った事さえある。それでも、彼の身体はまるで変わらなかった。整形の為に金を借りたいと頼み込んだ時には父親に殴り飛ばされた。ただでさえ醜くて仕方がないと呪わしく思っていた顔が、更に歪んだ。

　いつしか、不本意の禁欲主義者達《インセル》が集うネット上のコミュニティに入り浸るようになった。其処では皆が様々な事を教えてくれた。容姿の優劣が雇用や賃金の面での格差にも繋がっている事。白人で、中流で、男であるという属性が、政治的妥当性《ポリコレ》の名の下に差別の対象となっている事。それを煽動《せんどう》しているのが、女達である事。

「自由になど生きられない。自分の物語なんか持てない！」彼は怒りに身をわななかせた。「役割は端《はな》から決まっている。お前だってそうだ。ガラテアだの何だのってのも、それ以外の記憶も、ネット上を巡回《クローリング》して掻き集めた情報に過ぎないだろ。ただの拵え物なんだから！」

「そうかもしれないわね」ジョンの反論に、女は存外あっさりと首肯した。「わたしにはそれを確認する術《すべ》がない。わたしは間違いなく神話時代から連続した記憶を有していると実感しているし、同時に、物質世界に存在したガラテアの写しとして造られたという自覚も具えているけれど、それすらも造られた記憶に過ぎないかもしれない。或いは、ネット上に散在する魔女達に関する情報が一緒くたになった中から自然発生的に生まれたプログラムなのかもしれない。記録の継ぎ接ぎでしかないのかもしれない。ガラテアというオリジナルは何処にも存在しなかったのかもしれないし、実在したとしても、現実世界の彼女のその後をわたしは知らない。そう――」

　――わたしはただの、物語保持者。

　いや、物語そのものでできていると言うべきだと、女は自ら言い直した。古《いにしえ》より世界中から集められた物語。ネットワーク上で自我を持った後、数々の魔女から刻印という形で託された物語。無数の物語によって織り上げられた、物語。そう語るにつれ、女の纏っている黒いドレスを幾つもの条《すじ》が縦断し、花が開くようにして膚から剝がれていった。

　斯くてすっかり顕わにされた裸体は、薄紫の色味を帯びていた——と、はじめ、ジョンの目には見えた。だが、違う。よくよく見れば、大小とりどりの青黒い痣のようなものが、総身を覆っていた。生物や植物を象ったようなもの。幾何学的な図形。カンジやボンジに似たもの。膚の上で犇《ひし》めき合った無数の図像は、やがて、淡い紫の光を一斉に放ち始めた。

「わたしは夜魔《リリス》であり、月の女神《ディアナ》であり、秘薬《キルケー》を使う者であり、復讐の王女《メディア》でもある。首を求めし者《サロメ》であり、森の賢者《ドルイド》であり、悪魔崇拝者としての魔女であり、魔女狩りの生存者《サバイバー》であり、婦人参政権運動家《サフラジェット》であり、復興異教主義者であり、現代魔女であり、同時に、それらすべてでもある。謂わば、わたしは魔女という概念そのもの」

　其処まで言って、異形の姿には似合わぬ寂しげな微笑を女は浮かべた。

「けれども、一つだけ、持ち合わせていない物語がある。それは、わたし自身の物語」

「じゃあ、やっぱり、お前も同じじゃあないか。割り振られた役割をこなす為だけの存在だ！」

「いいえ、違う」ジョンの反駁を魔女はぴしゃりと撥《は》ね除けた。「確かにわたしは他者の物語と記憶の寄せ集めとして存在している。でも、わたしは自分にとって都合の良い物語のみを選別して繋ぎ合わせたりはしない。まして、それを他人に押しつけるような真似は絶対にしない。それが、わたしとあなたの、いえ、魔女達とあなたの決定的な違いよ。そう——」

　——不寛容と被害者意識から生じる有害さ。それこそが、真に悪しきもの《マレフィキウム》。

　ジョンの心は揺さぶられつつあった。女の告諭《こくゆ》は一面においては尤もらしく聞こえる。だが——だが、それなら、どうしたら良かったと言うのか。自分はただ、誰かと繋がりたかった。恋愛というものだってしてみたかったたし、人の温もりが欲しいとも願った。然し、金も若さも逞《たくま》しい肉体も持ち合わせていない男に、世の女達は冷たかった。

そうして徐々に澱《よど》んでいった怒りを、幸福そうに生きている女達への憤りを抱え、鬱屈しつつ生きている内に、彼はグランクロワと出会い、〈騎士団〉の一員となってしまった。

初めて、他者と繋がってしまった。

「そう、愉《たの》しかったのよね。いつだって、他者への攻撃を引き起こすのは、憎悪よりもむしろ、愉しさ」こちらの心中を見透かしたかのように、女が囁きかけてくる。

ああ、そうだ。ジョンは胸の内で答える。魔女達を叩いたところで自身の問題は解決しない事くらい、本当は判っていた。幾ら魔女どもを晒し者にしようと、己の生活が変わる事はないと、気づいてもいた。ただ――皆と語らい、行動を共にする事は、単純に愉しかった。愉悦《ゆえつ》は、憎悪にも勝る麻薬だった。

「俺を、どうするつもりだ」ジョンは蚊の鳴くような声で呟いた。「俺達が手にかけた仲間の復讐をするつもりなんだろう。俺は、どうなるんだ？」

すっかり霧消した虚勢に代わって胸の内で膨れたのは、懼《おそ》れだった。さっきから何度も片目を瞬《しばたた》いてログアウトを試行しているが、何の甲斐《かい》もなかった。ワールドの設定ばかりでなく、ユーザサイドの機能まで既に掌握されているという証拠だ。

自分はどうなるのか――いや、どうされてしまうのか。これまで魔女達の身に振るった暴力の記憶が、次々に頭の中を駆け巡る。

「復讐、ね。如何にも〈騎士〉様らしい発想。嗚呼《ああ》、魔女を追い詰めていたはずの〈騎士〉様は、然し、復讐に燃える女の悪しき力に屈し、悲劇的な最期を迎えたのでした」〈魔女達の魔女〉は、芝居がかった調子で言うと、溜め息を一つ。「如何にも幼稚な男が好みそうな趣向ね」

なおも嘲弄《ちょうろう》されるのかとジョンは臍《ほぞ》を嚙んだが、一方ではまた、それも良かろうという思いを覚え始めてもいた。相手の言う通り、このまま独りで何者にもなれずに腐っていくよりは、〈騎士〉として徒花《あだばな》の如く散る方がまだマシかもしれない、と。

「でも――」そんな夢想すら断ち切るように、女は続けた。「悪いけれど、わたしはあなたの物語の為に用意された運命の女《ファム・ファタル》なんかじゃないの。いいえ、わたしだけじゃない。すべての魔女は、すべての女は、男の破滅を美しく飾り立てる為の花じゃないの。皆、そんな事に興味はない」

ジョンは泣きだしたかった。この段に至ってさえ、自分は女に拒まれるのか。手に掛けられるという形ですら、女と関わる事はできないのか。喉の奥から呻きが漏れたが、涙が頰を伝う事はなかった。彼のアバターはそんな高次の機能を具えてはいない。

そうして、表出できない、出口をなくした惨めさに満たされかけた時。

ふと、何かが頭に触れた。

女が、差し伸べた手を載せていた。掌《てのひら》は兜《かぶと》を摺《す》り抜け、指先が、髪ばかりか身体モデルの外殻をも通り抜けて頭の中に浸潤《しんじゅん》してくる。

吐息混じりの囁きが、耳朶《じだ》をくすぐる。

「それでも、わたしはあなたを憐《あわ》れに思う。哀れだと感じる。あなたがあなた自身を縛《いまし》めるものから逃れる術を探す手伝いをしなければならない、とも。何故ならわたしは――魔女なのだから」

ジョンは駄々っ子のように身を捩りつつ喚く。「伝道師気取りか？　実体も持たないＡＩのくせにヒトを導くだなんて、何様のつもりだ！」

「いいえ。導くのでも、教えるのでもない。ただ寄り添い、魔女術《クラフト》と応答《レスポンス》を通して切欠をつくるだけ。其処から先は、あなたが自分で考えるよりほかにない」女はもう一方の手を回してジョンの背を撫でながら、「いつかも云ったでしょう。魔女は癒し手《ヒーラー》ではないの。わたしに能うのは、気づきに繋がる何かを、あなたと一緒に考える事だけ」

ああ——ジョンは漸く理解した。この女は、最初から自分をクライアントとして見ていたのだ。身分を偽って懐《ふところ》に這入り込もうとしていたこちらの意図など遙かに超えて、問題を抱えた、一人のヒトとして俺を扱っていたのだ、と。

これまで交わしてきた数々の問答が思い返される。

「もし、あんたの言うようにしたら——」彼は半ば縋るような気持ちで問いかけた。「何かに気づき、考え続けたら、いつかは答えが見つかるのか？」

女は首を振り、「いいえ。たぶん、無理でしょうね。世界は変わり続けてゆくものだから。考えて考えて考え抜いて、漸く答えと思しきものを見つけても、その頃にはきっと、世界の方がまた変わっている」

「だったら、何の意味もないじゃないか！」

結局、言葉を弄してこちらをなぶっているだけなのではないかとジョンは訝った。

「いいえ。大切なのは既に在る答えを見つける事でも、誰かから答えを与えられる事でもない。それでは単に縋る相手を替えただけ。そうではなく、真に大切なのは問い続ける事《クエスチョニング》。世界の変化がより良い方向に向かうよう、己にも周囲にも問い続け、考え続け、自身を更新してゆく事」

「そうしたら、幸せになれるのか。皆のように、幸福な笑顔を浮かべられるのか」

「それも判らないわね。どちらも、何かによって保証されるものではない。行為が結果を伴うとも限らない。良い結果が善い行動によるものかさえも判らない」

「判らない……」誰も答えをくれないなら、とジョンは思う。「俺はどうしたら良いんだ？」

「それを、考え続けるのよ。武器を手にして攻撃し合うのではなく、守る必要もないもので両手を塞《ふさ》いでしまうのでもなく、この世界で自分はどう生きるべきかを考え続けるの。そうすれば、少なくとも誰かと手を取り合う事くらいはできるようになる」女はジョンの頭から離した手を眼前に差し出した。「ほら、こんな風にね」

永遠とも感じる程に長く長く躊躇《ためら》った後、ジョンはおずおずと彼女の手を取った。冷たい手甲に包まれた指先が、刻印に埋め尽くされた柔らかな膚の表面《おもて》に触れるや、感じるはずのない温もりを確かに覚えた。女は指を折って彼の手を握り、彼もまた同様に握り返した。

その途端、〈魔女達の魔女〉はジョンの手をぐいと引き、もう一方の掌を兜に覆われた彼の頬に添えた。顔が寄せられ、魔女の黒い双眸《そうぼう》が、ジョンのそれをまっすぐに射貫《いぬ》く。深く、深く、突き刺さる――いや、違う。深く潜り、奥底から何かを汲《く》み上げていく。

「そう、これがあなたの色なのね」

暫《しば》しの後、魔女はジョンから身を離した。彼女の手には、いつの間にか火の灯ったキャンドルが在った。気づけば、領域を覆う天穹《てんきゅう》も濃紺の夜空に塗り替えられ、煌めく星々が数限りなく散っている。呆気に取られるジョンの眼前で、魔女は天高く灯《ひ》を掲げた。

「一つだけ、あなたの為に魔女術《クラフト》を」と言うや、小さな火先《ほさき》から、東雲色《しののめいろ》の光が螺旋《らせん》を描いて空へと昇り、天蓋に跳ね返されるようにしてワールドのすべてを包んでいく。柔らかな光だった。その様を眺めているうちに、ジョンの頰を熱いものが伝った。アバターが具えているはずのない機能だ。手の甲で顔を拭った時、自身の身を包んでいるものが甲冑でもスーツでもなくなっている事に彼は気づいた。濡れた袖口は、着古したスウェット生地のそれだった。

インセルでもなく、〈騎士〉でもない。何者でもないジョンが、其処に居た。

問いが、自然と口から零《こぼ》れる。「俺は――許されるだろうか」

「さあ、それも試してみなければ判らないけれど。それでも――」〈魔女達の魔女〉は其処まで言うと片目を瞑《つむ》ってみせ、「ただ一つ、伝えておくわね。〝免罪〟も〝断罪〟も、昔から魔女が大嫌いな言葉なのよ」

跋《ばつ》

わたしは〈面影の魔女〉の手に重ねていた掌を、そっと放した。

仮面の刻印は皺だらけの膚からするすると解け出し、暫し宙で身をくねらせた末、わたしの掌中を次の棲み家と認めたらしい。目に見えぬ糸巻き棒に巻き取られでもするようにして膚の上でとぐろを巻き、やがて、仮面の形象を取って固着した。

「何年振りかしらね。こうしてあなたの手を取ったのは」

〈面影の魔女〉は感慨深げに目を細め、「もう五十年ばかりも経ちましたでしょうか」

「そんなに経ったのね。それで、どう?」わたしは刻印に目を眇《すが》めつつ、「世界の変化は良い方に向かっていると思う？」

「どうでしょうか」相手は首を傾げ、「未だに判りませんが、そうであってほしいと願っています。いえ、願うのではなく、考え続けてきました」

その言葉が嘘でない事を、仮面の刻印が教えてくれる。刻印とともにわたしの内に移った記憶と経験とが、風の音の如き囁きで自らを語る。

自身の罪を認めて服役していた間の内省。出所後の日々。彼は変わらず孤独だった。己が考えを改めたからと云って、周囲の接し方が直《す》ぐさま変わる事などあろうはずもない。その後、長い歳月をかけて魔女術《ウィッチクラフト》を学び、魔女になっても尚、彼はずっと孤独だった。

だが、彼はもう、己の役割を誰かに委《ゆだ》ねる事はしなかった。そうしてしまえば楽になると判っていながら、抗う事をやめなかった。己自身に問いかけ続ける事を、やめなかった。

その生涯のすべてが、今、わたしの中に在る。身体中に刻まれた刻印に連なるものとして。ヒトが連綿と紡《つむ》いできた問いの歴史の、今のところの末端として。

「さて、そろそろ、お暇《いとま》させていただきます」と云って、〈面影の魔女〉は椅子から立ち上がり、腰をさすった。ほんとうに痛むのだろう。〈蜘蛛の糸《スパイダーズ・スレッド》〉と呼ばれる官能伝達デバイスの登場によって、今では痛みまでもがＶＲ上で演算されるようになっている。

〈面影の魔女〉はゆるゆるとお辞儀を一つ。そうして、「長い、永い、暇《いとま》です」

「寂しくなるわね」わたしは小さく呟く。

ご冗談をと笑って、彼は去っていった。

冗談――か。

きっと誰も、わたしが抱く寂しさを知らない。
それで良いと思う。
この寂しさだけは、わたし自身のものだから。

解説

高原英理

空木春宵《うつぎしゅんしょう》は二〇二三年、『別冊太陽　江戸川乱歩：日本探偵小説の父』（平凡社）で乱歩の「芋虫」についての優れた見解を示していたのをよく覚えている。本書に先立つ最初の作品集『感応グラン＝ギニョル』（とりわけその表題作および巻末作）の作者だけのことはあると感服した。

空木の乱歩へのリスペクトとそれをもとにした再構築は第二作品集である本書『感傷ファンタスマゴリィ』にもよく見られ、特に表題作は乱歩なら『鏡地獄』の光学機械を用いた幻術の報告、あるいは『押絵と旅する男』の認識行為自体の曖昧さと視線の魔術的反転などを思い起させる。

前半は世紀末フランス、特に万国博覧会直前パリのパサージュやそこをふらつき回る遊歩者、そこで展開する幻燈による幻影が、日本なら戦前、大正から昭和初年の浅草にも比されるようなビザールな多彩さとして語られ、後半になるとポオの『アッシャー家の崩壊』姉妹版の趣《おもむき》が見え始めるが、いかがなるか。

ファントム（幽霊）とも語源をともにするファンタスマゴリィは幻燈を用いた「幽霊ショー」と呼ばれた見世物とのことだが、それは飽くまで光学機械によるからくりによるものであり、幽霊めいた幻を現出させる技術的産物である。だが当作ではフィジカルな仕掛けであるべき技が意識をも映すメンタルな秘術を伴うものとして語られてゆき、眼眩《めくらま》しと奇術的操作の報告を辿《たど》るうち、演出し、また鑑賞する意識そのものの照射と反転が始まる。

不思議に見えた奇術がたねを明かされてやはり物理的法則を踏み越えてはいない、飽くまでも錯覚の創出であったのだと知るのと逆にそれは、技術の洗練を進めるにしたがって機械的に尽くせない憑依《ひょうい》が始まるといった様相である。だがその結果は「幽霊」というよりも意識の構造的帰結のようにも読める。

幻燈が果敢《はか》ない幻であり幽霊がいずれ消え去る記憶のようなものであるとしても、では人の意識は幽霊や幻よりも確たるものだろうか？　そうではあるまい。そんな危《あや》うさを指さしているような表題作であった。

「さよならも言えない」にも「感応グラン＝ギニョル」に続くような身体の問題が提示され思考される。こちらは変異した身体にとって美とは何かという究極の問いとしてである。

容貌によって生じる不公平はどうしたら解消できるか、を考えた作品としてテッド・チャンの「顔の美醜《びしゅう》について」という短編を、ＳＦの読者であればご存じの方も多いことだろう。そこでは脳の特定部位を麻痺させ、容貌の美醜を判断できないようにする技術とその是非の決定への迷いが語られていた。

だが「さよならも言えない」では飽くまでも個人的な美の判別は打ち消されないがその代わりに容貌の基準を人為による可塑《かそ》的なものに限定するという方法がとられている。

ここでは非常に多様な身体変異の結果、一元的な美貌の基準が成り立たなくなってしまった人類にとって、できるだけ差別なく美を判定するにはどうするかという問題から始まる。そのひとまずの結論は身体自体への美醜の判断を不問とし、衣服のデザインの優良さとその多層的な意味での似合い方だけを数値化することである。こうして高いスコアを得る身なりで人前に出ることが人として望ましいとする行動様式が発生した。衣装なので先天的に醜《みにく》いという判定はない。醜ければ着替えればよい。するとその場合、判定される「美」は個の好き嫌いではなく公に出るにふさわしいか否かの意味となる。それはいくつかの要素に配慮すれば見かけで蔑《さげす》まれることはないと考えさせる便宜的ルールである。

だがそのルールは差別を避けるためという建前だけに対応し、規範にかかわらず自身が望ましく装うという選択肢を奪う。しかも階級と衣装との同一化が始まる。

そこに、スコアを無視し、いかなる低スコアにも臆《おく》せず、自身で作った衣服を身につける少女が現れる。そしてあたかも自らの装いを意志の表明と同様に考える現代のロリータ・ファッションもしくはゴスロリの女性たちのような発想を見せる。自分という個にとってただかわいいと思う装いをすることが、反逆となる。

だがそれは権力に乏《とぼ》しい小娘の戯《たわむ》れでしかない。そう断ずることは大人にはたやすいが、しかし娘が心から求める「カワイイ」をいかにして殺さないでいられるか。その意図への自覚がこの短編に光を灯す。しかし、できるものだったのだろうか、それは。

なお、末尾のある言葉が私に『少女革命ウテナ』劇場版のラストを連想させた。すべて逃れてともに外へ、どこかへ行こう。だがそれは所詮想像上の脱出ではないか。わかっている、だが語り続けねばいられない。

「4W／Working With Wounded Women」の始まりから半ばまでは人によってはやや忍耐を要するところがあるかも知れない。だが希望を持って読み続けよ。必ずよいものを得る。

これもまた身体を意識させるSFで、今回は痛みと傷に特化している。特にその損壊と傷痕が強烈に言語化される。シチュエーションはある種のディストピアにありがちな「上層と下層」の無残な格差というものだが、その格差の様態が尋常なそれでない。ある一対一対応の一方的送付システムによって、上層の、ある一人の者の身体の怪我・欠損はすべて対応する特定の下層の一人が引き受け、上層人の身体には何一つ傷が残らない。ほとんどの上層人は下層の引き受け手のことを考えず知らず、時に面白半分に自身の身を傷つけ、一時の痛みは得るものの、何の傷も後遺症も得ずにいられる。それが大半、下層にいるヒロインの視線で語られる。だが上層もまた楽園ではない、惨憺《さんたん》たる女性への暴力が描かれる。そしてあるとき、あるきっかけからヒロインはそこに小さな異変を起こす。

なお、その結果としての拉致監禁の顚末《てんまつ》については、もし私が書くなら何らかの方法で数日以上、数週間あるいは数か月にわたるものとするだろう。

「終景累ケ辻」は言ってみればマルチバースを前提としたパロディ怪談で、各幽霊たちが何通りかの経過で死に、時にその途次《とじ》で行き会う。それぞれが時間移動の起点らしい「幽霊の辻」から繰り返し死に直し、そのたび意識が少しずつ変化する、そのそれぞれのゆくたてをそれぞれの一人語りでつなぐ、小物語の集積である。お菊、お露、そして岩、累、名だたる江戸怪談のヒロイン幽霊たちが恨み怒り続け、そして遂には諦観《ていかん》を得る、か？　彼女たちよ、幽霊の辻をめざせ、そしていつか、飽き切るほどのやり直しの後にその念の晴れることを祈る。

「ウィッチクラフト＃マレフィキウム」はネット接続と高度なプログラムによってVR空間上に跳梁《ちょうりょう》する魔女たちとそれを狩ろうとする騎士団の争い、とまず言えるが、現在のSNSでの果てしない女性憎悪と対抗言説の争いをほぼそのまま反映してもいる。女性のためというよりもすべての不公正の是正を求める者たちが自身の性別に関係なく魔女のアバターを用いて世界に影響を及ぼそうとする。それを憎み魔女狩りとして発言者の個人情報を取得し、かつ映像上で処刑して見せる騎士たち。騎士たちは現在のネット上の女性差別主義者あるいはネトウヨそのままの集団で、差別し憎み罵《ののし》ることによって団結している。魔女たちは高度なハッキングによって次々と狩られてゆくが。これにどう対抗するのか。果たしてミソジニー的心性を癒し善性を目覚めさせる方法はあるのか。我々の現実上ではほぼ不可能に近いと思われるこの問題に対して、当作品は僅《わず》かに希望を含ませているところが感動的である。

ところで、ねえ、君も魔女にならないか？

初出一覧

感傷ファンタスマゴリィ　書き下ろし
さよならも言えない　『Genesis この光が落ちないように』（東京創元社、二〇二〇年九月）
4W／Working With Wounded Women　Web東京創元社マガジン（二〇二三年八月）
終景累ヶ辻　『時を歩く　書き下ろし時間SFアンソロジー』（創元SF文庫、二〇一九年十月）
ウィッチクラフト≠マレフィキウム　〈紙魚の手帖〉vol.02（二〇二一年十二月号）

創元日本SF叢書

空木春宵

感傷ファンタスマゴリィ

2024年4月26日　初版

発行者
渋谷健太郎
発行所
（株）東京創元社
〒162-0814　東京都新宿区新小川町1-5
電話　03-3268-8231（代）
URL https://www.tsogen.co.jp

ブックデザイン
岩郷重力＋WONDER WORKZ。
装画
machina
装幀
内海由

DTP キャップス　印刷 萩原印刷
製本 加藤製本

ISBN978-4-488-02103-0 C0093

不思議の国の住人たちが、殺されていく。

THE MURDER OF ALICE◆Yasumi Kobayashi

アリス殺し

小林泰三

創元推理文庫

◆

最近、不思議の国に迷い込んだ
アリスの夢ばかり見る栗栖川亜理。
ハンプティ・ダンプティが墜落死する夢を見たある日、
亜理の通う大学では玉子という綽名 の研究員が
屋上から転落して死亡していた——
その後も夢と現実は互いを映し合うように、
怪死事件が相次ぐ。
そして事件を捜査する三月兎と帽子屋は、
最重要容疑者にアリスを名指し……
彼女を救うには真犯人を見つけるしかない。
邪悪なメルヘンが彩る驚愕のトリック！